目　錄
CONTENT

第一章　你當我是比努努嗎？現在騙我都這麼不認真？........ 005

第二章　希望以後的每一個生日，我都能帶著你看星星........ 037

第三章　未讀的訊息.. 069

第四章　哥哥肯定是跟著梭紅蛛追來了......................... 101

第五章　休息夠了就快醒過來啊，我和比努努都在等你........ 133

第六章　我真的太冤了，這個深度結合我不認................. 163

第七章	光明嚮導，我挺喜歡這個稱號	195
第八章	小捲毛，好久不見	231
第九章	你是我的哨兵，你的生命也屬於我	263
第十章	你真好看，你的鼻子、眼睛、嘴……沒有一處不好看 . .	295
紙上訪談	作者獨家訪談第四彈，兩位主角設定大公開	325

【第一章】

你當我是比努努嗎？
現在騙我都這麼不認真？

◆━━━━━◆

「噓！我聽見了，你不用說得這麼大聲。
噓！比努努安靜！沒有變異種、沒有危險！」
在封琛的呵斥聲中，顏布布不再出聲，比努努也不再大吼，屋內終於安靜下來。
而整片雙人宿舍區也都安靜下來，四周變得悄無聲息。
封琛坐在床上，長長吐了口氣。
他看著面前也一直盯著他的一人一量子獸，
閉上眼，伸手去捏眉心，
捏了兩下，突然又笑出了聲：「看你倆幹的好事……嚇掉了多少人的好事？」

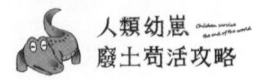

　　王穗子順著顏布布的手指看去,「是紅螃蟹!好大的螃蟹,應該是變異種!螃蟹不是在水邊嗎?為什麼會來山上?」

　　「那不是螃蟹,不是……像是蜘蛛,紅色的蜘蛛。」顏布布突然想起來什麼,猛地激動出聲:「紅蜘蛛!梭紅蛛!」

　　「梭什麼?」王穗子剛問出口,就見顏布布已經朝著後山衝了過去。「你去哪兒?哎,你怎麼說跑就跑?」

　　顏布布飛快地衝上後山小道,朝著山腰上那片石林衝去。

　　他和封琛已經找了很久的梭紅蛛,平常也在留意著哨兵嚮導們的量子獸。只是時間過去了這麼久,那隻梭紅蛛恍如不存在這個世上似的,也或者已經不在中心城了,他們完全沒有找到半分線索。

　　顏布布一口氣衝到了梭紅蛛消失的地方。

　　這是半山腰的一片石林,四周皆是嶙峋巨石,造型也是千奇百怪。他直接跨入石林,繞著那些大石開始尋找。

　　顏布布喘著粗氣,心臟劇烈地跳動,不知道是累的還是激動的。如果能將那隻梭紅蛛量子獸抓住就好了,或者順著牠找到牠的主人,那樣或許就能找到林奮和于苑。

　　王穗子擔心顏布布有危險,也跟著追了上來。正要大聲喊他名字,他便從一塊大石後露出頭,還做了個噤聲的手勢,「噓——」

　　王穗子察覺到事情不同尋常,便也不再吱聲,只輕手輕腳地走到顏布布身後,「你在找那紅螃蟹?」

　　顏布布擠進了一塊大石縫隙,快速而簡短地回道:「那是梭紅蛛量子獸,有關林少將和于上校的下落。」

　　王穗子聽到這話,瞬間便明白過來,也不多問,直接跨進石林跟著一起找。

　　顏布布道:「妳左我右,從兩邊往中間找,再往裡一點點推進。」

　　這片石林方圓一、兩里,巨石四處林立,還有一些暗藏的石洞,要找到一隻量子獸不是那麼容易的事。如果梭紅蛛藏進某塊大石的洞穴

第一章
你當我是比努努嗎？現在騙我都這麼不認真？

裡，或者乾脆繞著大石轉圈圈，他們其實都很難找到。

整個下午過去了，兩人將這片石林搜了個遍，期間遇到了好幾次變異種，也沒找到那隻梭紅蛛量子獸。

再次碰頭後，王穗子頂著滿頭草屑，氣喘吁吁地問：「你確定牠進來這裡了嗎？」

「我確定，剛才我看著牠進了這片石林，但就是晚了一步。」顏布布的身上也全是鑽石洞時留下的灰土。

王穗子左右打量，「我覺得我們肯定是找不到了，這裡地形太複雜，我們在找的時候牠可以從另一頭溜走。而且既然是量子獸，那牠的主人也會發現我們在追牠，也許早就將牠收回精神域了。」

「……被主人收回精神域。」顏布布喃喃著念了遍，慢慢看向王穗子，「既然能收回精神域……」

王穗子神情一凜，「對啊，既然能收回精神域，那牠的主人肯定就在這片區域，也不會離開得太遠！」

兩人興奮地鑽出石林，但在察覺到這片區域的面積後，又滿臉失望地站在原地。

「就算知道牠主人在附近，這也太難找了吧。不光這座山，還有下方營地、種植園旁邊的安置點，十幾萬人……」王穗子見顏布布滿臉失望，又安慰道：「不過只要知道那隻蜘蛛的主人也在這一帶，那以後就總有機會再發現牠的。比如今天不就看見了嗎？」

「妳說得對。」顏布布點頭，「本來都不知道梭紅蛛的主人到底在哪兒，結果就確定了他的方位，發現他居然就在這附近。」

兩人互相安慰一番，心頭的沮喪都驅散了些，顏布布也開始向她說明梭紅蛛和林奮兩人之間的關聯。

「……原來是這麼回事，既然梭紅蛛和他們的失蹤有關，那我以後也會注意的。」王穗子鄭重道。

回到山腳下，營地裡亂糟糟一片，剛修好的房屋又被撞壞了不少，

7

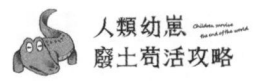

大家罵罵咧咧地開始修繕。

　　大廚在指揮人將鬣狗變異種的屍體往廚房裡抬，粗聲粗氣地吼道：「你們嫌棄鬣狗肉柴、腥，等我和馬鈴薯紅燒一鍋出來，你們搶得比誰都快。」

　　顏布布去檢查了自己家的房子，還好沒有被鬣狗撞壞，只是牆壁有一塊被撞得內陷下去，他用錘子從反方向敲敲就修好了。

　　吃過晚飯後，王穗子要去種植園營地看她姑姑，顏布布便和比努努爬到屋頂坐著，一人一量子獸靜靜地眺望沙漠。

　　「你說哥哥和薩薩卡還有多久才回來呢？」

　　「比努努，你閉上眼，過一會兒再睜開，說不定睜眼時他們就出現了。我覺得還有 10 分鐘吧，再過 10 分鐘就差不多了。」

　　顏布布一直在絮絮叨叨地和比努努說話，比努努雖然緊皺眉頭一臉不耐煩，卻也真的老是在閉眼，過一會兒再睜開。

　　那些去種植園散步的人也陸續回來了，但還是沒有瞧見封琛他們的影子。

　　顏布布端起放在房頂上的水杯喝了一口，又對比努努說：「我們一起再閉次眼，這次時間長一點，等睜眼時可能就能看到他們了。」

　　比努努和他一起閉上眼，顏布布嘴裡不斷數數計時：「100、99、98……54、53、52……」

　　數到 20 時，他加快速度一口氣念完：「21、19、14、10、5、3、2、1。可以了，睜眼。」

　　他們兩個一起睜眼看向沙漠，這次卻真的看見了在明暗交界的遠方，有一群正在朝營地行走的身影。

　　顏布布有些不可置信地揉揉眼睛，接著倏地站起身，比努努也跟著站起來，一起在風沙中辨認著那群人的身形。

　　因為距離太遙遠，雖然看不清封琛，但薩薩卡走在人群裡特別顯眼。顏布布和比努努都沒有做聲，卻都動作利索地下屋頂。顏布布滑下

8

第一章
你當我是比努努嗎？現在騙我都這麼不認真？

扶梯，比努努則是直接從房頂跳下去，兩個人到了地面後，都飛一般地朝著沙漠方向奔去。

沙漠裡，蔡陶吐出嘴裡的沙子，擰緊水壺蓋，「我都不知道自己喝的是水還是沙子，呸……呸呸，苦死了。」

陳文朝在旁邊冷笑，「之前叫你在壺嘴上蒙一層紗布，你不聽，要怪誰？活該。」

「不是，我只是說說而已……」

蔡陶瞟了眼陳文朝，立即又好言好語地道：「確實，你說得對。我的確該在壺嘴上蒙一層紗布的，真是活該。」

「舔狗，嘿嘿嘿，舔狗……」計漪出聲喚蔡陶的狼犬。

狼犬轉頭對著她露出猙獰獠牙，孔雀便也展開羽翅，一副要衝上去打鬥的模樣。

丁宏升卻停下腳步，突然大聲道：「哎，你們看前面，那是不是布布？好像還帶著比努努。」

封琛原本正低著頭走路，聞言倏地抬頭看向遠方，黑獅也頓住腳步，兩隻耳朵豎在頭頂。

「……哥哥。」

顏布布和比努努正朝著這邊飛奔而來，背後燈光勾勒出一大一小奔跑的身形。

「那是布布吧？那真的是布布！」丁宏升話音未落，肩膀就被撞開，封琛從他身旁已經衝了出去，黑獅也像是一團旋風般颮向前方。

封琛跑了兩步又突然剎住，只是腳步微微加快地往前走，眾人見狀便哈哈大笑道：「封哥，想跑就跑吧，形象沒那麼重要的。」

「你現在停下來有什麼用呢？我們都已經看見了。」

9

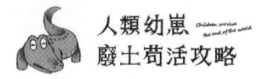

「難得封哥也有這麼失態的時候，可惜不能拍下來。」

「封哥快跑，不能輸給你的量子獸啊，你看牠都跑到前面去了。」

一直背朝眾人的封琛低頭笑了起來，突然又撒開長腿開始往前跑。眾人便大聲起鬨：「對，就是這樣，別裝了，快跑起來，快跑！衝上去！快追過你的量子獸。」

顏布布看見從人群裡跑出來的封琛，不由加快了奔跑的速度，頭頂的捲髮也跟著在一下下蹦跳。但比努努速度更快地越過了他，竟然像個皮球似的在沙地上跳躍向前。

黑獅在比努努快接近時一個縱身高高躍起，和牠在空中相遇。比努努一把抱住黑獅的腦袋，跟著落下地後便半瞇起眼，任由黑獅親昵地在牠臉蛋上舔個不停。

沙地難行，每一步都軟軟地下陷，顏布布在路上摔了兩個跟頭，爬起來繼續跑，終於撲進了封琛的懷抱。

顏布布緊摟住封琛脖子，雙腳掛在他腰上，臉也埋在他肩頭處深深呼吸，讓自己鼻端縈繞著令人心安的熟悉味道。

「哥哥，我好想你——」

顏布布尾音拖得長長的，一聽就是在撒嬌。

「好好說話。」封琛抱著他晃了晃，「也就一天而已，搞得像幾年沒見面似的，肉麻。」

他嘴裡這樣說，卻沒有將顏布布放下地，而是就這樣抱著他繼續往前走。

顏布布直起上半身去看封琛的臉，看見他滿頭滿臉都是沙塵，嘴皮也乾裂起殼，便伸手去撥那些沙土，心疼地問：「你沒喝水嗎？嘴皮都這麼乾。」

封琛：「喝了，但是那裡面風沙太大，喝了也沒用，大家都是這個樣子。」

快到營地邊緣，封琛才將顏布布放下地，說：「既然來接我，就幫

第一章
你當我是比努努嗎？現在騙我都這麼不認真？

我揹行李。」說完便把槍枝背包一股腦地掛在他身上，掛得他踩在沙地裡的兩隻腳都微微下陷。

封琛又將鋼盔扣到顏布布頭上，眼含笑意看著他，再攬住他的肩往前走。

顏布布問：「那你們找到陳留偉了沒有？」

「沒有，什麼都沒發現。」

「那我今天發現可就大了。」儘管周圍沒人，顏布布還是壓低聲音興奮地道：「我看到梭紅蛛了。」

封琛腳步一頓，「你看到了梭紅蛛？」

顏布布便悄悄將前因後果告訴了他，包括梭紅蛛進了石林後失蹤的經過。

「可惜我把牠跟丟了。」顏布布用槍管將下滑的鋼盔簷頂上去，神情有些懊惱。

封琛並沒有就這個話題多說，只道：「牠是量子獸，隨時可以收回精神域，和你跟不跟丟沒關係的。不過只要牠出現過一次，以後就肯定能再見著。」

王穗子應該也不時地在看沙漠方向，當她看見了這群回來的人，便也飛快地跑上前來迎接。

「寶貝兒。」計漪笑嘻嘻地張開雙臂，「一看見妳，我乾涸的心立即就湧出了清泉，甜。」

王穗子打掉她的手，在看清她臉後大驚失色地道：「妳的皮膚好乾！天啊，吹了一天風沙就這麼乾，要趕緊補水啊！快把這個噴一點在臉上。」

「這是什麼東西？」

「我自己做的蓄葉水，可以鎮靜舒緩皮膚。」

「那妳幫我噴。」

計漪微閉著眼讓王穗子給她臉上噴水，蔡陶盯著她們看了片刻，

11

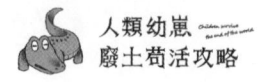

又轉頭對陳文朝說：「我等會兒去採點蓄葉煮水給你喝，她們只是噴臉上，但內服肯定比外用有效果。」

陳文朝看了蔡陶一眼，目光充滿無語，終究什麼也沒說地轉回了視線，默默離開。

回到營地後，吃過晚飯、洗過澡，封琛被陳思澤叫去了軍部。

「你不喜歡喝咖啡，那喝點茶，是地震前都很難買到的棲雲山茶。」陳思澤從辦公桌裡摸出一個鐵盒，取出塊茶餅，拆開包裝紙，掰下一塊丟進杯子，「這還是十幾年前的茶葉，不過保存得很好，再放幾十年都可以。」

他將沖泡好的水杯遞給封琛，「中心城陷落時，我就吩咐副官，哪怕把那些檔案丟掉都可以，我的茶必須要給我帶走。」

封琛接過水杯，看見陳思澤雖然笑著，但神情疲憊，眼底也泛著紅絲，便道：「陳叔叔，身體要緊，您還是要注意休息。」

「沒事，我的身體我知道，現在還能吃得消。」陳思澤在封琛對面坐下，看著他語重心長地道：「小琛，我知道你這幾天連續在出任務，昨天去了陰硤山，今天又去了沙漠，都很危險。我原本想和孔思胤提一下，有些任務就不讓你去了，但是後來一琢磨，覺得如今這樣的凶險環境下，把你保護起來並不是一件好事。」

陳思澤對他點了點手指，關心道：「你父親從小把你當做軍官在培養，雖然他不在了，但是我會繼續鍛煉你，讓你不斷成長，這才是對你最大的照顧。」

封琛肅然道：「謝謝陳叔叔，我不會辜負您的期望。」

「明白就好。」陳思澤欣慰地點頭，又問道：「你還沒有進入第二次成長期，嚮導匹配好了沒？」

第一章
你當我是比努努嗎？現在騙我都這麼不認真？

封琛斟酌了一下：「我有自己的嚮導，所以取消了匹配。」

陳思澤問：「顏布布？」

「是的。」

「那你們去查過匹配度嗎？哨嚮的契合度會直接影響你第二次成長時能突破的程度⋯⋯」

封琛快速回道：「匹配度不在我考慮的範圍內。」

陳思澤看了他一眼，無所謂地道：「行吧，這是你自己的選擇，我也不會多加干涉。」

封琛想了想，問道：「陳叔叔，陰硤山暗物質的事怎麼樣了？」

陳思澤斂起笑容嘆了口氣：「簡直沒轍。」

「那是因為什麼？」

「研究所已經確定了暗物質來源就是羞羞草。對了，以前它沒有名字，現在所有人都按照你的稱呼稱它為羞羞草。」陳思澤手指輕輕叩著膝蓋，「最開始我們以為不過就是個變異種，連根除掉也是很簡單的事。但別說除掉了，不管是普通士兵還是哨兵嚮導，只要進入那團被暗物質籠罩的區域，都會陷入它們製造的幻境中。」

封琛想起當時他們也是被羞羞草騙著差點墜崖，便問道：「那有沒有人出事？」

「這倒是有些奇怪，士兵們中了幻術，一個接一個地跳崖，但是沒有誰真的出事。」陳思澤皺起眉頭，「據那些掉崖的士兵口述，他們還未墜到崖底便會被藤條纏住，接著又會將人拖回崖上。」

封琛心裡有些驚訝：「那這個羞羞草的目的倒不是為了殺人，更像是一種威懾。」

陳思澤道：「用那些對付普通植物的方法去對付它們根本沒用，連根拔除？一碰就縮到地底下去了。放火？它們產出的暗物質也能滅火。而且光這一塊區域的羞羞草就這麼難對付，那整個埃哈特合眾國的羞羞草該怎麼辦？」

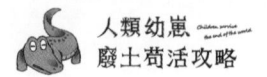

　　封琛放下茶杯,「我覺得它們一定擁有一個龐大的網路,可以互相連通。」

　　「是啊,反正我們暫時沒有任何對策,只有慢慢來,看研究所能不能研究出什麼除草劑?」陳思澤仰頭靠在椅背上苦笑,「而且研究所也證實了我的猜測,那種可以腐蝕掉鉅金屬柱的甲蟲,正是食用空氣中的暗物質顆粒才能存活。只有暗物質沒了,牠們才能被除掉。」

　　陳思澤喃喃道:「我們人類自詡站在世界的頂端,但連生存下去都很難,現在甲蟲和羞羞草都可以輕易摧毀我們……還是太脆弱了,不夠強大啊……」

　　屋內安靜了幾秒,封琛試探地問:「陳叔叔,其實我覺得可以和羞羞草達成某種共識。」

　　陳思澤轉頭看向他,「什麼意思?」

　　封琛遲疑了一下,將這段時間的想法說出:「假設羞羞草是一個龐大網路,那它們之中必定有一個主腦或是主株,對羞羞草發布命令。它的目的是想讓氣候變冷,想生存下去,這點從它不殺那些士兵就能看出來。既然這樣的話,找到它並將它送去阿弭希極地呢?那裡長年冰雪低溫,很適合羞羞草生存,離我們埃哈特合眾國也只有四千多公里,派人護送去還是可以的。」

　　陳思澤看著他笑了起來,就像是大人看著異想天開的小孩,雖然認為他不過是童言稚語,並不當真,卻也不會打擊他的積極性,語氣裡帶著幾分縱容:「不錯,這個想法很不錯,我會去研究一下,看看怎麼和它達成共識。」

　　說完後又指指旁邊的智能電腦,「那裡面有研究所送來的關於暗物質的資料,你複印一份帶下去看看。」

　　「好。」

　　封琛去智能電腦上找到了那份檔案,點擊列印後,旁邊的印表機便開始運作。他在等待的過程中,看見智能電腦螢幕上有幾個需要網路的

第一章
你當我是比努努嗎？現在騙我都這麼不認真？

軟體居然還能使用，便不免多看了幾眼。

陳思澤察覺到了，向他解釋道：「這是區域網，只覆蓋了整個營地，其他地方還是不行的。」

封琛回到宿舍後，看見兩隻量子獸和顏布布都擠在床上。

顏布布拍了拍身側對他道：「快來，還可以擠一個。」

封琛走到床邊，看著占了一大半面積的黑獅和比努努，問道：「你們兩個是不是要下去才行？」

黑獅立即就要起身，比努努卻扯住牠鬃毛不讓牠動。牠便假裝沒聽見，還閉上了眼睛。

顏布布示意封琛看床底，「我給比努努做了小床，但是牠還是想和我們擠在一起。」

「是嗎？還有小床，我看看。」

封琛俯下身去看床下面，果然看見裡面擺放著一張小床。不過沒有床腿，與其說那是小床，不如說是搖籃更合適。

封琛嘴裡輕輕咦了一聲，「這個床做得漂亮，要是再刷上一層漆，鋪點被褥床單，那可比擠在床上好多了。」

比努努原本在一下下捋著黑獅的毛，聞言停下了動作，耳朵也豎了起來。

封琛伸手搖晃了幾下小床，嘴裡滿意道：「那我不睡床上了，你們三個擠著吧，我就睡這張小床。」

顏布布也當了真，連忙道：「那不行，我也要和你一起睡床底，這床就讓給比努努和薩薩卡睡。」

封琛正要回話，身旁就突然多了團黑影。只見比努努已經跳下了床，再飛快地鑽進床底，躺進了那張小床。

15

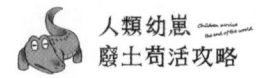

「出來。」封琛道。

比努努伸出兩隻爪子抓緊床沿。

封琛蹲在床邊嚴肅地問：「你怎麼什麼好東西都要霸著？就不能讓我一次？」

比努努翻過身，拿後腦杓對著他。

「這是好久沒收拾你了吧？簡直要翻天了。」封琛作勢挽高衣袖要將牠拖出來，黑獅卻趕緊鑽進床底躺著，擋在他和比努努中間。

顏布布這時也瞧出了名堂，趴在床沿上往下看，又勸封琛道：「算了吧，就讓比努努和薩薩卡睡床底，誰叫牠們是我們的量子獸呢？難道還能拖出來打死嗎？」

封琛這才作罷，脫鞋脫外衣上床，在顏布布身側躺了下去。

「你這個大騙子。」顏布布湊到他耳邊小聲念叨：「騙子、騙子、騙子……」

封琛側頭看了他一眼，「再念也把你趕到床底去睡。」

顏布布嘻嘻笑著往他身邊挪，側躺著枕在他手臂上，問道：「陳政首今晚找你什麼事？」

封琛便將他和陳思澤的交談內容簡短地說了遍。在他說話的過程中，顏布布一邊聽，一邊將右手探到他衣襟裡去摸胸肌，被他將手抓住握在掌心。

顏布布問：「你說和羞羞草達成某種協議，那他們會這樣做嗎？」

封琛搖搖頭，「我覺得不會，至少現在不會。」

「為什麼？陳政首不是說要想想嗎？」顏布布好奇地問。

「但他心裡沒把這當回事。」封琛眼睛盯著天花板，「我預估……他和冉政首的想法相同，能除掉就要除掉，實在除不掉的話再說。」

顏布布抽出自己被封琛握著的手，又開始去捏他耳朵，嘴裡問道：「那是為什麼呢？」

封琛道：「兩位政首都是軍人，也都是政治家，什麼事情都會想得

很長遠，也會設想各種後果。就算將羞羞草的主株送去阿弭希極地，但它的能力太強，終究是個隱患，只有將它徹底除掉才能永絕後患。兩位政首的首選處理方式是除掉它，只有在實在對付不了的情況下才會做出讓步。」

「但他們不是已經實在對付不了了嗎？」顏布布問。

封琛道：「現在還可以等。」

「等什麼？」

封琛輕笑了聲：「等研究所研究出除草劑。」

顏布布出神地想了會兒，「如果談的話，那是怎麼談呢？對著羞羞草說話嗎？它能回答嗎？想起來好奇怪。」

封琛道：「擁有一定智商的是它們的主株，肯定是不能說話的。但它既然能複刻人的回憶片段，也許可以通過其他方式，比如和人類直接在腦內進行思想交流來對話。當然，這一切只是我的猜測。」

顏布布從來都將封琛的猜測當做真理來聽，不免驚歎一番：「那它真的是很厲害的……幸好它不主動殺人。其實它比那些鬣狗、沙丘蟲的變異種厲害，也比喪屍要厲害。」

兩人安靜下來，各自想著事，顏布布一下下輕捏著封琛耳朵。

片刻後封琛將他手拍走，「手拿開，耳朵都捏紅了。」

顏布布抱怨道：「你又不讓我摸你胸，不摸耳朵的話我摸什麼？要不你摸我耳朵？」

封琛說：「我不找個繩子把你手捆上，你今晚是睡不著了？」

「對，睡不著了。」顏布布道。

「睡不著就給我捶背，反正你的手不想閒著。」封琛翻過身面朝床外，顏布布也就捏起拳頭，不輕不重地給他敲背。

屋內很安靜，只聽見顏布布捶背的聲音，還有黑獅從床下伸出的一條尾巴，愜意地左右掃動，在地面摩擦出沙沙聲響。

半晌後，顏布布捶背的動作慢慢停下，整個人處於快要睡著的迷糊

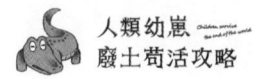

狀態，但就在這時，從這排屋子的某一間裡，傳來一抹奇怪的聲音。

那聲音暗啞且短促，像是嘴被什麼東西堵住，只能從喉嚨裡溢出來的悶哼。顏布布原本正在昏昏欲睡，卻因為這點動靜，人也稍微清醒了幾分。

那悶哼聲沒有再響起，但相反方向的某間房內，又傳出一道刻意壓住音量的呻吟。那聲音的尾音拖得長長的，還發著顫，聽上去飽含痛苦，像是正在忍受著什麼折磨。

顏布布的那點睡意頓時飛走，倏地豎起了耳朵。

這排房屋隔音不好，特別是夜裡，稍微有什麼動靜都能聽到。別說顏布布清醒過來，就連床底下的比努努也倏地睜眼，警惕地張望四周，喉嚨裡發出威脅的咕嚕聲。

哨嚮學院的雙人宿舍就挨著後山，雖然晚上有很多量子獸在外面巡邏，但也難保有那狡猾的變異種，躲過量子獸們悄悄進入房間偷襲。

「啊——」

再次聽到聲音後，顏布布連忙去搖晃封琛的胳膊，連聲喚道：「哥哥、哥哥。」

「幹什麼？」封琛背朝他側躺著，頭也不回地問。

「你聽見了嗎？其他房間有動靜！」

封琛斥道：「沒聽見！」

「沒聽見？怎麼可能沒聽見呢？比努努都起床了。」顏布布略微有些緊張：「你快放出精神力去看看。」

封琛動了一下，顏布布以為他要起床，不料他卻只是翻身換成了平躺的姿勢，側過頭，面無表情地看著顏布布。

「真的，你快聽嘛。」顏布布注意去聽，但現在四處又恢復了安靜，他便向封琛解釋道：「我剛聽到有人都要哭了，也許是受了傷，喊都喊不出來那種，連求救都沒辦法。」

封琛將手枕在腦後，依舊一言不發地看著他。

第一章
你當我是比努努嗎？現在騙我都這麼不認真？

「你快點啊，放點精神力去看啊，別真出了什麼事。」顏布布有些著急。

封琛閉上眼睛，幾秒後又睜開：「好了，我用精神力查看過了，沒有發生什麼事。」

顏布布大為震驚：「這麼快？怎麼可能這麼快？你當我是比努努嗎？現在騙我都這麼不認真？」

「真沒事，睡吧，人家好著呢。」封琛說完，又抬腳輕輕踢了下床板，「底層的快睡覺，別聽到什麼就想著打架。」

顏布布只得重新躺了下去。他心裡還是有些忐忑，要是明天大家起了床之後，發現有幾個人已經被變異種咬死了怎麼辦？所以雖然閉上眼睛，也注意留神著周圍的動靜。

吱嘎、吱嘎、吱嘎⋯⋯從對面屋子突然又傳出一陣有節奏的聲響，像是床架被劇烈搖晃。

顏布布本來滿腦子都是變異種，這下飛快地從床上坐起身，驚呼道：「哥哥！」

比努努也一直警惕著，在顏布布起身的同時，牠已經從床底鑽了出來，直接衝向門口。

好在薩薩卡也反應敏捷地跟著衝出床底，在比努努伸爪子開門前，將牠一口叼在了嘴裡。

「哥哥你聽，你聽，你快聽！」

「吼——吼——」

「噓！我聽見了，你不用說得這麼大聲。噓！比努努安靜！安靜！沒有變異種，沒有危險！」

在封琛的呵斥聲中，顏布布不再出聲，比努努也不再大吼，屋內終於安靜下來。

而整片雙人宿舍區也都安靜下來，四周變得悄無聲息。

封琛坐在床上，長長吐了口氣。他看著面前也一直盯著他的一人一

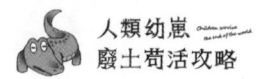

量子獸，閉上眼，伸手去捏眉心，捏了兩下，突然又笑出了聲：「看你倆幹的好事……嚇掉了多少人的好事？」

封琛一句話裡接連兩個好事，讓顏布布有些摸不著頭腦，但也知道這不是誇獎的意思。

「好了，你也該睡覺了。」封琛看著被黑獅叼在嘴裡的比努努，伸手在牠額頭上彈了一記，「你忘了你是嚮導班的高材生？一點點小動靜也值得你出動？不要降低了身分，除非有人在喊救命，高材生才上。」

比努努原本還在齜牙，聽到這話後立即閉上了嘴，安靜地任由黑獅叼著牠鑽進了床底。

封琛重新躺了下去，看著仍愣愣坐著的顏布布，「還坐著幹什麼？都幾點了，還不睡覺？」

「喔……」顏布布糊裡糊塗地躺下，開始靜下心思考。他覺得要是以往遇到這樣的事，封琛早就衝出去了，今晚他的反應太過反常，一定是哪裡不對勁。

他將前前後後回憶了遍，突然福至心靈，腦中躍出一個猜想。

因為這個猜想，他心跳陡然加快，臉也有些發熱。他偷偷去瞧封琛，正好撞見他也側頭看著自己的視線。

顏布布舔了下唇，有些遲疑地小聲開口：「哥哥，那個……那個……是不是根本沒有什麼事情，而是他們在那個啊……」

封琛目光幽深地看著他，「哪個？」

「就那個。」顏布布湊近了些，「親嘴兒過後做的事情。」

封琛繼續問：「親嘴兒過後做什麼事情？」

顏布布頓了下：「……有些難以啟齒。」

「你還知道難以啟齒？」封琛嗤笑一聲。

顏布布一直在偷覷他神情，現在覺得自己猜對了，便湊到他耳邊問：「我說得對不對？他們親過嘴兒後就在……」

「打住！」封琛伸手按上顏布布的臉，將人推遠了些，無奈道：

第一章
你當我是比努努嗎？現在騙我都這麼不認真？

「這就是你所謂的難以啟齒？舌頭跟抹了油似的順溜。別管人家在做什麼，睡你的覺。」

顏布布還想再說，封琛已經咔嚓一聲關燈，扯過被子蓋住了自己。他也只能悻悻地閉嘴，跟著躺好。

這片宿舍區已經安靜得沒有半分聲音，估計就像封琛所說的那樣，原本想做點好事的哨兵嚮導們，也被顏布布和比努努搞得沒有了繼續下去的勇氣。

顏布布現在半分睡意也沒有，他突然意識到一個問題。之前和封琛單獨住在小樓時，他雖然知道小樓是已經結合過的哨兵嚮導才能住，但那對他也僅僅只有個概念而已。

但現在不一樣了，他清晰地意識到，他和封琛住在已經結合過的哨嚮宿舍，周圍也全是已經結合過的哨兵嚮導。

這代表著什麼呢？代表他和封琛也要結合或者快要結合，代表他們其實也能做點其他事，就和今晚聽到的那些聲音似的，嗯嗯啊啊、吱嘎吱嘎……

不想到這兒也罷，一旦想到了，他腦中念頭就像開了閘，瘋狂地閃過他和封琛的各種畫面，想控制都控制不了。

嗯嗯啊啊……

吱嘎吱嘎……

片刻後，顏布布面紅耳赤地睜開眼睛，偷偷去看封琛。

屋內雖然關了燈，但外面的高壓鈉燈從窗戶透進來，依舊將室內照得很清晰。封琛背對他側躺著，他能看清封琛的每一根髮絲，能看見他身體隨著呼吸緩慢起伏的弧度。

顏布布的目光在他寬闊的肩背上游移，又漸漸上滑，落在他露在衣領外的那段脖頸上。

顏布布的心跳越來越快，喉嚨開始發乾，緊挨著封琛的那片肌膚存在感也越來越強。雖然隔著一片衣料，但他能清晰地感覺到封琛的肌肉

21

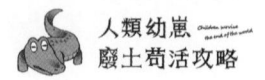

線條緊實流暢，帶著說不清的吸引力，讓他不自禁地想要貼得更近些。

顏布布將自己整個人都貼在封琛背上，卻還是覺得不夠，他盯著封琛的那段脖頸看了會兒，便支起上半身湊過去，將嘴唇輕輕地印在上面。

唇瓣接觸到光滑溫暖的肌膚，他心裡瞬間起了一陣戰慄，也感覺到封琛的身體似乎顫了下。

顏布布的唇眷戀地在封琛後頸碰觸、流連……但就在他將那塊皮膚叼進嘴裡用牙齒輕輕啃咬時，封琛卻突然翻起身，握住他肩膀，將他一下就按在了床上，再將他雙手禁錮在頭側。

顏布布猝不及防地被按倒，雙手也被制住，卻半分掙扎都沒有，只微微喘氣看著他。

窗外燈光給室內鍍上了一層清冷的銀白，讓顏布布的皮膚看上去白得猶如透明，但微微張開的兩片唇卻殷紅欲滴。

封琛居高臨下地俯視著他，面上沒有半分表情，但那雙深邃眼睛卻是從未有過的暗沉，透出種顏布布從未見過的凶悍與掠奪性。他的手腕被握得很緊，緊得他感到一陣陣發痛，但卻忍住了沒有吭聲。

兩人就保持一人平躺、一人俯視的姿勢對視著，誰也沒有開口說話，屋內只能聽到彼此的呼吸聲。

此時的封琛讓顏布布感覺既熟悉又陌生，他覺得也許會發生點什麼，心裡既緊張又期待，只覺得掌心都在往外滲著汗。

但封琛卻在這時鬆開他，對著他的臉伸出右手，將他額上一絡亂髮撥到旁邊。

封琛依舊一瞬不瞬地看著顏布布，目光也依舊帶著那種令人心悸的凶悍，但他動作卻出奇地溫柔，像是觸碰葉片上一顆剛剛凝結而成的水珠，生怕稍一使勁，那水珠就會破碎。

顏布布側臉貼上他的那根手指，眷戀地蹭了蹭，封琛卻突然收回手，手指微微蜷縮在掌心。接著他翻身下床，對著躺在床邊通道裡的薩

第一章
你當我是比努努嗎？現在騙我都這麼不認真？

薩卡道：「你去床上睡，今晚換位置，我來陪比努努。」

比努努原本躺在床下面的小床裡，爪子一下下抓著黑獅的鬃毛，聞言直接摟住黑獅脖頸，將臉埋進牠鬃毛裡，擺明了就是不配合。

顏布布這時也回過神，滿腦子的旖旎一掃而空，飛快地翻起身，驚愕地問：「你幹麼要和薩薩卡換位置？」

封琛沒有回答，也沒有看他，只對比努努道：「你要是不同意的話，我將薩薩卡收回精神域，三天都不放出來。」

黑獅原本一臉淡定地用爪子輕輕拍著比努努，聞言有些不可置信地轉頭去瞧封琛。

比努努則對著封琛低吼，齜出兩排雪亮的小尖牙，還舉起爪子，彈出鋒利的爪尖。

「你換吧，換了我也可以跟下去。」顏布布坐在床上斜眼瞟著封琛冷笑，「無非就是不想要我親你，反正你今晚睡哪兒我就要睡哪兒，你能逃到哪兒去？」

封琛正想開口，其他房間卻突然傳出一道聲音：「大晚上的就別分床了，吵幾句就算了。」

「是啊，哨兵多讓著點自己的嚮導，不要那麼倔。」

「我的嚮導以前也是什麼也不懂，他……嘶，你別招我。」

「算了算了，也沒人介意剛才的事情，你也不用和他生氣。」

「有什麼話說開就行了，不要分床什麼的，最傷感情。」

封琛默默地盯著顏布布，顏布布則對他做了個口型：分床什麼的最傷感情。

「你不害臊嗎？剛才大呼小叫的，你現在不覺得羞恥嗎？」封琛伸手扯著顏布布的臉蛋晃，「修建中心城的時候，外緣網就該按著你的臉皮強度來修建，喪屍肯定沒辦法入侵。」

顏布布含混地道：「那我現在跟他們道歉……」

封琛立刻阻止：「別，你可別再提這事了，你現在一聲不吭就是對

23

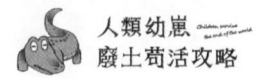

他們最好的道歉。」

封琛最後還是沒有和薩薩卡換地方，依舊睡在了床上。顏布布得意洋洋地抱著他胳膊，正要說什麼，封琛便閉著眼淡淡地道：「你如果再不老實的話，我這次不換床了，而是直接將你扔到門外去。」

「誰不老實了？我可老實得很。」顏布布嘟囔著閉上了眼睛。

他的臉在封琛肩頭上蹭了蹭，擦到一個堅硬冰涼的物品，不睜眼也知道是他送給封琛的生日禮物，那個用鉅金屬片做成的項鍊墜子。

他伸手捏住那個墜子，摩挲著上面的紋路，小聲問：「哥哥，你記得再過不到兩個月是什麼日子嗎？」

「什麼日子？」封琛問。

從小到大，每年封琛過生日時，顏布布都會送他禮物，而在自己生日快來臨時，也不會忘記提醒封琛。

雖然封琛年年送給他的都是一套卷子，得到禮物也只是個從期望到失望的過程，也不會影響他年年堅持提醒。

「是個好日子，你剛過了的好日子。」顏布布給出了明顯的提示。

「我剛過的好日子⋯⋯」封琛轉頭看向他，聲音低得只有兩個人才能聽見：「是碰見了父親的老朋友陳政首？」

「不是。」

「那是因為撤離中心城時的表現會榮獲學院表彰？」

「也不是。」顏布布扯了下他脖子的項鍊。

封琛將項鍊墜子從他手心裡取出，塞回到自己衣領，「那我想不起來了。」

顏布布便對著他做口型：生日⋯⋯生日⋯⋯

封琛一直垂眸看著顏布布，在他已經發出聲音在念生日兩個字時，終於無法再裝下去了，「行了⋯⋯我記得的，馬上就是你的生日。」

顏布布立即笑得瞇起了眼，封琛又道：「其實不用你提醒，我早就準備好了你的生日禮物。」

第一章
你當我是比努努嗎？現在騙我都這麼不認真？

「是嗎？」顏布布驚喜地坐起身，又被封琛拉住躺了下來。

「我的生日禮物你已經準備好了？是什麼禮物？」顏布布迭聲追問。現在他們不是在海雲城研究所，也不是在哨嚮學院，他就不信封琛還能給他出套卷子。

「當然是最有意義的生日禮物。」封琛對著他微笑，「一套軍事理論和嚮導基礎知識的卷子。」

「不可能！你怎麼還能出卷子？我們都在營地裡，你、你怎麼還能出卷子？」顏布布大驚失色，也沒壓得住聲音。

「……這麼晚了就別提卷子了好吧？聽到卷子兩個字，我本來都快睡著了，立即驚醒。」其他房間傳來別人的聲音。

「話說回來，中心城坍塌的時候我正在做卷子，剛好還差最後一道題。那道題我前一天剛複習過，他媽的就不能等我答完了再塌？」

「真好啊，住在營地真好啊，再也不用做卷子了，至少三個月內不會做卷子。」

「你們睡不睡覺的？今晚可他媽真夠鬱悶的。」

等外面的聲音平息下來，顏布布豎起兩道眉毛，聲音放輕卻很凶地問封琛：「你撒謊的吧？現在營地裡怎麼可能有卷子？」

封琛雲淡風輕地道：「我去軍部借用了他們的打字機。」

——借用了打字機……

顏布布眼神有著片刻的放空，眼珠子也凝滯了幾秒。接著就開始雙腳在床上胡亂踢蹬，張大嘴無聲地悲憤嘶嚎，又坐起身朝著空氣出拳。

封琛就那麼躺著，滿臉愜意地看著他撲騰，直到比努努忍無可忍地捶擊了兩下床板，見到沒有效果後，又鑽出床，怒氣騰騰地瞪著他，他才慢慢停止。

「行了，睡覺吧，明天沒事的話就在家裡複習，等著生日時做卷子。」封琛打了個呵欠，伸手關掉了燈。

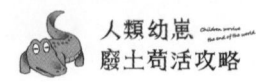

第二天,顏布布起床就有些蔫,一副快快不樂的樣子。封琛倒是一大早就去了物資點,領回了一堆板材往屋內牆壁上釘。

若換了平常,顏布布早就興致勃勃地問長問短,還要跟著一起幹活,但今天他只和比努努一起躺在床上,斜著眼睛看封琛和薩薩卡。

倒是路過的一名哨兵在門口看了下,好奇地問封琛:「你這是在做什麼?」

封琛回道:「去物資點找的隔音材料。」

那哨兵問:「物資點還有這東西?」

「有,而且囤了不少。」封琛停下手,看著他意味深長地解釋:「這種板材輕薄卻非常隔音,哪怕你隔壁拿著鐵錘敲床你也聽不見。」

那哨兵眼睛發亮,「這樣好?那我也去領點。」

封琛將房間四壁包括天花板都釘上了這種板材,又出門去了隔壁。兩分鐘後,隔壁便響起晃動鐵架床的聲音。

封琛再回到屋,將門關上,那聲音頓時消失。他又拉開門,對著隔壁喊了聲:「可以了。」

「效果怎麼樣?」隔壁在問。

「聾了似的。」

「那真不錯啊,我也去領點,給我們屋子釘上。」

這一天上午,整個哨嚮雙人房宿舍區,都迴蕩著砰砰的敲擊聲,所有人都在給自己房間釘隔音板。

封琛將房間收拾完畢,進屋問還躺在床上的顏布布:「要不要和我去軍部?」

「去做什麼?還要借他們的打字機嗎?」顏布布瞟了他一眼,又翻過身拿後背對著他,只去撚比努努頭頂的葉子。

封琛用手撐著門框,「對喔,打字機……本來只是陳政首讓我去一

趟，我想著你要是無聊的話，就和我一起去。但現在你提醒我了，還少了一張文化基礎課卷子，我得去借打字機打出來。」

顏布布倏地翻回來，睜大眼睛瞪著他，他抬手碰了下帽檐，對著顏布布行了個禮，「那就等會兒見。」

看著封琛施施然離開的背影，顏布布氣得又在床上雙腳亂彈。

比努努皺著眉頭跳下床，扯了扯趴在旁邊的黑獅，兩隻量子獸便也出了門。

封琛心情很好地到了軍部，進了陳思澤的辦公室。

陳思澤正坐在辦公桌旁看檔案，見到封琛後便問道：「心情不錯啊，這是有什麼好事？」

封琛回道：「沒什麼，路上遇到個小朋友，就逗了幾句。」

陳思澤也沒繼續問，只道：「東西聯軍馬上要開會，我把你叫來，是想讓你也參加。你要多聽、多想、多學，特別是西聯軍有幾名軍官思維很靈活，你要注意他們的發言，多觀察一下。」

「明白。」

封琛開會時，顏布布的鬱氣也終於消了。他一個人在床上躺了會兒，又後悔沒有跟著封琛一起去軍部，哪怕是開會，自己坐在一旁看著封琛也是不錯的。

反正也沒事幹，他準備去找王穗子和陳文朝，在路過哨兵宿舍區時，就見一名教官帶著幾個學員，正匆匆從那排屋子裡走出來，還攔住了一名哨兵問：「你是哨四班的吧？」

「對。」那哨兵回道。

「昨天打退了鬣狗變異種後，你有見過你們班的馬濤嗎？」

哨兵道：「沒有，就是在和鬣狗群戰鬥的時候見過，後來就一直沒

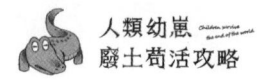

見到他了。」那哨兵想到了什麼,剛回答完臉色就變了,「教官,馬濤他是不是出什麼事了?」

教官沒有回答,只擺了擺手便匆匆走了,倒是一名從宿舍區出來的哨兵解釋道:「昨天一晚上馬濤都沒有回宿舍,現在也找不到人。」

「一晚上沒回宿舍?那怎麼現在才在找人?」

「嗐!因為打變異種之前,馬濤跟他們宿舍的人說,他哥哥生病了,他要去一趟種植園那邊的大營地照顧哥哥,可能晚上就不回來了。結果今天有人去了種植園,遇到了他哥哥,他哥哥說馬濤根本就沒去過⋯⋯」

「那去其他地方找過嗎?」

「都找了,各個居民點都找過了,連福利院都去過了。大家都是在和鬣狗變異種戰鬥時見過他,後來就不知道他的去向。」

「對啊,我也是在那時見到他的,看到他和一些哨兵正在往山上衝,還是因為教官在喊,那些哨兵才回頭,我也沒注意他有沒有跟著回頭⋯⋯」

顏布布站在不遠處,將他們的對話聽得清清楚楚,心裡有些驚駭。這個馬濤和陳留偉的情況差不多,都是在營地莫名其妙地失了蹤,難道繼陳留偉之後,又失蹤了一名哨兵學員嗎?

他站在原地又聽了一會兒,這才離開去找王穗子。

封琛此時正在總軍部開會。如今條件不好,總軍部會議室也就是一間大板房,裡面坐著東西聯軍的政首和一群高級軍官。

他坐在一個不起眼的角落,半垂著眸,安靜地聽著大家發言,偶爾抬頭看一眼講話的人。

冉平浩開始發言:「它擁有這樣強大的能力,既能產生暗物質遮蓋

第一章
你當我是比努努嗎？現在騙我都這麼不認真？

天空，又能製造幻境。看似沒有傷害我們的士兵，對我們沒有主動攻擊性，但誰知道以後會怎麼樣呢？我覺得啊……」

刷一聲輕響，室內突然陷入了一片黑暗，冉平浩的話也戛然而止。

「怎麼了？這是怎麼回事？」

「變異種……」

「沒有沒有沒有，就是停電。」

因為沒聽到外面有什麼動靜，而且現在還在開會，兩位政首不發言，軍官們也不敢起身，只小聲地交頭接耳。

封琛離門口很近，他想了想便起身開門，匆匆去往溧石機房看一下情況。

整片營地都陷入了黑暗，包括種植園那邊的大營地。不過屋內的人都出了屋外，互相大聲詢問，反而比平常更熱鬧。

四處亮起了星星點點的汽燈燈光，封琛在軍部崗哨裡拿了一支手電筒，跑向幾百公尺遠的溧石機房。

機房內，幾名技術人員正圍著發電機緊張地檢修，在看見身著軍裝的封琛走進來後，其中一人不用他詢問便主動解釋：「沒什麼大問題，電力使用嚴重超過了負荷，發電機的自動保護程式啟動，發電機便停止了運作，冷卻一會兒再啟動就行了。」

封琛沒有立即離開，而是順手拿起旁邊的一個記錄儀。上面記錄著這段時間的用電量，能查到任何時間段的準確資料。

「兩萬千瓦？我們每小時需要這麼大的電量？」封琛看著記錄本上的數據，微微皺起了眉。

兩萬千瓦差不多是地震前十幾萬人口小城市的用電量，雖然整個營地也有十幾萬人，但真正耗電的並不多，至少沒有了那些家用電器，也

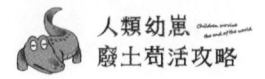

沒有了那些大型廠房和公司，這個用電量就顯得太大了些。

一名技術人員解釋道：「畢竟礦場有那麼多機器，特別是研究所，好像正在進行暗物質研究，耗電量就很大。當然我也不清楚具體詳情，要你們軍部的人才知道。反正要帶動那些儀器的話，需要耗費大量的電力。」

封琛走到三臺輸送漯石電力的機器前，那名技術人員便過來介紹：「這臺是輸送給研究所的，這臺是兩個礦場和種植園，這臺是給所有的居住點，還包括福利院、軍部和哨響學院。」

封琛用手電筒照著三臺輸送器，看著上面亮著的一排小燈，每個小燈都代表著一條主線路。

最左邊負責輸送給研究所的輸送器上只亮著一個燈，右邊那臺則亮著十八個燈，分別代表著不同的板房區。還剩下左邊一臺，應該就是負責輸送兩個礦場和種植園的了，但上面卻亮著四個燈。

「這臺輸送器為什麼會亮著四個燈？除了兩個礦場和種植園，還在給其他區域提供電力？」封琛問那名技術人員。

技術人員回道：「不是的，因為儘量保證研究所的供電嘛，所以這邊輸送器上也接了連著研究所的線路。如果那臺機器出了問題，這臺機器也能保證研究所的供電。」

「就是說，有兩條線路都是通往研究所？」

「對。」

封琛還想詢問，漯石主機卻轟然啟動，屋內也刷刷亮起了大燈。他身旁的技術人員連忙跑回去記錄資料，他便也沒有再問，離開機房回到總軍部的會議室。

他還沒推開會議室的門，便聽到了孔思胤的聲音像是在和誰吵架似的，情緒很激動，音量也很大。

「……我們的種植園雖然在高壓鈉燈的光照下也能產糧，但那又能產多少？就算能研究出對付暗物質的辦法，起碼也得幾年後才有具體成

果。更何況它還能進入人的腦域製造幻境，我們派出那麼多軍力，但現在連主株到底在哪兒都還沒搞清。我也不願意妥協，但拖下去也沒有任何能解決的辦法。」

封琛輕輕推開門，看見孔思胤正脹紅著臉坐下，陳思澤和冉平浩都垂眸看著眼前的桌面沒有吭聲。軍官們在下面竊竊私語，顯然也在進行爭論。

一陣沉默後，陳思澤道：「平浩的意思，他主張繼續派遣兵力，從其他地方繞去谷底，找到也許藏在那兒的主株，將它解決掉。思胤的想法就是將主株送去極地，先讓天上的暗物質消失，再想以後的事。」

陳思澤沉吟片刻：「現在我來說一下我的想法，我並不贊成採用激烈的手段解決問題，因為就像孔院長說的那樣，我們現在對付它是完全沒有勝算的，萬一激怒它，也許會發生難以想像的後果。但我也不贊成和它達成某種交換條件，看似暫時相安無事，實則後患無窮。」

冉平浩：「那你現在的意思……」

陳思澤：「我的想法就一個字：耗。現在不採取任何手段，不激怒它，把派去的兵也全部叫回來，就當沒有這回事。我們只專心研究對付它的辦法。一旦找著它的弱點，再採取行動。」

冉平浩遲疑道：「但若是 10 年、8 年的都研究不出來呢？」

「那就拖 10 年、8 年。」陳思澤平靜地道。

這場會議直到最後也沒討論出結果，封琛回到宿舍後，聽顏布布說起了又有哨兵失蹤的事。

「打鬣狗變異種的時候，有好多哨兵都往山上衝，當時被教官喊回來了，但我不確定都回來了沒有。」顏布布有些緊張地壓低了聲音：「我其實覺得他的失蹤和那隻梭紅蛛有關係。」

「為什麼？」

「我們一直沒發現過梭紅蛛對不對？但就是在那些哨兵衝上山後，我就看見了牠。這也太奇怪了，我反正感覺那哨兵失蹤就是牠幹的。」

31

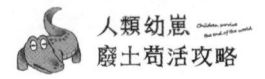

封琛思忖道:「我也這樣懷疑。」

「那我們要將這件事告訴軍部嗎?如果不說,他們就不會去調查梭紅蛛。但要是說了,萬一被他們發現這蜘蛛和林少將有關呢?」顏布布忐忑地問。

封琛搖搖頭,「沒關係,可以將這事彙報給軍部。除了孔思胤,其他人並不知道梭紅蛛和林少將的失蹤有關,正好藉助他們的力量找到梭紅蛛的線索。」

時間一天天過去,封琛知道軍部最終還是採取了陳思澤的辦法。因為那些派去陰硤山查亞峰的士兵全都被叫回來了,該幹麼繼續幹麼,也沒有誰再提起暗物質或羞羞草的事。

而哨嚮學院失蹤的那兩名哨兵也一直沒有找到,他們和那隻梭紅蛛一樣,就像人間蒸發似的,沒有半分蹤跡。

哨嚮學院也逐步走向正軌,一切看上去和以前並沒有什麼不同。只是經常正上著課時便聽到警報聲,接著就全體衝出教室,開始對付入侵的變異種。

直到將變異種清理乾淨,再回來繼續上課。

就這樣看似平靜地過去了一段時間,顏布布的生日也到了。

這天是顏布布的生日,但他內心毫無期盼,甚至還希望封琛不要記起來。

不知是封琛真的忘記了,還是他的暗中祈禱起了作用。中午吃午飯時,封琛並沒有從身後突然抽出一套卷子,也沒有提起有關生日的事,只叮囑他下午要好好上課,不要記一堆筆記在那裡,結果寫了些什麼自己都搞不清。

到了上課時間,顏布布回教室時一步三回頭。雖然他希望封琛能忘

第一章
你當我是比努努嗎？現在騙我都這麼不認真？

掉生日的事，但當封琛真的忘記了時，他心裡又很不是滋味。

封琛對他揮揮手，什麼話也沒說，只轉身進了哨兵班教室。

顏布布腳步沉重，心裡越來越失望——失望到覺得就算做一套卷子其實也不是什麼大不了的事。但他又覺得封琛說不定是覺得白天人多，要吃過晚飯回到家後，才會將那卷子取出來，滿臉鄭重地交給他，「顏布布，生日快樂。」

想到這一幕，顏布布又重新打起了精神，開始期盼著晚飯後的那套卷子。

下午時，蔡陶和丁宏升出任務去了，王穗子和陳文朝分別去看望姑姑和父親。

顏布布和封琛兩人在食堂打了晚飯後，便將飯菜端回了宿舍吃。

封琛如往常般從牆邊拿過一張折疊小桌，撐在床前的過道上，擺好兩人的飯盒。

「快吃飯了。」

「喔。」

顏布布一邊心不在焉地挾著碗裡的菜，一邊偷瞄對面正在吃飯的封琛。他看的次數太多了，封琛便用筷子敲他的碗，「好好吃飯，飯菜都涼了。」

顏布布挑挑揀揀，挾起一塊馬鈴薯，試探地問：「哥哥，吃完晚飯我要做什麼？」

封琛頭也不抬，「去福利院看那四個小孩？」

中心城塌陷時，顏布布帶著福利院的四名小孩撤離，現在他也經常會去看他們，幾個人見面後親熱得很。

「今天就不去了，昨天我才去看了他們的，我想另外做點什麼。」顏布布道。

封琛唔了一聲，提議道：「那去種植園旁邊散步？玉米抽穗兒了，還挺好看的。」

33

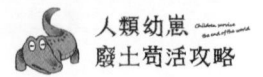

「散步啊……明天再散步吧。」顏布布提示:「今天還有其他事,很重要的事。」

「什麼很重要的事?」

顏布布屏息凝神:「比如做做題什麼的。」

封琛面露贊許,「不錯,還知道做題了,那吃完後你做題,我去軍部看看。」

顏布布臉沉了下來,把筷子也噹啷扔在了小桌子上。

「怎麼了?突然開始發脾氣?」封琛只瞟了他一眼,繼續不緊不慢地吃飯。

顏布布死死盯著封琛,看他又挾起一塊胡蘿蔔餵進嘴,終於沒忍住大吼一聲:「我的卷子呢?說好了要送我一套卷子,我的卷子呢?」

「這麼大聲幹什麼?」封琛抬頭看他。

顏布布臉脹得通紅,委屈地道:「大聲又怎麼了?你明明說了要送我一套卷子,結果忘得影兒都沒了。」

封琛將嘴裡的食物嚥下去,慢條斯理地拿起手帕擦擦嘴,伸手去揉顏布布腦袋,被他啪一聲打開。

「你經常說比努努脾氣臭,你自己看看你現在和牠有什麼區別?」封琛問。

躺在床上的比努努便斜著眼睛瞪著兩人。

「臭又怎麼了?我就要臭,你說話不算數,不給我卷子,不讓我學習!」顏布布繼續吼道。

一名哨兵經過半開的房門,在門口道:「人家多愛學習啊,怎麼還攔著他學習呢?」

他的嚮導也把腦袋探進來,對顏布布道:「我那裡還有幾套卷子,你想做的話我送過來給你做?只是要寫我的名字。」

等那兩人走後,顏布布也沒有心思吃飯了,恨恨地去床上躺下,翻身面朝裡面的比努努。

第一章
你當我是比努努嗎？現在騙我都這麼不認真？

　　他聽到封琛走過來的腳步聲，床身跟著往下沉，知道他坐在了身旁，卻故意往外挪，想將他頂下床。

　　但封琛坐得很穩，不論顏布布怎麼用力也絲毫不動。在暗自角力一番後，還發出一聲低低的輕笑。

　　顏布布心中委屈更甚，終於沒有忍住，紅著眼睛轉過頭怒吼：「笑，你還笑……」

　　刷刷刷……幾張卷子在眼前抖動。

　　顏布布剩下的話都斷在嘴裡，只有眼睛慢慢亮了起來。

　　封琛抖著幾張卷子，「誰想做卷子？誰想做卷子的話就舉手，我就把卷子送給他。」

　　顏布布有些拉不下臉，轉頭將自己埋進枕頭裡。心裡已經是怒氣全消，藏在枕頭裡露出了笑。

　　封琛：「比努努舉手了？想做卷子？好吧，那就把這套卷子送給比努努。」

　　顏布布在聽到封琛的話後大驚，也顧不得矜持了，立即就抬起頭，正好看見比努努將那套卷子抓在小爪裡。

　　比努努見顏布布盯著自己的卷子，立即警惕地抓緊，還從他身上翻過去下了床，似乎生怕他來搶。

　　顏布布如五雷轟頂，愣愣地盯著牠爪子裡的卷子，比努努又轉過身背朝他，把卷子抱在胸前。

　　「我的，那是我的生日禮物，是我的卷子……」顏布布不可置信地慢慢轉頭看向封琛。

　　封琛道：「我以為你不想要卷子，所以才問了那麼一句。你想要的話就早說啊，我就把卷子留給你。」

　　「那我的呢？你把我的卷子給了比努努，那我的卷子呢？」顏布布重重拍著身下的床板，「我要做卷子！我的一整套卷子呢？軍事理論一張、文化基礎一張、嚮導知識一張，整整三張卷子！就這麼沒了！我的

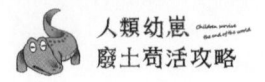

卷子……」

「冷靜點，你冷靜點……」封琛拖住顏布布兩隻手，將他從床上拉起來。顏布布閉著眼身體往後仰，封琛便摟住他腰，把他抱下了床。

顏布布仰躺在封琛懷裡，四肢軟軟垂在空中。他側頭看向比努努，見牠正在喜滋滋地看卷子，心裡的悲傷更甚，連帶鼻子都在發酸，「……那是我的卷子。」

「那不是你的卷子。」封琛帶著一絲笑意的聲音在他耳邊響起：「我已經給你準備了另外的生日禮物，這卷子就是送給比努努的，今天也是牠的生日。」

顏布布頓時止聲，仰起頭去看封琛的臉，「我有另外的卷子？」

「不是卷子。」

「那是什麼題？」

「也不是題。」封琛柔聲道：「不讓你做卷子也不讓你做題。」

顏布布愣愣地看著他，他又接著問：「想不想知道是什麼禮物？」

「想。」顏布布回道。

封琛道：「想的話就自己好好站著，去把頭髮也梳了，你看你頭髮亂得像個雞窩似的。」

顏布布飛快地跳下地，一掃剛才的萎靡，取出梳子匆匆胡亂梳了兩下頭，「我好了。」

封琛接過他手裡的梳子，幫他將頭髮重新梳了一遍，才牽起他的手往外走，「比努努、薩薩卡，走吧，一起去外面逛逛。」

比努努正拿著那張卷子給黑獅看，聞言便想將卷子收起來，左看右看找不到合適的地方。黑獅便將卷子叼起來，放到吊櫃裡。

比努努往門口走了兩步，又轉身去推窗戶。牠確定窗戶已經關嚴實，不會有誰鑽進來拿走牠的卷子，這才放下心來。

【第二章】

希望以後的每一個生日，
我都能帶著你看星星

◆━━━━━◆

星光傾斜而下，讓沙地看似一片散金碎銀。
明明靜謐無聲，卻似能聽到光點閃爍的窸窸窣窣。
封琛垂眸看著顏布布。
顏布布還在看那兩條項鍊，將它們並在一起，
不斷重複輕聲念：「我愛你，我也是，我愛你，我也是⋯⋯」

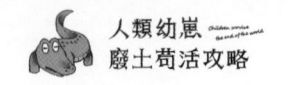

封琛帶著顏布布和兩隻量子獸出了哨嚮學院，左轉一直往前，走到了營地最邊緣處。

「我們這是去哪兒？」顏布布東張西望地問。

「噓──不要被別人發現。」封琛牽著他避開一名值崗的士兵，「那邊光線暗一點，我們順著那邊走，去看你的生日禮物。」

顏布布心裡頓時激動，看個生日禮物居然要避著人，這到底是什麼神祕的好東西？

他們避開士兵，從那些燈光照不到的死角往前慢慢推進，終於離開營地，進入沙漠。

因為興奮，顏布布臉都有些發紅，「你是把我的生日禮物藏在沙漠裡嗎？」

「對，它在沙漠裡。」

封琛將顏布布抱上了黑獅背，自己再翻身上去。黑獅馱著他倆，再叼上比努努，衝向了遠處的黑暗。

風沙呼嘯聲越來越大，四周已經沒有了光亮，封琛打開額頂燈，照亮前方的一團區域。一些變異種蠢蠢欲動地衝過來，還沒等牠們靠近，便被封琛發出的精神力擊殺。

「哈哈，哈哈哈，真的好好玩……呸呸……」封琛從來都恪守規矩，還是第一次做這麼刺激出格的事，顏布布激動得不停笑，被沙子灌了一嘴。

「別說話。」封琛吼道，並拿起一塊事先準備的大紗布罩在顏布布頭上，給他擋住風沙。

黑獅往前奔跑了約莫半個小時後，又轉頭朝著右前方奔跑，直到不遠處出現了一座沙丘山，才慢慢降下了速度。

當黑獅繞到那座沙丘背後時，顏布布發現一直縈繞在耳邊的風嘯聲停下了，整個世界驟然安靜下來。

他好奇地左右張望，思忖著封琛是不是將送給他的生日禮物藏在沙

第二章

希望以後的每一個生日，我都能帶著你看星星

丘的某個地方。封琛卻拉著他從沙丘壁爬上半山腰，在一塊平臺上坐下。封琛側頭看向顏布布，顏布布知道他要拿出禮物來了，既期盼又激動，還帶著幾分緊張，只對著封琛不停傻笑。

「現在我要把禮物送給你了。」封琛道。

顏布布忙不迭點頭，「哈哈哈，好。」

他嘴裡應聲，眼角餘光卻往平臺其他地方瞟，想看看那個禮物到底放在哪兒，封琛要怎麼掏出來。

封琛卻在這時伸手擋住了他的眼睛，嘴裡輕數著：「1、2、3。」

顏布布屏息凝神，心臟跳動的頻率比他數數還要快。

咔嚓一聲輕響，封琛關掉了額頂燈，同時也拿開了蒙著顏布布眼睛的手。

顏布布眨了眨眼睛，第一時間便去看封琛的手，卻發現他兩手空空。他又探出身去看封琛背後，卻依舊什麼都沒有。

「……哥哥。」顏布布疑惑地喚了聲。

封琛沒有回答，只目光溫柔地看著他。顏布布還要再問，突然反應過來什麼，有些驚訝地轉頭打量著四周。

顏布布看見身旁崖下那片反著柔白光華的細沙，看見了身後沙丘的輪廓，也看見了面前的人，還有坐在不遠處另一個平臺上的比努努和薩薩卡。

封琛已經關掉了額頂燈，但這裡竟然有光！並不明亮刺眼，卻也能照出物體輪廓的光！

顏布布抬頭，想去看背後的沙丘頂上是不是安了高壓鈉燈，卻在仰起頭的瞬間，整個人凝成了一尊雕塑。

只見濃黑一片的天幕上，他們頭頂正對的那一塊，像是黑色幕布被誰生生撕開了一道口子，璀璨星光便從那口子裡傾灑而下，如雨如瀑。

顏布布一動不動地仰頭看天，封琛也只神情專注地看著他。

「你在6歲的時候畫過一幅畫，還說希望你的生日禮物是我陪著你

39

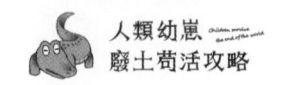

看星星。在你 7 歲生日那晚，我抱著昏迷不醒的你坐在船上，想著要是你能醒過來，要是雨停了出現星星該多好。那是我此生最幸運的一天，我的祈禱靈驗了，你不但醒了，星星也出現了……」

封琛伸手攬住顏布布的肩，顏布布便將頭側靠在他肩膀上，安靜地聽他用低沉的嗓音喃喃著。

「那晚我對你說過，希望你 9 歲生日、10 歲、11 歲、12 歲……以後的每一個生日，我都能帶著你看星星。但是極寒來臨，我們再也沒有見過天上的星星，我也一直沒能兌現對你的承諾。」

「哥哥，這是你的魔法嗎？」顏布布收回視線，轉頭看向了封琛，眼神如夢似幻，「這一定是你的魔法對不對？」

封琛解釋道：「上次學院派我們來沙漠尋找陳留偉，我無意中發現了這個地方，後來一琢磨，是因為沙漠裡本來就沒有生長羞羞草，暗物質也就沒有那麼濃厚。而這一個沙丘生得也很巧妙，將氣流分成了兩半，剛好留出了這一道口子不被暗物質遮擋。」

顏布布一瞬不瞬地看著封琛，在他講完後緩緩搖頭，「不，不是什麼暗物質、不是什麼沙丘氣流，這就是你的魔法……」

封琛側頭看著他微笑起來，「對，這就是我的魔法。」

顏布布又看向前方的沙漠，看那些沙粒被星光鍍上了一層銀色，世界是如此的美妙和不真實。他正滿心沉醉，眼前卻突然多出了一個四四方方的小盒子。

這盒子他很熟悉，一眼就認出來這是當初他送給封琛那條項鍊的包裝盒，不由笑了聲，伸手將那盒子拿在手中，「哥哥，你還把這個保管著嗎？」

「我一直收著。你打開盒子看看。」

顏布布依言打開了盒蓋，看見裡面躺著一條項鍊──黑色的皮繩，末端掛著一個菱形的鉅金屬薄片。

「這不是我送你的那條項鍊嗎？你為什麼……」顏布布的話頓住，

第二章
希望以後的每一個生日，我都能帶著你看星星

因為封琛低頭從自己衣領裡也拿出了一條項鍊。

顏布布看著兩條一模一樣的項鍊，驚喜地啊了一聲，再拎起盒子裡這條，舉在眼前仔細看。

項鍊墜子在空中慢慢轉動，菱角面在星空下閃著碎光，依稀可見那上面也刻了三個字。

顏布布心頭一動，猜到吊墜上也刻著我愛你，便湊近了想要大聲念出來：「我⋯⋯」剛念出個我字就停下了，後面跟著的明顯不是愛你兩個字，他仔細辨認著：「⋯⋯也是。」

——我也是⋯⋯我也是⋯⋯

顏布布：啊？？？

顏布布盯著這個吊墜看了半晌，又轉頭去看封琛，想問他為什麼是個「我也是」。

封琛平靜地注視著前方沙漠，顏布布正要開口，卻從他臉上看出了一絲不自在，突然福至心靈，推了推他的肩膀，「我愛你，我也是，這是我也愛你的意思對不對？」

封琛輕咳了一聲，依舊看著遠方道：「有的東西知道就行了，沒必要說出來。」

一陣沉默後，顏布布突然發出一聲短促的笑聲，接著又接連好幾聲：「哈，哈哈，哈哈。」

封琛也不看他，只聲音涼涼地問：「笑什麼笑？有什麼可笑的？」

顏布布閉上了嘴，幾秒後又是噗哧一聲。

封琛緩緩轉頭看過來，顏布布面色鎮定地和他對視，又堅持了幾秒後終於沒有忍住，「哈哈，我也是，哈哈，居然是個我也是。你刻個和我一樣的我愛你也行啊，為什麼是個我也是？哈哈哈⋯⋯」

他笑聲太洪亮，封琛臉上難得地浮起一絲羞惱，「你以為誰都和你一樣，什麼肉麻的話都說得出來？」

「那也不能我也是啊，哈哈哈哈哈⋯⋯」

41

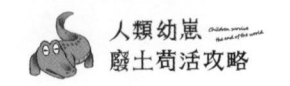

封琛頓了頓，伸手去拿他項鍊，「這麼好笑是吧？那就還給我。」

　　「不給！」顏布布抱著項鍊轉身，斂起笑扭頭看著他。

　　封琛正要收回手，就聽他慢吞吞地道：「你以為我要說不好笑嗎？可是就是很好笑啊，哈哈哈哈……」

　　封琛面無表情地看著顏布布，突然迅速伸手，將他手裡的項鍊一把奪過來，朝著沙漠方向扔了出去。

　　「啊！」顏布布一聲大叫，也不笑了，只站起身看著項鍊扔出去的方向，又轉頭愣愣看著封琛，「你把我的項鍊扔掉了？」

　　封琛沒有做聲，顏布布又發出一聲氣急敗壞的大叫：「你把我的項鍊扔掉了？你居然扔掉了我的項鍊？」

　　旁邊平臺上，比努努正在給黑獅梳毛，聽到顏布布的喊聲，兩隻量子獸都轉頭看了過來。

　　「你等著、你等著。」顏布布現在也顧不上找封琛算帳，只恨恨地威脅兩聲，立即就要往平臺下溜，準備去找到那條項鍊。

　　但他屁股剛剛滑出去，兩隻腳尖剛接觸到下面沙山壁上的一塊小凸起，就被封琛揪住了後衣領，整個人懸在空中。

　　「幹麼？你又想幹麼？」顏布布掙扎了兩下沒有掙動，急道：「快放開我，我要去找項鍊。」

　　封琛不緊不慢地道：「找什麼項鍊？反正你覺得那麼好笑，就別要那條項鍊了。」

　　「你在說什麼胡話？」顏布布轉頭去看他，卻被拎高的衣服擋住了視線，只得就瞧著那片衣料，「快鬆手，放我下去。」

　　「不放。」

　　顏布布又氣又急，大吼道：「不鬆手是吧？等我找到項鍊後就要上來打你。」

　　封琛：「還想打我？翅膀硬了是吧？那我乾脆鬆手，你搧著翅膀飛下去。」

第二章
希望以後的每一個生日，我都能帶著你看星星

顏布布轉著眼珠往下看，發現下方離他還有兩、三層樓高。而他兩隻腳懸空，完全沒有著力點，全靠封琛從背後拎著他。

「我這樣確實不好下去，你把我翻個面，讓我可以面朝山壁滑下去。」顏布布收起脾氣，忍氣吞聲地道。

封琛果然就將他翻了個面，讓他兩隻手抓著平臺，再慢慢鬆開揪住他後衣領的手，蹲在平臺上看著他。

顏布布兩隻腳在山壁上試探，卻再也沒找到什麼可以落腳的點。山壁太光滑，唯一的落腳點離他還有些遠，只有封琛的大長腿才能搆著。

顏布布抓著平臺，兩隻腳四處觸碰找落腳點時，封琛就那麼一言不發地蹲在他面前，饒有興致地看著。

顏布布的額頭上漸漸浮出一層細汗，呼吸也開始不穩。他原本不想尋求幫助的，但手臂越來越痠軟，已經撐不了多久，估計只能叫薩薩卡來幫他了。

他正琢磨著再拖兩秒，就見封琛從衣兜裡掏出一條東西，不緊不慢地在他面前抖。黑色的皮繩，菱形的深黑色金屬墜子，正是那條剛才被他扔向沙漠的項鍊。

顏布布怔了下，又驚又喜地問：「你沒把項鍊丟了？」

「我什麼時候說過把項鍊丟了？」封琛反問。

「可是、可是⋯⋯」

封琛彎了下唇角，將項鍊繩分開，套上顏布布的脖子，再將後面的搭扣輕輕扣上。

「好看。」他撥了下垂在顏布布胸前的墜子，「可別再弄丟了。」

「我什麼時候弄丟過？你要賴⋯⋯居然還讓我別再弄丟了⋯⋯」顏布布撐得兩隻胳膊都在顫抖，卻也堅持低頭去看自己的項鍊。

被精細打磨過的項鍊墜子在月光下閃著溫潤的光，顏布布看得心花怒放，沒忍住又笑了一聲。隨著這聲笑，他原本撐著的那口氣也沒了，手臂脫力地發軟，整個人往平臺下滑溜。

43

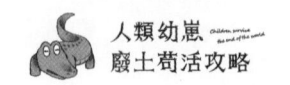

封琛又一把抓住他的後衣領,將人拎上了平臺。

「坐好。」

顏布布立即乖乖坐下。他喜滋滋地靠近封琛,看一眼他脖子上的項鍊,又看一眼自己的,還將兩只墜子放在一起比較。

「……我這個字其實比你那個刻得好,這個『也是』的『也』字特別好看……大小是一樣的,形狀也是一樣的……」顏布布問:「你這個墜子是怎麼做的?是找到以前給我做墜子那人做的嗎?」

封琛說:「不是,我自己做的。」

「你自己做的?用那種甲蟲做的?」顏布布驚訝地問。

「對。」

顏布布頓時緊張起來:「可是營地這邊沒有甲蟲了,只有中心城下面還有,你是去那兒抓的?」

封琛輕描淡寫地道:「不難,只抓了兩天就抓到了。」

封琛都要花兩天時間才能抓到甲蟲,可見難度其實非常大的。顏布布心裡明白,卻也沒有再說什麼,只靠在他肩上,細細摩挲著墜子上刻字的紋路。

星光傾斜而下,讓沙地看似一片散金碎銀。明明靜謐無聲,卻似能聽到光點閃爍的窸窸窣窣。

封琛垂眸看著顏布布。從他這個角度,可以看到顏布布垂落的幾綹頭髮,柔軟捲曲地覆蓋在白皙的額頭上,那排濃密的睫毛擋住灑落的星光,在下眼瞼上投下一片陰影。

顏布布還在看那兩條項鍊,將它們並在一起,不斷重複輕聲念:「我愛你,我也是,我愛你,我也是……」

過了好半天,他才突然驚覺到封琛很久都沒有說話,便轉頭看過去,發現封琛也正看著他。

封琛背對著光線,臉部隱沒在黑暗裡,神情有些看不清。

顏布布對著他舉起一只項鍊墜子,「我愛你……」

第二章
希望以後的每一個生日，我都能帶著你看星星

　　他的下巴被一隻有力的手握住，眼前陡然一暗，剩下的話便被覆上來的唇堵在了嘴裡。

　　這是個既熱烈又生澀的吻。

　　封琛一手環著顏布布的腰，一手固定著他的後腦，顏布布貼在他懷裡，摟著他的脖頸。兩人的牙齒碰撞得咯咯作響，嘴唇也時不時被對方咬住。好在封琛很快就摸索出方法，從牙齒碰撞聲到唇舌糾纏聲，從生疏到熟練，他只用了短短幾分鐘時間。

　　顏布布腦中一片眩暈，像是砰砰炸開漫天煙花，身體也不住往下滑。封琛穩穩托著他後腰，直到他發出憋氣的聲音才抬起頭，微微喘息著看著懷裡的人。

　　顏布布滿臉泛紅，嘴唇像兩片豔麗的花瓣，一雙水潤的眼睛倒映著滿天璀璨星光。

　　「呼吸。」封琛啞著嗓音道。

　　顏布布這才從失魂狀態中回過神，大口大口呼吸新鮮空氣。

　　「再來、再來……」他回過這口氣後又立即道。

　　封琛道：「先休息一會兒。」

　　「我不累，不用休息。」

　　顏布布急不可耐地摟住他脖子往自己跟前拖。

　　封琛稍稍往後仰頭，「那你也得喘口氣。」

　　顏布布深呼吸兩口，「好了，我喘氣喘夠了……唔……」

　　封琛已經俯下了頭，重新吻上了他的唇。

　　等到這個長長的吻結束，顏布布已經軟在封琛懷裡，每根骨頭都酥得沒了力氣。

　　封琛揩去他唇上的水漬，低聲問道：「這下可以休息了？」

　　顏布布抬起頭，「其實完全不用休息的。」

　　封琛碰了下他的唇，「嘴疼不疼？好像咬到了。」

　　顏布布嘬起唇往裡吸了口氣，「不疼，我還能堅持。」

45

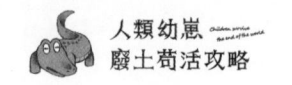

「是不是腫了？」封琛捏著他下巴讓他仰起頭，又打開了額頂燈，「我看看……真的腫了。」

等封琛關掉額頂燈後，顏布布突然想起比努努和薩薩卡一直沒有半分動靜，便轉頭看了過去。卻見兩隻量子獸已經從面朝沙漠變成了面朝他倆，神情嚴肅認真，眼睛一眨不眨。

顏布布又靠回封琛懷裡，臉埋在他胸口，用甜得發膩的聲音撒嬌道：「哥哥你看牠們呀，牠們兩個在偷看我們，好害臊啊，我都覺得不好意思了……」

封琛摸了下他腦袋，「你這是不好意思？我看是得意吧。」

顏布布咧嘴嘻嘻一笑，卻扯動腫脹的嘴唇，疼得開始往裡吸氣。封琛將他從懷裡輕輕推出去，用燈照著他的嘴仔細看，眼裡閃過一絲懊惱，「好像破皮了，這裡有點破皮。」

顏布布生怕他以後不再親自己，忙道：「破皮怕什麼？多練練啊，多練練就不會破皮，也不會疼了。」

封琛關掉燈，似笑非笑地問：「是練出繭子來就不疼了嗎？」

顏布布噘著嘴往他唇邊湊，含混地道：「其實練出繭子來也是可以的……」

封琛抬手擋著他臉，「悠著點，就像你吃到喜歡的新菜，也不能往死裡撐。」

「但是也要吃飽啊……」

「你已經很飽了。」

「就七分飽，不對，半飽。」

封琛攬住他的肩，抬頭看天，驚訝地問：「你看那是什麼星座？我都認不出來。我們還在海雲城的時候，你就最喜歡看關於星星的紀錄片，應該知道的。來，我考考你，憑這露出的一小塊天空，你能認出那是什麼星座嗎？」

「看星星我在行，你還能考倒我？」顏布布也跟著看天，仔細辨別

那片星星，暫時忘卻了吃新菜的事情。

兩人時而說說笑笑，時而又一起看天上的那團星星。夜已深，顏布布靠在封琛肩上發出滿足的喟歎：「哥哥，這個生日我好喜歡……」

「嗯。」封琛柔聲應道。

顏布布轉頭在他肩上親了下，無比自然地說了聲：「我愛你。」

他說完也沒有移開目光，繼續看著封琛，只滿懷期待地等著回應。

封琛迎著顏布布視線，嘴張開又閉上，閉上又張開，最後道：「我也是。」

「唔……好吧，這個也勉強可以。」顏布布嘻嘻一笑，又拿起自己的項鍊墜子，湊在嘴邊親了幾下，「嘶——」

「你就不要拿東西往嘴上碰了行不行？」

「好的。」

時間平靜地流逝，一晃又過去了大半年。種植園的馬鈴薯在高壓鈉燈的照射下已經成熟了三茬，而哨嚮學院的這批學員們也面臨著畢業，將正式進入軍隊。

顏布布和封琛入學的時間短，原本是要跟著下一屆學員繼續學習的，但孔思胤和陳思澤都覺得封琛已經不需要學習，可以直接進入軍隊，順帶著顏布布也就跟著一起畢了業。

畢業典禮時，陳思澤和冉平浩都來了，分別給所屬軍隊的優秀學員發放畢業證書和功勳證書。

孔思胤拿著麥克風道：「災難來臨之際，很多學員表現出了非凡的勇氣和能力。他們架起了連通底層到卡口的生命通道，他們幫助民眾撤離，他們一次次擊潰變異種對營地的進攻……」

顏布布站在臺下，不斷張望著臺側，想看到封琛的身影。

47

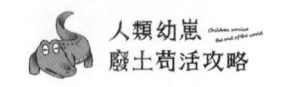

「榮獲三等功的哨兵學員：王德財、劉飛分、林思麗……」

「榮獲二等功的哨兵學員：于明喜、王全章、張仁和……」

一批批學員在掌聲中上臺授勳，分別從陳思澤和冉平浩手裡領過證書，由代表發表感言，再排著隊下臺。

顏布布一邊鼓掌，一邊等著封琛上臺。他知道封琛會立功授勳，也知道他一定會獲得一等功。

「中心城塌陷時，有四名哨兵學員勇敢地跳入喪屍群，在其他哨兵學員的幫助下，連上了底層通往卡口的備用橋，讓民眾得以安全撤離……其中兩名學員在1層城內引走喪屍，為撤退爭取了時間和機會，另外兩名學員護送2層居民點的民眾，並在最後時刻及時關閉通道……」

顏布布聽到這裡便精神一振，站在他左邊的王穗子也激動地道：「是他們，肯定是他們，他們要出來了。」

「別激動，還沒念名字呢。」陳文朝在後面道。

顏布布也道：「肯定是他們，就是他們四個。」

「……封琛、計漪、丁宏升、蔡陶。」

當孔思胤的聲音從擴音器裡傳出來時，顏布布和王穗子興奮大叫起來，並拚命鼓掌。

站在顏布布右側的黑獅一如既往的沉穩，但坐在牠背上的比努努，驕傲地挺起胸脯睥睨左右，彷彿牠才是上臺授勳的那一個。

封琛四人在如雷掌聲中走上臺，分別接過陳思澤和冉平浩手裡的證書。陳思澤在和封琛握手時，用兩人才能聽到的聲音道：「繼續努力，在平一定會為你驕傲的。」

四人做了簡短的發言後轉身下臺，封琛在走到臺側時，眼睛飛快地掃過臺下，鎖定其中激動得臉泛紅的顏布布，抬手碰了下帽檐，不易察覺地對他行了個禮。

「哇，走在最後的那名哨兵好帥。」

第二章
希望以後的每一個生日，我都能帶著你看星星

「帥死了……封琛，他叫封琛。」

「他有沒有匹配過啊？我在已匹配人員名單裡好像沒有看見過這個名字。」

「其實吧，我早就向哨二班的人打聽過，他雖然沒有加入匹配，卻有個嚮導，兩人感情還很好。」

「另外三個也好帥，我喜歡那個女哨兵！」

顏布布捂住撲通亂跳的心臟，在聽到周圍的小聲議論後，急忙就想大聲宣布主權。但他讀了這些日子的書，也和人群相處了一段時間，知道就這樣對人家宣告的話並不妥。

他想了想，便故意大聲問身旁的王穗子：「看我的哨兵，我的哨兵封琛是不是很棒？」

王穗子略一愣怔就反應過來：「他肯定很棒啊，你的哨兵封琛肯定很棒。」她說完後又補充了句：「而且你們倆感情還那麼好。」

顏布布沒想到王穗子不但領會了他的意思，還能舉一反三，說出這樣妥貼的話，頓時笑得合不攏嘴，「不過還是低調一點的好……」

臺上，孔思胤拿著名單上前幾步，對著麥克風繼續往下念：「現在宣布嚮導學員的立功名單。三等功獲得者：劉利、趙翠……」

趙翠上了臺，嚮導三班的位置呼聲震天，學員們都在齊齊高呼翠姐威武。王德財班上的哨兵也在大聲起鬨，朝著臺上喊王嬸。

趙翠站在臺上，原本還笑得歡，聽到這聲王嬸後立刻沉下了臉。王德財在臺下制止那些喊王嬸的人：「喊姐，別喊嬸，也別喊姨……」

「王嫂……王嫂……」那些哨兵又改了稱呼，這次趙翠的臉色就好看了許多。

頒完嚮導三等功後便是二等功，嚮導們在臺上發言時，顏布布一邊聽一邊轉頭去看哨兵二班的位置，想在人群裡找到封琛。

雖然哨兵們皆是身高腿長，但封琛站在裡面依舊很搶眼。顏布布一直盯著他瞧，他也看了過來，並指了下臺上，示意顏布布認真聽。

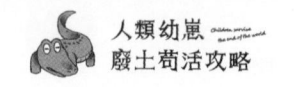

顏布布的注視得到了回應，也就心滿意足地回頭看臺上。

「這五名嚮導學員，其中兩名在中心城塌陷時，堵住了安置點的缺口。有一名學員在2層護送居民點民眾，並在最後時刻及時關閉通道。還有兩名嚮導在1層城內引走喪屍，為民眾撤退爭取了寶貴的時間……」

顏布布正聽著，褲腿就被扯了下，他低頭看，看見比努努面無表情地注視著前方人的腿。

雖然比努努什麼也沒說，但顏布布明白牠的意思，便將牠抱了起來，讓牠也可以看到臺上。

「大人，這個高度滿不滿意？」顏布布在牠耳邊輕聲問。

比努努弧度很小地點了下頭，表示牠很滿意。

顏布布還要繼續說，王穗子突然拉他：「你聽見了嗎？是不是在說我們？我怎麼覺得說的是我們呢？」

「啊？什麼？」

「孔院長剛才說的話啊，你沒聽嗎？」王穗子又轉頭去問陳文朝：「兩個在1層引走喪屍的會不會是我和顏布布？還有一個在2層關閉通道的是你吧？」

陳文朝耷拉著眼皮，「我不知道。」

顏布布反應過來臺上正在說的有可能是他和王穗子，立即豎起了耳朵，聽著孔思胤接下來的話。

「現在我來公布這五名嚮導學員的名字，他們分別是：洪程、李詩琪、陳文朝、王穗子、顏布布。」

「啊！！！」場內響起了兩道壓得低低的尖叫，王穗子一把抓住顏布布的胳膊，「我沒聽錯吧？快告訴我沒有聽錯。」

顏布布被這意外的驚喜砸得回不過神，直到掌聲雷動才反應過來，迭聲道：「是我們，就是我們！你沒有聽錯！」

孔思胤道：「下面請五位榮獲一等功的嚮導學員上臺。」

第二章

希望以後的每一個生日，我都能帶著你看星星

三人站著沒動，比努努卻跳下地，迫不及待地往臺上走。陳文朝最先反應過來，立即催前面兩人：「走了走了，上臺去。」

「啊……好，上臺、上臺。」

顏布布和王穗子像是踩著雲朵般飄上了臺，王穗子一直處於發愣狀態，顏布布則不停傻笑。

比努努站在顏布布腿邊，挺著胸脯，神情嚴肅。站在孔思胤旁邊的總教官低頭看了牠一眼，正想開口詢問，臺下嚮導三班的學員就七嘴八舌地道：「總教官，牠是立功嚮導顏布布的量子獸。」

「顏布布考試打多少分，牠就是多少分。顏布布立一等功，牠也上來授勳了。」

總教官頓了下，卻也沒有說什麼。

幾人分別在陳思澤和冉平浩手裡接過一等功證書，端正地捧在胸前展示。顏布布還將那條綬帶繞一圈縮短，俯身給比努努掛好。

顏布布捧著證書看向臺下的封琛。封琛在人群裡朝他微笑，並對他豎起了大拇指。

「下面請五位立功嚮導講話。」孔思胤鼓掌退到了旁邊。

最先講話的是另外兩名嚮導，他們每人都說了約莫兩分鐘左右，感謝了學院領導教官，最後再退回原位。待到如雷掌聲平息後，陳文朝看向了顏布布和王穗子兩人。

「你先說、你先說，我不知道說什麼……」王穗子緊張得聲音都變了調。

陳文朝站到了麥克風前，「感謝學院和西聯軍的栽培，謝謝。」

短短一句話後，他便退後幾步站好，依舊耷拉著眼皮，一副已經說完了的樣子。在場的人都沒想到就這樣一句話結束，有些反應不過來，場面一時非常安靜。

「好！說得好！」蔡陶在下面一聲大喝，又舉起手大力鼓掌，前後左右轉著頭，「都愣著幹什麼？鼓掌啊！」

51

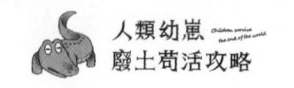

嘩……掌聲都響了起來。

王穗子小步小步地挪到麥克風前，聲音都在發顫：「其實有、有很多學員比我做、做得更好，感謝學院、學院和西聯軍的培養，我只是、我只是僥倖……」

她開始說得很是磕磕絆絆，但計漪一直朝著她鼓勵地笑，還將孔雀頂在頭上，撒開漂亮的尾翼，不斷擺出各種造型。她看著輕鬆逗趣的計漪，便不再那麼緊張，後來說得順暢了許多。

王穗子講完後，便輪到了顏布布。

顏布布上前幾步走到麥克風前，面對著下方烏泱泱的人群，在心中醞釀著開場白。沒有人出聲，都在等著他發言，但是一陣安靜後，他還沒開口就自己先笑出了聲：「哈哈。」

這笑聲被擴音器響亮地傳了出去，下面的人也跟著笑成一片：「哈哈……」

封琛微微瞇眼看著他，也勾起了唇角。

顏布布清了清嗓子，回憶著剛才那些獲獎人員的講話內容，稍稍做了點改動：「其實有很多學員比我做得更好，感謝學院和西……東聯軍的栽培，我以後一定會更加努力……」

顏布布一通話裡將前面幾人的發言都囊括其中，雖然是複製貼上，但也中規中矩沒有出什麼差錯。

他說完後正準備後退，但看著下面的封琛，又補充了一句：「感謝我的哨兵封琛，嗯……我也是。」

他很想當著所有人的面說出我愛你，但也知道那太過高調，話到嘴邊還是作出了改變。但他相信封琛已經聽懂了，因為封琛慢慢露出了個笑，眼底也閃動著令他心動的光芒。

顏布布退後站好。他們幾人都發言完畢，按說就要下臺了，但比努努卻在這時出列上前，站到了麥克風架面前。

「量子獸要發言嗎？哈哈哈……」

第二章

希望以後的每一個生日，我都能帶著你看星星

「大家歡迎量子獸發表立功感言。」

有人在下方帶頭鼓掌，其他人也跟著鼓掌和吹口哨，氣氛一時無比熱鬧。就連臺上的兩位政首和院長也沒有阻止，只微笑著任由他們鬧騰。比努努絲毫不受影響，只嚴肅地筆直站著，兩隻眼睛卻盯著頭上方的麥克風。

封琛在這時擠出人群，一個跨步躍上臺，將麥克風架放低，直到麥克風和比努努平行後才又跳了下去。

「安靜安靜，都安靜，聽量子獸發言。」

「噓——不要做聲了。」

比努努將嘴湊近麥克風，似是斟酌般沉默片刻，開口嗷了一聲。接著對人群左右揮揮爪子，淡定地退回去站在顏布布身旁。

「說得好！大家鼓掌！」蔡陶又是一聲大喝。

全場的哨兵嚮導學員都在笑，也紛紛附和：「量子獸說得好！獲得一等功的量子獸就是不一樣。」

所有立功學員都領取了證書，大會宣告結束。顏布布抱著自己的證書，和掛著綬帶的比努努一起擠出人群，找到了封琛，並拉著他快快回了宿舍。

「哥哥看！我的證書！快看看我們的證書有沒有不同⋯⋯嘿嘿，是一樣的⋯⋯我也是一等功，嘿嘿⋯⋯」

顏布布拉著封琛喜滋滋地看證書時，比努努便將自己身上的綬帶，鄭重地掛到黑獅頸子上。

黑獅抬起爪子珍惜地摸了下，又走到封琛面前看著他。

封琛心領神會，取下自己掛在床架上的綬帶，調整好長度遞給了黑獅。黑獅叼著那條綬帶，也鄭重地掛到比努努脖子上。

53

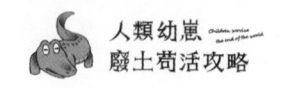

吃過晚飯，顏布布和封琛去種植園散步，黑獅和比努努披掛著綬帶也跟在身後。

　　因為整片營地左邊是陰硤山、右邊是沙漠，情侶們平常能約會的地方也就剩下了這片種植園。所以路上不時會遇到其他人，基本上都是成雙成對地在散步。

　　種植園最左邊就是中心城1層民眾居住的大營地。顏布布被封琛牽著走在田埂上，身邊是一片大豆苗，他突然看見左邊離得較遠的田埂上有兩名熟人。

　　「你看那是陳文朝和蔡陶吧？」顏布布指給封琛看。

　　封琛往那邊看了一眼，「對。」

　　顏布布笑道：「昨天陳文朝還在發火，說蔡陶是隻蠢狗，他發誓再也不想看到這個人，結果今天就又在一塊兒了。」

　　封琛也笑了起來，正要說什麼，種植園左邊的大營地方向突然傳來幾聲槍響，接著便是一道撕心裂肺的哭喊：「別殺我爸爸！他成了喪屍，趕到山那邊去就行了！別殺了他……爸爸……爸爸……」

　　還在種植園散步的人都轉頭看向了聲音處。

　　還在中心城時，軍部處理喪屍，若是突發事件中的喪屍會立即擊斃，對那種發燒後在隔離點裡變成的喪屍，是能不殺就儘量不殺，直接丟到城外去，以免給親屬造成嚴重的心理創傷。

　　但如今無法將喪屍和正常人隔成下上兩層，不殺又能怎麼辦呢？只能讓親屬迴避後再擊斃。就算如此，在聽到那聲槍響後，還是有很多人會承受不住這種打擊。

　　顏布布聽著那一聲聲悲慟的哭喊，也沒有了繼續散步的心思，低聲對封琛說：「哥哥，我想回去了。」

　　封琛也沒有多問，只牽著他的手回到礦場營地的哨嚮雙人宿舍。

　　回到宿舍，裡面還是那樣狹小的空間，卻又和以前有些不同。窗戶上掛著淺藍色布窗簾，布料很舊，顏色有些泛白，卻洗得很乾淨。

第二章
希望以後的每一個生日，我都能帶著你看星星

　　床邊過道裡鋪著一張厚實的舊地毯，床下放著一個挺大的竹籃，類似大號的嬰兒籃。裡面鋪著軟布，垂落在竹籃外的部分還縫了一圈花邊，非常精緻漂亮。

　　比努努越過兩人側身進了屋，熟練地鑽到床底的竹籃裡，一邊愜意地搖晃，一邊拍著竹籃旁的地毯，示意黑獅也快來。

　　黑獅走到床沿旁後伏低，將比努努的綬帶摘下來，和自己的一併掛在門口。

　　屋子空間容不下凳子、椅子的存在，封琛和顏布布便直接上了床。封琛半靠在床頭，顏布布則靠在他肩上，細細撚動他制服衣袖上的布料，像是以前撚他毛衣上的絨毛。

　　顏布布情緒有點低落，片刻後才道：「我們離開海雲城，就是想找到林少將和于上校叔叔，還有密碼盒。可是都過去一年多了，我們一件事也沒辦成。」

　　封琛拍了拍他的肩，安慰道：「不著急，只要他們活著，那就一定會找到的。」

　　「那他們真的還好好的嗎？」顏布布抬起頭問。

　　「以林少將和于上校的能力來說，他們一定會好好的。」封琛想了想又道：「其實我總覺得，沒有誰能讓他倆這些年來音訊全無。憑他們的本事，就算是被人囚禁也可以往外遞出消息。我總覺得……他們像是因為某種原因才沒出現。」

　　顏布布問：「你的意思是他們自己不願意出現？」

　　「我不確定，但是我有這樣的感覺。」封琛喃喃道。

　　他托起顏布布的下巴，在他低垂的眼角上親了一下，「別不高興了，嗯？我說他們沒事就一定沒事。你不相信我的話了？」

　　「相信。」顏布布得到封琛的保證，心情便好了起來，對著他仰起頭噘起了嘴。

　　封琛轉開視線，「我現在要去軍部一趟，可能晚點才回來……」

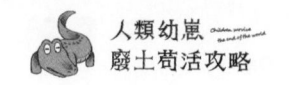

他說話時顏布布就不停扯他衣服，他收住話頭，垂眸看向顏布布，不動也不做聲。

「不是要讓我高興嗎？那就親我嘴啊，光親下眼睛怎麼能高興？」顏布布道。

封琛飛快地在他嘴上碰了下，繼續說：「等會兒我要是回來晚了，你就先睡覺……」

「你親得專心點好嗎？怎麼這麼敷衍？連碰都沒碰到。」顏布布很是不滿。

封琛問：「要怎麼才叫專心？」

「把我的嘴親腫，舌頭也磨起泡，磨出繭子，繭子越厚越好。」顏布布回道。

封琛挑了下眉，揪起他臉頰上的肉搖晃，「這裡就有層繭子，厚得子彈都打不透。」

「快點快點，別廢話，有這說話的工夫就親了好幾回了。」顏布布又把嘴巴高高噘起。

比努努從床底下探出頭往上看，封琛將牠腦袋按了下去，接著便往枕頭上一躺，「我懶得動，你自己來。」

「自己來就自己來。」顏布布坐直身搓搓手，又活動了幾下腮幫子，向著封琛的唇俯下身。

封琛左手枕在腦袋下，眼睛半睜不睜地看著顏布布，帶著幾分閒散。但就在顏布布快要碰到他唇時，他突然抬手扣住顏布布的後腦杓一個翻身，就將他壓在了床上。

「哈哈哈……就是這樣……快來親腫我。」

「閉嘴！」

「唔……唔唔……」

顏布布終於如願以償地獲得了個腫嘴唇，封琛則去了軍部開會。

第二章

希望以後的每一個生日，我都能帶著你看星星

封琛開完會出來時已經是夜裡 12 點了，整個營地的人基本都已經入睡，只有值崗的士兵，三三兩兩地結伴四處巡邏。

哨嚮學院雙人宿舍區外也站著兩名學員，卻是親熱地靠在一起，兩隻量子獸則在一旁打鬧嬉戲。他們在看見封琛後，其中一名和他打招呼：「這麼晚了才回來？」

「對，開了個會。」封琛回道。

哨嚮學院的雙人宿舍區，由住在裡面的人輪流值崗巡邏。因為都是結合過的哨兵嚮導，所以輪到誰值崗時，都是一家兩個人一起上。

封琛停在自家門口時，便放輕了動作，很輕地擰開門把手。雖然沒有發出動靜，但比努努還是從床下探出了個腦袋，瞧清是他後才又縮了回去。

封琛進了屋，卻沒有開燈，藉著窗外照進來的高壓鈉燈光，也能看清床上那個正在酣睡的人。

他剛從室外進屋，還帶著一身冷氣，便將沾著露水的制服脫下，又將手臉搓熱，這才坐到床邊，細細地看顏布布。

封琛把顏布布露在被子外的胳膊放進去，端起盆和毛巾去通道一頭的公用浴室洗漱。回來後輕手輕腳地上床，顏布布這才醒來，閉著眼去摟他的腰，嘟囔著問：「開完會了？」

「嗯。」封琛應了聲。

「說了些什麼？」

「還是在爭吵暗物質的事情，沒事，繼續睡吧。」

這大半年來，關於陰硤山查亞峰那片羞羞草的事就那麼擱置著。陳思澤堅持在找不到明確有效的辦法前按兵不動，冉平浩明顯有些等不住了，想要用炮火對著查亞峰下的谷底進行轟炸，卻又遭到了孔思胤的強烈反對。

57

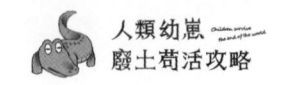

按孔思胤的說法,這種東西如果炮彈都能解決的話,那還要研究所幹什麼?還不如拋下去幾百上千隻喪屍,沒準還能互相廝殺。

若是以往的話,顏布布非要仔仔細細問個究竟,但今晚他像是特別睏,只問了一句便又睡著了。

封琛給他掖好被角後,也閉上了眼睛。

睡到半夜時,封琛突然被驚醒。

顏布布睡得不是那麼安穩,在床上翻來翻去,時不時會鑽進他懷裡,又煩躁不安地鑽出去。

封琛在黑暗中看著他,看他一邊發出不安的夢囈,一邊將腿搭上了自己的腿。

封琛探身想去給顏布布蓋被子,卻被他一巴掌拍在胸口,還不耐煩道:「別動!」

封琛以為他醒了,俯下頭去看,發現他鼻息沉沉,竟然還在夢中。

但顏布布並沒有好好睡覺,他繼續不停地翻身,皺著眉,很煩躁地去抓扯自己的睡衣領子。另一隻手胡亂揮舞了幾下,封琛胸膛又被狠狠打中兩次。

封琛察覺到他不對勁,伸手去摸他額頭,果然觸手一片滾燙。

經過小時候的事情,他在察覺到顏布布發燒的瞬間,心裡便驟然緊縮,片刻後才反應過來對於現在的他們來說,發燒已經不算什麼。

因為擔心普通人進入變異後會自己服用退燒藥,偷偷隱瞞發燒症狀,所以退燒藥只有醫療點才有,還必須經過診斷後才能開藥。

雖然哨兵嚮導不會再變異,但擔心發燒藥流到種植園營地去,因此也被嚴格控制,不能備著退燒藥。

封琛打開燈,看見顏布布臉蛋兒泛著紅,呼吸也有些急促,額頭上貼著幾綹汗濕的頭髮。

他準備去醫療點拿點退燒藥,看了下時間,現在是半夜3點。他正要起身,顏布布就煩躁地翻過身趴在了他懷裡。

「怎麼了？不舒服嗎？要不要喝水？」封琛剛拍了顏布布兩下，手就頓在了空中。

顏布布整個身體又纏繞上他，抱著他開始緩緩蹭動，鼻腔裡也發出甜膩的細哼，帶著幾分急切的不耐。動作間，睡衣滑開，滾燙的肌膚緊緊相貼。

封琛沉默幾秒後，伸手去推顏布布，「顏布布，醒醒。」

顏布布這次睜開了眼，他眼睛已經紅得兔子似的，還蘊著淚花，一副睡得迷迷瞪瞪卻又飽含委屈的模樣。

封琛能聽到他急促的呼吸聲，那氣息裡帶著一股膩人的甜香，撲打在他臉上，讓他的心跳加快，呼吸不自覺也跟著急促起來。

他抬起手，撫上顏布布的臉龐，啞聲問道：「怎麼了？」

顏布布眨眨眼，認出了封琛，只委屈地哼哼：「我不知道，我好難受⋯⋯」汗水將他頭髮濕漉漉地貼在臉側，嘴皮燒起了殼，目光無辜迷濛，看上去格外可憐。

他將臉貼在封琛胸膛上蹭動，被封琛放回枕頭上，「你好好躺著，我去叫醫療官。」

「不，我不要醫療官⋯⋯」顏布布又要伸手去拉封琛，被他低聲喝住：「躺著別動。」

顏布布到底沒有敢再動，眼睛卻盯著他，發出一些意義不明的哼哼聲。封琛不動聲色地起身，換掉睡衣穿衣服。空氣中全是那種誘人的甜香，在他鼻端絲絲縷縷地繚繞，讓他心跳越來越快，血液激得太陽穴都在汩汩跳動。

比努努也從床底的籃子裡鑽了出來，穿著條封琛用碎布頭給牠縫製的花睡裙，和黑獅一起瞧著床上的顏布布，神情有些緊張。

封琛原想推開窗戶，不知想到了什麼，又頓住了動作，反而將窗戶關得更加嚴實。

他對著牆上貼著的半塊鏡子穿衣服，穿好後看了兩秒，又將扣錯的

59

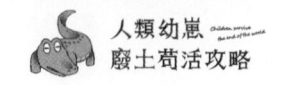

紐扣解開重新扣。

「顏布布在發燒，你倆把他看著點，給他先用冷毛巾擦擦額頭，我去找醫療官。」封琛手搭在門把上又停步回頭，「算了，你們別動他，就等著我好了。」

10分鐘後，一名提著藥箱的嚮導醫療官跟著封琛穿過空地，走向哨嚮學院的雙人宿舍。

「我是3點的時候發現他在發燒，應該也沒燒多久。他人是清醒的，體溫應該40度左右……」封琛給醫療官說明顏布布的情況，遲疑了下又補充：「我還聞到了一種奇怪的異香。」

「異香？」醫療官敏銳地追問：「嚮導素？」

「我不確定。」封琛回道。

醫療官跟著封琛來到房門口，在他打開房門時，便聳動著鼻子道：「的確是嚮導素。這間屋內充斥著大量的嚮導素，看來有嚮導正在進入結合熱。」

「結合熱？」儘管已經想過這種可能，但封琛還是怔了下。

「快進來，把門關好。」

封琛立即進屋，反手關上了門。

黑獅正將一條冷毛巾貼在顏布布額頭上，比努努蹲在牠旁邊，在水盆裡擰另一條毛巾。顏布布雙眼緊閉地躺著，雖然臉還是泛著紅，卻沒有再煩躁地翻來翻去，顯然已經昏睡了過去。

「他還沒結合過？」醫療官問。

封琛應了聲。

「你們不是住在哨嚮雙人宿舍？居然還沒有結合？」醫療官放下醫藥箱，走到床邊去看顏布布。

封琛跟了過來，「沒有。」接著又問：「他有沒有事？」

醫療官聽出封琛聲音緊繃，便寬慰道：「你別擔心，很多嚮導都是晚上進入結合熱，所以醫療點半夜都會留一名嚮導醫療官，這種情況很

第二章
希望以後的每一個生日，我都能帶著你看星星

常見的。」他側頭看了封琛一眼，「被嚮導素激起的哨兵本能很不好受的，特別是自己的嚮導。而哨兵嚮導之間的匹配度越高，這種反應就越是強烈。」

封琛沒有做聲，只伸手將顏布布領口的扣子解開，讓他能舒服一點。比努努還蹲在水盆旁擰毛巾，但黑獅卻顯得有些煩躁，爪子輕輕撓著地毯。封琛瞥了眼，知道牠受到了自己的影響，便立即切斷了和牠的精神連結。

「他多大了？」醫療官問道。

封琛回道：「17歲半。」

「以前出現過這種症狀沒有？」

封琛：「沒有，這是第一次。」

醫療官道：「那有可能是假性結合熱。我給他檢查一下身體，如果不是假性結合熱，已經達到了結合要求的話，你們就可以結合。」

封琛遲疑了下：「可是他才17歲⋯⋯」

醫療官推了下鼻梁上的眼鏡，「你以為你們是普通人？」

兩人沒再說什麼，醫療官從藥箱裡取針劑和儀器，封琛則安靜地站在床邊，神情看不出半分異常。只是汗水已經將他頭髮濡濕，再順著臉頰往下滑落，後背衣物也浸出了大片濕痕。

醫療官要將測試儀上的袖帶綁在顏布布手臂上，封琛見他兩手都不空，便道：「我來吧。」說完便從被子裡取出顏布布的手，動作輕柔地將睡衣袖抹上去。

在封琛揭開被子的瞬間，一股濃郁的嚮導素便撲面而來，甜膩地湧向他鼻腔，浸入了他每一個毛孔。

他的手指都在輕微地顫抖，卻動作仔細地給顏布布纏好袖帶，再將他手臂放下去，「現在可以了。」

醫療官看見他衣服都被汗水濕透，便體諒地道：「你自己去外面站站吧，不用待在屋子裡。」

61

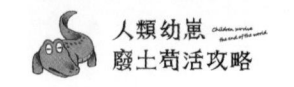

「沒事的，我就在這裡也可以。」

封琛對他微微頷首，依舊站在床邊，注視著昏睡中的顏布布。

醫療官既有些佩服這名哨兵的自控力，同時又有些驚訝。

凡是被系統匹配上的哨兵嚮導，適配度都已經達到了70%以上。他不知道這兩人的匹配度是多少，但至少已經達到了70%。

不管是真性結合熱還是假性結合熱，嚮導在這過程裡發散的嚮導素並沒有區別，且對自己的哨兵有著讓他們難以抗拒的吸引力。

他見過很多哨兵在自己的嚮導進入結合熱後，都難以控制本能反應，但這名年輕的英俊哨兵看上去除了汗水多一些，做事依舊有條不紊，絲毫不顯狂亂煩躁。

醫療官注視著儀器上跳躍的數字，最後固定在一個數字上。

「沒錯，是假性結合熱。」他取下綁在顏布布小臂上的袖帶，解釋道：「嚮導在剛剛步入成熟期後，嚮導素分泌不穩，很容易出現假性結合熱。但是你也要注意，如果下一次再出現這種症狀的話，那就是真性結合熱了。」

封琛轉頭看了眼顏布布，「那他需要治療嗎？這樣燒下去人會不會受不了？」

醫療官將儀器收回藥箱，嘴裡道：「不會的，他很快就會好，最多再半個小時。」

醫療官收好儀器，抬頭就看見封琛正在給顏布布擦額頭的細汗，而他自己卻大汗淋漓，像是從水裡撈出來似的。

醫療官心頭突然一動，想知道這兩人的匹配度到底是多少。

「你們的匹配度是多少？」他這樣想著也就問出了口。

封琛回道：「不知道。」

「不知道？」醫療官茫然了一瞬後反應過來，「不是不知道，是忘記了吧？」

封琛也沒解釋他和顏布布並沒經過系統匹配，只將毛巾浸進水裡搓

洗。醫療官卻走到他身旁,將氣壓針管湊到他小臂上輕輕一按,再舉在眼前看。

「屋子裡都是你嚮導的嚮導素,看看你和他的匹配度是多少,應該是 70 多……」醫療官的話突然卡住,喃喃道:「儀器出問題了吧?怎麼可能匹配度 99%?」

封琛將清洗乾淨的毛巾掛回牆上,手臂卻一直在抖,差點沒拿穩掉到地上。

醫療官按下儀器上的重啟鍵,在等待的過程中對封琛解釋:「測試儀的最高上限便是 99%,目前也沒有哨兵嚮導達到過這種數值,我見過最高的也就 92%。」

封琛對這個匹配度不感興趣,掛好毛巾後,見顏布布已經沒事了,便對比努努和薩薩卡道:「你們先守著他,我出去一會兒。」

他轉身去門口,醫療官在他經過自己身側時,又將儀器在他小臂上按了下,發出滴一聲響。

封琛靠在門外牆上,閉上眼一次次深呼吸,才讓那劇烈的心跳開始平緩,體內澎湃的浪潮逐漸平復。

片刻後,身旁的房門打開,醫療官走了出來,左手拎著醫藥箱,右手拿著測試儀。

「儀器壞了嗎?怎麼可能有這麼高的匹配度?這是怎麼回事?」醫療官反覆念叨了幾句後便站在原地,愣愣看著手裡的儀器發呆。

封琛轉過頭,聲音沙啞地問:「為什麼不能?很難嗎?」

「很難?」醫療官看向他,神情有些古怪,「簡直就是不可思議。」不待封琛追問,他便自行解釋:「哨兵嚮導的匹配度就像是一條很長的拉鍊,每一顆鏈牙交錯排列,互相齧合。而這條拉鍊上各顆鏈牙的齧合度,就是這對哨兵嚮導的匹配度。」

「從理論上來說,我們是可以找到完全齧合的那條拉鍊。但實際上在進化的過程裡,每一個微小的改變,或是成長中的一些生理變化,都

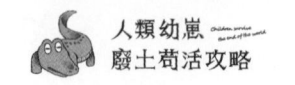

可能讓這條拉鍊的某一處不能契合。但你們、你們居然是99%……而且這也是儀器可測試到的上限。也就是說，哪怕你們是100%契合，儀器也最多只能顯示99%。」

醫療官將儀器收回衣兜，有些艱難地抹了把臉，「你們的精神力像……像轉化成哨兵嚮導的那一刻起就在相互交融、相互妥協，並從自身做出調整，來長成對方最需要的形狀……」

醫療官想了想，又道：「你們就像是為了對方在成長……不可思議，太不可思議了……」

封琛靜靜地聽著，現在才問道：「你的意思是，只有兩個從轉化時便在一起的哨兵嚮導，才有可能達到很高的匹配度？」

「理論上說是這樣沒錯。」醫療官肯定地回答完，神情又開始遲疑，「我覺得還是儀器的問題，要不你等等我，我回醫療點換個儀器再過來重新測試。」

「那不用測試了，你的資料沒有出錯。」

醫療官：「什麼意思？」

封琛語氣平靜：「我們從小就在一起，成為哨兵嚮導後也沒有分開過一天。而且這些年來，他每晚都在給我梳理精神域。」

醫療官張了張嘴，封琛又道：「我轉化時12歲，他7歲。」

「難怪……難怪……那就可以解釋了，你們也的確不用再進行測試。」醫療官感歎完，又看向封琛，上下打量著他，神情非常複雜。

眼前這名年輕哨兵，和他匹配度高達99%的嚮導正處於假性結合熱，發散著他簡直無法抵禦的嚮導素，但他居然還能這樣鎮定，簡直是可怕的自制力。

「那我還需要注意些什麼嗎？」

醫療官回過神：「他會自己恢復，沒有什麼問題。你就先別進去了，在這裡等上半個小時，讓屋子裡的嚮導素散了再進去。」

「好。」

第二章
希望以後的每一個生日，我都能帶著你看星星

封琛在門口又站了半個小時，這才推門進了屋。

屋內的嚮導素已經差不多散去，空氣中只隱約殘留著一抹甜香。但就那麼若有似無的一抹，卻依舊讓他心臟又是一陣悸動。

他走到床邊坐下，看見顏布布臉上潮紅褪去，臉色看上去好了不少。伸手碰碰他額頭，感覺體溫也恢復了正常。

比努努摘下毛巾在水裡嘩嘩地擰，黑獅接過去後貼在顏布布額頭上。封琛便跟牠們道：「現在沒事了，你們別擔心，可以不用再給他降溫了。」

顏布布的睫毛顫動了下，緩緩睜開了眼。他視線還有些模糊，眨了好幾下才調整好焦距，也看清了面前的人。

「哥哥。」他輕聲喚道。

比努努和黑獅立即將頭湊到床沿盯著他。

封琛伸手將貼在他臉頰上的髮絲撚走，「感覺怎麼樣？」

顏布布不安地小聲問道：「我是生病了嗎？我剛才好像聽到醫療官來過了。」

封琛想了下，決定還是如實回答：「你沒有生病，而是出現了假性結合熱。」

「什麼？結、結合熱？」

封琛加重語氣：「是假性結合熱。」

「結合熱啊……我也出現結合熱了啊……我都還沒做好準備……不過這個也不需要什麼準備吧？」顏布布一掃萎靡，神情激動，一雙眼睛開始放光。

封琛再次糾正：「是假性結合熱，現在先別去管那個，你身體感覺怎麼樣？」

顏布布立即道：「好！我的身體非常好！隨時可以結合。」

他像是想證明給封琛看，便用胳膊支著身體要坐起來，但兩條手臂發顫，又脫力地摔回床上。

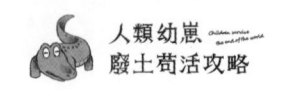

封琛沉默地看著他,看他又在艱難地起身,便問道:「你好好躺著不行嗎?非要爬起來?」

顏布布喘著氣:「好,好啊,那我躺著也行,不用起來⋯⋯」

封琛沒有理他,去端來擱在窗臺上的涼開水,「你先喝點水,喝了好好休息。」

「好,喝水,先喝水⋯⋯」顏布布舔著乾裂起皮的嘴唇,任由封琛將他半抱在懷裡,咕嘟咕嘟地喝下了滿杯水。

「還要喝嗎?」

「不了。」

封琛將他放回枕頭上,準備去擱水杯,直起身時卻發現衣襟被他給緊緊拉住。

他弓著上半身看向顏布布,「幹什麼?鬆手。」

顏布布看了眼他手裡拿著的空水杯,一根根鬆開手指,小聲道:「那你快點啊,我還在結合熱呢。」

封琛放好水杯,轉身站在床邊,面無表情地垂眸看著顏布布,一顆顆去解軍裝紐扣。

顏布布看著他的動作,心跳如擂鼓,抓著被子蓋著自己的半張臉,甕聲甕氣地道:「哥哥⋯⋯我還是有點慌⋯⋯你不要著急,先讓我緩一緩⋯⋯」封琛動作頓了下,顏布布趕緊又道:「當然你不要多想,我就只需要緩緩,兩分鐘就行。」

顏布布只從被子上沿露出一雙眼睛,看著封琛脫掉軍裝外套,又去解襯衫的袖扣,這才察覺到比努努和黑獅還站在床邊。

「你倆快到床底下去,算了算了,不用去床底,你倆去外面玩兒,明天天亮再回來。」

比努努不理他,徑直鑽進了床底,又探出小爪扯了下黑獅。黑獅便也趴下去往床底下挪,和牠貼在了一起。

顏布布還想勸說,卻見封琛已經捲起了襯衫袖子,露出兩條結實有

第二章
希望以後的每一個生日，我都能帶著你看星星

力的小臂，接著便拿起睡衣和水盆往門外走。

顏布布沒想過他現在還要出去，忙問道：「你要幹什麼去？」

「洗澡。」封琛回道。

顏布布滿臉震驚，「洗澡？你現在洗什麼澡？」

封琛頭也不回地往門口走，顏布布又道：「你現在洗什麼澡呢？忙完了再去洗不行嗎？」

封琛的手已經搭上門把手，他又連聲道：「你不知道我結合熱了，我現在很急，非常急嗎？」

「急也等著。」封琛拉開房門走了出去，又砰一聲關上。

顏布布怔愣地看著緊閉的房門，半晌後才俯下身，趴在床沿上對著比努努和薩薩卡道：「你們看見了嗎？看見了嗎？他居然就這麼走了？我明明還在結合熱，他就這樣扔下我走了？」

比努努翻過身不理他，薩薩卡探出腦袋，安慰地舔了下他的臉。

封琛洗完澡回來時，看見顏布布沉著臉坐在床上，封琛一邊用毛巾擦著濕髮一邊道：「看樣子已經恢復了？都有力氣生氣了。」

顏布布目光陰沉地看了他一眼，又轉開了視線。

封琛將洗好的衣服晾在窗戶外面，再回到床邊坐下，伸手攬住顏布布的肩，低聲問：「還在生氣？這是假性結合熱後遺症？」

「結合熱就結合熱，幹麼非要加個假性？搞得好像是假的似的。」顏布布聽不得假性兩個字。

封琛抬手捏著他鼻子，他左右擺頭也甩不掉，便一巴掌拍在封琛手背上。

「果然恢復了，力氣還挺大。」封琛笑了笑，「快了快了，醫療官說你馬上就要來真的了。」

顏布布斜睨著他不吭聲，封琛便又道：「到時候我就任你擺布，怎麼樣？」顏布布從鼻腔裡哼了一聲，封琛撥了撥他，「你先坐進去點，我都快掉床下了。」

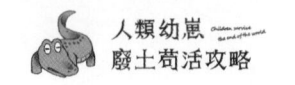

顏布布垂著眼不動，封琛便低笑道：「到時候嘴給你親出繭子來，小刀都扎不透那種。」

　　「又不是變異種皮，還小刀都扎不透。」顏布布雖然不滿地嘟囔，卻也往裡挪，給封琛留出了半邊床。

　　封琛躺了下去，閉上眼拍拍自己的肩，顏布布便也跟著躺下去，將腦袋枕在他肩窩。

　　片刻後，顏布布道：「哥哥，我剛才結合熱的時候⋯⋯」

　　「假性結合熱。」封琛道。

　　「煩死了，還在說假性假性的。」顏布布抱怨後又問：「那我剛才假性結合熱的時候，你有沒有什麼感覺的？」

　　「什麼感覺？」

　　顏布布先是笑了聲，才低聲回道：「慾火焚身的感覺。」

　　「沒感覺。」封琛打了個呵欠，隨意地道。

　　「吹牛。」顏布布抬起頭觀察他的表情，「我早就聽班上同學說過了，哨兵聞到自己嚮導的嚮導素味道，那就是慾火焚身，恨不得立即撲上來，把我撕成碎片吞吃入腹⋯⋯」

　　「哪兒去聽的這些亂七八糟的，你們嚮導班平常說的都是這些嗎？」封琛側頭看向自己肩窩處那個毛茸茸的髮頂，「何況你是假性結合熱，能和真的比嗎？」

　　「哎⋯⋯你不要老是說那個是假性嘛。」顏布布有些訕訕地道。

　　「睡覺了，被你發燒折騰了半宿，你不累我還累。」

　　「好吧，睡覺。」顏布布聽到封琛聲音都還有些沙啞，頓時心疼起來，便也閉上嘴開始睡覺。

　　他剛經歷過假性結合熱，身體其實很疲倦，很快就發出小呼嚕聲。封琛在黑暗中靜靜地聽了一會兒他的呼嚕，這才轉過頭，輕輕吻了下他的額頭，低喃道：「煩人精，你可真是個煩人精。」

【第三章】

未讀的訊息

◆━━━━━━◆

「今天陳文朝匹配器響了,他看都不看就準備關掉。」
封琛頭也不抬,「他不願意和其他人匹配吧。」
「那他是想和蔡陶在一起嗎?可是他昨天又跟我和王穗子說,他要是再理蔡陶那個王八蛋,他就不是人。」
封琛淡淡道:「你說了又,證明這句話他說過不止一次了。」

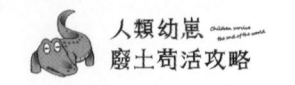

因為已經畢業，顏布布兩人原本要從哨嚮學院的宿舍搬出去，但他和封琛在這逼仄的空間裡已經住了大半年，封琛也將房間布置得舒適且溫馨，所以兩人就繼續住在學院宿舍裡。

今天是正式進入軍隊的日子，兩人清早起床後，便換上了東聯軍的正式軍裝，一起去見陳思澤。

他倆去了陳思澤宿舍，剛進門就見到陳思澤正坐在桌前看檔案。他手邊還放著一盒水煮馬鈴薯，看樣子是他的早飯，已經都沒了熱氣。

「陳叔叔。」封琛喊了聲。

陳思澤抬頭看見他倆，招招手道：「你們過來，幫我看看下面這行小字是什麼。」

封琛知道他的視力越來越不好，卻又不肯戴老花眼鏡，便走過去拿起他手上的文件，幫他讀下面最小的那行字。

顏布布也跟了過去，卻是規規矩矩地站直，兩條手臂還垂在褲縫側。封琛讀完後，將檔案放回桌上，和顏布布一起站在陳思澤對面。

陳思澤微笑著道：「你倆這就算是正式從哨嚮學院畢業，可以加入軍隊了。我已經帶了小琛一段時間，不用再去連隊裡鍛鍊，等會兒直接去事務室報到。」

封琛知道這是陳思澤在培養他處理事務的能力，所以只簡短地回道：「是。」

陳思澤接著問：「布布的話……你想去連隊還是跟著小琛？」

顏布布眼珠子轉了轉，「我是很想去連隊鍛鍊一番的，但是跟在哥哥身旁也能學到很多東西。我覺得相比去連隊的話，和哥哥一起進步會更快。」

封琛垂眸看著眼前的地面，嘴角勾了勾。陳思澤則笑了起來，爽朗道：「好，那你暫時跟著小琛學習吧，過段時間再分配。」

顏布布和封琛離開陳思澤辦公室時，在走廊裡又碰到了蔡陶和丁宏升。他倆跟在一名中尉身後，應該也是來報到的。

第三章
未讀的訊息

這裡是軍部，四人也不方便交談，只互相點了下頭。只是擦身而過時，蔡陶低聲對顏布布道：「紅燒排骨，全打上。」

顏布布神情一凜，「好。」

食堂偶爾會做一道紅燒排骨，雖然是野豬變異種肉，但也是難得的美味，要是去晚了的話就沒了。蔡陶必定是路過廚房時看見了正在拆卸野豬，所以便讓顏布布先去排隊，給他們這群人都打上。

顏布布跟著封琛去了事務室，封琛有條不紊地處理各種事務，他便在一旁跑腿打雜。

事務室是整個軍部最繁瑣、最忙碌的部門，各種事務都會匯聚到這兒來。封琛忙得腳不沾地，不停在通話器裡下達指令，手上也在批閱著檔案。

顏布布除了給封琛端茶遞水，也在整理檔案，並將那些資料歸類。快到吃飯時間時，封琛捂著通話器對顏布布說了句：「快去搶飯。」

顏布布會意，立即開門，飛一般地衝向食堂，對著飯堂大媽高喊：「姐姐！好姐姐！我要七份紅燒排骨。」

午飯鈴聲響起，軍人們陸續走入食堂，一臉灰暗的王穗子出現門口，身後跟著同樣面色不好的計漪和陳文朝。

「這裡這裡。」顏布布對他們揮手。

王穗子雙眼發直地坐下，愣愣盯著面前的飯盒。顏布布連忙幫她揭開飯盒蓋，又將筷子遞到她手裡，「快吃，我搶的紅燒排骨。」

王穗子慢慢轉頭看向顏布布，「我今天整理各營地的支出資料，填了整整一個上午的表格，現在眼前全是數字在晃。」

計漪安慰道：「我們剛進軍隊，按照規矩也是要做上一段時間文職的，等到分去連隊就好了。」

陳文朝往後靠在椅背上，喃喃道：「我想去種地，我想去種植園種馬鈴薯⋯⋯」

「你們東聯軍呢？是不是一樣難受？」王穗子有氣無力地問。

71

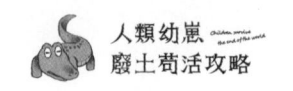

顏布布道：「一樣的，我哥哥整個上午都沒喝上幾口水。再堅持一下吧，就像計漪說的，等到分去連隊就好了。」

正說著話，加入東聯軍的封琛、蔡陶和丁宏升也進入了飯堂。大家吃著飯，都感嘆在學院時盼著快點入軍，真的入軍了，才發現還是學院好。只有封琛沒有插話，一副心事重重的樣子。

「看我們東聯軍的軍裝好看嗎？」

「我覺得西聯軍的軍裝好看點，我喜歡這條鑲邊的顏色……啊，我才發現你們東聯軍的軍裝收了腰的，不像我們是個直筒啊。」

「對啊，不過只有嚮導的軍裝才收了一點腰。」

顏布布和王穗子談完了新軍服，轉頭看見封琛，便也斂起臉上的笑，小聲問：「你怎麼了？」

其他人也都看向了封琛。

「我沒事。」封琛放下筷子，拿手帕擦嘴，思忖幾秒後對著桌上幾人道：「昨天夜裡又失蹤了一名嚮導。」

「怎麼又失蹤了一個？是在哪兒失蹤的？」

「這都是第八個了，這半年來都已經失蹤了八名哨兵嚮導了。」

「是學員嗎？還是士兵？」

封琛道：「是一名嚮導士兵，等會兒應該就會出通告。他昨晚去宿舍外上廁所，到天亮都沒有回來，室友才發現他失蹤了。」

丁宏升問：「為什麼要半夜一個人去上廁所？軍部早就下了命令，哨兵嚮導不准獨自離開營地，也不允許單獨值崗，至少兩人在一起。如果是去宿舍外的公用廁所，那也必須兩人以上。」

封琛說：「他室友說他有點拉肚子，已經陪他去過兩次廁所。估計半夜時又想去，但是不好意思再吵醒室友，就一個人去了。」

「嘶——今天上午我都還聽到士兵在議論，說營地裡到處都在流傳，這地方被哨兵嚮導殺掉的變異種太多了，牠們的魂成了精，專門去索那些哨兵嚮導的命。」蔡陶壓低了聲音道。

第三章
未讀的訊息

陳文朝不悅地將筷子重重放在桌上，沉著臉道：「你少胡說八道一句會死？」

「不是，又不是我說的，是那些普通民眾的謠言，我只是複述給你們聽一下而已。」蔡陶連忙辯解。

丁宏升道：「如果說最開始失蹤的哨兵嚮導是走丟了，不可能後面接二連三的走丟，我總覺得是有什麼變異種之類的。」

計漪道：「什麼變異種這麼厲害？晚上有士兵巡邏站崗，也有量子獸在巡邏。就算變異種能找著機會襲擊人，但牠襲擊的是哨兵嚮導啊。就算打不過，起碼也能呼救吧？」

幾人都在低聲交談，猜測著什麼變異種才能無聲無息地將哨兵嚮導放倒，封琛卻在這時突然開口：「梭紅蛛。」

「什麼？」

封琛抬頭看向幾人，平靜地道：「梭紅蛛生有毒腺，當牠口器刺入人的皮膚時，所分泌的毒液可以在 0.1 秒內麻痹一頭大象。如果一隻梭紅蛛隱匿在暗處，再對人突然發動攻擊，可以瞬間讓人失去知覺。而且牠還可以用蛛絲將昏迷的人纏住，順利拖走。」

「梭紅蛛？」在場的人除了王穗子在顏布布那裡聽說過梭紅蛛，其他人都是一頭霧水。

封琛道：「不光是梭紅蛛，還是梭紅蛛量子獸。」

丁宏升和蔡陶對視一眼，低聲問：「這是祕密嗎？」

封琛搖搖頭，「不是，軍部也知道。但所有哨兵嚮導失蹤時都沒有目擊者，因此也沒有關於梭紅蛛量子獸的線索。」

丁宏升遲疑了下：「既然沒有目擊者，那為什麼說是梭紅蛛幹的？不對，擁有梭紅蛛量子獸的人幹的？」

「以前第二個哨兵失蹤的時候，我在山上看見過梭紅蛛量子獸。雖然沒有親眼看見牠抓人，但是我哥哥說是牠幹的，那肯定就是牠幹的。」顏布布振振有詞道。

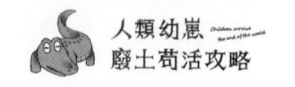

封琛雙手交叉放在桌上,「這只是我的猜測。我覺得這個梭紅蛛不光和哨兵嚮導的失蹤有關,也牽涉到另一樁很重要的失蹤事件。所以你們要是發現了什麼,一定要告訴我。」

雖然丁宏升和蔡陶不明白另一樁很重要的失蹤事件是什麼,但計漪和陳文朝已經猜到了幾分,互看了一眼立即應聲:「好的,我們一定會注意去找線索。」

從正式加入軍隊後,幾人就開始忙了起來,但總會抽時間聚一聚,哪怕是一起吃頓午飯也行。

原本東西聯軍互不來往,但這批畢業的哨兵嚮導卻沒分得那麼清。他們都是一個學院或者一個班出來的,彼此間很是親近。所以經常會看見身著東聯軍制服的士兵摟著西聯軍士兵肩膀說笑,或是一群人混雜著相互打鬧。就連匹配上的哨兵嚮導所屬不同軍隊的也有好幾對。

老兵們原先看到這場景,很有些冷眼相對的意思。但久了也就習慣了,看見了只轉開眼,就當沒看見。

這天吃過晚飯,封琛將兩人換下來的髒衣服端出宿舍,在院子裡用石板砌成的洗衣臺上搓洗。顏布布就站在旁邊,和他小聲說著話。

「今天陳文朝匹配器響了,他看都不看就準備關掉。」

封琛頭也不抬地搓著衣服,「他不願意和其他人匹配吧。」

「那他是想和蔡陶在一起嗎?可是他昨天又跟我和王穗子說,他要是再理蔡陶那個王八蛋,他就不是人。」

封琛手上動作不停,淡淡地道:「你說了個又字,證明這句話他說過不止一次了。」

「也是喔,他過幾天就要說一次不會再理蔡陶那個王八蛋或是蠢狗。」顏布布想了下,哈哈笑起來,「他早已經不是人了,不在乎多這

第三章
未讀的訊息

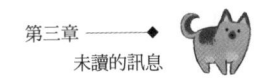

一次。」

「給我挽袖子，滑下來了。」封琛抬起沾滿泡沫的手，伸到顏布布面前。

他的衣袖微微下滑，只下端露出了一段線條流暢的小臂，上面也沾了些肥皂泡。顏布布給他挽起袖子後，迅速在那小臂上接連親了幾口。

「傻不傻啊？」封琛問。

「不傻。」

「不傻那你照照旁邊的鏡子。」封琛指了下水管上方。

不知是誰在水管後的牆壁上掛了面圓鏡，方便人剃剃鬍子什麼的。顏布布去照鏡子，看見自己嘴唇一圈沾了白色的泡沫。

「哎，別去舔！」封琛見他伸出舌頭要去舔泡沫，連忙斥道：「多大的人了？那是肥皂泡沫也去舔？」

「……總覺得那是沾到什麼好吃的。」顏布布擰開水龍頭，用水將嘴洗乾淨。

洗好衣服後回屋，顏布布見封琛又在穿軍裝，連忙問道：「你現在穿衣服做什麼？天都黑了。」

封琛道：「今晚東西聯軍要開會，陳政首讓我也參加。」

這大半年來，只要有什麼重要會議，陳思澤都會將封琛帶上。顏布布雖然捨不得，卻也沒有再說什麼，只眼巴巴地看著他。

封琛穿好衣服，和顏布布對視幾秒後，便將他摟到懷裡親了親，「要是覺得無聊的話，去找陳文朝和王穗子玩？我開完會就去接你。」

「王穗子和陳文朝去植物園那邊的大營地了，要明早才會回來。丁宏升、蔡陶和計漪也出任務去了，我去看看福利院那幾個小孩吧。」顏布布依戀地將臉蛋在封琛肩頭上蹭了蹭，聽著那硬挺的布料發出沙沙的聲音。

封琛道：「那你出門時要帶上薩薩卡和比努努。」

現在還不算晚，營地裡有很多人，顏布布就算一個人來去也不會出

75

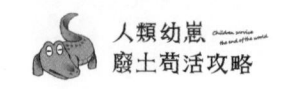

什麼問題。但封琛還是不放心，要他將兩隻量子獸都帶上，那樣他就算在開會，只要和黑獅保持著精神連接，顏布布就不會出什麼事。

顏布布點頭，「嗯，我知道的。」

封琛放開他，去拉開了房門，卻又在跨出大門之前轉回身。

顏布布正滿臉不捨地注視著他的背影，見到他轉身後，精神一振，眼睛也開始發亮。

封琛和他對視片刻後張開了雙臂，顏布布立即衝上前，一頭扎進封琛懷裡。

屋內響起讓人臉紅心跳的吮吻聲。兩隻量子獸對這完全不再好奇，也沒有興致觀賞，比努努拿著把梳子，繼續給黑獅梳理著鬃毛。

良久後，封琛輕聲道：「那我現在去開會了。」

「……不想你去。」顏布布環著他的腰輕輕搖晃。

「剛才不是都好好的嗎？不吵不鬧的。」

顏布布耍賴道：「不管，剛才是剛才，現在是現在，我現在又不想讓你走了。」

封琛抬眼看了腕錶，「再不走不行了，會議已經要開始了。」

顏布布不鬆手，發出哼哼唧唧的聲音。

封琛掰了兩下沒掰開，突然盯著前方一聲厲喝：「比努努！你在幹什麼？」

顏布布一驚，立即扭頭去看，結果剛轉過頭，就感覺到自己的手被突然掰開。再回頭時，封琛已經閃身出了屋，並砰一聲關上了房門。

顏布布怔愣片刻，衝著房門大叫一聲：「封琛你這個騙子。」

一柄梳子從後面砸在門上，噹啷掉落在地，比努努也怒氣沖沖地盯著房門。

第三章
未讀的訊息

今晚的會議人數不多，只有兩名政首、孔思胤，以及幾名高級軍官在。先是因為羞羞草的事如常爭論，接著又在商量應對哨兵嚮導失蹤事件的對策，如同之前的每一次會議般，吵鬧一番後，也拿不出來什麼有效的對策。

中間有段時間陷入了沉默，陳思澤看了眼坐在牆邊的封琛，吩咐道：「封少尉，我辦公室智能電腦裡有一份關於暗物質的資料，你整理一下拿過來。」

「是。」封琛起身出屋，去了東聯軍軍部。

現在已經是晚上10點，外面已經沒有什麼人，只有些值崗的營地士兵還在巡邏。

他看向哨嚮學院雙人宿舍的方向，猜想著顏布布也許正在洗漱。

「封琛，還沒休息？」兩名巡邏的哨兵和封琛打招呼。

封琛認出來是自己哨兵班的同學，「還在開會。熊一瑞、林又臣，今晚是你們巡邏嗎？」

「對，巡邏到天亮。」熊一瑞道。

「辛苦了。」

「也還好。」

陳思澤的辦公室在走廊盡頭，因為經常進出，封琛也知道他辦公室的門鎖密碼，輸入幾個數字後便進了屋，打開了放在辦公桌上的智能電腦。智能電腦螢幕亮起，他很快便找到了那份關於暗物質的檔案，連上影印機開始複印。

影印機發出啟動的聲音，他在等待的過程裡盯著智能電腦螢幕，幾秒後，抬手輕輕點開了螢幕上的一個軟體。

這是東聯軍經常使用的一個軟體，只是沒有人知道裡面還隱藏著一個封在平自製的小程式，而登入方式只有他和封琛兩人知道。

封琛最後一次點開這個程式是在離開海雲城那晚，當時他雖然清楚父母多半已經遭遇不測，卻也還是抱著一絲期望點開了那個程式。現在

77

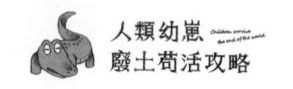

再次見到父親做的這個程式，心裡只湧起了陣陣酸澀。

他打開了那個小程式，輸入密碼後進入了對話頁面，那條他12歲時給父親的留言也出現在眼裡。

未讀【父親，我是封琛，我還在海雲城，如果看見了這條訊息，請儘快來接我。】

封琛靜靜地注視著那條留言，耳邊是影印機運作的嗡嗡聲。他手指移動到關閉程式的地方，剛要點下就聽到咔嚓一聲，四周突然安靜，眼前也一片黑暗。

營地裡經常會停電，所以屋內會備著手電筒，封琛在黑暗中拉開書桌櫃摸索，雖然沒有找著手電筒，卻找到了一盞額頂燈。

他打開燈出了門，看見士兵們已經在走廊裡點起了汽燈。

「只有軍部停電了嗎？」封琛問道。

一名士兵回道：「整個營地，包括種植園那邊都停了。」

「有人去機房問情況嗎？大概什麼時候才能恢復供電？」

士兵回道：「好像還沒人去，不過這幾天老是停電，最多停個十來分鐘，你等等就好了。」

封琛回到桌邊坐下，在黑暗裡待了約莫3、4分鐘，屋內燈又刷地亮起，眼前熄滅的螢幕也緩緩點亮。

「哎，來電了，還好，這麼快就來電了。」外面傳來士兵的聲音。

封琛看向眼前的智能電腦螢幕。雖然斷電後螢幕會變黑，但只要不去關機，它便會用儲存電量維持主機10分鐘的運作狀態，以保證某些關鍵性操作不會立即中斷，可以安全地保存退出。

影印機自動開始列印，不斷吐出帶著微溫的紙張，封琛將一摞檔案檢查了遍，發現沒有什麼遺漏，便伸手想要關閉主機。

他的目光挪到智能電腦螢幕上，視線頓住，臉上的漫不經心慢慢消失。凝滯幾秒後，他那張總是不形於色的臉上，出現了類似震驚和不可置信的神情。

第三章
未讀的訊息

已讀【父親，我是封琛，我還在海雲城，如果看見了這條訊息，請儘快來接我。】

封琛死死盯著「已讀」兩個字，停頓在空中的手指緩緩伸向螢幕，像是想去觸碰，卻又止不住地顫抖。

——已讀……

他腦中反覆跳躍出這兩個字，已經塞滿腦內的所有空間，滿到他思維都變得遲鈍，甚至有些不明白現在發生了什麼。

——已讀、已讀、已讀、已讀……

封琛閉上眼睛再睜開，確定那兩個字並不是他的幻覺。而且不光從未讀變成了已讀，也從之前的深黑色字體變成了淡淡的墨藍色，這也是訊息被閱讀後的提示。

滴滴、滴滴。桌上的通訊器響起。

封琛盯著那個通訊器，在它響到快要停止時才伸手按了接通。

「小琛，檔案怎麼還沒送過來？」對面是陳思澤的聲音。

封琛深呼吸了兩次，強迫自己冷靜下來，聲音和平常無異：「剛才停電了，所以耽擱了一會兒，馬上就好。」

通話結束後，封琛又看向那行訊息，等待著會不會繼續跳出一行字。但他等了好幾分鐘也沒有新消息，知道不能再耽擱下去，這才退出軟體，關掉主機。

顏布布在公用浴室洗漱完，剛端著盆回屋，就見黑獅在狹窄的通道裡來回走動，滿臉都是焦躁，而比努努手足無措地站在一旁。

「薩薩卡，你怎麼了？」

顏布布剛問完，黑獅突然一爪子抓在牆壁上，嗤啦一聲，那特殊板材製成的牆壁上便多出幾道爪痕。

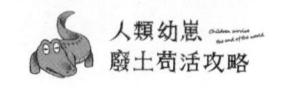

黑獅素來沉穩，顏布布很少見到牠出現這樣反常的情緒，突然想到了什麼，急忙問道：「薩薩卡，是不是哥哥出什麼事了？」

　　黑獅沒有任何回應，只依舊來回打轉，顏布布也顧不上那麼多了，將手裡的盆往旁邊一扔，轉頭衝向了宿舍大門。

　　他知道封琛在開會，出了大門後便往軍部方向跑，但才經過民眾安置點，就看見了封琛的身影。

　　「哥哥！」顏布布大叫一聲後衝了過去。

　　封琛轉頭看向滿臉驚慌的顏布布，便問道：「怎麼了？」

　　顏布布衝到他面前停住，氣喘吁吁地打量他全身，「你有沒有出事？你沒事吧？」

　　封琛臉上閃過一絲詫異，但立即就若無其事地問：「怎麼了？我能有什麼事？」

　　他不會對顏布布隱瞞那條訊息的事，但現在明顯不是說話的時機，他準備晚些時候回到宿舍後再講給他聽。

　　「那，那薩薩卡牠，薩薩卡牠很不高興……我還以為你出了什麼事。」顏布布心有餘悸地撫著胸口，低聲道：「嚇死我了……沒事就好、沒事就好。」

　　封琛立即明白了，應該是自己剛才情緒波動太激烈，也引起了黑獅的反應，便不動聲色地切斷了和黑獅之間的精神連接，笑了笑：「別胡思亂想的，我沒事，我剛才去東聯軍軍部列印了一點資料。」

　　顏布布上前兩步，摟住他的腰撒嬌，「我剛才嚇到了，現在心都在撲通跳，要你拍拍才行。」

　　封琛便在他背上拍了拍，「別自己嚇自己，薩薩卡應該是被比努努氣著了，你先回去哄哄牠，我等開完會就回去。」

　　「你又栽贓比努努，還好牠沒在這兒。那你開會的話要快點……」

　　「好，我儘量快點。」封琛柔聲道。

　　顏布布知道封琛有正事，便鬆開他的腰，一步三回頭地往宿舍方向

第三章 ◆
未讀的訊息

走去。

封琛指了下他前方,示意他看著路別摔了。等他不再往回轉頭,一直進了宿舍區,這才大步走向軍部會議室。

「……現在種植園的玉米長勢不大好,還是馬鈴薯產量大一點。雖然高壓鈉燈給足了光線,但這些農作物嘛,天生就是要長在太陽下的……」

封琛推開會議室大門,將手裡的文件送到了陳思澤面前,再退回到原來的位置坐著。

陳思澤將文件遞給旁邊的副官,低聲吩咐:「讓大家都看一下。」

「是。」

封琛坐在不被燈光照亮的角落裡,似乎在聽其他人的發言,但耳邊卻又一直迴蕩著陳思澤的聲音。兩種聲音匯合在一起,脹得他耳膜都在隱隱作痛。

「……暗物質可以被風吹走,也可以製作大型吹風機,但新的暗物質又會源源不絕地產出,瞬間填補上空缺……」

──「那天,我在宏城的中心劇院舉行演講。我在臺上,你父母就坐在第一排……」

「可是根本沒辦法投擲炸彈。炸彈沒墜到谷底,還在半空就被那些樹藤攔截,直接爆炸。」

──「……士兵在那劇院廢墟裡挖出了幾百具屍體……小琛,是我親手將你父母埋在了山腳下……」

封琛目光一直盯著陳思澤,看他皺著眉認真聽別人的發言,看他端起水杯,輕輕吹著上面的熱氣,眉心間蹙起幾道深深的紋路。

他確信那個小程式只有他和父親知道,而登入密碼也不會被其他人

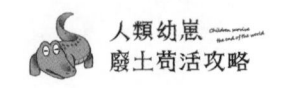

破解。能點開這段已經保存 11 年留言的人，也只能是父親。

如果父親在地震中沒有去世，那麼這些年他到底在哪兒？為什麼一直不和自己聯繫？他又是在哪裡打開了這個小程式？

封琛確信父親只要活著就一定會來尋找他，也會打開那個程式和他取得聯繫。除非父親已經不在世上，或者是⋯⋯被禁錮著失去了人身自由。而陳思澤⋯⋯他為什麼撒謊？明明父親還活著，他卻說親手掩埋了父母的屍體。

封琛能想出陳思澤對自己撒謊的唯一理由，只能是他造成了父親的失蹤。或者說，也正是他禁錮了父親。

——陳思澤這樣做的動機是什麼？他和父親是多年的好友，也深知父親對競選更高職位不感興趣，相反還是能將他推上高位最強有力的助力，他沒有理由去對付父親。

——除非⋯⋯父親手裡有什麼他很想得到的東西。

封琛在冒出這個想法的同時，也立即想到了父親手裡最有可能讓陳思澤覬覦的物品。

——密碼盒！那是東聯軍研究所研究出的成果，由父親一人保管，其他任何人都沒有權利接近那個密碼盒！

當密碼盒出現在封琛的腦海裡時，就像找到了亂麻叢中的線頭，也找到了整個事件的關鍵點，往下的一切推測都有了出發點。

他回想起孔思胤在和他深談那次，得知他是封在平的兒子後，曾經說過的一段話。

——「封將軍為人穩重謹慎，做事深謀遠慮。他說的話，做的事，很多看著不明顯，但背後會有他另外的深意⋯⋯」

封琛一直不大明白，父親為什麼會將那麼重要的密碼盒放在家裡。雖然家裡防禦嚴密，但終究不是軍事基地，以致於地震後自己就能從廢墟裡刨出來。

他曾經猜想父親是不大放心研究所的防禦，但研究所卻能在地震中

第三章
未讀的訊息

保持完好,還讓他和顏布布安全地長大,可見防禦是無懈可擊的。

直到現在這一刻,他才隱約明白了父親這樣做的用意。

父母原本和他說好,等他結束訓練後就去度假,結果突然倉促地改變行程,說要去參加陳思澤的競選演講。

那麼母親給他發那條短信時,會不會並非出自本意,而是已經被陳思澤控制,被脅迫著去往宏城?也許父母根本就沒有去往宏城,而是被送去了另一個地點。

依照父親的洞悉力,他一定是早就發現了陳思澤有些不對勁,但又不能確定,為了以防萬一,所以將密碼盒放在了家中。

雖然父親並不能預料到會發生那場傾覆天地的地震,但他既然察覺到了危險,那麼將密碼盒放在家中的目的,便是他一旦出事,封琛就能將它帶走。

嘩!會議室裡,不知道誰的發言結束,周圍響起一片掌聲。封琛也跟著一起拍手,並對著那名剛發言完的人讚賞頷首,和旁邊的人低聲說了句:「不錯。」

但他腦中卻在飛快轉動,按照剛才的思路繼續往下分析著。

父親明明可以讓東聯軍的其他人,包括他最忠誠的手下帶走密碼盒,為什麼卻要自己帶走?自己那時候只是個孩子,不像成年人又是正規軍那樣能安全護送密碼盒到中心城。

父親這樣做的目的是什麼?而且當時海雲城的東聯軍都撤退得差不多了,只剩下了西聯軍……

──西聯軍、西聯軍……

父親知道他如果出了事,自己必定會帶著密碼盒去中心城找東聯軍。在沒有遭遇地震的情況下,如果父親出事,那麼林奮作為西聯軍的高官,也會在第一時間獲知消息,並會想辦法抓住自己。

而自己十有八九會被林奮給抓著,連海雲城都出不去,密碼盒也就會掉進林奮手裡。

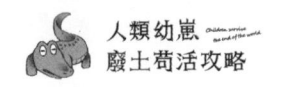

封琛心裡猛然一突。

——莫非……莫非父親的目的就是要將這密碼盒交給林奮？

這個密碼盒關係著人類的命運，他不敢相信東聯軍，怕裡面有陳思澤的人。林奮雖然是西聯軍，是他的對手，但他瞭解林奮的為人，知道他在這樣大是大非的問題上值得信任。

在這種時刻，他做出了這樣的決定，那就是如果他自己出了事，便用這樣迂迴的方式，通過封琛將密碼盒交到林奮手裡。

只是他沒想到會有那場天災，好在兜兜轉轉，密碼盒最終還是由封琛親手交給了林奮，只不過換了一種方式而已。

像是一個個鏈扣被扣上，所有問題都有了解釋，整件事情終於被理順。父親的失蹤肯定和陳思澤有關，但封琛唯一不清楚的，就是林奮的失蹤和陳思澤有沒有關係。

「封少尉、封少尉……」

身旁有人推了封琛好幾下，他才倏地轉過了頭。

「封少尉……」那名正在推他的軍官對上他視線後，被他蒼白的臉色和目光裡的冷意嚇了一跳，連忙吶吶地解釋：「是陳政首，陳政首在叫你。」

封琛察覺到自己的異樣，迅速調整神情，朝軍官點了下頭，再看向了臺上的陳思澤。

陳思澤對他招招手，示意他上去。

封琛起身走到了陳思澤身旁，微微俯身聽著他接下來的話。

「你臉色為什麼這麼難看？是不是人不舒服？不舒服就別在這兒了，回去休息。」陳思澤低聲道。

封琛回道：「我可能是吃了什麼不乾淨的東西，肚子一直很疼。」

「那就去看軍醫，別在這裡硬撐，會議內容你也知道，不用繼續聽。」陳思澤道。

封琛沒有應聲，目光一直停留在他臉上，直到他疑惑地問：「還有

第三章　未讀的訊息

事要給我說？」

「沒有，我現在就去。」

封琛離開屋子，在關上門的瞬間，也將那些人聲關在了門背後。走廊裡沒有一個人，也安靜得沒有半分聲音，只有他的軍靴底一下下敲擊著地板。

當他走出大門時，一陣涼風吹過，讓他悶脹昏沉的腦袋清醒了些，也讓他能冷靜下來繼續好好思索。

他上次在陳思澤辦公室看智能電腦時，陳思澤講過軍部是區域網，網路只覆蓋這片營地，再遠的地方就不行了。

──如果父親也能進入區域網，代表他現在就在這片營地裡。

封琛心裡一陣狂跳，轉著頭打量四周。父親如果在這片區域，那他會是在哪兒呢？種植園旁邊的大營地？還是這邊的民眾區？

但他瞬間又反應過來一個事實。剛才整片安置點，包括研究所和種植園旁邊的大營地都停了電，而這條訊息被閱讀的時間，也正是在停電的過程裡。

──訊息從未讀變成已讀的時間點太巧了，莫非⋯⋯這次停電也和父親有關？

封琛停在軍部大門口思索兩秒，接著便轉身，急急走向了溧石發電機房。

機房裡只有兩名士兵，看見封琛後便同他打招呼：「封少尉。」

「今晚你們值崗嗎？辛苦了。」封琛道。

「還好，晚上反倒沒什麼事。」

封琛順手拿起放在門旁的記錄儀，踱到了牆邊，站在輸送溧石電力的三臺輸送器前。三臺機器都亮著一排小燈，每個小燈都代表著一條主

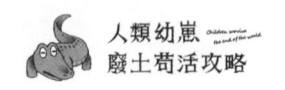

線路。

「剛才為什麼停電？是主發電機出了問題嗎？」封琛一邊查看一邊狀似隨意地問道。

士兵回道：「主發電機沒有出問題，就是電力使用超過了負荷，發電機的自動保護程式啟動，便停止了輸送。」

這些話封琛聽過，以前停電他來檢查時，士兵也是這樣告訴他的。

封琛拿著記錄儀比對著資料，慢慢走過前面兩臺輸送器，停在最左邊那臺輸送器前，再低頭在記錄儀顯示幕上劃動著。

封琛頭也不抬地問道：「剛才這三臺輸送器都已經停止供電了？」

「對，所以礦場和種植園兩邊的營地都停了電。」

封琛抬頭看向士兵，「停電時間是10點5分到10點8分，那這3分鐘裡，記錄儀為什麼顯示還在往外送電？」

士兵疑惑地探頭來看，「是嗎？可是剛剛三臺機器確實都停止送電了啊。」

封琛指著上面的資料，「看這裡。」

士兵撓了撓頭，「平常也沒注意過，這是記錄儀出了問題？」

封琛問道：「這資料能看出是哪臺輸送器嗎？」

士兵指著最左邊的第三臺，「顯示是這臺在停電期間還在送電，但是不可能啊，停電的時候，送電顯示燈也是熄滅了的。」

嗡嗡的機器運作聲中，封琛看著那臺輸送器，看著上面亮著的四盞小燈。

士兵見封琛在看輸送器，以為他不知道這四盞小燈分別代表的線路，便給他解釋了一遍：「這臺機器上有四條輸送線纜，分別供給兩個礦場和種植園。多出的這條線其實起的只是預防作用。因為研究所的重要性，就在這臺機器上多分出去一條線，以保證研究所的用電穩定。」

封琛繞到那臺輸送器後，看見四條粗線纜向下隱入地裡。

「這些線纜是什麼時候埋下的？當時是誰在負責？」封琛問。

第三章
未讀的訊息

士兵回道：「那可早了，反正我加入軍隊的時候這裡就已經是礦場，電機房也已經修好，當然線路也就被埋好了。我估計，在建造中心城的時候就已經將這一片劃為緊急避難地，所以在建礦場的時候，就提前將這些線路埋好。至於誰負責埋線纜……應該是東聯軍吧。」

「為什麼？」封琛問。

士兵指著門扇，「你看門上刷著兩道暗紅色的條，那就代表是東聯軍建造。如果是白條的話，就是西聯軍。這就和我們的制服一樣，袖口上分別有紅條和白條。」

封琛順著看去，看見門扇上果然有兩道暗紅色的油漆條紋。因為年月較久，顏色顯得暗淡，所以他平常都沒有注意到。想來東西聯軍之間明爭暗鬥，哪怕是修建了一所機房，也會特意注明是誰建造的，所以刷了兩道暗紅色條紋。

封琛用腳踢了下露在地面的一段線纜，「那也過去了好多年，平常都沒挖開檢查一下線路嗎？」

「線路又沒出過問題，誰會去挖開看啊。」士兵笑了起來，「這些線纜都是用最好的軍工材料，再用上幾十年也不會損壞。」

封琛點了下頭，沒再說什麼，將資料儀放回原來位置後，便走出了溧石電機房。

反手關上門，封琛臉上的和煦表情消失，神情立即沉了下來。他直接轉身，向著研究所的方向大步走去。

研究所和民眾點一樣，建在了這片礦場的中央。三面都環繞著鐵軌，拉著溧石礦的礦車在上面來來去去。

雖然整片營地都沒有什麼人在外面，研究所周圍卻有不少值崗的士兵，在看見封琛後，一名士兵立即伸手擋住他，「通行證。」

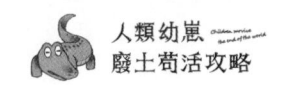

封琛淡淡地道：「我是來檢查電路系統的封琛少尉，這幾天經常停電，來看看你們研究所的供電情況。」

那士兵遲疑地道：「封少尉，研究所是重地，就算要檢查供電室，也是要通行證才能進的啊。」

封琛正要說什麼，就聽到身後有人在問：「發生什麼事了？」

他和兩名士兵同時看過去，看見站在不遠處的孔思胤。

「孔院長。」

「孔所長。」

孔思胤現在雖然是哨嚮學院的院長，但這之前卻是研究所所長。而且研究所現在的代理所長只是掛了個名，大小事宜還是他在處理，所以兩名士兵依舊稱他為孔所長。

士兵對孔思胤的態度非常恭敬，立即回答他剛才的問題：「封琛少尉現在要進研究所檢查電機房，但是他沒有帶上通行證。」

孔思胤看了眼封琛，封琛神情平靜地和他對視著。

「是有這麼回事，剛才他和我們一起在開會，結果停了電。通電後我讓他來看看供電室，也就是口頭吩咐，所以沒有給他開通行證。」

「是這樣啊，我們剛才也是不知道情況，封少尉請。」士兵連忙讓開了路。

封琛對著孔思胤行了個軍禮，大步跨入所內，孔思胤則轉身走向了哨嚮學院。

研究所雖然也是板房群，但所用的建築材料卻和其他板房不同，是用某種既堅固又隔溫的軍用材料建成。

封琛一路看著門牌標示，將這條通道走到盡頭，便到達了供電室。

研究所的供電室只是一個小隔間，封琛將門反鎖上後，便開始檢查機器後的連接線纜。

就如同電機房的士兵所說，這機器背後有兩條線纜，應該連著電機房內的兩臺輸送器。而兩條線纜對應的資料顯示螢幕上，不停跳躍的數

第三章
未讀的訊息

字表示著它們此刻都有電。

封琛觀察著兩個資料顯示螢幕，在心裡默默記錄它們的數字變化。如此記錄了5分鐘左右後，他發現其中一條線纜的資料是在重複循環。

「54、47、36、28。」他對著其中一個顯示幕輕輕念著。

在他念完這串數字後，那個顯示幕上不斷變幻的數字也跟著出現了54、47、36、28。

封琛冷冷看著顯示幕，並伸出手，毫不猶豫地拔掉和它相連的線纜，但那螢幕上的數字卻依舊在跳動著。

他將手裡的線纜放到旁邊的測電儀上，測電儀沒有任何變化，顯示這條線纜根本就沒有電。

封琛雖然已經猜到了這個結果，卻依舊難掩心頭激動。他閉上眼深呼吸了好幾次，才讓自己握著線纜的手沒有抖得太厲害，以致於都對不上介面。

發電機房有兩條通往研究所的線纜，但其中一條根本沒有到達研究所，這裡只是做出來的一個假象。

而那條線纜必定連接著一個不為人所知的祕密地點，為那裡提供著電力輸送。

那個祕密地點在偷偷使用發電機的電，是因為擁有一臺溧石發電機不難，難的是發電過程中會源源不斷地發散出一種黑色的有害氣體，必須在專門的儀器裡處理過才行。

那種過濾有害氣體的儀器體積龐大，非常容易暴露目標，祕密地點不敢自己發電，證明它的確就建在附近。

──這是陳思澤建造的祕密地點，父親就被禁錮在裡面。

──只是不知道母親在不在這裡？

封琛將線纜重新連好，並不慌不忙地離開了供電室。

他和通道裡相遇的研究人員點頭示意，對大門口值崗的士兵微笑，看上去謙和且彬彬有禮，但他腦內卻在不停地轉動。

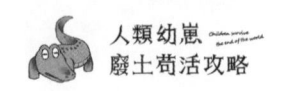

他剛才在發電機房時看了以前停電的資料，發現就算整個營地處於停電環境中，也依舊在往外輸送著電量。

資料證明那條單獨的線纜不受自動保護裝置影響，哪怕看上去被切斷了通電，實際上還在往外輸送著電機房的電。

而剛才的停電事件也許並不是整個營地的電力難以負荷引起的，而是父親在通過這種方式告訴他什麼。

父親既是軍人，也是天才，所以才會擔起研究原始病毒的重任。自己在海雲城點開那個軟體到現在的這段時間裡，他一定對那軟體做出了一點改動。

當父子兩人才能登入的軟體再次被啟動時，會讓瞬間的使用電量超過閾值，從而引起發電機自動保護裝置啟動，達到了整個營地停電的目的。但祕密地點卻依舊有電，軟體會按照設定的程式，自動將未讀變成已讀。因為軍部的智能電腦具有捕獲文字資訊的功能，所以他也不敢留下半個字。

如果是這樣的話，那麼父親就是在自己來到營地後才修改的軟體。因為自己若是在其他地方看到這條已讀訊息，根本無法知道他被禁錮的大致地點。只有身在營地，才能用這場斷電來提供線索。

雖然沒有隻言片語，但父子之間卻在這一刻心意相通，封琛彷彿看見了父親在無聲地告訴他——小琛，我還活著！我就在營地！

安靜的營地裡，封琛走向發電機房的方向。他神情平靜，只是眼淚不住往下淌，模糊的視線裡，那些路燈都被淚水暈成了看不清的光團。

片刻後，封琛走到發電機房附近停下了腳步。

他知道那些線纜穿過機房延伸向各個地點，只要挖開那裡的地，順著其中一條線纜就能找到父親。但那處對面就是東聯軍士兵的宿舍營

第三章
未讀的訊息

地，他如果去挖線纜的話，立即就會被宿舍區大門口值崗的士兵看見。

封琛站立在燈光照不到的黑暗中。他知道現在一定不能衝動，必須要按捺住，也必須要尋找一個合適的機會才能行動。

也不知站了多久，身後突然傳來一道熟悉的聲音：「小琛。」

——陳思澤……

封琛身體陡然變得僵硬，垂落在褲側的手也緩緩握緊，緊到指節都泛著白，手背上爆出青色的筋。

但他轉過身時，臉上神情卻和平常無異。

陳思澤站在不遠處，身後跟著幾名士兵，他關切地問道：「小琛，你不是人不舒服嗎？為什麼還在外面沒有回宿舍。」

封琛啞著嗓音回道：「因為在屋內太悶了，出來轉轉就沒事了。」

陳思澤向他走近幾步，「那也要去看下軍醫啊，給身體做個徹底的檢查，這樣我才放心。」

封琛沒有回話，陳思澤看了眼前方的發電機房，道：「別在這兒站著了，夜裡涼，快回去吧，明天還有任務，你得早點休息。」

封琛點了下頭，轉身走向哨嚮雙人房宿舍。走出幾步後，便聽到陳思澤又在喊他：「小琛。」

封琛停住了腳步，卻沒有轉身，陳思澤便在他身後道：「明天你帶上兩個連隊去檢查中心城的損毀情況，再出一份詳細的報告，在東西聯軍後天的會議上拿出來。」

這事陳思澤白天也對他提過。這種任務並沒有什麼危險和難度，大不了就是對付喪屍。雖然封琛對這任務並不感興趣，卻也知道這是陳思澤在訓練他的帶兵能力，所以便應下了。

當時他只覺得陳思澤就如同他的父親般，既要顧及他的安全，又想要對他進行鍛鍊，可謂用心良苦，心頭說不感動那是假的。但現在他只覺得渾身發涼，背心冒著冷汗，像是身後盤踞著一條毒蛇，正對著他吐出鮮紅的蛇信。

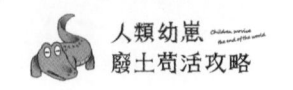

父親知道自己到了營地,肯定也是陳思澤告訴他的,也許還用自己的安全威脅過他。

封琛可以想像到陳思澤會用什麼樣的口氣、什麼樣的表情給父親講述自己的情況,用這種近在咫尺卻不能相見的方式去折磨父親。

他想起立功授勳那天,自己從陳思澤手裡接過證書,他俯身過來輕聲道:「繼續努力,在平一定會為你驕傲的。」

自己當時只當做那是句鼓勵的話,可現在回想起來,這句話卻帶著莫大的諷刺,讓他心中滿溢的憤怒就要迸出胸腔。

封琛轉過身面朝陳思澤,臉上神情卻很平常,「謝謝您的關心,陳叔叔。」

陳思澤和藹地笑笑,「夜裡涼,馬上要起夜露了,快回去吧。」

「好,您也早點休息,不要累著了身體。」

「我知道。」

封琛再次走向了哨響學院的雙人宿舍,但在跨進院子後卻沒有回屋,而是直接走去院子角落,擰開那裡的水龍頭,將整個腦袋伸在龍頭下。夜裡氣溫很低,冰涼的水流澆在頭上,順著臉頰往下淌。他就這樣任由水流沖刷著,過了好久後才直起身,擰上了水龍頭。

他雙手撐在對面牆壁上,大口喘著氣,看著圓鏡裡那個滿頭滿臉都是水的人,看他那雙泛著紅絲的雙目裡,透出凶戾和仇恨。

他就這樣注視著自己,很久後才轉過頭,看向右前方的雙人宿舍。

整排房屋的窗戶都透出燈光,他定定注視著其中一扇,心裡的狂亂和痛苦也慢慢散去,整個人逐漸恢復了平靜。

顏布布照例和兩隻量子獸擠在床上,嘀嘀咕咕地說著話。

「哥哥怎麼還沒回來啊,他們到底要開多久的會。薩薩卡,他和你

第三章
未讀的訊息

現在有沒有精神連結？看看他在做什麼吧。」

黑獅搖搖頭，示意封琛和自己現在並沒有精神連結。

「他不連接你，你去連接他就行了啊。」顏布布道。

黑獅繼續搖頭。

顏布布教訓牠：「你就不能太聽哥哥的話，要學學比努努，牠從來就不聽我的話，只會和我對著幹。」說完這句後便轉頭對著比努努道：「去，幫我倒杯水。」

比努努翻了個身，拿後腦杓對著他，他便又對薩薩卡道：「看見了嗎？看見比努努怎麼做的嗎？你就是太乖了，也得學一下牠。」

黑獅俯下大腦袋，在顏布布肩上蹭了蹭。

封琛站在水龍頭前，抬手抹掉臉上的水。他現在已經完全鎮定下來，準備回屋，好好想下怎麼去挖出那條線纜的事。

他知道自己這副模樣一定會引起顏布布的驚慌，便對著鏡子將濕淋淋的亂髮都抹在腦後，再一顆顆繫上鬆開的扣子。

他眼睛一直看著鏡子，在無意中掃過圓鏡右下角時，突然停下了繫紐扣的動作，定定注視著那裡，再飛快地轉回身。

身後是一片空地，被高壓鈉燈照得雪亮，但就在遠處房屋後的陰影裡，處於哨響學院大門口的位置，有人正直挺挺地倒在地上。而他身旁還有一隻臉盆大小，形狀如蜘蛛的變異種。

封琛立即調動精神力，就要刺向那隻蜘蛛變異種，但牠卻在這時往旁邊爬行了幾步，爬到了被燈光照亮的地方。

蜘蛛變異種被燈光照得非常清晰，通體殷紅，幾條彎折的長腿上生著堅硬的毛刺。牠正圍著地上的人轉圈，嘴裡吐出銀色的絲，要將他細密地裹緊。

封琛在看清牠的外形時，硬生生收住了就要發出去的精神力，同時反應過來這蜘蛛不是變異種，而是梭紅蛛量子獸，也就是顏布布曾經在後山看到過的那一隻。

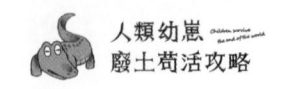

他現在不能去驚擾這隻梭紅蛛量子獸，便一動不動地站在原地，只慢慢拔出了腰間的槍，看著牠將地上那人的雙腿用蛛絲捆縛住，又一點點往腰上纏繞。

但封琛的精神力卻在這時湧出，無聲無息地向著四周擴散，像是一張鋪天蓋地的巨網，將整個營地籠罩其中。

封琛的精神力四處蔓延。

他看見了正在巡邏的士兵，他們沒有發現這裡的異常，只小聲交談著慢慢走動。他看見幾名匆匆走向民眾點營地的人，精神力便分成數束審視著他們，直到他們走進了板房……

他的精神力迅速掃過礦場，不放過每一個角落，卻沒有發現有什麼可疑目標，便留下一部分攀上房屋高點，居高臨下地觀察著這方營地，另一部分飛向種植園方向。

封琛的精神力四處搜尋，眼睛卻一直盯著那隻梭紅蛛，看著牠飛快地吐絲將地上的人纏住。只不過短短半分鐘，蛛網已經纏到了那人胸口，將他裹得像是一只白色的繭。

他不能眼睜睜看著這個人被梭紅蛛拖走，必須要在最後的時間裡出手，也必須要在驚擾到牠之前將牠主人找到，不然牠被瞬間收回精神域的話就沒辦法了。

封琛調動一絲精神力，順著角落潛伏在距離梭紅蛛十幾公尺的地方，其他精神力則繼續搜尋，飛快地四處蔓延。

梭紅蛛終於用白絲將那人完全裹住，只露出了兩個鼻孔，遠處看上去就像是一具木乃伊。

接著牠便叼起頭頂處的絲，拖著那人往左邊移動。

——左邊！後山！

封琛所有精神力瞬間改變方向，齊齊撲向後山，順著山脊往上一路攀升。

下一秒，他終於看見半山腰的一塊大石旁站著一個人。因為他身處

第三章
未讀的訊息

的位置就在石頭的陰影裡,所以若不是用精神力搜尋,完全不會被營地裡的人發現。

這是個他從未見過的陌生男人,年約40出頭,頭髮理得很短,臉頰瘦削,皮膚蒼白得有些病態。左臉上還有著一道長長的刀疤,差不多橫貫了整個面部。他穿著一身黑衣,陰鷙的眼睛注視著營地方向,還輕輕咳嗽了兩聲。

封琛猛地抓住身後圍牆,一個翻身便躍了過去。他雙腳都未完全沾地,便風一般衝向了後山,速度迅捷得如同一隻捕食的獵豹。同時將黑獅收回精神域,又立即放了出來。

山上的刀疤男人和不遠處的梭紅蛛同時發現了他,男人瞬間將視線投注在他身上。梭紅蛛原本還拖著人,現在也停在了原地,身上的毛刺盡數炸開。

封琛眼睛鎖定山上的那名刀疤男人,邊跑邊朝天鳴槍,安靜的營地裡頓時響起連聲槍響。他現在只需要鳴槍示警就行,士兵自然會發現地上那具木乃伊,將人救出來。

「誰?是誰?」隨著喝問聲,巡邏的士兵立即往這邊衝,與此同時,梭紅蛛也消失在空中。

刀疤男人和奔跑中的封琛對視著,目光透出陰狠的光。他抬手朝著某排板房射出一枚燃燒彈,再扭頭往山頂方向跑。

封琛也發足追到了山上,兩人一前一後地奔跑,很快便跑出能被燈光照亮的區域,消失在濃濃黑夜裡。

顏布布正枕著黑獅的背,突然就覺得後背一空,整個人倒在了床上。他轉頭往後看,沒有看見黑獅,只看見一臉懵的比努努。

「薩薩卡呢?怎麼不見了?摔到床下面去了嗎?」

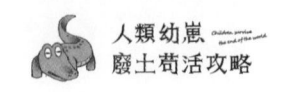

顏布布往床外看了眼,沒有見著黑獅,再回頭時看見比努努從床上撿起了黑獅的髮夾,心頭剛冒起一絲疑惑便明白過來,薩薩卡應該是被封琛收進了精神域。

「哥哥為什麼把薩薩卡收回去啊……不會出什麼事吧……」顏布布和比努努對視著,同時都在對方眼裡發現了一絲緊張。

顏布布抬腳下床,「比努努,我去找……」

砰!砰砰!槍聲突然炸響,顏布布一個哆嗦僵在了原地。

槍響一共六聲,當那動靜停止時,顏布布已經拉開房門,跟著比努努一起衝了出去。

房門紛紛被拉開,哨兵嚮導們都探出了頭。他們大部分都只穿著睡衣,剛疑惑地走到通道裡,就被顏布布撞開。他們轉過頭,只看見一道人影和一隻量子獸,飛快地衝出了宿舍大門。

「怎麼回事啊?來了變異種嗎?我們這邊反正不可能有喪屍。」

「不清楚,沒聽到警報。」

「那他在跑什麼?」

「……不知道,走吧,出去看看。」

顏布布衝到宿舍外時,只看見一群士兵停在了哨嚮學院大門外,並蹲在一具人形大白繭旁,手中在拉扯一段段白絲。

他走近了些後,聽到那些士兵在大吼:「動作快點,把人救出來,還有呼吸……剪刀剪不斷,別浪費時間了,找到絲的一端開始剝,一圈圈往外剝……」

顏布布本來就處於緊張中,聽到那繭子裡有人,第一反應就是封琛被裹在裡面了。

「哥哥!」他朝著白繭大叫了一聲。

他立即便衝過去分開兩名士兵,蹲下身去撕扯那個白繭。

比努努這時也擠到他身旁,跟著他一起用爪子拚命拉扯,用牙齒使勁撕咬,喉嚨裡發出焦急的呼嚕聲。

第三章
未讀的訊息

　　顏布布全身都在發抖，明明抓著了一段白絲，手卻軟得使不上力，白絲幾次從他指縫間滑走。

　　「哥哥！」他急得眼淚都流了出來，就要俯下身像比努努一樣用牙齒咬。

　　旁邊的士兵立即安慰道：「沒事沒事，別著急啊，有呼吸的，沒事。這絲連剪刀都剪不斷，你的牙齒肯定咬不動，別著急⋯⋯」

　　顏布布聽到他這樣說，心裡稍稍平穩了些，手上也恢復了一點力氣，能抓緊繭絲往外扯。

　　大家都在七手八腳地剝絲，很快就將裡面人的頭部剝離出來，顏布布也就看清了繭殼裡人的臉。

　　那是一張陌生的臉，緊閉雙目正處在昏迷中，但應該沒有生命危險。顏布布頓時鬆了口氣，脫力地一屁股坐在地上。雖然已經確定不是封琛，但他受到的驚嚇太過，手腳依舊不可控地微微顫抖，後背已經被冷汗浸透。

　　比努努也輕鬆下來，挨著顏布布站著，還用小爪子撫著自己胸口，一副心有餘悸的模樣。

　　「他的心跳和呼吸都正常，但是人昏迷不醒，像是中了什麼毒。」

　　「是蜘蛛毒吧？應該不致命，打針去毒素的試試。」

　　「這他媽要多大的蜘蛛才能吐絲將人裹成這樣？是一群蜘蛛吧？」

　　「先別廢話了，把人抬去醫療點。」

　　那人剛被抬起，營地上方突然傳來尖銳的警報聲，所有人都站起來四處打量，看見左邊遠處的居民點騰起了火光。

　　「失火了⋯⋯失火了⋯⋯」

　　除了兩人將昏迷的人送去醫療點，其他人紛紛奔向起火的方向。

　　顏布布站起身對比努努道：「救火的人很多，我們先去找哥哥。」

　　經過這麼一場驚嚇，他實在是不放心，非要親眼看到封琛平安無事才行。而且這個人被蜘蛛絲裹成那樣，他懷疑可能是梭紅蛛幹的，想要

97

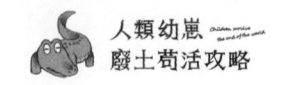

快點告訴給封琛。

顏布布匆忙跑向總軍部，剛到大門口，卻瞧見會議室那間房黑漆漆的，半盞燈也沒有。他立即詢問一名從總軍部出來的士兵：「請問一下，他們開會的人都去哪兒了？」

那士兵邊往起火點跑邊道：「會議已經結束了。」

「結束了？」顏布布問。

士兵：「對，半個小時前就結束了。」

顏布布追上去問：「那他們人呢？」

士兵回道：「都回了各自軍部吧，我不大清楚。」

顏布布站住腳，又轉向東聯軍軍部方向，他覺得封琛沒準兒在會議結束後又去了那裡。

他正匆匆走著，和路上兩名陌生哨兵擦肩而過，兩人的交談聲也飄入耳中。

「……應該是什麼蜘蛛變異種吧，把人都裹成那樣了。」

「我聽到槍聲就出來了，只看見有個哨兵在對空鳴槍。」

顏布布一個急剎頓住腳步，抓住那名說話的人問：「你認識那哨兵嗎？鳴槍那個。」

那人一怔，但見抓著自己的是名滿臉焦急的漂亮小嚮導，便好脾氣地回道：「不認識。」

「那你看見那哨兵長什麼樣了嗎？」

那人指著後山方向，很詳細地回道：「天太黑了，看不清，只知道他邊鳴槍邊跑，看方向估計是要去學院的男哨兵宿舍區叫人。我後來見有人被絲纏住，就沒注意到他去哪兒了。」

顏布布失望地喔了一聲，但立即又反應過來，追問道：「既然你看不清，那怎麼知道他是哨兵呢？」

那人老實回道：「因為他身旁跟了一隻量子獸，好像是隻獅子。」

他剛回答完，面前的小嚮導便一聲也不吭地轉身就跑，身旁那隻看

不出種類的量子獸也跟著蹦跳前進。

「他是誰啊？」旁邊的哨兵碰了碰他肩膀。

「不認識。」

「我以為你認識呢，還想讓你介紹一下。」

「瞎想啥呢？快去拿水桶救火。」

陰硤山上沒有半分光亮，但黑暗中前後奔跑著兩道身影，始終保持著一定的距離。

封琛看不見周圍的情況，只能用精神力探路，想必前面那人同樣如此。他的耐力和速度在哨兵中已經算是佼佼者，沒想到前面那人雖然看似病弱，卻也能和他旗鼓相當。

他雖然沒被甩掉，卻也無法拉近距離，兩人在山上奔跑了足足半個小時，子彈都已打光，便時不時用精神力交戰一番。

他們已經跑過羞羞草所在的地域邊緣，也到了陰硤山盡頭，前面就是連綿高聳的無名山。那山裡不光地貌奇詭，變異種也很多，因為太過危險，就連軍隊也沒有進去過。

封琛的一絲精神力始終跟著前面的人，在他衝入無名山地界後，也毫不猶豫地跟著衝了進去。

他知道男人應該是在逃向能求援的地方，也知道前方也許有著陷阱，但他現在沒有別的選擇，哪怕是龍潭虎穴也要往前衝。

這是能找到林奮，找到密碼盒唯一的機會。如果這次放掉他，那麼以後還想將人抓住的話，基本上已經不可能了。

封琛縱身躍過一條溝壑時，突然感覺到左邊黑暗裡有危險在無聲無息地逼近而至。他頭也不轉地繼續往前衝，緊跟在身後的黑獅卻猛然躍起，一爪拍向左邊空中。

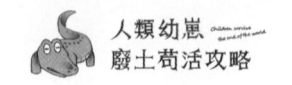

砰！空中撞出一團火光，照亮了一隻躍起的梭紅蛛，也照亮牠嘴裡吐出的一條銀絲，正箭矢般擊向封琛的後背。

　　封琛背後長了眼睛似的往旁一閃，躲過了那條飛來的銀絲，腳步沒有半分緩減，繼續追著前面的人。

　　他的精神力同時向著前方刺出，不出所料地撞在一面精神屏障上。砰一聲響後，兩股精神力都消弭在空中。

　　黑獅和梭紅蛛一路已經交鋒過多次，身上都冒著縷縷黑煙。梭紅蛛這次一擊未中，反而被黑獅抓出一道長長的傷口，便又如同剛才每次偷襲那般，瞬間消失在黑暗中。

　　黑獅也不管牠，只緊跟著封琛，一步不落地追著前方的刀疤男人。

　　進了無名山又跑了一陣，封琛抬起腕錶看地圖，卻發現即時地圖系統已經紊亂，無法顯示這裡的地形。不過他能記住大致方向，就算回去也不會迷路。

　　無名山上應該從沒有人來過，雖然沒有高大的樹木，但喜歡陰暗潮濕環境的灌木叢卻生得鬱鬱蔥蔥。

　　封琛走得有些費勁，有兩次差點被地上虯結的樹藤絆倒。但前面那人前進得更是艱難，好幾次人就突然從他的精神力視野裡消失，接著又從地上爬起來繼續往前。

　　那男人的哨兵能力原本在封琛之上，但也許是生病或者受傷，不敢和他對戰，只拚命奔逃。不過隨著奔跑了這麼久，兩者體力上的差距開始體現出來。刀疤男人的速度開始減慢，有幾次甚至還跨不過溝壑差點掉進深谷。

　　封琛見兩人之間的距離越來越近，便也加緊了腳步。

　　黑獅竄向前面，將那些灌木叢破開，為身後的封琛開出一條路。封琛一直鎖定前方那人的背影，腦子裡卻在這時想起了顏布布。

　　他不知道顏布布在做什麼，到了現在都沒能等到自己回去，一定很著急吧，估計正在營地裡到處找人⋯⋯

【第四章】

哥哥肯定是跟著
梭紅蛛追來了

◆━━━━━━◆━━━━━━◆

寂靜的大山裡,除了他自己的喘息聲,便只剩下寂靜。
顏布布滿頭滿臉都是汗水,現在令他緊張的並不是黑暗,也不是那些蟄伏在黑暗裡的危險。
他已經忽略了周圍的一切,只擔心著封琛,緊緊揪著心。

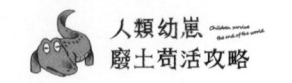

營地裡一片混亂，大家都忙著在滅火。好在板房群雖然密集，但建築板材是防火材料，燃燒的只有窗簾之類的物品。所以火勢很快就減弱，並沒有蔓延開來。

顏布布帶著比努努，順著那哨兵提供的方向往前走到了單身哨兵宿舍區，碰到一名手提水桶正匆匆往外走的教官。

「教官，我哥哥失蹤了。」顏布布立即向他求救。

教官站定腳步，神情變得凝肅，「你哥哥失蹤了？失蹤了多久？在哪裡失蹤的？」

「就剛才，到現在有20多分鐘了。」顏布布急得有些語無倫次：「剛才被梭紅蛛纏住那個人，就是他開槍示警的，現在我沒找著他。」

教官神情卻變得輕鬆起來，「20多分鐘不叫失蹤，現在營地到處亂糟糟的，他應該去其他地方了。你耐心等著，過會兒就能見著他。」

「可是……」

「你先去找找，真找不著了再來彙報。」教官回了句話之後，提著水桶便跑向了失火點。

顏布布看著教官跑遠，又去哨兵宿舍找了一圈，也沒發現封琛，不過在一名哨兵那裡借了把手電筒。他站在宿舍外的空地上，握著手電筒四處晃，最後停在了陰硤山方向。

「比努努，我覺得他不是來男哨兵宿舍了，這個方向也能上山的，你覺得他會不會上山了？鳴槍示警的是他，如果剛才那事是梭紅蛛幹的，會不會他跟著逃跑的梭紅蛛追上了山？」

比努努點了下頭。

顏布布咬了咬牙，「現在王穗子和丁宏升他們都不在營地，別人也都在忙，只有我們倆能去找人。我們現在去山上找找，如果沒有發現哥哥的話再回來？」

比努努沒有回應，只立即走向後山，顏布布便打著手電筒跟在後面。陰硤山上沒有半分光亮，黑暗中只偶爾閃過兩盞綠色的螢火。顏布

第四章
哥哥肯定是跟著梭紅蛛追來了

布將手電筒照向最近的螢火,發現那是一隻蟄伏在草叢裡的野狼變異種,凶狠的眼睛反著綠色的光。

「別管牠,只要牠不過來就別管牠。」

顏布布握著匕首繼續往山上走。

若是平常,比努努早就衝上去了,但牠知道現在不能耽擱時間,就當做沒看見,只在變異種蠢蠢欲動地想靠近時,才出聲低吼威嚇將牠們嚇退。

「比努努,哥哥會不會沒有上山?我們要是找錯了,會不會反而耽擱了時間?」

雖然山上的夜晚氣溫很低,但顏布布卻滿頭大汗,心窩也像是有把火在燒。他不知道封琛進山後到底去了哪兒,焦躁擔心得想哭,卻又強行忍住。

比努努抽動鼻頭嗅聞旁邊的草木,對著他點了下頭。

「但是你又不是狼犬,你還能聞到哥哥的味道嗎?」顏布布也跟著抽鼻子嗅聞。

比努努指著旁邊讓他看,顏布布將手電筒照過去,看見那裡是堆低矮的灌木,枝條像是被誰踩過,斷了好幾根。

手電筒光線晃動,灌木裡也有亮光閃過,顏布布走過去仔細看,發現那是一條細白柔韌的絲線。

顏布布只愣怔了一瞬就反應過來,「這是蜘蛛絲,是梭紅蛛!」他看向比努努,「我們沒有找錯,哥哥肯定是跟著梭紅蛛追來了。」

既然確定了封琛的行蹤,顏布布腳步也就更快。他一路留意著兩邊,發現沿途有不少打鬥的痕跡,還有梭紅蛛留下的蛛絲。

寂靜的大山裡,除了他自己的喘息聲,便只剩下寂靜,連風聲蟲鳴都沒有的寂靜。那些大石在手電筒光擴散出去的隱約光線裡,像是一隻隻造型詭異的怪物。

顏布布滿頭滿臉都是汗水,現在令他緊張的並不是黑暗,也不是那

103

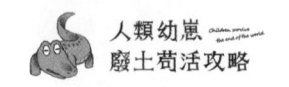

些蟄伏在黑暗裡的危險。他已經忽略了周圍的一切，只擔心著封琛，緊緊揪著心。

封琛還在奔跑，他距離前面的男人已經只距離不到二十公尺，能聽到男人的粗重喘息。刀疤男人的體力已瀕臨極限，喘息得像是破爛的風箱，每拉動一次，各處都在發出嘶啞難聽的漏風聲。

黑獅再次衝上前撲了過去，但梭紅蛛不知道從哪個地方冒了出來，躍到空中和牠相撞。兩隻量子獸廝打了幾招，等到刀疤男人和黑獅拉開距離，梭紅蛛又再次消失隱匿起來。

這裡是一條峽谷，兩邊都是陡峭的潮濕山岩，上面爬滿蛇一般的彎曲樹藤，還有水滴發出墜地的聲響。

封琛看出那男人已是強弩之末，便調出兩束精神力朝他攻去。這次他要將男人的雙腿擊斷，讓他沒法再逃。

精神力無聲地劃破空氣，刺向男人的兩條小腿。男人的精神屏障擋住了第一束攻擊，卻無法再擋住後面緊跟的第二束，匆忙中只向著右方撲出，在地上連接翻滾才躲過。

而封琛卻不會錯過這個機會，一個縱身撲了上去，在空中時便揚起匕首，下落的瞬間，刀尖順勢刺入男人右肩。

刀疤男人發出一聲嘶啞的慘叫，封琛拔出匕首，在噴濺的鮮血中，將刀刃攔在了他頸子上。

「林奮和于苑在哪兒？」封琛低聲喝問。

刀疤男人撲在地上，側臉貼著地面，只奮力掙扎，卻咬著牙不回答。他的梭紅蛛從後方又撲了上來，被黑獅攔住，兩隻量子獸便撕咬在了一起。

封琛毫不手軟地又是一刀刺入他左肩，刀口距離大動脈只有不到一

第四章
哥哥肯定是跟著梭紅蛛追來了

公分的距離。

「問你！林奮和于苑他們在哪裡！」

男人大口喘著粗氣，依舊一言不發。封琛將匕首擱在他頸子上，另一隻手從他衣兜裡掏出一個額頂燈戴好，擰亮了燈光。

刀疤男人可能原本就有病，此時在雪亮光束的照射下，一張臉更是蒼白得不像活人。

因為刀口極痛，臉上那條猙獰的刀疤都跟著扭曲變形。

封琛的聲音冷得像冰：「我不會和你耗時間，你可以選擇不說，看你自己能撐得住幾刀。」話音剛落，便又舉起了匕首，這次的目標是刀疤男人的肋下腰側。

「別殺我、別殺我。」刀疤男人突然出聲，聲音粗糲難聽，滿滿都是驚恐。

他明白這名狠厲的年輕哨兵絕對不是嚇唬人的，只要他不開口，全身就會被一刀刀戳成篩子。

梭紅蛛和黑獅撕咬的聲音也停了下來，兩隻量子獸的戰鬥結束。黑獅慢慢踱到封琛身旁，一雙獅眼冷冷地看著刀疤男人。

刀疤男人冷汗涔涔，也不知道是嚇的還是痛的，他喘著氣道：「我不知道他們去了哪裡。」

封琛立即就要將匕首往下扎，男人迭聲大喊：「我真的不知道，我說的都是實話，他們兩個早就逃掉了。」

「逃掉了？」

「對，我們本來是將他倆抓住了的，可是卻被他們逃掉了。」

封琛原本的猜測也是林奮和于苑已經逃脫，於是慢慢鬆開揪住刀疤男人衣領的左手，將他翻了個面，用額頂燈直照著他，一字一句地道：「當年到底發生了什麼事情，你詳細地給我講一遍。要是讓我發現你有半個字是假的，那我絕對不會讓你活著！」

「我不會撒謊，何況這事也沒有撒謊的必要。」刀疤男人顫抖著慘

105

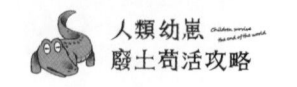

白的嘴唇道。

封琛蹲在他面前，「你是誰？你的身分是什麼？」

「我是安俶加的人，姓名不重要，大家都叫我紅蛛。」

封琛對他安俶加教眾的身分絲毫不感到意外，只默默聽著。

估計是因為已經開了個頭，紅蛛也不再隱瞞，將事情經過一五一十地講給了封琛。

「當年我們教會有二十幾名哨兵嚮導接到上方命令，讓我們埋伏在中心城B區地下安置點的出口⋯⋯」

「你們是接到誰的命令？」封琛打斷了他。

紅蛛沉默了一瞬：「我是安俶加教的人，給我下達命令的是安俶加左使，但他應該也是接收更高層的指示。」

「更高層⋯⋯安俶加的主教？」封琛問。

紅蛛點了下頭，「我不確定，但應該是主教發出的任務。」

封琛點了下頭道：「你繼續。」

「我和其他人一起等在出口處，具體做什麼並不清楚，只知道⋯⋯只知道要接應從通道⋯⋯通道出來的一個人。那人會穿著⋯⋯穿著勤雜工的服裝，我們的任務就是⋯⋯就是保護他，將他安全地護送回教裡。」刀疤男人說著話，卻不停喘息，兩條腿也止不住地抖。

封琛知道他傷口還在出血，怕他失血過多昏厥過去，便從自己衣服內袋裡取出一捲隨身攜帶的繃帶，給他將那兩處傷口繫上。

封琛繫繃帶的動作並不溫柔，那男人痛得悶哼了好幾聲，卻倒也能忍住。等到處理好傷口後，他又繼續往下講述。

「我還記得那天風雪很大，我們二十幾個人埋伏在通道口等了大半天，人都快凍僵了，那通道門也沒有打開⋯⋯」

第四章
哥哥肯定是跟著梭紅蛛追來了

　　二十幾名安佽加教眾分散埋伏在雪地裡。他們身上原本都披著白色披風，表面上再覆蓋了一層白雪，若不是湊近了仔細瞧，根本瞧不見這裡有人。

　　紅蛛已經趴在這裡很久，只覺得手腳都已經冰涼。只有心窩處還有一口熱氣續著命，想來其他人也都一樣。

　　不過這群人都是安佽加培養出來的打手，再冷也沒有一個人挪動位置，發出半點聲音，只靜靜地盯著被積雪掩埋了一半的緊急通道。

　　也不知過了多久，遠方突然出現兩道人影，飛快地向著這邊急奔。

　　「隊長，有人。」耳麥裡傳出一聲低低的彙報聲。

　　隊長的聲音響起：「別動，等等看。」

　　那兩道人影移動的速度很快，漸漸顯出了清晰的身形，是兩名身著西聯軍制服的軍人。而他們的肩章顯示他們軍銜非常高，竟然是一名少將和一名上校。

　　「隊長……」有人已經有些急慌。

　　隊長：「別出聲！他們可能只是路過，我們有正事，別理就行。」

　　紅蛛將自己整個人淹沒在雪中，只露出了一雙眼睛，緊緊地盯著那兩人。他們生怕暴露自己，連呼吸頻率都降得很低。

　　那少將是名身材高大的哨兵，眼神銳利如鷹。他旁邊的上校嚮導看上去文弱一些，但一看就受過正規的軍事訓練，絕對不容小覷。

　　兩名軍官跑到近處後，卻並沒有如他們所想的那般離開，而是走向緊急通道，並一左一右埋伏在通道兩側。

　　紅蛛心知不好，這兩名軍官也一定是衝著他們的任務目標來的。難道他們的行蹤已經洩露出去了嗎？應該不會的。

　　他身旁趴著的就是隊長，他能感覺到隊長碰了下他的腿，清楚這是讓他隱匿起來暗中攻擊的意思。

　　他的量子獸是梭紅蛛，只要偷襲成功，梭紅蛛的毒素可以在瞬間使人麻痹。所以每次行動時，他基本都是那個隱匿在暗中，等待著合適機

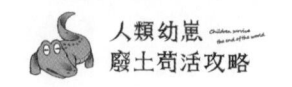

會出手的人。

時間過去了幾分鐘，除了風雪聲，周圍再也聽不到其他聲音。

那兩名軍官和他們這群埋藏在雪底下的安俶加教眾一樣，都沒有發出任何動靜。

但那名少將顯然很謹慎多疑，就算這裡看著一個人也沒有，但他依舊心存疑慮，轉著頭緩緩打量四周。

一隻兀鶩出現在他肩上，並展翅飛向半空，開始在這片區域逡巡。

兀鶩量子獸的觀察力非常敏銳，安俶加教眾們深知這點，一個個蟄伏在雪中，連呼吸都放得又輕又緩，生怕吹走了面前的雪片。

兀鶩在低空盤旋，翅膀搧起地上的雪沫，並歪著頭在空中嗅聞。牠突然像是發現了什麼，尖嘯一聲後俯衝直下，而站在通道口的兩名軍官也立即拔槍，毫不遲疑地朝著這方雪地扣動扳機。

兩名並肩埋伏在雪地裡的安俶加教眾，吭也沒來得及吭一聲，就被子彈擊穿了頭顱。

「殺掉他們！」

隊長一聲喝令，槍聲四起，所有的安俶加教眾都放出精神力，攻向那兩名軍官。浩蕩的精神力在空中相撞，發出連續的砰砰悶響，量子獸們也飛撲向前，和迎面衝來的兀鶩和白鷺戰在了一起。

就在這時，那緊閉的通道大門發出哐啷一聲，竟然緩緩開啟，從裡面跑出來一名身著勤雜工服裝的人。他看見外面的情景後一愣，下意識就要掉頭往回衝，卻被那名上校用精神力束縛住，少將則一槍擊中那勤雜工的大腿，讓他頓時跪倒在地。

紅蛛給封琛說到這裡，咳嗽了兩聲後繼續道：「那兩名軍官非常凶悍，我那時只是B級，我們這邊雖然有二十幾名哨兵嚮導，大多都

第四章
哥哥肯定是跟著梭紅蛛追來了

是 B 級和 C 級，交戰半天都無法突上前，還讓他們將那名勤雜工給抓住。當然，我也是後來才知道他們是大名鼎鼎的林奮和于苑。」

「所以一切還得歸功於你的偷襲？」封琛冷聲問道。

紅蛛沒有應聲，算是默認了，但見封琛臉色不大好，急忙又道：「但我也吃了大虧，內臟受了重創，到現在都沒恢復。不然憑我 B+ 哨兵的本事，你也不可能對付得了我，大不了打成平手。」

封琛沒有繼續深究，只問道：「那後來呢？後來你說他們逃走了是什麼意思？」

紅蛛道：「他倆昏迷後，我們就把人一起帶回了安攸加研究所。」

「哪裡的研究所？」封琛問。

紅蛛道：「就是當時設在阿貝爾之淚的研究所。」

封琛清楚這個研究所，他和顏布布來中心城的路上曾經進去過。只是裡面就要被軍部清繳，當時已經人去樓空。

紅蛛道：「我們那次執行任務的人都不知道具體任務內容，只知道要保護那名勤雜工，將他帶走。但是他被流彈擊中死了，我們當時也不知道怎麼辦，只能將他的屍體和林奮、于苑兩人一起帶了回去。」

「那你現在知道當時的任務內容了嗎？」

紅蛛點了下頭，「知道，那名勤雜工身上有個密碼盒。」

「那把他們帶到研究所後發生了什麼？」封琛緊緊握住了紅蛛的一隻手臂逼問。

紅蛛遲疑道：「我們將他們送到研究所後，研究所也不知道該怎麼處理這兩個人，決定乾脆拿他們做實驗算了。」

封琛聽到這話後，雖然沒有出聲，但握住他手臂的那隻手卻下意識收緊。

紅蛛被捏得悶哼一聲，連忙補充道：「但是沒有能拿他們做成實驗，因為到了研究所的當天他倆就醒了，還裝作昏迷騙過其他人。到了晚上時，居然帶著那個密碼盒逃走了。」

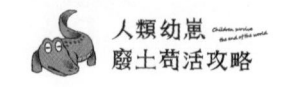

「逃走了……」封琛不動聲色地鬆了口氣,追問道:「那他們逃去哪兒了?」

「我不知道,真的不知道。」紅蛛搖頭道:「他們倆打死了研究所好多人,還帶走了密碼盒。研究所總不能都去追他們吧?當時我受了重傷,就留在研究所,但是其他去追的兄弟回來說人逃走了,沒有抓住。我也問過他們倆逃去哪兒了,大家都不知道。」

封琛問:「你的意思是說,密碼盒也在他倆手裡?」

「對,他們是拿到密碼盒裡的東西後才逃走的。」

封琛心頭生起濃濃的困惑。林奮和于苑兩人成功拿到密碼盒,也順利地逃走,應該會立即回到中心城。就算這事並不單純,不只和安僦加有關,其中也牽扯到東西聯軍,但他倆也不至於一直在外面不回去。

依照林奮、于苑的本事,哪怕是陳思澤或是冉平浩參與到其中,他們也能將密碼盒帶回中心城,交給研究所進行研究,並想辦法將背後的人挖出來。

那他倆到底發生了什麼事?為什麼一直拿著密碼盒不出現呢?

紅蛛講完後,沙啞著嗓音道:「你想知道林奮和于苑的事情,我把我知道的都告訴你了,現在能放過我了吧?」

封琛冷笑一聲:「那你為什麼要襲擊那些哨兵嚮導?是把他們都殺了嗎?」

紅蛛掙動兩下,「我沒有殺他們,我只是奉命挑選那些能力出眾的,讓量子獸毒暈他們後就綁走。」

「你把他們綁到哪兒去?綁走是要做什麼?」

紅蛛道:「我不知道,這也是上頭下的命令。」

「給你一個人下的命令?讓你一個人去綁走哨兵嚮導?」封琛懷疑地瞇起了眼。

紅蛛連忙解釋:「本來要讓我帶著幫手的,但我覺得人太多反而會是拖累,所以就只一個人行動。畢竟我的量子獸很適合幹這個,根本不

第四章
哥哥肯定是跟著梭紅蛛追來了

需要其他人的幫忙。」

封琛問：「那你把他們綁到哪兒去了？」

紅蛛這次沒有很快回答，而是避開封琛的視線閉上了嘴。

封琛觀察著他的神情，眼底閃過一抹精光，「你既然一個人就能行動，那綁去的地點肯定離營地不遠。在哪兒？營地附近？你一直往這方向逃，還是就在這附近？」

紅蛛一言不發，目光卻左右亂瞟。

封琛看見他這副樣子，便也不再詢問，只將匕首架在他脖子上，手腕微動，那脖子上立即多出了一條血痕。

「不是我不說，說了我肯定也活不成的。」紅蛛立即大叫。

「可是你已經說了很多了。」封琛冷聲道：「剛才你洩露給我的那些內容，足夠你被安伽加教處死個十次八次的。」

紅蛛眼珠往下瞥了眼架在自己脖子上的匕首，臉上露出掙扎的神情。封琛也沒有催他，只藉著這短暫的空閒打量四周。

他倆現在處在一處峽谷中央，和處處露出山石的陰硤山不同，這裡植被還挺茂密，兩旁的山壁上都生著爬藤，簌簌抖動著枝葉。

封琛知道那些「植物」其實都是變異種，但黑獅在旁邊走來走去，不時伸出爪子在山壁上撓一把，所以它們雖然蛇一般昂著頭蠢蠢欲動，卻也不敢貿然進攻。

紅蛛還是沒出聲，封琛收回匕首，抬起腕錶冷冷道：「再給你半分鐘考慮。」

紅蛛臉色蒼白，不停地冒著汗。

約莫半分鐘後，封琛又抬起腕錶看了一次，什麼話也沒有說，直接揚起匕首，就要對準紅蛛的胸膛扎下去。

「我說、我說，我什麼都說！」紅蛛閉上眼發出恐懼的喊叫。

他發出一聲聲喊叫，在沒有感覺到被利刃戳穿的疼痛後，便喘著氣睜開了眼，「我說，你別殺我……」

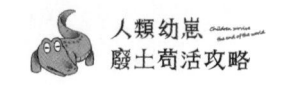

他似是下定了決心，深深吸了口氣：「我將那些選中的哨兵嚮導毒暈後，就將他們……」

砰！一聲槍響劃破峽谷的寧靜，峽谷上的變異種爬藤飛快往回縮，地面上的植被也發出簌簌動靜。

紅蛛的一雙眼睛似乎就要怒凸出眼眶，額頭上多了一個深黑色彈孔，緩緩淌出鮮血。

封琛感覺到一道鋒利的精神力從山壁上方疾刺而下，他急速往後退了半步，同時放出精神力擋在自己身周。

兩道精神力在下一秒相撞，雖然無形，卻也發出一聲金戈相擊的脆響。黑獅在這時向著正前方衝了出去，和突然冒出來的幾隻量子獸戰在了一起。

封琛在屏障破裂的同時就往上方刺出精神力，同時察覺到有四條人影從山壁上往下滑落。

他的精神力飛快突進，在空中化為四束，分別攻向那四道人影，同時往前衝出幾步。而他剛站立的地面泥石飛濺，瞬間多出一排彈孔。

封琛憑藉剛才的一招對抗，便清楚這四人都是哨兵嚮導，而且等級也都在 B 級以上。

他沒想過自己的精神力會刺中對方，只是想阻撓他們的進攻，但隨著撲撲幾聲悶響，他的四束精神力竟然分別扎入四人的後背。

封琛微微一怔，便抬起頭，用額頂燈照向他們。

雪亮的光束下，那四人如同猿猴般在光滑陡峭的山壁上攀爬，每個人背上的衣物都被刺穿了一個洞，也露出了被他精神力刺出的傷口。

那傷口皮肉綻開，深可見骨，卻沒有流出一滴血，傷口處還泛著一圈烏青色。

封琛心頭一驚。他只見過一種人傷口會呈現出這種狀態，那就是喪屍。

不過現在的情形也容不下他多想，那四人已經從山壁上撲落，封琛

第四章
哥哥肯定是跟著梭紅蛛追來了

　　只瞥了一眼，便看出他們的確是喪屍——皮膚上遍布著青紫色血管，眼睛一片濃黑，在空中對著他張大嘴，露出和皮膚同樣青色的牙齦。

　　封琛立即為自己豎起精神力屏障，同時再放出精神力攻擊，刺向它們的頭顱。

　　但他的精神力在顱骨處卻遇到了阻擋，不能再前進分毫。他瞬間意識到，面前的喪屍也經過安攸加的改造，在顱骨外罩上了一層可以隔阻精神力的膜片。

　　四隻喪屍的反應速度相當快，雙腳剛落地，便嘶吼著朝封琛疾衝而來。它們並不是毫無章法地胡亂撕咬，衝在最前方的喪屍揮拳直接攻向封琛面門，所用的還是格鬥基本招式。

　　封琛並沒多想，只抬臂格擋住這一拳。沒想到這喪屍的力道竟然大得超乎他想像，他的小臂在碰上喪屍拳頭時，猶如撞上了鐵棍。若不是他的肌肉強度相當高，此時小臂骨已經被擊得破碎斷裂。

　　封琛擋住了這一拳，同時揮拳攻向喪屍面門，精神力也刺向了另外三隻喪屍。

　　面前的喪屍中了他一拳，鼻梁骨發出咔嚓聲響，下頜骨也往裡縮進了兩寸。但它毫不在意地繼續攻擊，那張臉在晃動的額頂燈光照下，顯得既猙獰又詭異。

　　另外三隻喪屍也毫不畏懼封琛的精神力，哪怕胸口處又添上幾個破洞，露出下面的肋骨，也繼續朝他進攻。

　　封琛明白現在精神力對付它們沒有用，只能近身格鬥，便也不再使用精神力，也不和它們硬碰，只躲閃著避開那些拳腳，想找準機會割掉喪屍的腦袋。

　　但他不能使用精神力進行攻擊，這幾隻喪屍卻可以。他不得不在戰鬥過程中，一次次為自己樹起精神力屏障，又一次次被擊得粉粹。

　　他知道這種喪屍是安攸加研究出的產物，反應比其他喪屍要靈敏，但沒想到面前這四隻不但力道大得驚人，反應速度也超過他曾經遇到的

113

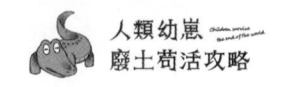

試驗品喪屍。

它們能互相配合，也能躲閃匕首鋒刃，戰鬥思維方式和正常人沒有什麼不同。而且它們生前還是哨兵嚮導，不光能近身格鬥，還能發出精神力攻擊，將封琛布下的精神力屏障擊碎。

封琛面對四隻具有超強能力的喪屍，應對得很是吃力。他不敢和它們硬碰硬，只能竭力閃躲。四隻喪屍的拳頭從他身體旁擦過，帶起了凌厲風聲，偶有拳腳落在旁邊山壁上，砸得山石嘩啦散落。

接連過了幾招後，封琛心裡越來越驚，生起了陣陣涼意。

這四隻喪屍所用的招式他很熟悉，他們學院裡格鬥課所學的就是這種。特別是一些出拳的角度和處理方法，只有受過訓練的軍人才知道。

現在正在激烈的打鬥，額頂燈光束不停亂晃，他沒有辦法仔細瞧這幾隻喪屍的臉。他在躲過正面踢來的一腳後，猛地衝向旁邊山壁，躍上了幾公尺高的一個小平臺。

喪屍們陡然失去目標，在原地凝滯了半秒，又齊齊仰頭往上看。封琛固定住額頂燈，將光束投在了它們臉上。

喪屍在看見他的瞬間，齊齊張口發出一聲嘶吼，接著便往山壁上爬。封琛在它們伸手抓向自己時，一個躍身又落回地面。

雖然他只瞧了這四隻喪屍幾秒鐘，但已經足夠將它們看清楚，並認出了它們的身分。

這半年來，營地裡已經失蹤了多名哨兵嚮導，他們的照片就掛在軍部進門的地方，每天進進出出時都能看見。

陳留偉，哨嚮學院的哨兵學員，在中心城塌陷那日失蹤，至今仍下落不明。

覃震，西聯軍的嚮導士兵，在某次執行任務時失蹤，下落不明。

王力漢，東聯軍的哨兵士兵，在某次執行任務時失蹤，下落不明。

宮雲，哨嚮學院的哨兵學員，在營地離奇失蹤，下落不明。

封琛剛才詢問紅蛛為什麼要綁走這些哨兵嚮導時，已經隱隱有了猜

第四章
哥哥肯定是跟著梭紅蛛追來了

測。但現在親眼目睹他們已經變成了喪屍，不由又驚又怒，一時竟忘記了閃躲，差點被一隻撲下來的喪屍擊中。

他剛才不知道這幾隻喪屍的身分也就罷了，現在既然知道了，心裡對它們便多了種其他情緒，劃出的匕首也有些猶豫。

他原本就應對得很艱難，這下略微遲疑，肩膀上就被一名喪屍的拳頭擊中。雖然他跟著那拳頭後退，卸了一半的力道，卻也被這下打得肩頭劇痛，差點摔倒在地上。

他心頭一凜，察覺到自己現在不該有其他念頭。面前這四人已經算不得人，它們是喪屍，如果不能將它們解決掉，自己就要喪命。

四隻喪屍又衝了過來，同時伴著幾道精神力攻擊。封琛立即後退，並豎起了精神屏障。

砰砰幾聲悶響後，精神屏障又飛快破碎，他知道再這樣下去，自己最多還能抵抗10分鐘，必須找個機會逃走。

旁邊的黑獅和四隻量子獸也在搏鬥。那四隻量子獸也出現了喪屍化症狀，目光狂亂，口中滴著長長的口涎，甚至在進攻間隙還會不自主地身體抽搐，和比努努那種喪屍化完全不同。

黑獅雖然凶悍，但在這四隻喪屍化量子獸的圍攻下，全身都冒著黑煙，眼看也撐不了多久。

四隻喪屍似乎瞧出封琛想逃走，更是瘋狂地往上撲，並分為四個方向，將他前後的路都堵死。

封琛矮身避開同時從左右方向攻來的拳頭，又往左邊空隙閃出，躲過了從正前方衝來的喪屍。同時調出精神力，重新補上了快要破碎的精神力屏障。

但他已經背靠山壁，左右兩邊和前方都被擋住，已經沒法再躲閃第四隻撲上來的喪屍。

他清楚這下避無可避，便在那隻拳頭逼近自己胸膛時側身，讓左臂承受了這一猛擊。

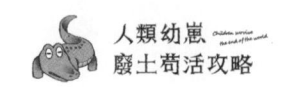

拳頭擊中左臂的同時，他整個人朝著右邊飛了出去，也聽到自己臂骨斷裂的咔嚓聲。他忍住瞬間襲來的劇痛，在空中便調整方位，同時大喝一聲薩薩卡。

　　黑獅奮起一個縱躍，帶著滿身黑煙從圍著的量子獸中突出去，在封琛落地時接住了他。

　　封琛豎起了精神屏障，擋住身後那些接踵而至的精神力攻擊，騎在黑獅背上衝向前方。

　　四隻喪屍緊跟在身後，它們的體力和速度都非同尋常。雖然黑獅已經在全力狂奔，但相隔的距離卻依舊在逐漸縮短。

　　封琛不斷豎起精神屏障，又不斷被擊破。他聽著身後的腳步，知道按照目前的速度，他必定會在回到營地前被追上。

　　黑獅發足奔跑，在衝過無名山和陰硤山的交界處時，封琛看了眼查亞峰方向，心頭微微一動。

　　黑獅和他心意相通，立即便調轉方向，從回營地的路線改為了去往查亞峰。

　　額頂燈光束將前方照亮，他和黑獅很快就來到了那片必經的沼澤。黑獅並不擅長在沼澤行進，封琛便將牠收回精神域，自己蹚了進去。

　　緊追不捨的喪屍也跟進了沼澤，封琛身後響起嘩嘩的泥水聲。這幾隻喪屍雖然戰鬥時似是活人，但到底和活人還是有差別，進了沼澤後，依舊像剛才那般拚命往前衝，結果頻頻摔在泥水裡。

　　封琛原本已經快被它們追上，現在又逐漸拉開了距離。

　　幾隻變異種喪屍雖然行進得狼狽吃力，但它們的精神力攻擊從未中斷，封琛一邊往前走，一邊不得不連續豎起精神力屏障阻擋。

　　就要走到沼澤邊緣時，他感覺到精神力有些接不上，直到攻來的精神力距離後背不到半尺時才豎起屏障，險險擋住了這一擊。

　　他知道自己因為在短時間內大量使用精神力，又沒有嚮導梳理，精神域已經接近枯竭。他看了眼前方，遠處是一片濃濃黑暗，心知現在只

第四章
哥哥肯定是跟著梭紅蛛追來了

能堅持到進入那片暗物質區域才能逃出去。

封琛滿身泥濘地上了岸，立即放出黑獅，翻上了牠的背。黑獅便駄著他，朝著那片濃黑衝了過去。

幾隻喪屍也出了沼澤，飛快地衝了過來。

黑獅拚盡全力往前奔跑，封琛看見身旁已經出現了不少羞羞草，而額頂燈的光束也逐漸變得暗淡，這是馬上就要進入黑暗區域了。

他察覺到身後又有一股精神力襲來，剛布好的精神力屏障已經被擊碎，便立即調動精神力重新布防。

只要躲過這一次攻擊，他便能進入羞羞草的暗物質區域，那時候四處一片黑暗，就算是喪屍也不能視物，他也就安全了。

但這次他能調出的所有精神力都湊不足半面屏障，整個精神域裡空空蕩蕩，再也找不到可以調動的精神力。

封琛還在努力，卻突然感覺到身體一僵，手腳都軟軟地失去力氣。而正在奔跑的黑獅也突然跟蹌著撲在地上，連帶著他也一起摔了出去。

封琛在地上翻滾時，意識到這是嚮導的精神力束縛。他忍著手臂被擠壓的疼痛，就要翻起身重新跨上黑獅背，但緊接著又是一道精神力朝他襲來。

這次是哨兵的攻擊，精神力之箭破開空氣，帶著尖銳的嘯鳴聲疾衝而來，目標正對著他的胸膛。

封琛情急之下往左邊翻滾了半圈，躲開了那致命的一擊，但卻沒有能躲開剩下的兩道哨兵精神力攻擊。

他聽到兩條大腿骨發出斷裂的咔嚓聲，同時傳來鑽心的劇痛。

黑獅艱難地站起身，四條腿都在不停顫抖。牠渾身冒著黑煙，身形開始變得模糊，卻堅持走到封琛身旁，叼著他肩頭上的衣物，將他往自己背上拖。

砰！又是一道精神力襲來，封琛拚勁全力往旁邊躲閃，但雖然避開了致命部位，右肩卻被擊中，那裡頓時多出一個血洞，鮮血往外汩汩湧

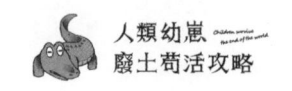

出。黑獅瞧見這一幕，鬆開封琛轉身面朝喪屍奔來的方向，一雙獅眼裡全是狠厲，像是想要不管不顧地迎著衝上去。

「快走！我們必須走！」封琛在腦海裡下令。

眼見喪屍越跑越近，黑獅忍住憤怒，咬住封琛肩頭的衣物，倒退著將他往那黑霧裡拖。

封琛周身都是血，紅色的液體一路灑落，瞬間就浸入深黑色的潮濕泥土裡，消失不見。

黑獅終於在喪屍追來之前，將封琛徹底拖進了那片黑暗。牠沒有直走，而是轉向左方，在聽到喪屍也衝進來的腳步聲後便一動不動。幾隻喪屍直直地追向前方，終於離他們越來越遠。

封琛的傷口傳來陣陣劇痛，腦子裡像是插入了數根鋼針，正在狠狠攪動。他清楚這是在短時間內大量消耗精神力的結果，他正在進入神遊狀態。

「薩薩卡，我們已經把喪屍甩掉了，現在必須要出去，不能迷失在這片區域裡。」封琛在腦內對黑獅道。

黑獅一直咬著他肩頭的衣料沒有鬆嘴，聞言又拖著他往反方向走去。封琛被拖行了兩步，只覺得身下的泥土逐漸變成流質，像是黏稠的液體，而他正在往裡深陷，口鼻也快要被液體糊住。

他意識模糊地知道這是神游狀態時的感知失衡，只一遍遍機械地重複：「薩薩卡，我們一定要出去，這些都是假的……別怕……我們一定要出去……」

封琛突然感覺到肩頭一輕，那股拖拽的力道消失。他喃喃地喚了聲薩薩卡，沒有得到任何回應，腦子這才有些遲鈍地反應過來，薩薩卡應該是維持不住形態，已經消散了。

第四章
哥哥肯定是跟著梭紅蛛追來了

封琛感覺到自己已經深陷入泥漿之中，並且在不斷往下沉，直到沉入地心。

他像是一顆墜入樹膠之中的小蟲，徒勞地撥動四肢，卻毫無作用。

他渾身劇痛，也很累，很想放棄掙扎，然後就這樣靜靜地沉在泥漿裡，隨著歲月流逝，直到成為一具融在地心的化石。

他開始放任自己下沉，但腦子裡卻突然響起一道聲音：「哥哥、哥哥、哥哥……」

——顏布布……

封琛一個激靈，這剎那有著短暫的清醒。他知道不能待在原地束手待斃，便費力地划動四肢，在「地心泥漿」裡向著某個方向爬去。

他不知道自己是不是正確的方向，只知道不能停下，哪怕每動一下手腳都劇痛難忍，哪怕身體的感知還在繼續下沉，他也向著那方向不停爬動。

——顏布布、顏布布……

他在心裡一遍遍念著，又摸索到脖子上的項鍊，一把扯下攥在手心。他用大拇指摩挲著墜子上的紋路，一遍又一遍，似乎只有這樣，他才有繼續往前爬的力氣。

身旁的黑暗裡，被觸碰到的羞羞草都瞬間縮回地裡，片刻後又慢慢鑽出來，試探地往他身旁靠近。它們的葉莖和地面摩擦，發出窸窸窣窣的聲響。

處於神游狀態的哨兵，不光會出現幻知，身體上的痛感也會被放大數倍。封琛覺得手腳的斷骨處像是有千萬隻蟲子在啃噬，他甚至聽到了蟲蟻啃噬骨肉時發出的沙沙聲。

——顏布布、顏布布……

極致的黑暗中，封琛竭盡全力往前爬。他不清楚自己到底爬了多遠，只知道現在不能停下，他得活著，有人還在等著他……

羞羞草們蔓延著枝葉，跟著他身側並行。它們似乎是察覺到這個人

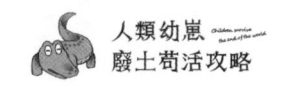

已經失去了攻擊性,便不斷用葉片輕輕觸碰他一下,又飛快地縮回,再繼續跟著往前。

封琛身側就是一條深深的懸崖,但他毫無知覺,只慢慢往前爬。他這一片的地面是個長長的斜坡,身下的泥土潮濕鬆軟,他爬經之處,泥塊不斷往旁邊的懸崖滑落。

封琛的意識像在風中飄忽的絲線,斷續而縹緲,他必須用上全部意念,才能抓住若有似無的一縷,維持那僅有的清醒。

他聽不到泥塊的掉落聲,也感覺不到身下的地面正在往旁邊滑,他只朝著前方,固執地、一點一點地前進⋯⋯

直到轟一聲響後,他跟著一大塊泥土跌下了山崖,原地只剩下個坑洞,一條項鍊靜靜地躺在坑洞裡。

顏布布深一腳淺一腳地走在山中。

上山並沒有路,他得從那些灌木和石塊中穿行。雖然拿著手電筒,但那小小的光束也只能照清前方一小團區域。

比努努走在他身旁,一路不斷在尋找封琛經過的線索,諸如踩斷的根莖和印在泥土上的腳印。

隨著越往山上走,泥土越潮濕,那些腳印也就越來越清晰。

「比努努你看,這裡有兩種腳印。這種肯定是哥哥,鞋碼大小一樣,而且印出的紋路,就是我們軍隊的制式鞋底。」顏布布確認這是封琛留下的鞋印,心裡卻更加焦急:「另外一個腳印就是他在追的人。哥哥應該追到山頂上去了,我們也快一點。」

一人一量子獸開始發足奔跑。

陰硋山的夜晚氣溫很低,顏布布卻一頭一身的汗。比努努跑得比他還要快,像是一只皮球般在前面彈跳,只偶爾停下腳步,等著他追上來

第四章
哥哥肯定是跟著梭紅蛛追來了

再繼續往前。

顏布布很快就跑到了一個小窪地。他用手電筒照著四周，覺得這裡有些眼熟，想起以前那名叫做陳留偉的哨兵學員失蹤後，他們一群學員來這山上找人，各個小隊就是在這裡分的路。從這裡往左經過一片沼澤，再往前就是查亞峰，那個被暗物質籠罩的地方。

顏布布沒有在這裡停留，而是繼續順著封琛的腳印往前。只是手電筒照向左邊時，他像是看見了什麼，頓住腳步喊道：「比努努等等，先等等。」

前方的比努努停下，又掉頭跑了回來。

左邊的泥土特別潮濕鬆軟，上面有個形狀清晰的小坑洞。

「這是不是薩薩卡的腳印？這像是牠留下的啊！」顏布布問道。

比努努在看清那個小坑後，立即驚慌地左右打量，還抽動著鼻頭在空中嗅聞。

顏布布往前走，又發現了黑獅的腳印，他再回到原處，用手電筒照著封琛留下的腳印，「薩薩卡的腳趾方向正對著我們，證明牠是從前面跑回來的。可為什麼哥哥的腳印朝向卻和我們一致呢？還有那個人，那個梭紅蛛量子獸的主人，他的腳印也是朝著前方的，會不會⋯⋯」

「嗷——」還在找黑獅腳印的比努努卻突然發出一聲吼叫。

牠平常很少出聲，這聲吼叫裡也充滿慌張。顏布布頓時察覺到不妙，聲音發緊地問：「怎麼了？你發現什麼了？」

比努努蹲在那裡沒動，顏布布急忙衝了過去。他跑得太急，差點被一塊石頭崴了腳，踉蹌了幾步後才穩住身形。

手電筒光照下，比努努面前有一些凌亂的腳印。雖然鞋底花紋都一樣，但大小不一，看得出至少有三人以上。

這些腳印都非常清晰，帶起的泥土碎點就濺在旁邊，一看就是剛留下的，中間還混雜著一些不明動物的蹄印。顏布布可不會認為這些蹄印是真的動物，顯然這是幾名哨兵嚮導和他們的量子獸。

121

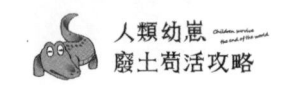

「這是怎麼回事，為什麼會有這麼多人……他們是在追薩薩卡嗎？還是薩薩卡在追他們？那哥哥呢？哥哥為什麼沒留下痕跡，只看到他跑向山頭的腳印。」

顏布布在發現封琛追趕梭紅蛛量子獸主人時，本來就已經很緊張。現在發現突然多出來幾個身分不明的哨兵嚮導，更是亂了陣腳，腦子裡一片亂糟糟。

「走吧，我們還是追著哥哥的腳步走，他反正是去了前面。」

顏布布往前跑了幾步後，發現比努努沒有跟上，反而向著左邊的查亞峰方向走去。

「比努努。」顏布布叫了聲，比努努卻沒有回頭，相反還在繼續往前，不時蹲下身看著地面。

顏布布知道牠一定是發現了什麼，腦中突然閃過一個念頭。這是個可怕的猜測，他光是想一想就渾身發涼。

──不會的，哥哥不會在山頂方向受傷，再被薩薩卡揹著往這邊逃……哥哥那麼厲害，肯定不會的，再多的人都對付不了他……

──一定是薩薩卡想引走那些人，所以他們的方向才不一致，一定是這樣！

顏布布雖然這樣告訴自己，但雙腳卻不受控制地向著比努努走去。

隨著他倆往左邊行進，越來越靠近沼澤，這一帶的泥土也就更加鬆軟，腳印也就更加清晰明顯。薩薩卡每一個腳印都隔得很遠，顯然是在用盡全力奔跑。

顏布布從目測了薩薩卡腳印的距離後，心臟就一直沒有平緩下來，跳得快躍出胸腔。

走到那片沼澤前時，薩薩卡的腳印消失了，但顏布布卻在那堆紛亂的腳印裡，再次發現了封琛的痕跡。

「這幾個腳印是哥哥的！哥哥到了這兒！」一陣慌亂後，顏布布既像是在安慰比努努，也像是在安慰自己，「別著急，別慌，哥哥和薩薩

第四章
哥哥肯定是跟著梭紅蛛追來了

卡已經過了沼澤,他們肯定沒事。」

「嗷!」比努努連忙附和。

確定了封琛就在前面,顏布布直接將比努努抱了起來,毫不猶豫地邁步跨入泥水中。

沼澤裡依舊橫倒著死去的樹木,有些枝幹浸泡在水下。顏布布心急如焚,根本不去管飛濺的泥水,只不停邁腿,用最快的速度往前。

他不時被那些水下的枝幹絆倒,一頭栽進泥水裡,又喘著氣爬起來,再將已經被泥漿糊滿的比努努重新抱上,繼續往前走。

他和比努努全身都是泥漿,只露出了兩隻眼睛。若是換了平常,比努努絕對要發火,但現在牠一聲不吭,被顏布布抱起來後,也只用爪子去擦掉手電筒上的泥漿,並催促他再快點。

跌跌撞撞地出了沼澤,比努努繼續在前面探路,顏布布緊跟在身後,用手電筒照著地上那些令他心驚肉跳的痕跡。

薩薩卡的腳印再次出現,但封琛的腳印卻消失,顏布布略一思索,便知道封琛又被薩薩卡揹著在奔跑。

封琛很少會讓薩薩卡揹自己,而他這一路基本上都是讓薩薩卡揹著,這個發現讓顏布布不得不多想,一顆心也一直往下墜。

「沒事的,哥哥肯定沒事的。他和薩薩卡那麼厲害,都已經跑到這兒來了,肯定會沒事的。」

顏布布不停地說著話,比努努也在不停點頭。兩個似乎都在從對方的話語和反應裡找尋安慰和勇氣。

四周的羞羞草多了起來,手電筒光也越來越昏暗,顏布布知道他們已經走到了被暗物質覆蓋區域的邊緣,馬上就要進入徹底的黑暗。

但就在這時,他看見薩薩卡的腳印旁邊多出了一條長長的拖痕,像是有人曾在地上被拖拽前行,而追趕著封琛的那幾人腳印都還在,且一直延伸進了前方黑暗裡。

顏布布兩腿都在打顫,牙齒咯咯作響,卻依舊在用變調的聲音繼續

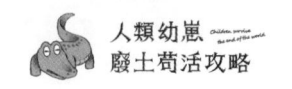

道:「我哥哥不會有事的,薩薩卡已經將他帶進了查亞峰,不管後面追他們的人是誰,在裡面也不會找著他們。就算找著了也沒事,哥哥肯定會把他們解決掉的⋯⋯」

在視線徹底黑暗之前,他在地上撿起一根樹幹,又牽起比努努的爪子,一人一量子獸匆匆走入了暗物質區域。

「哥哥、哥哥⋯⋯」顏布布用樹幹戳著地,一邊注意傾聽會不會有什麼動靜,一邊大聲喊著封琛。

「嗷⋯⋯嗷嗷⋯⋯」比努努也在高聲吼叫。

顏布布知道那幾人也進入了查亞峰,自己這樣高聲喊叫很危險。但這裡面一片漆黑,他除了呼喊也沒有其他辦法,哪怕是會將那些人引來,也必須出聲。

「哥哥⋯⋯哥哥⋯⋯」

「嗷嗷⋯⋯嗷⋯⋯」

他們的聲音劃破查亞峰的寂靜,那些深谷裡還傳來陣陣回音:「哥──哥──嗷──」

顏布布心急如焚,手上的樹枝雖然在點地,卻更像是一種機械動作,往往枝頭還沒落到地面,他的腳步已經在大步大步往前跨。

「啊──」他突然一腳踏空,整個人往前撲出。好在比努努和他一直牽著,爪子將他緊緊抓住,還往後拖了兩步。

「嗷!」比努努短促地叫了一聲。

顏布布沙啞著嗓音道:「我知道了,我會小心走的。」

他這次減緩了速度,卻有些茫然地問比努努:「你覺得哥哥進來後會去哪個方向?我們現在是直走的,他會不會在中途轉彎?」

比努努輕輕嗷了聲,聲音裡帶著幾分不確定。

顏布布便道:「那我們還是直走,就一直喊一直喊,哥哥肯定會聽到我聲音的。」

木棍篤篤戳著地面,顏布布牽著比努努繼續往前走,嘴裡的呼喊也

第四章
哥哥肯定是跟著梭紅蛛追來了

沒有停下。

「哥哥……」

「嗷……」

正走著,比努努突然停住腳步,顏布布也跟著停下,緊張地問道:「怎麼了?」

比努努很輕地嗷了一聲,聲音裡透出濃濃的疑惑。顏布布以為牠聽到了封琛的回應,心頭一振,連忙豎起耳朵仔細聽。

查亞峰並沒有那些動物變異種,四周非常寂靜,顏布布也就在那輕微的風聲裡,聽到了別的動靜。

那像是腳步聲,正由遠而近地朝著他和比努努的方向過來。顏布布剛想要大聲叫哥哥,卻又閉上了嘴。

他察覺到了不對勁。

如果是封琛的話,必定會給出回應,而不是這樣沉默著。那腳步聲速度很快,也越來越清晰,他終於聽出不止一個人,而是好幾個。

是那些追著封琛進了這片區域的人。

顏布布立即進入警戒狀態,將手頭的木棍緊握在胸前。比努努喉嚨裡發出威脅的低吼,顏布布連忙捏了捏牠爪子,示意牠不要出聲。

腳步聲離他們越來越近,顏布布便拉著比努努躡手躡腳地後退。反正這裡一團漆黑,他倆只要向後再退出十幾公尺遠就行。

他不敢用木棍點地,怕篤篤響被人聽見,便只一步一步地小心退著。突然一腳踩空,身體往後仰,卻將那聲快要溢出的驚呼硬生生壓住。比努努趕緊要將他往旁邊拖,顏布布卻捏了下比努努的爪子,示意牠等等。

顏布布伸出一隻腳去試探,發現這裡並不是懸崖,而是一個土坑,連忙拉著比努努悄無聲息地滑了進去。那些人過來後一定會在附近找他,那這個土坑就是最好的藏身位置。

他們兩個剛在坑裡蹲好,就聽到那腳步聲已經接近,並站在他們之

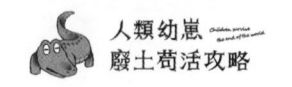

前的位置。

顏布布想聽他們說什麼，但這幾人很奇怪，互相之間沒有半句話的交流，只一聲不吭地站在原地。

這場景有些詭異，顏布布心頭浮起一種異樣的感覺。他右手無意識劃過地面，突然碰到了一個硬硬的薄片，形狀不像是石塊，

顏布布拿起那塊薄片，卻發現一端還連著條細繩。他心中猛地一跳，連忙用手指細細地捏，捏出了那塊鉅金屬薄片的熟悉形狀，以及那些刻畫的字痕。

──這是哥哥的項鍊！哥哥剛才也在這裡！

顏布布心頭劇震，將那條項鍊緊緊攥在手心。

封琛剛才到過這兒，那他現在去了哪兒？顏布布急切地想要去找他，可那幾個奇怪的人還站在原地沒動，也沒說話。

他正絞盡腦汁想著對策，就聽見一聲低吼。這吼聲短促沙啞，哪怕是只聽到一聲，顏布布也知道這是喪屍！

比努努立即就想往外衝，卻又被顏布布給死死拽住。他不知道這片黑暗區域裡為什麼會冒出來喪屍，但聽聲音並不遠，好像就在眼前。

「嗷──」又是一聲長長的喪屍嘶吼。

顏布布這次聽清了聲音方位，後背的汗毛都根根豎了起來。這道吼叫就出現在前面十幾公尺遠的地方，也就是那幾個人站立的位置。

原來站在那兒不動的並不是人，而是幾隻喪屍。

比努努從來不將喪屍放在眼裡，又一個竄身想往外衝，顏布布卻緊揪住牠不放。

如果這幾隻喪屍好對付的話，那哥哥肯定會把它們殺了，而不是和薩薩卡一起衝進這片區域。

他想起在阿貝爾之淚研究所外遇到的實驗品喪屍，估計這幾隻和它們也差不多，說不準還更加厲害。

那幾隻喪屍一直站在原地不動，像是在等待顏布布繼續發出聲音。

第四章
哥哥肯定是跟著梭紅蛛追來了

顏布布急著想去找封琛,不想這樣繼續耗下去,便在身旁地上摸索,想找塊石頭什麼的丟出去,沒準能將他們引走。

但好在喪屍可能也覺得等不到人了,居然開始離開,一個接一個地跑向了遠方。

顏布布聽到他們的腳步聲逐漸遠去,連忙對比努努低聲道:「快,我們走。」

他將封琛的那條項鍊掛上脖子,拿起木棍轉過身,很自然地選擇了和喪屍們相背的方向。

但他才剛前進了兩步,木棍就戳了空。他拿著木棍在身前左右點,沉默幾秒後,又撿起一塊石頭往前扔去。

他等著聽石頭觸底的聲音,但一直沒有聽到什麼動靜,只有風吹過的沙沙聲。

顏布布腦子裡突然浮起個可怕的猜測,而這個猜測一旦成形,就再也沒法去忽視。

他雖然站在崖上,整個人卻似已經墜入崖底,手足冰涼,甚至都已經感覺不到四肢的存在。呼吸也有些艱難,像是身旁的氧氣都被抽空,吸入肺部的全是暗物質。

「比努努……」他輕輕叫了聲比努努,聲音乾澀難聽,發顫的音調裡帶著深切的恐懼。

比努努也變得有些緊張,緊緊捏著他的手。

顏布布艱難地對著比努努道:「我們這麼大的聲音,哥哥也沒有回應。但是我剛才、我剛才在這裡撿到了他的項鍊,我懷疑、我懷疑……」他滿心驚慌恐懼,剛說到這兒,眼淚就不斷湧出,嗓子也失語般地發不出任何聲音。

比努努不斷捏他手,著急地示意他將剩下的話說完。顏布布卻一陣脫力,兩腿晃了晃,慢慢蹲在地上,片刻後才接著道:「比努努,我懷疑哥哥……哥哥可能從這兒掉下山崖了。」

127

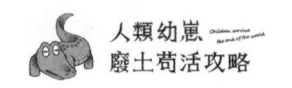

顏布布看不到比努努此時是什麼表情，但握住他的那隻小爪子將他抓得更緊。

「冷靜、冷靜，快想想有什麼辦法找到他……」顏布布發著抖，又用手拍了自己臉頰兩下，「一定要冷靜，不能哭！不能哭！」

「但是他不會有事的，肯定不會有事。你還記得軍部以前派來處理羞羞草的士兵嗎？他們中了羞羞草的幻象，一個個從山崖上往下跳，最後全部都活著。」顏布布雖然是在講給比努努聽，但他的聲音卻逐漸開始鎮定：「既然從崖上掉下去的人會被羞羞草和爬藤接住，那哥哥也一定會被接著的，你說對不對？」

比努努有些激動地捏了他手心好幾下，表示肯定就是這樣的。

顏布布又深深吸了口氣，「他可能之前就受傷了，不然不會被那幾隻喪屍追到這裡來。要是受傷嚴重的話，就算被羞羞草接住了也沒法動的。我現在就要下去，在山底找。」

他在地上摸到一塊臉盆大的石頭往前推，「教官教過我們怎麼用石頭掉到底的回音來判斷山潤準確高度，但是我搞不懂那個演算法，你能不能算出來？」

他剛問出口就覺得自己問了個傻問題，果然比努努肯定地嗷了一聲，又捏了兩下他的手，滿滿都是自信。

顏布布生怕牠非要算，還要給自己手心畫墨團，便道：「算了，時間不夠，不用算精確高度，只大概判斷，就按1秒掉落8公尺來算。」

他準備將手裡大石推出去，想了想又道：「還是換個小的吧，萬一哥哥就在下面呢？被這麼大的石頭砸到了怎麼辦？」

顏布布又在地上摸了個拳頭大的石頭，剛舉起又放下，最後只拿起一小團泥巴丟了下去。

一人一量子獸都安靜地聽著，在心裡讀著秒。

——1、2、3……7、8、9……13、14、15……20、21、22……

一直數到40都聽不到任何回音，比努努還在專注地聽，顏布布卻

第四章
哥哥肯定是跟著梭紅蛛追來了

開口道:「泥土應該是不行的,還在空中就散掉了,所以我們聽不到聲音。算了,不用去管這山有多高,反正我慢慢往下滑,不管多高都能滑到底的。」

他摸到懸崖邊,轉過身,手指摳著最邊上的石縫,兩條腿順著山壁放了下去,整個人掛在了懸崖上。

他兩隻腳在山壁上觸碰尋找,想找到一個可以落腳的點。但這山壁光滑如鏡,他的腳左右蹭動,居然找不著任何可以踩著的地方。

這懸崖也不知道到底有多高,方才地面只有一小股微風,現在他掛在懸崖邊上,風就倏地猛烈起來,吹得他身體也在跟著輕微搖晃。

「比努努,幫我看一下哪裡能落腳。」顏布布大聲吼著,但聲音被那強烈的風吹得斷斷續續。

身邊響起窸窣聲,比努努在光滑的山壁上往下攀行。

顏布布就這麼掛在山壁上,全靠幾根摳在石縫間的手指著力,在那呼嘯風聲中努力去聽比努努的動靜。

兩分鐘後,他的手臂都在顫抖,手指也痠軟得快要失去感覺,才聽到足足二十多公尺遠的地方傳來比努努的一聲吼叫。

「……那麼遠……我踩不到……」顏布布咬著牙道。

比努努很快又爬了上來,牠伸出爪子去摸顏布布,察覺到他身體在脫力地發抖,趕緊竄到崖頂上,握住他手腕往上拉。

顏布布被比努努重新拉了上去,坐在地上喘氣,將已經失去知覺的手指在腿上蹭動,讓它們恢復正常的血液循環。

「我必須要想個辦法下去,必須下去。」顏布布一邊蹭著手指一邊低聲道:「這裡到處都是懸崖,山壁也同樣光滑,我該怎麼下去呢?」

他沉默了幾秒後,開始哽咽起來:「我好著急,我不知道他現在怎麼樣了,是不是需要我爭分奪秒去救他⋯⋯也許他已經受傷了、昏迷了,就躺在一堆羞羞草裡⋯⋯」顏布布突然將自己的手往地上狠狠地拍打,「你為什麼不能變成爪子?你為什麼還要沒有知覺?哥哥老說我翅

129

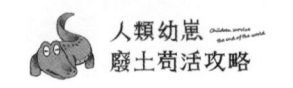

膀硬了,你為什麼不能變成一對翅膀?」

比努努連忙將他手拽住,不讓他繼續。

「為什麼我不能飛?為什麼我不能飛……」顏布布將頭埋在膝蓋上,嗚咽著道:「要不比努努你自己下去找哥哥,我就在上面等你們。不,光你下去也不行,要是哥哥受傷了,你不知道怎麼處理。你先下去,我到處找找,也許還可以找到下山的辦法。」

比努努立即就要轉身下崖,顏布布不知想到了什麼,突然短促地啊了一聲。

比努努便又回過頭。

顏布布帶著濃重鼻音的聲音在黑暗裡響起:「我是有翅膀的,我差點忘記了,我是有翅膀的啊!」

比努努連忙又去牽他,驚慌地伸手在他後背摸。

顏布布將比努努的爪子抓住,抬起來攔在自己額頭處,「你知道我腦子裡有個意識圖像,在我面臨生死危險的時候會突然出現,告訴我該怎麼避開危險。我從這崖上跳下去,意識圖像察覺到我快摔死了就會出現,告訴我該怎麼做才能安全下到山底。」

比努努聽完後有些遲疑,爪子一直按著他額頭沒有做出回應。

顏布布又道:「你在想我上次從中心城掉到喪屍群的時候,意識圖像也沒幫上忙對不對?」

比努努動了下爪子。

「但是還有羞羞草啊,我們剛才都忘記羞羞草了。就算意識圖像沒有出現的話,羞羞草也會把我接住,就像接住那些士兵和哥哥那樣。」

比努努繼續動了下爪子,但這次動作很輕微,讓顏布布察覺到牠內心的掙扎和猶豫。

「我必須下去,如果哥哥受傷了,你覺得你能給他裹傷嗎?能做擔架嗎?何況你也清楚,這裡的山全是懸崖,根本沒有其他下去的方法。」不待比努努反駁,顏布布已經從地上站起身,「我們不能耽擱

第四章
哥哥肯定是跟著梭紅蛛追來了

了,你想想哥哥、想想薩薩卡。」

比努努還在遲疑,但後方又傳來了奔跑聲,顯然是那幾隻喪屍聽到了這邊動靜又跑回了頭。

「沒辦法了,必須下去。」

不待比努努反應,顏布布直接起身向前衝,一個縱身躍入了黑茫茫的深潤。

突然襲來的失重感讓他瞬間頭暈,心臟也有著1、2秒的停頓。暈眩持續了約莫2、3秒時間,接著便聽到了尖銳的風嘯,感受到了身體正在急速下墜。

——4、5、6、7、8……

顏布布在心裡默默數著秒,等待著精神域裡跳出意識圖像,但它卻遲遲沒有出現。

——9、10、11……

顏布布覺得每一秒都是那麼漫長,將他等待意識圖像出現的煎熬和下墜的恐懼也跟著抻長。這恐懼讓他心跳加速,血液猛烈撞擊著太陽穴,呼吸都快要停止,似乎就要昏厥過去。

但他又想起了封琛,想到哥哥此時就在山崖下,剛才也經歷了自己現在所經歷的。那麼他這樣掉下去,不管是摔死還是平安墜地,哥哥的經歷也應該和他一樣。

他們會是同一種結局。

當顏布布想到他就算這樣摔到崖底,摔成肉泥,卻死都和封琛在一起,心裡的恐懼突然就盡數散去。

131

【第五章】

休息夠了就快醒過來啊，
我和比努努都在等你

◆　　　◆

顏布布這幾天也哭過好幾次，
但都是默默流淚，儘快調整好情緒。
他現在看著醒來的封琛，那繃緊的弦驟然放鬆，
強行關在心裡的恐慌和害怕，一股腦奔湧出來。

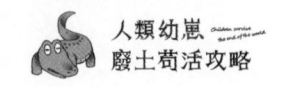

風聲呼嘯，偶爾間隙裡可以聽到跟著他一路向下的沙沙聲。顏布布知道那是比努努也在飛快地往下攀爬，爪子在山壁上磨出的聲響。

他現在並不擔心自己會死亡，只擔心比努努。他不知道自己若是死了，那麼作為他精神體活在這個世界的比努努會怎麼樣？也會隨著自己一同消亡嗎？

顏布布覺得答案多半是這樣。

──比努努，對不起……

轟！腦內突然出現亮光，雖然不是用眼睛瞧見的，卻也讓身處黑暗良久的顏布布有著剎那的愣神。但是他立即就反應過來，是意識圖像出現了！

意識大螢幕嗖嗖亮起，卻奇異地不是此時身邊的濃濃黑暗，而是有著明澈的光線，呈現出各種清晰的場景。

他這才發現旁邊的整座山壁上不再是光禿禿一片，而是都生滿了羞羞草，滿眼都是濃冽的綠色。那些枝葉都在簌簌抖動，跟著他下墜的速度往山壁下蔓延，像是在好奇地追著他似的。

它們也會避開比努努，讓牠順暢地在山壁上攀行。而他下方一、兩百公尺的地方就是地面，也生滿了羞羞草，如同一張寬廣的綠毯，覆蓋了整座崖底。

小螢幕一張張亮起。

他只要往山壁處伸出手，就會勾住一條橫生的爬藤，將自己懸在空中，順著爬藤往下滑。一路上還能遇到別的爬藤，可以一直安全地滑到崖底。

每一張小螢幕上都出現他以各種方式和角度去抓爬藤，也全都能安全地到達崖底。

顏布布此時卻並不想照著意識圖像裡的辦法去做。

他是來找封琛的，他要封琛活著。而這座山這麼高，如果羞羞草不接著封琛的話，他必定不能生還。

第五章
休息夠了就快醒過來啊，我和比努努都在等你

那自己靠著意識圖像活下來，一個人活在這個世上，身邊卻沒有了哥哥，這樣活著還有什麼意義？

如果羞羞草不接著他，那乾脆就和哥哥一起死掉。

顏布布繼續下墜著，但他這一刻頭腦卻無比清晰，也做好了墜崖喪命的準備。

但意識圖像裡又出現了比努努。

一面小螢幕的左下角，顯示著比努努一邊往山下飛快攀爬，一邊抬頭看他。

顏布布知道量子獸在暗物質環境中，和人一樣什麼都看不見，只能從聲音來判斷自己方向。但牠卻一直在頻頻抬頭，似乎想透過黑暗看到自己。

比努努從這陡峭光滑的山壁上往下爬，還要跟上他下墜的速度，四隻爪子都已經磨出傷，冒出了股股黑煙。

顏布布的心臟猛然縮緊，隱隱作痛。

──自己死了雖然輕鬆，那比努努怎麼辦？

在顏布布心裡，比努努並不是他的量子獸，而是個單獨的個體，是他最親密的家人。

牠喜歡看電視、開車、追逐時尚穿漂亮新潮的裙子，也喜歡聽到誇獎。牠會因為來到這個世界時被他厭棄，所以也決絕地離開，卻也會在他遇到危險時，奮不顧身地保護他。

牠不是普通的量子獸，牠在一點一點地接觸這個世界，感受這個世界，也熱愛著這個世界。

他不能因為自己死了，害得比努努也跟著死掉。

眼見地面越來越近，二十公尺、十九公尺、十八公尺……顏布布倏地看向山壁，準備伸手去抓馬上就要出現的一根爬藤。

那爬藤會橫曳在空中，他只要往左伸手就能抓到。而且這也是他最後的一次機會，如果錯過了，就只能摔到崖底。

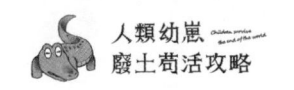

顏布布在心中讀秒，準備在最恰當的時機伸手。但就在這時，他看見山壁上那些羞羞草宛若接到指令般，突然齊齊向他探出了根莖，飛快地在他身體下方纏繞成片，再將他整個人托在其中。

而他也就錯開了最後拽住那根爬藤的機會，腦中的意識圖像刷刷盡數熄滅。

十公尺、九公尺、八公尺……

就在顏布布以為自己必死無疑時，身體上纏繞著的羞羞草突然收緊，如同一張大網，將正在急速下墜的他拎住。

像是怕他下墜的速度太快，直接攔住的話，他會因為那衝力而受傷，那張網還跟著他繼續下降進行緩衝。只是在這過程裡飛快地減緩速度，如同汽車在逐漸剎車，最後終於停住。

停下來後，還極有彈性地在空中顫動。

刷刷刷！顏布布腦內的大螢幕又全部亮起，接著便像之前他每次重獲平安那樣，在他的精神域裡化作一把漸漸消失的光點。

而他此時腦中只有一個想法——羞羞草果然不會讓人死的！哥哥一定也活著！

身下的羞羞草倏地回縮，顏布布身下一空，便躺在了地上。

他還沒從墜崖的衝擊中回過神，只愣愣躺著沒動。直到比努努撲過來，在他身上四處摸索，他才抓住比努努的爪子，張開口啞聲道：「我沒事。」

顏布布慢慢坐起身，聲音似哭似笑，喃喃自語：「是羞羞草接住了我……我被羞羞草接住了。那哥哥也會被它接住的，不會有事，他和薩薩卡都好好的。」

比努努在原地站了兩秒，突然掙開顏布布的手，不知道朝著哪個方向奔去。

「比努努——」

砰！顏布布聽到比努努撞上山壁的悶響，接著又在附近狂奔，時不

第五章
休息夠了就快醒過來啊，我和比努努都在等你

時撞在山壁上，又調轉方向繼續。

顏布布知道比努努是太開心了，但還是道：「你不要把自己撞傷了啊……還要注意腳下，萬一哥哥在草叢裡怎麼辦？不要踩著他了。」

比努努顯然激動得聽不進任何話，依舊還在四處亂撞。

顏布布慢慢爬起身，對著前後左右都深深鞠躬，由衷地感謝道：「羞羞草，謝謝你，謝謝。」

他感謝完四周的羞羞草，這才長長吸了口氣，吸到胸腔都跟著微微外擴，接著便用盡全力高喊出聲：「哥哥──」

「哥哥──哥──」

崖底原本就是狹長山谷，將顏布布的聲音放大得更加洪亮，並一遍遍迴盪。

「哥哥──哥哥──哥──」

顏布布在原地慢慢轉圈，從各個方向一遍遍呼喊著封琛。比努努也竄了回來，跟著他一起吼。

他喊完一陣後停下，卻沒有聽到任何回應，便兩腿微微分開，再次深呼吸，準備喊出一聲驚天動地的哥哥。

但就在他吸氣時，突然察覺到眼前似乎有了一點光感，像是在開著燈的屋子裡睡覺，雖然閉著眼睛，也能感覺到有光。

那極致的黑暗在快速變淡，活似往濃墨裡潑上了水，墨汁被四散沖刷，從中透出了一絲光亮。

顏布布的那聲哥哥卡在喉嚨裡，他保持著深呼吸的動作，轉動著眼珠左右看。

他看見自己周圍的黑暗如同大霧散去，越來越稀薄。一團光線從頭頂灑落，將他身周一公尺距離的空間照亮，而其他地方依舊是一片濃黑，光與暗界限分明。

他微微低頭，看見腳邊的羞羞草，也看見正一臉驚訝將頭轉來轉去的比努努。他又抬起頭看上去，竟然看見了一小團圓圓的天空。

137

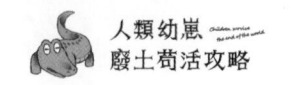

那團天空蔚藍如鏡，周圍卻依舊是濃濃黑暗。光柱如同一把重錘砸落，再直穿向下，生生拉出了一條光明的通道。讓顏布布恍惚覺得自己置身在一口深井中，頂端便是那明亮的出口。

「比努努，你說這是怎麼回事啊？」他喃喃地問。

「嗷……」比努努的聲音裡也帶著震驚。

顏布布盯著那團光亮看了幾秒後才轉回了頭，「別管這是怎麼回事，先找哥哥。」

他話音剛落，前方的濃黑便迅速變淡，出現了一條長長的通道。通道兩邊依舊全是暗物質，呈現出一種純粹的黑，但當中這條通道卻被陽光照亮。

顏布布和比努努都仰頭看著那一線天空，又慢慢低頭，看著前面那一條光亮的綠茵道。

「這是誰幹的？是羞羞草嗎？」顏布布強壓住心頭的震撼，壓低聲音問比努努，活似生怕聲音大了，嘴裡吹出的氣會將兩邊的暗物質又吹回原位似的。

比努努茫然地搖頭，又點點頭，再搖頭。

「應該就是羞羞草，它突然給我們弄出一條可以看見的路是想做什麼？是想讓我們從這裡離開嗎？可是我記得以前那些士兵掉崖後，是被爬藤又拖回山頂，沒有誰說過會出現一條有光的路啊……」

比努努繼續茫然地搖頭、點頭。

顏布布心頭突然浮出個猜想，心臟也跟著狂跳，以致於說話都有些結巴：「會不會、會不會是在、是在指給我們、我們找哥哥的路啊？」

他倆在沉默幾秒後，迅速提步，踏上了那條灑滿陽光的小道。

因為左右兩邊一直往上都是黑色，只有這條小路亮著，讓顏布布產生一種錯覺，似乎這是建在虛空裡的獨木橋，是唯一通往人間的光明通道，兩旁黑暗裡則是無盡的深淵。

他和比努努往前走著，經過之處的暗物質又迅速合攏，將他們身後

第五章
休息夠了就快醒過來啊，我和比努努都在等你

的小路重新吞噬在黑暗中。

顏布布順著小路直行了約莫一百公尺遠，看見前方道路往左彎曲。他走到轉角處後，發現這條路一直通往左邊山壁。

山壁也被一線光照亮，讓他看清約莫幾十公尺高的地方有一個山洞。顏布布在看見這個山洞時，渾身血液就衝上了頭頂，激動得耳朵都在嗡嗡作響。

他有種篤定的感覺，封琛就在那個山洞裡。

比努努明顯也猜到了，和顏布布一起迫不及待地往前衝。

比努努先顏布布一步到達山崖，爪子摳著石縫迅速往上爬。顏布布也抓住一條爬藤，還不待抓穩，兩腳就已經蹬上了山壁。

那不是條普通的爬藤，而是變異種，它極力扭著細長的藤條想將顏布布甩下去。

顏布布被它一下下從山壁甩到空中，又一下下撞了回來。

他顧不得身上的疼痛，牢牢抓住爬藤不鬆手，只抓緊每一個盪回來的機會往上爬。

爬在他頭頂上方的比努努突然伸爪，在那條爬藤上狠狠撓了一記。那爬藤這才老實下來，乖乖地任由顏布布往上爬。

顏布布動作也很迅速，在比努努竄進洞後，也緊跟著翻了上去，還來不及起身就抬頭往裡看，一下就看見了躺在洞裡的那道熟悉身影。

洞外的光線照進洞內，他看見封琛渾身是血地躺在地上，面色蒼白如紙，看上去就像是一具沒有生命的蠟像。

顏布布在原地站了幾秒，才拖著腳一步步向著封琛靠近。他目光死死地盯著封琛，汗水順著他那蒼白得比封琛好不了多少的臉頰往下淌。

「哥哥⋯⋯」

比努努已經站在封琛身旁，怔怔地看著他的臉。牠似乎覺得他臉上的血跡太礙眼，便伸出爪子去將那紅色擦掉。

顏布布似是木偶般走了過來，走到封琛左側後，慢慢跪了下去。他

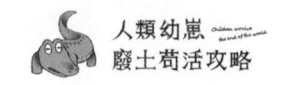

這個動作做得無比艱難,關節像是生鏽般晦澀,動作間彷彿會發出刺耳的摩擦聲。

他跪在封琛身側,又極緩地側頭,將耳朵貼在他胸口上。

他想去聽封琛的心跳,但腦袋裡卻不斷發出轟隆隆的劇烈聲響,如同海浪撲打岩石,如同銅鐘被敲響,讓他怎麼也聽不清。

「比努努,你聽一下、聽一下,我聽不見……」他努力開啟像是黏在一起的唇,發出瀕死者般虛弱而沙啞的聲音。

比努努立即趴了下去,也將耳朵貼在了封琛胸口。

等待的過程是酷刑、是煎熬,而這種酷刑卻被抻得極其漫長。每一秒過去,顏布布都覺得自己無法再撐住,也距離死亡更近了一步。

他腦中這時竟然冒出個想法,如果哥哥沒了,那他就去尋找自己死亡後比努努依舊能活著的辦法,讓這漫長的酷刑早日結束。

比努努卻在這時抬起了頭,拉著他的手,將他手掌小心地放在封琛胸口上,再用那雙黑漆漆的眼睛看著他。

顏布布保持著這個姿勢沒有動,幾秒後突然抽了口氣,回看向比努努。比努努朝他點了下頭,眼睛裡透出濃濃的歡喜。

一人一量子獸沒有再交流,只圍著封琛開始忙碌。他們剛才走過的那條小路雖然已經重新被暗物質填滿,但洞口卻始終有一縷陽光透下,也給洞內留下了足夠的光線。

顏布布脫掉自己的外套,讓比努努用爪子撕破成條,將封琛的傷口包紮上。他要將外傷先粗略處理一下,再去檢查精神域。

看到封琛身上的那些猙獰傷口,還有因為骨頭斷裂而有些變形的大腿和手臂,他的眼淚都止不住。但當所有傷口都包紮好,他調出精神力探入封琛的精神域後,這下連眼淚都嚇得收了回去。

封琛的精神域裡空空蕩蕩,那些原本如同金絲銀縷般閃著碎光的精神絲已經不見影蹤。

顏布布瞬間就反應過來,封琛應該是進入了神遊狀態。而且因為神

第五章
休息夠了就快醒過來啊，我和比努努都在等你

遊的時間太長，他的精神力已經快消失殆盡。

他在上嚮導課時學過，如果哨兵處於神遊狀態過久，當精神力完全消失後，精神域就會崩潰。而這名哨兵則會陷入永遠的沉睡，再也不會醒來。

顏布布心急如焚，在封琛的精神域裡飛快奔走。但這片空蕩蕩的精神域，就像那條小道兩旁暗物質給他的感受一樣，只有無盡的虛空。

他還發現封琛的精神域在萎縮。精神域空間縮減了一半，原本飽滿平整的半透明邊界也如同放置了多日的水果，因為丟失水分而出現了深深的褶皺。

他看向遠處的精神域內核，那懸浮在空中的銀白色內核也在縮小，顏色變得晦暗無光。

封琛從來不允許他進入自己的精神內核，只要他有接近的意圖，就會毫不留情地將他丟出精神域，所以他也養成了不靠近的習慣。

雖然封琛現在處於昏迷中，但他知道那內核裡是不會有精神絲的，所以也不會耽擱時間去裡面尋找。

顏布布四處找尋精神絲。只要能找到那麼一、兩根，讓它們重新煥發生機，那麼只要以後好好調養，封琛雖然不會恢復到從前的哨兵能力，最起碼精神域不會崩潰、不會陷入永遠的沉睡。

但他將整個精神域都找了個遍，也沒發現半根精神絲。封琛的精神域裡就像燃過一場大火，將那些精神絲都燒了個乾乾淨淨。

「你藏在哪裡？你快出來，你藏在哪裡？」

顏布布心裡一直在緊張地念叨，目光也不斷在四周打量。當他再一次碰到封琛的精神域外壁時，視線突然捕捉到有一縷銀色閃過。

顏布布心頭狂跳，湊近那層外壁仔細尋找，終於讓他發現在外壁皺褶裡，藏著一縷細弱的精神絲。

這縷精神絲的狀態也不大好，銀色的光若隱若現，像是隨時都要消散在虛空中。

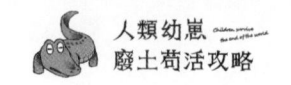

「乖乖的，別動、別動……」

顏布布生怕驚擾到它似的，謹慎小心地撫過它快要斷裂的部位。

在顏布布的修復下，那條虛弱的精神絲恢復了完整和柔韌，重新煥發出瑩澤的光。

顏布布看著它飄向空蕩蕩的精神域，趕緊又在外壁褶皺裡尋找還有沒有藏著的精神絲。他花費了一番工夫，還真的又找出了十來根。

當這十來根精神絲被修復完畢後，封琛的精神域便沒有繼續萎縮，但也沒有恢復原狀，只維持著現狀。

顏布布還惦記著封琛的外傷，在他精神域最後再搜尋了一圈，確定那十來根精神絲都很健康，也確定再也找不到其他精神絲後，這才退出了他的精神域。

封琛還在昏迷著，但情況比剛才要好。他臉色不再白得如同一具蠟像，胸脯也有了明顯的起伏。

比努努一直在旁邊安靜地蹲著，現在見顏布布睜開了眼，便立即伸爪推了下他。

顏布布知道牠想問什麼，便回道：「我把哥哥的精神域穩定住了，薩薩卡也不會有事的。」

他現在要給封琛仔細處理外傷，卻沒有傷藥。

「比努努，剛才在小路上時，你有沒有見到一種橢圓形葉子的草？就混在羞羞草堆裡。我記得野外生存課上，教官講過一種草，說是可以止血消毒，還能促進傷口癒合。當時他給我們看了那種草的圖片，就是橢圓形葉子，這個你記得嗎？」

比努努遲疑地點了下頭。

「我不確定教官講的是不是我們剛才看到的草，當時他講了很詳細的識別方法，但我就只記得橢圓形葉子……」

顏布布第一次真切地為自己學習不好感到難受。但封琛的傷口不能不處理，他便和比努努一起下到洞底，去準備一些必備物品。

第五章
休息夠了就快醒過來啊，我和比努努都在等你

那條小道雖然已經被暗物質填滿，但當他倆往前走時，身前的暗物質便會散開，又重新顯出一條新的路。

雖然不知道那種草是不是教官口裡能治傷的草，但顏布布還是摘了些裝在褲兜裡，又和比努努各自採了一大堆不知名野草抱在懷裡。

他倆重新回到洞內，顏布布便將野草鋪在封琛旁邊的地面上，鋪了厚厚一層後，和比努努兩個小心地將他移上去躺著。

「比努努，你再去找點樹枝，那種很直的，最好能有小臂粗，還要找幾根樹藤。」

比努努離開後，顏布布便掏出匕首，毫不遲疑地在自己小臂上劃了一刀。看到鮮血汩汩湧出，他丟掉匕首，從褲兜裡掏出那種橢圓形葉子的草，在嘴裡嚼了，然後再塗蓋在傷口上。

他盯著自己的小臂，看見鮮血很快凝住，傷口處也感覺到清涼，有些驚喜地啊了一聲。接著便又掏出一把草塞進嘴裡，一邊大口大口地嚼，一邊去解開纏在封琛肩上的布條。

布條解開，但衣服被凝固的血液黏在傷口上，他便只能用小刀將布料一點點割開，露出下面猙獰的傷口。

顏布布一邊將嚼好的草藥塗在封琛傷口上，一邊將不斷湧出的眼淚蹭上自己肩頭。

「上了藥就會好，很快就不疼了……」

他處理好一處傷口，重新纏好布條，又掏出一把草葉塞進嘴。

草葉的清香混著眼淚的苦澀，他一邊大口嚼，一邊哽咽道：「其實我學習也不是那麼差的對不對？我能認得出草藥，能給你治傷了……等你醒過來後，一定不要忘記表揚我。」

顏布布給封琛的傷口上好藥，重新包紮上，比努努也回來了。牠抱著幾根小孩手臂般粗的樹幹，連著幾條樹藤，一起放在顏布布旁邊。

崖底生長著各種灌木和野草，但樹木卻很稀少，比努努找到的這些樹幹雖然不大直，但顯然也花了一番工夫。

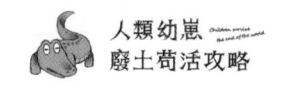

顏布布讓牠將那些樹幹用爪子劈成直條，自己則去摸索封琛手臂的斷骨處。封琛上臂的斷骨有些錯位，但還沒有腫脹，得趕緊復位才行。

　　「哥哥，接下來可能會有些疼，一定要忍住。你現在最好是繼續昏迷，不要醒過來，等我給你矯正好骨頭後再醒好嗎？」

　　還在海雲城的時候，封琛就教過他怎麼給斷骨復位，還用變異種練習過。他能毫不手軟地掰正變異種的骨頭，但面對的是封琛，他就下不了手。

　　「我要開始了。」顏布布握住他斷骨處兩端，聲音都變了調，手也在發抖。

　　比努努瞧瞧封琛，又瞧瞧他的手，有些擔憂地輕輕嗷了一聲。

　　「我真的要開始了，我要開始了！」

　　顏布布深深呼吸，淚水一顆顆砸到地上，他閉著眼快速地念叨：「怕什麼怕？你越怕，手越抖，哥哥就越疼！記得他以前是怎麼教你的嗎？正骨必須要手快，越快越好。現在別當他是哥哥，他是變異種、是變異種，不准怕！」

　　「變異種變異種變異種！啊——」顏布布發出一聲長長的吼叫，手下也開始用力。

　　他的手法相當乾淨俐落，在聽到咔嚓一聲輕響後，便立即鬆手。他去摸封琛的斷骨處，反反覆覆地上下觸碰摸索，當確定那裡已經復位完畢後，一屁股跌坐在地上，滿臉都是淚和汗。

　　比努努推了推他，他就含著眼淚笑起來，「成功了。」

　　接下來便是固定，他將比努努削好的樹幹貼在封琛手臂上，用藤條一圈圈纏緊，繫好。

　　處理好手臂，接下來便是兩條腿。好在一番檢查後，他發現封琛的腿骨雖然斷了，卻沒有錯位，只需要用樹幹固定纏裹起來就行。

　　等到終於將封琛的受傷部位都處理好，顏布布看了眼剛才摘下封琛的腕錶，發現現在已經是中午。從昨晚封琛失蹤到現在，差不多已經過

第五章
休息夠了就快醒過來啊，我和比努努都在等你

去了大半天。

　　他看著封琛乾裂起殼的唇，準備去找水和吃的。比努努見他要出洞，也起身跟上，顏布布讓牠留下來照顧封琛，自己一個人出了洞。

　　當他下到地面，暗物質自動分開，在他面前出現了一條路，斜斜伸向了左邊。

　　顏布布只愣怔了半秒不到，便順著那條通道往前走去。

　　通道彎彎折折，像是在避開一些障礙，給他指引特定的方向，讓他心裡不免有些忐忑。

　　「羞羞草，你知道我要做什麼嗎？我不是想出去的喔。」

　　他沒有聽到任何回應，寂靜的谷底連風聲都很輕。他乾脆就順著路往前走，反正如果是讓他出山的話就回頭。

　　走了約莫10分鐘後，就聽到了淅淅瀝瀝的水聲，接著眼前出現了一片山壁，壁上還掛著一條往下流淌的山泉。

　　顏布布對於羞羞草知道他在想什麼這件事，有些吃驚，卻也不會太吃驚，道了謝後便走到山壁前，四處打量著想找點什麼東西用來裝水。

　　左邊的暗物質開始後退，將原本罩在黑暗裡的一塊山壁露了出來。

　　顏布布瞧見那上面長著一種他不認識的植物，每張葉片都大得像蒲扇似的。

　　他摘下來兩張葉片，將它們捲成一個錐形杯狀，捧在手裡去接水。

　　看著樹葉杯裡慢慢蓄積的水，他突然開口問道：「羞羞草你為什麼要幫我呢？」

　　沉默片刻後，他端著裝滿水的大杯往回走，邊走邊道：「謝謝你救了我和哥哥，我不知道要怎麼報答你，卻很想報答你。如果你有什麼需要我做的，就告訴我好嗎？或者給點提示也行，我會想盡所有辦法去做到的。」

　　周圍依舊一片寂靜，什麼回應也沒有。

　　顏布布端著水到了山洞下，比努努便下來接他。回到洞裡後，顏布

145

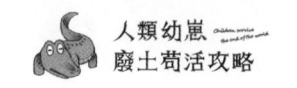

布將封琛上半身摟在懷裡，比努努端著樹葉杯給他餵水。

「慢點慢點……看他嘴角在流水了……別太慢了，嘴唇都沒有碰到……慢點慢點……再快點，他沒喝到。」

比努努停下餵水，齜著牙怒視著顏布布。

「好好好，我不做聲了，你自己餵。」顏布布連忙道。

給封琛餵完水，顏布布將他小心地放回草墊上，又拿了塊布條沾濕了給他擦臉。將他擦洗乾淨後，再次探進他精神域檢查，發現一切正常，這才放下心來。

封琛安靜地躺著，臉色比開始又好了一些。一方面是精神域穩定加上傷口得到了處理，另一方面卻得益於他自己超強的自癒能力。

比努努知道顏布布剛查探了封琛的精神域，又伸出爪子撥了撥他。

「放心吧，薩薩卡好著呢，牠會出來的。只是和哥哥一樣受了傷，明天就會好了。」

顏布布雖然在安慰比努努，但說實話，他也不知道封琛究竟什麼時候才會醒。

他忍住心裡的焦慮，語氣輕鬆地對比努努道：「我去找吃的，你就去洞下面弄點樹枝回來生火吧。」

比努努皺起了眉頭，轉頭看向旁邊地上多出來的幾根樹枝，又看回顏布布。

「我沒有打火機也沒有火柴。」顏布布拿起旁邊的一根樹幹丟給牠，「喏，用這個。你爪子像鐵似的，乾脆你就負責鑽木取火。」

比努努拿著那條樹枝發愣，又低頭看自己的爪子。顏布布一邊匆匆往洞口走，一邊說道：「這點柴火不夠的，你還要去撿。對了，鑽火的時候要在旁邊放點絨線頭，火星子才能點燃。」

顏布布抓著爬藤往下滑，掛在半山壁上時都還在大聲叮囑：「照顧好哥哥啊，過 10 分鐘後再給他餵點水……別餵太快了，慢一點……」

當明亮的小路再出現時，顏布布毫不猶豫地走了進去。他知道羞羞

第五章
休息夠了就快醒過來啊,我和比努努都在等你

草已經清楚了他要去做什麼,這條路想必是帶他去能找到食物的地方。

顏布布看著地上茂密的羞羞草,心中有很多問題想問,比如這個在幫助他的是地上這種成片的羞羞草,還是真的存在主株?但他也知道它可能不想回答,便忍住了沒有吭聲。

走了約莫十來分鐘後,小路沒有繼續往前延伸。他走到了小路盡頭,正在猜測它的用意,就聽到左邊黑暗裡傳來簌簌動靜,像是有什麼東西正在向他靠攏。

顏布布往後退了兩步,剛將匕首握在手中,就見前方黑暗中突然探出來一隻狼頭,接著是前爪和上半身。

這是一隻野狼變異種,正大張著嘴露出鋒利的獠牙。牠應該也沒想到會驟然遇到光亮,猝不及防下,竟然就那麼僵在了原地。

於是這副場景看著就很詭異,那黑暗中伸出的狼頭狼身,像是釘在黑色木板上的半狼標本。

那野狼變異種在黑暗中待久了,現在被光線刺激得什麼也看不見,只拚命眨著眼。顏布布卻已經反應過來,衝上前兩步,一刀便扎進了牠的頸部。

野狼變異種吭都沒來得及吭一聲,就那麼慢慢倒地。

顏布布將狼屍拖去了有水的山壁處,剝皮洗淨,清理內臟,再剁掉那猙獰的狼頭扔得遠遠的,將狼身分成了幾大塊。

之前和封琛住在海雲城時,平常大多是封琛和薩薩卡處理捕獵到的變異種。他偶爾也動手過幾次,所以雖然手法不大熟練,卻也能將狼肉處理乾淨。

顏布布將拆好洗淨的狼肉搬到山洞下,再用樹藤捆上,揹著往山洞裡爬。

他剛爬上洞口平臺,就看見洞口靠牆的地方燃起了一堆火,比努努還在往裡面添加柴火。

顏布布又驚又喜,稱讚道:「你居然這麼快就弄好了?我以為你還

147

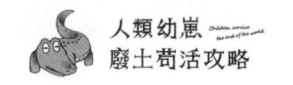

在鑽木頭呢。」

比努努面無表情地看了他一眼，再攤開爪子，顏布布看見牠爪心裡攤著一把軍用多功能工具。這工具打開後不光有小刀、鑿子，還有防風打火機，應該是牠從封琛身上找到的。

顏布布：「……對喔，我都忘記有這個了。」

顏布布將狼肉放在乾淨的石臺上，便去到封琛身旁，摸摸他的額頭，又探進他精神域檢查了一遍。封琛依舊昏迷著，但情況已經穩定，顏布布便在旁邊坐下，仔仔細細地看他，將他頭上的一點草屑撚走。

他之前認為封琛是被那幾隻喪屍弄傷的，但在給他包裹傷口時，看出來他是被精神力擊傷，就有些搞不明白這到底是怎麼回事。

難道那幾隻喪屍也是哨兵嚮導？可是他從來沒見過變成喪屍的哨兵嚮導，這種想法也只是一種猜測。

因為封琛明顯不能移動，他們還要在這洞裡住上一段時間，顏布布便帶著比努努下到洞底，想找找有沒有合適的東西，用來當做可以燒水做飯的鍋。

他看見了一塊大小適中的石頭，便指給比努努看，示意牠使用工具刀裡的鑿子再配合爪子，將中間部分擴大挖深，便能成為一口鍋。

比努努圍著那石頭轉了一圈，舉起爪子看了看，又看向顏布布，滿臉都是不可置信。

顏布布耐心解釋：「是用鑿子。我鑿不開石頭，你力氣比我大，不然我就自己挖了。」

也許是這句「你力氣比我大」取悅了比努努，牠也就不再反對，將那塊石頭抱起來往回走。

比努努抱著石頭回洞，顏布布就去拾柴火，暗物質在這時又給出了指引，一條小路將他送到一棵倒掉的大樹前。這棵樹足足有兩人合抱那般粗，底部已經被蟲蟻蛀空，想來已經死去多時，但上半段還好好的沒有腐爛。

第五章
休息夠了就快醒過來啊，我和比努努都在等你

顏布布等比努努來接他時，讓牠將那段完好的樹幹用爪子截斷，他倆各自扛了一段回到山洞中。

顏布布：「這個可以做木盆，你用爪子就能挖出來，剩下的劈掉當柴火燒。」

比努努沉著臉沒有應聲。

回到洞後，比努努抱著一段樹幹哼哧哼哧地掏，準備先掏出一個盆來。顏布布蹲在旁邊好言好語地道：「你平常最喜歡掏木頭，明明是你最熱愛的事，不能因為是我讓你做的就不高興吧，對不對？你這就是叛逆，很叛逆。」

比努努轉過身不理他。

比努努將那段樹幹中間掏空，勉強是個木盆的形狀，顏布布端著它去打水，比努努便抱過石頭，用鑿子開始鑿空做鍋。

顏布布打來清水，用草團將山洞裡打掃得一塵不染。雖然這山洞並不髒，但封琛很愛乾淨，哪怕是他現在處於昏迷狀態，顏布布也要讓他昏迷得舒舒服服的。

何況他們既然要在這山洞裡住上一段日子，那這裡就是他們暫時的家，一定要按照封琛的喜好給他收拾乾淨。

顏布布打掃衛生時，比努努也將鍋掏好了。雖然這石鍋的底座凹凸不平，卻也勉強能放穩，便架在火堆上開始煮野狼肉。

比努努做好了木盆和石鍋，按說已經完成任務。但牠不用顏布布吩咐又做出來一把木勺和兩只木碗，還去撿了幾塊石頭回來，吱嘎吱嘎地不知道在鑿什麼。

「抬下腳。」顏布布擦地板擦到了比努努旁邊，震驚地看著地面，「我剛才粗略地掃過一遍，你又弄了這麼多碎石頭。」

比努努不理他，反而吱嘎吱嘎的聲音加快，顏布布只得放棄打掃這一小塊地面。

比努努斜著眼睛瞟了他一眼，又低下頭繼續挖石頭，但兩隻小腳還

149

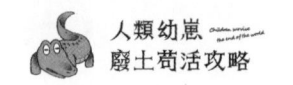

是偷偷伸出去，將散落的碎石撥到了面前，聚成一小堆。

野狼肉煮熟後，顏布布將肉挾到木碗裡放涼，接著把最嫩的部位撕下來丟進石鍋，和著骨頭繼續熬，自己則挾起木碗裡的一塊肉餵進嘴。

這變異種肉既柴又腥，也沒有調料和鹽，顏布布一口咬下去，差點立即就吐出來。他儘量不去感受那味道，只胡亂嚼兩下，就哽著脖子嚥下去。

「比努努，太難吃了，真的太難吃了……」

他乾嘔了兩下，又端起水漱口，將眼裡激出來的淚花兒擦掉，接著又繼續往嘴裡塞。

哥哥還躺在這裡，他必須要吃東西，必須保證自己有足夠的體力，這樣才能照顧好哥哥。

比努努就轉頭看著顏布布，看他一邊乾嘔，一邊將整碗肉都吃得乾乾淨淨。

顏布布將那鍋湯熬得白白的，肉也熬散融在湯中，這才舀起來，吹涼後去餵封琛。

他有些嫌棄比努努餵水時不夠仔細小心，也不夠妥貼，乾脆不要牠幫忙，直接自己來。

因為封琛身上有傷，不敢大幅度搬動，顏布布便將他的頭擱在自己大腿上，再端起碗餵他。

「這鍋湯裡我加了好多調料，還和食堂大廚學了做法，熬出來的湯又濃又香，你快嚐嚐。」顏布布在封琛耳邊誇張地吞嚥了聲，便將那盛著湯的小木勺遞到封琛嘴邊。

這木勺看上去倒是把勺子形狀，但勺沿卻很厚，都探不進封琛嘴裡。顏布布試了幾次後，叫來比努努，將勺子的缺點告訴了牠。

「……除了太厚以外還有一點，你看你爪尖把木頭挖出了一道道的條，有些木刺要磨一下，不然會拉傷嘴唇……」

比努努接過勺子，滿臉嚴肅地翻看，又回到洞口去重造。

第五章
休息夠了就快醒過來啊，我和比努努都在等你

顏布布看了手裡的碗，乾脆自己喝了一口含在嘴裡，再俯下身，嘴對嘴地餵給封琛。

一碗湯餵完，雖然封琛只喝下去了一半，但顏布布也算是鬆了口氣。他將封琛打理乾淨後，扶著他躺下，輕輕拍著他沒有受傷的那條手臂，「睡吧，放心睡吧，睡夠了就醒來。我會守著你的，別怕啊。」

顏布布走到洞旁，在比努努身旁坐下，仰頭看著上方的那一線天空。羞羞草沒有用暗物質遮擋洞口這一塊，現在天已經快黑了，那一線天空上還能看見半邊月亮。

顏布布看著夜空幽幽地道：「比努努，真希望哥哥和薩薩卡都坐在我們身旁。」

比努努也抬頭看了眼月亮，又繼續鑿著面前的一塊大石頭。顏布布盯著那石頭瞧了會兒，實在是看不出來牠現在做的是什麼。

「大石鍋？」

比努努搖頭。

「桌子？」

「凳子？」

「椅子？」

比努努還是搖頭。

「尿壺？」

比努努乾脆頭都不搖了。

顏布布這才反應過來一件事，輕輕啊了一聲：「哥哥喝了水、喝了湯，一整天還沒撒尿呢，別拉在褲子裡了。」

他急忙去找給封琛接尿的器皿，最後乾脆拿起一個木碗，去解開封琛腰上的皮帶。

「我知道你不好意思，但是現在沒辦法啊，你就堅持一下，以後我們就當這事沒有發生過。」

顏布布想了想，又轉頭吩咐背朝他坐在洞口的比努努：「你也就當

151

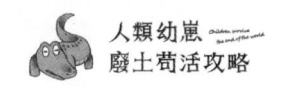

做不知道。」

　　比努努一臉茫然，顏布布便又道：「沒事，我胡說的。」

　　他的手才觸到封琛身體，還隔著一層布料，就能察覺到他身體熱烘烘的。他心頭一跳，放下木碗去摸封琛額頭，**觸手一片滾燙。**

　　這個夜裡，顏布布和比努努就一直在試圖給封琛降溫。

　　比努努擰冷布條，顏布布就給他擦拭身體。他小心地避開封琛的受傷部位，將涼水一點點沾在他皮膚上，等到木盆裡的水不再冰涼，他便滑下山洞去打水。

　　暗物質依舊在他身前分開，留出了一條灑滿月光的小路。顏布布端著木盆走在路上，恍然間像是回到了小時候。

　　還在地下安置點的某一夜，他也是這樣走在空無一人的通道裡，懷著驚慌和擔憂，一遍遍地去打冷水，再一遍遍地端回去給封琛降溫。

　　他抬頭看著那一彎月亮，先是有些鼻酸，但接著就沒法控制情緒，眼淚將那月亮也暈成了一個模糊的光團。

　　封琛燒了大半夜才退燒，顏布布又去採了草藥給他傷口換藥，一切處理妥當後，才疲倦地蜷在他身旁睡了過去。

　　不過他並沒有睡安穩，時不時就要驚醒，摸一下封琛額頭，確定他體溫正常後才繼續睡。

　　顏布布睡到中午，看見封琛依舊沒有甦醒，但臉色比昨天好了不少，只帶著一點失血後的微微蒼白。

　　他趕緊去檢查封琛身體，發現傷口恢復得不錯，斷骨處也沒有怎麼腫脹。而精神域也保持著穩定狀態，十幾根精神絲在虛空裡飄浮著，發散出點點碎光。

　　「我的心肝寶貝兒，你們可要好好的，可要爭氣啊，哥哥能不能恢復就看你們的了……」顏布布再次將它們抓住梳理了一遍。

　　他看向精神域中心的精神內核。那裡原本像是顆懸浮在宇宙中的白色星球，如今卻像一個灰撲撲的棗核。他知道薩薩卡就在裡面沉睡，便

第五章
休息夠了就快醒過來啊，我和比努努都在等你

飄了過去，希望能看到薩薩卡的影子。

只是內核壁像是一層濛濛的磨砂玻璃，什麼也看不清，他只能在心裡道：薩薩卡你也好好休息吧，休息夠了就快醒過來啊，我和比努努都在等你……

這個白天，封琛一直沒有醒，顏布布只要空下來，就坐在他身旁看著他，輕聲給他說著話。

「我給你餵了肉羹和水，可是你為什麼還是不尿尿呢？你是發燒時把身體裡的水分給燒掉了嗎？但是你嘴唇一點都不乾燥，不像是缺水啊。」顏布布說著說著，就俯下身，在封琛的唇上親了兩口。

他怕封琛尿在身上，每過上兩個小時，就會端著木碗來給他接尿。但哪怕他像哄小孩子似的不停噓噓，封琛也沒有尿過。

顏布布盯著封琛看了會兒，又道：「你是不習慣這樣尿尿嗎？可是你現在只能躺著。你身上有傷，我不敢動你，不然可以和比努努一起將你抬起來撐著，讓你站著尿。要不你就將就下？」

比努努也一整天都在弄牠的那個石頭，圍著石頭用小爪子細細打磨。那嚴謹珍視的態度，像是老匠人得了塊天下難找的奇石，每雕刻一刀都要仔細揣摩，必須有了足夠的把握才動手。

但顏布布一直沒瞧出來牠刻的是什麼，直到洞口的火堆將石頭影子投在洞壁上，他從不同的角度打量，終於發現那石頭雖然變形嚴重，卻依稀能瞧出來一隻四肢動物的大致輪廓。

「你在雕刻薩薩卡？」顏布布問。

比努努這次點了下頭。

顏布布沉默地看著那塊大石，片刻後道：「雕得真漂亮，就和薩薩卡一樣漂亮。」

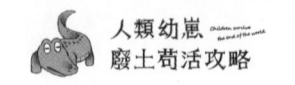

比努努伸出爪子,落在那石獅子的背頸位置,很輕地撫摸著,就像牠平常給薩薩卡捋鬃毛似的。

到了晚上,顏布布擔心封琛夜裡還會發燒,一直守到了半夜,不時伸手碰碰他額頭。好在封琛今晚的體溫很正常,呼吸也很平穩,沒有要發燒的跡象。

因為夜裡寒涼,顏布布在腳那頭重新點了個火堆,只要半夜記得起來添柴火就行,這樣整個晚上都不會冷。

弄好火堆後,他爬到草堆裡面,面朝封琛側躺著。如同以往兩人睡覺前那般閒扯,絮絮叨叨地說著話。

「……要是你一直不醒的話,我們乾脆就不要回去了,就在這山洞裡住著好不好?或者我和比努努回去,把你丟在這兒,過段時間再回來看你。」

顏布布盯著封琛,企圖在他臉上找到半分表情,但封琛卻沒有絲毫反應。

「嚇你的,我怎麼可能和比努努回去,把你一個人丟在這兒呢?」顏布布自己笑了一聲,伸手去按封琛胸口,故作驚訝地道:「你快嚇壞了吧?聽這心跳,撲通撲通……」

顏布布又湊到封琛唇上親了親,「等你的傷養好了,我就回營地一趟,叫上丁宏升他們來將你抬回去。本來我們在這兒住下來也行,但是這裡條件太差,對你身體不好,還是要回去的。以後我天天給你熬肉湯,裡面會放調料了,是真的調料,不是哄你的調料。」

他伸手捏捏封琛的耳朵,輕聲道:「不過你也要努力,你要快點醒過來……」

封琛情況平穩,顏布布也就放心地睡覺,比努努將那個石獅子抱到草堆旁,自己躺在了封琛的另一邊,爪子就擱在石獅子身上。

洞口的火堆漸漸熄滅,腳那頭的火堆燃著小火,給洞內灑上溫暖的橘色光芒。整片谷底安靜無聲,只聽到火堆偶爾響起一聲劈啪聲。

第五章
休息夠了就快醒過來啊,我和比努努都在等你

顏布布是被耳朵上的癢意弄醒的。

像是一隻小蟲子在耳廓上爬,他伸手去拍,也不知道拍死了沒,但過上幾秒後,耳洞附近又在開始癢。他繼續去掏耳朵,但睡意已消,人也逐漸清醒過來。

要去抓變異種了⋯⋯他迷糊地想著。

那隻野狼變異種雖然才吃掉了一小塊,洞內溫度也不高。但已經過去了兩天,他還是想去另外抓一隻,給封琛做最新鮮的肉羹。

顏布布睜開眼,第一時間便伸手去探身旁封琛的額頭,但視線剛落到身側,他那伸出的右手便僵在空中,眼睛也慢慢瞪大。

封琛不知道什麼時候已經睜開了眼,正躺在草堆上看著他。那隻沒有受傷的手裡還捏著一根草,顯然他就是讓顏布布耳朵癢的始作俑者。

顏布布以前在早上睡醒時,經常會在睜眼的瞬間便撞上封琛的視線。他那時候只覺得這就是天經地義的事,再正常不過,彷彿兩人生來就該醒來的第一眼看到彼此。

但他現在再對上封琛的視線,激動得整個人都在戰慄。只覺得沒有一個早晨如同此刻這般幸福,世上也沒有任何寶石能比封琛幽深的雙眸更動人。

封琛對著顏布布露出了個微笑。

顏布布也跟著笑了下,但那上翹的嘴角沒有維持住,慢慢往下撇,兩行眼淚湧了出來。

封琛輕輕翕動嘴唇,無聲地說了句:別哭。

他不說還好,說出這句後,顏布布立即就嗚嗚地哭出了聲。

顏布布這幾天也哭過好幾次,但都是默默流淚,並讓自己不准哭,儘快調整好情緒。他現在看著醒來的封琛,那繃緊的弦驟然放鬆,強行關在心裡的恐慌和害怕,一股腦奔湧出來。

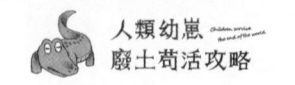

封琛抬起沒受傷的手,像是想去擦顏布布的眼淚,但舉高後又無力地垂了下去。

顏布布一邊哭,一邊拿起他的手觸到自己臉上,並緊緊按著他的手背。封琛就那麼躺著看他,目光溫柔得像是要滴出水,只輕輕動著手指,耐心地擦拭他眼裡不斷湧出的淚水。

比努努原本去了洞外,估計是聽到顏布布的哭聲便趕了回來,滿臉緊張地從洞口冒出了個頭。在看見封琛甦醒後,牠猛地衝了過來,一頭扎在封琛肩上,爪子摟住他的脖子。

封琛側過頭,在比努努腦袋上安撫地碰了碰。

顏布布終於慢慢收住了哭聲,抽噎著啞聲道:「你⋯⋯你⋯⋯你什麼時候⋯⋯什麼時候醒的?」

「哭盡興了沒有?」

封琛的聲音很輕很虛弱,但顏布布還是聽清了。

「哭⋯⋯哭盡興了。」

「嗓子都啞了,別哭這麼使勁。」

「我⋯⋯我知道。」

顏布布拿了根布條,胡亂將臉上的淚擦去,迭聲問道:「現在感覺怎麼樣了?傷口疼嗎?聽說長肉的時候癢,現在癢不癢?要喝水還是先吃肉羹?要不你等等,我去殺一隻新鮮的變異種回來再做早飯。」

顏布布原本想的是,等到封琛醒來後,他要問很多問題。比如之前是怎麼受的傷?又是怎麼到了這兒?還有關於那隻梭紅蛛的事。但封琛真的醒過來,他便什麼都忘記了,只關心著封琛的身體狀況,想著他現在餓不餓。

封琛也沒插話,只等他說完後才逐條回道:「現在感覺挺好,傷口不疼也不癢,也沒有覺得餓。」

「那要喝水嗎?要不要喝水。」

「不⋯⋯喝吧,你去給我拿只碗過來。」封琛像是要拒絕,但話到

第五章
休息夠了就快醒過來啊，我和比努努都在等你

嘴邊又改了口。

「喔。」顏布布翻身就去拿木碗。

封琛在他身後道：「少裝點水，我喝不了那麼多。」

顏布布正低頭用木勺給碗裡舀水時，聽到封琛在問：「我們的碗夠用嗎？」

「夠用，比努努做了五只。」他頓了頓又道：「還有三只盤子。」

比努努做好的木碗、木盤就擺在洞壁旁，大小不一，形狀也有些奇怪，像是小孩兒完成的手工作業。

顏布布裝了小半碗水過來，就要托起封琛的頭餵他，封琛卻指了指自己身旁，「放這兒就好，我等會兒喝。」

顏布布將水碗放好，又坐在旁邊看著他。

封琛柔聲勸道：「現在不用管我，你可以帶著比努努去抓變異種做早餐了。」

顏布布捨不得離開，便道：「我再坐一會兒，過 10 分鐘再去。」

他說完便俯下身在封琛臉上親了下，又抬起頭看著他，接著又落下細而綿密的啄吻，一路吻向嘴唇。

封琛輕聲道：「我很餓了……」

聽到他喊餓，顏布布也只得戀戀不捨地起身，「那我等會兒回來再親你。我一個人去就行了，把比努努留下來照顧你。」

封琛很快地回道：「我不需要照顧，把牠也帶走。」

比努努卻一動也不動，依舊將腦袋埋在封琛肩頭，爪子也緊緊摟住他的脖子。

「就讓牠留……」

「把牠帶走。」

顏布布這時終於察覺到不對勁，他狐疑地看著封琛，封琛目光平靜地和他對視著。

「你為什麼老是在趕我們走？」顏布布問。

157

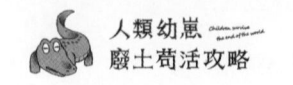

封琛的語氣和他目光一樣平靜:「我沒有。」

「你有,你不光想趕走我,還想要趕走比努努。」

比努努抬起腦袋盯著封琛,封琛問牠:「你信嗎?」

比努努又埋到他肩上,爪子將他脖子摟得更緊了。

封琛突然就咳了兩聲,像是扯動傷口,又嘶一聲皺起了眉頭。

「比努努快鬆手。」顏布布忙道。

「哎,你們兩個快去找吃的吧,我真的餓了。」

封琛虛弱地嘆了口氣。

顏布布見他這樣,立即又心疼起來,顧不上追究封琛是不是想將他和比努努趕走的事,連忙道:「你別說話了,我馬上去給你弄吃的,你就好好躺著。」

封琛又看向比努努,「去吧,薩薩卡暫時還放不出來,牠還在養傷,和我一樣。」

比努努這次也站起身,跟著顏布布一起走向洞口。

顏布布負責找吃的,比努努去扯灌木當柴火,暗物質如同之前那樣,為他倆分別開啟了一條小路。

有了小路的指引,顏布布很快就又抓到了一隻野狼變異種。他將變異種拖到水流處,一邊處理狼肉,一邊對著空氣道:「我天天都在感謝你,你可能都聽煩了。但是我真的很想感謝你,每天感謝一百遍都不夠的那種感謝。」

他剝著狼皮,抿起嘴笑道:「我哥哥醒啦,雖然他的精神域很難恢復得跟以前一樣了,但只要人沒事就行。他能恢復成現在這樣,我已經非常滿足了。」

「我本來都做好了最壞的打算……」他說到這裡便沉默下來,片刻後抬起手臂擦擦眼角,聲音微微帶著哽咽:「真的很謝謝你。」

顏布布提著洗好的肉回到洞內時,發現比努努已經回來了,正坐在洞門口挖石頭。

第五章
休息夠了就快醒過來啊，我和比努努都在等你

「哥哥。」顏布布見到封琛已經沒有躺著，而是半坐著，連忙問道：「你怎麼坐著了？傷口不疼嗎？」

封琛後背處墊著厚厚的草堆，應該是比努努給他弄的。

「不疼，這樣坐著舒服一點。何況你還給我做了夾板。有了夾板的固定，骨頭也不會移位。」封琛道。

顏布布問道：「我的夾板做得好嗎？」

封琛對他豎起了大拇指。

顏布布得意地笑了聲，但他總歸還是不大放心，將狼肉放下後便去檢查封琛的傷口，準備將草藥也一道換了。

「傷口表層已經長好，不用上藥也不用裹著布條，讓它就這樣敞在空氣中，乾乾爽爽的更好癒合。」封琛阻止他還要給外傷處上藥。

「唔，好吧。」

封琛不愧是哨兵，體質和癒合能力都超乎常人。

從受傷到現在才過去了兩天，外傷部位就已經恢復得很好，想必斷掉的骨頭也在快速癒合中。

顏布布心頭歡喜，但想到封琛的精神域，神情又黯淡下去，「可是你的精神域……我不知道要怎麼才能修復好。」

封琛微微一笑，「沒事的，精神域恢復肯定比外傷要慢一些。雖然暫時還不能使用精神力，但是過一段時間應該就可以了。」

「真的嗎？你的精神域還可以恢復成原狀嗎？」顏布布一掃陰霾，驚喜交加地問。

封琛點頭，「只是時間的問題。」

顏布布長長鬆了口氣，「那就好……本來我都擔心死了，只要能恢復就好，慢點就慢點。」他笑嘻嘻地轉身往洞口走，「那我來生火給你做飯吃。」

「好。」

顏布布轉過身後，封琛臉上的笑容消失，只垂眸看著自己裹著夾板

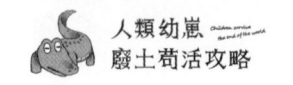

的兩條腿。

顏布布將狼肉下了鍋，轉頭時瞧見比努努又在搗鼓著什麼，但卻不是在做那只石獅子，而是又在做碗。

「你怎麼還在做碗？我們都有五個啦。」顏布布邊說邊轉回頭，去看放在洞壁旁的木碗木盤，又去看封琛身旁，嘴裡咦了一聲，「那只木碗呢？現在只有四只了，你剛才喝水的那只碗呢？」

「喝水的碗？」封琛茫然地左右看，「對了，那只喝水的碗呢？喔，應該是比努努放回去了。」

正坐在洞門口挖木頭的比努努轉頭瞧他，目光裡滿是疑惑。

封琛對牠笑了笑，「比努努本事越來越大了，做的碗也越來越好，不知道這只會不會又有所提升。」

比努努便又轉回頭，更加起勁地挖懷裡抱著的木頭。

「那也少了一只啊……」顏布布不解地撓撓頭，但少只碗這種事根本算不了什麼，何況比努努還在繼續做，所以他也就沒有繼續深究，拿起木勺開始攪拌肉湯。

封琛半躺在草堆上，不動聲色地緩緩出了口氣。

既然封琛已經醒了，那就不需要再將狼肉熬成肉羹，但顏布布還是多煮了會兒，將那些狼骨熬了個透。

他選了兩塊最嫩的肉舀在碗裡，再加上湯，吹涼後給封琛端了過去，「來吃吧，溫度正好。」

封琛只有一隻胳膊能動，顏布布便還是餵他，挾起一塊狼肉放到他嘴裡，有些忐忑地道：「不好吃的，但是你堅持一下好不好？主要是現在也沒有調料，連鹽都沒有，也找不到其他什麼好吃的。」

「不用，味道很好。」封琛細細嚼著狼肉，很自然地吞了下去。

顏布布一直盯著他，見狀便狐疑地問：「真的味道很好？」

封琛斟酌著道：「我嘴裡現在沒什麼味兒，這個膻腥味剛好沖沖味覺，感覺還挺不錯的。」

第五章
休息夠了就快醒過來啊，我和比努努都在等你

「這樣啊。」顏布布見他真的吃得很香，忍不住也挾起一塊餵到嘴裡。當那濃冽的腥膻味在口腔瀰漫開時，他差點吐了出來，趕緊梗著脖子往下嚥，發出乾嘔的聲音。

「快喝水，像你之前那樣喝水沖下去。」封琛連忙道。

顏布布端起水大口大口喝，將那狼肉和滿口腥膻都沖進肚裡。

「太難吃了，不喝水我根本嚥不下去。」顏布布擦了擦眼角逼出來的淚花兒，突然反應過來，「你怎麼知道我之前是喝水才把狼肉嚥下去的？你怎麼知道的？」

封琛道：「你乾嘔的聲音那麼大，就算昏迷著也被你吵醒了。」

「你就騙我吧，肯定是一直醒著的！」

封琛解釋：「也沒有，是你給我梳理精神域後，我恢復了一部分意識，但是沒法徹底醒過來。」

「那時候就恢復意識了啊。」顏布布先是驚喜，接著便似想到了什麼，突然大叫：「既然你有意識，那為什麼不撒尿？我給你接了那麼多次尿，你怎麼一滴都不撒的？」

「聲音小點，你這麼嚷嚷是想把我耳朵吵聾嗎？再給我盛點湯來，我還想喝。」

顏布布接過木碗往火堆旁走，幾步後又停住腳轉身問道：「那你現在要尿嗎？憋得難受不？」

「不難受，我現在也不想。」封琛很快地回道。

「可是……」

「剛才我已經方便過了。」封琛打斷他的話：「你在找狼肉的時候，比努努揹著我去尿的。」

比努努正背朝兩人挖木頭，聞言又轉頭看向封琛，滿臉都是迷惑。

顏布布有些震驚：「比努努居然能揹你，牠那個頭怎麼揹你……」

「嘶──」封琛捂著大腿倒吸了口氣，顏布布立即收聲緊張地撲過去：「怎麼了？傷口出問題了？」

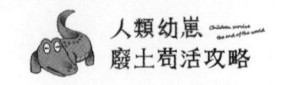

封琛閉著眼連吸了兩口氣,這才慢慢舒展眉頭,「沒事的,估計是傷口在癒合,有點發癢,不過現在又沒有感覺了。」

「那要不要我給你撓撓?我就撓旁邊沒受傷的地方,這樣應該也會好些。」

「不用,我喝碗湯就好了,現在就想喝湯。」

「唔,那好吧。」

【第六章】

我真的太冤了,
這個深度結合我不認

◆────────◆

顏布布去到洞口坐著生悶氣,
薩薩卡就端坐在顏布布身旁,目光沉穩地注視前方。
「我盼了這麼久的深度結合,居然就這樣沒了,
和我嚮導班同學說的完全不一樣⋯⋯」
顏布布滿腹委屈地小聲給薩薩卡訴苦:
「他們說和自己的哨兵深度結合是最美妙銷魂的事⋯⋯
可我的銷魂就這麼跳過了?」
躺在草堆上的封琛眉心抽了抽。

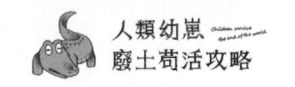

吃過飯,顏布布將一切東西都收拾後,又坐到了封琛身旁,拿著他完好的那隻手,一根根玩著手指頭。

封琛也垂眸看著顏布布的手。

顏布布從小到大都沒做過什麼事,手指纖細修長,皮膚白皙滑嫩,但此時那手指上多出了幾道口子,手背上也有擦傷的痕跡。

封琛的注視太過專注,顏布布也察覺到了,便立即將那手伸到封琛面前,聲音又嬌又嗲:「你看我的手上全是口子,都是被野草和柴火劃傷的。你不要小看那些野草,它們邊上有齒,就像是小鋸子。你快給我吹吹,疼死我了⋯⋯」

封琛沒有吹他的手指,目光卻落在他小臂上。那裡的襯衣隨著他伸手的動作有些上縮,露出的皮膚上有著一道傷痕。

那傷痕快橫貫他整條小臂,一看就是刀傷,而且傷口頗深。看樣子被顏布布自己潦草處理過,周圍的皮膚上還留有塗抹草藥的痕跡。

顏布布原本還在撒嬌,但發現封琛在看他手臂上的傷口,立即就坐直了身體,將手也收了回去。

「這是怎麼回事?」封琛問道。

顏布布裝傻:「什麼?手指頭嗎?就是被野草劃傷的。算了,我也不疼了。」

封琛看著他,「我問的是你手臂上那道刀傷。」

「什麼刀傷啊?喔,你說的這個啊,這個的確是刀傷,你居然一眼就看出來了,不愧是我哥哥。」

顏布布一邊胡亂扯著,一邊快速思考對策。他視線落到一旁的石鍋上,腦中突然噔一聲點亮,「這個是我拆狼肉的時候無意中劃傷的。對,拆狼肉的時候劃傷的。」

封琛一直靜靜地看著他,目光像是已經洞悉一切。顏布布下意識避開他的視線,但又覺得自己不能表現出心虛,立即又回視過去。

封琛終究還是沒有繼續追問,只拉過他那隻手,將袖子推上去,手

第六章
我真的太冤了，這個深度結合我不認

指輕輕撫過那道傷痕，「劃傷的時候疼不疼？」

「不疼。」顏布布乾脆地回道。

「野草把手指頭割傷了都在喊疼，這麼深的刀傷你說不疼？」封琛抬眸看了他一眼。

顏布布面不改色心不跳，「野草是鋸出來的，所以疼，這個是刀子一下子劃傷的，就沒有什麼感覺。」

封琛沒有再說什麼，只沉默地將他袖子放下來，把那道傷痕蓋上。

顏布布一下下瞟著他，這才想起自己還沒問過封琛又是怎麼受的傷。從封琛醒來到現在，他始終處於一種樂陶陶的狀態，也只顧著封琛的身體，都忘記問他之前到底發生了什麼。

封琛聽到他的詢問後，指了下自己背後，「把這堆草移開，你坐到這兒來。」

顏布布將草移開，小心撐著封琛的背坐下，封琛便將頭擱在他懷裡，舒服地嘖嘆道：「還是枕在你腿上舒服。」

「少爺，那要不要我給你再捏捏肩、捶捶腿呀？」顏布布嘻嘻笑著抬手，卻發現封琛周身都是傷，既沒法捏肩也沒法捶腿，心情頓時又黯然起來。

封琛抬眼看了他一下，「等我恢復了，你就天天給我捏肩捶腿。」

「沒問題。」顏布布打起精神，轉移話題道：「那你給我講講到底是怎麼回事吧。」

封琛便從去陳思澤辦公室取檔案，結果遇到停電的事開始講起。當顏布布聽到他發現那條已讀訊息時，倏地張大了嘴。等封琛說到機房後的電纜時，他激動地問道：「那先生和太太是不是還活著？他們是不是還活著？」

封琛道：「父親還活著，母親還不清楚。但既然父親沒事，那母親應該也是安全的。」

「嗯，他們一定是安全的，肯定是安全的。」顏布布語氣哽咽，激

165

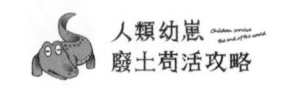

動得手心也在不停冒汗,「先生只要平平安安,那就絕對會想辦法保住太太的平安。」

封琛點了下頭,「說得沒錯。」

顏布布的興奮慢慢消失,臉又沉了下來,「那我們回到營地後,就馬上去找陳思澤算帳,把先生和太太都救出來。」

封琛卻搖了搖頭,沉著道:「剛才告訴你的一切,都只是我的推斷,並沒有證據。」

「你的推斷一定是正確的,先生和太太就是被他關起來了。」顏布布斬釘截鐵地道。

封琛道:「不管是不是正確的,我們回到營地後也不能打草驚蛇,要找個機會將那條線纜挖出來,想辦法找到關著父親的祕密地點才算是證據確鑿。」

顏布布錯了錯牙,「那我們回去就挖,如果找不到機會的話,就讓比努努半夜去挖。普通士兵看不見牠,而且牠挖石頭這麼厲害,都不需要帶鏟子的。」

默默挖著木碗的比努努又轉回頭,斜著眼睛瞪著顏布布。

封琛接著往下講,談到了他追蹤紅蛛,以及紅蛛給他說的那番關於林奮和于苑的話。

顏布布聽到這裡,不解地問:「既然他倆都逃出研究所了,還帶走了密碼盒,為什麼不回中心城呢?」

封琛道:「這也是我始終不明白的問題。看樣子只有找到他倆後才能將這謎團解開。」

顏布布輕輕抓著封琛的頭髮,「可是又去哪兒找他們呢?」

封琛將腦袋動了動,在顏布布腿上調整出一個更加舒服的姿勢,「慢慢來吧,遲早總會找到的。等我傷好後,我想再去一次阿貝爾研究所,看看能不能發現什麼線索。」

「好的。」顏布布馬上應承下來。

第六章
我真的太冤了，這個深度結合我不認

　　說完林奮的事，封琛就講到了自己。顏布布聽他說遇到了四隻哨兵嚮導喪屍時，身體猛地繃緊，正在抓他頭髮的手也停了下來。

　　但封琛講得很簡略，整個過程三言兩語就概括完畢，輕描淡寫地道：「當時我受傷了，黑獅就將我揹進了查亞峰，結果踩空掉下了懸崖。後來的事你就知道了，反正我當時在昏迷中，應該是羞羞草把我接住，再送到這山洞裡來的。」

　　他口氣輕鬆，但顏布布知道他不知遭了多少罪。他身上的這些傷口以及被摧毀得差點崩塌的精神域，想必過程非常慘烈。

　　封琛正躺著，就覺得額頭上濺了幾滴水珠，不由幽幽嘆了口氣：「就是怕你傷心才說得很簡略，結果你反倒把事情想像得更嚴重。我說了我一直昏迷著，沒有覺得有多痛，又不是什麼了不得的事，就是受點傷而已。大驚小怪！」

　　「你受傷就是最大的大事！沒有什麼事情能比你受傷更嚴重！你都成這樣了還嘴硬，那你起來啊！出去跑幾圈啊！別躺在我腿上一動不動啊！」顏布布大聲吼道，聲音裡還帶著哭腔。

　　「別把我耳朵吵聾了，小聲點我也聽得見。」封琛仰頭看了他一眼，「你說說你這幾天哭了多少次了？怎麼還趕不上小時候？你小時候都沒有這麼愛哭。」

　　「胡說！我小時候才愛哭，我現在是遇到大事才哭。」

　　「你看你眼睛都哭腫了。」

　　「我願意！」

　　「行行行，那你哭吧，等會兒記得用冷水敷敷眼。」

　　經過封琛這樣一打岔，顏布布反而不哭了，擦了擦眼後問道：「羞羞草救了你，我跳下崖時也是它救了我……」

　　「你跳崖？你還跳崖？」封琛猛地撐起身，轉過頭去看顏布布，厲聲喝道：「你跳什麼崖？」

　　「傷啊！你身上有傷啊！你亂動什麼？」顏布布驚慌地想要將他按

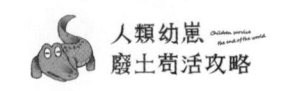

下去，卻反被封琛用那隻完好的手將他的手握住。

「別管我，我這樣坐起來不會碰到傷口，你先回答我的問題。要是敢撒謊，你就給我等著。」封琛繼續喝道。

顏布布平常偶爾也會被封琛呵斥，但那都是不痛不癢的，他只要嘻嘻笑著撒嬌就能混過去。

他還是第一次見到封琛這樣嚴厲，用這樣的口氣和態度對他說話，那雙眼裡也閃著勃然怒火。他一時有些反應不過來，愣愣地盯著封琛，又習慣性地扯動嘴角，想露出一個笑。

不料嘴才咧開，封琛就冷聲道：「你敢笑一聲試試？」

顏布布慢慢收起了笑容，封琛又道：「你敢哭一聲試試？」

「我沒有……我沒有跳崖，我是踩、踩……」顏布布原想說自己是踩空了的，但這一個踩字才出口，就看到封琛眼裡透出凜冽冷意。他便不敢再撒謊，只得囁嚅著道：「我是跳了崖，但是我有把握的。」

「什麼把握？」封琛咬著牙問。

「我不是有那個意識圖像嗎？如果我跳崖的話，它會有一萬個讓我平安落地的辦法。」顏布布其實說的也是事實，他舉起手在頭側，「我發誓我沒有撒謊，我的意識圖像真的出現了，它給我顯示了好多種安全著地的辦法。」

封琛沒有再說什麼，只定定看著他，顏布布心裡有些發毛，卻也堅持和他對視著。

片刻後，封琛才問道：「那你是怎麼著地的？」

他的目光彷似已經洞悉一切，顏布布就沒有敢撒謊，只老實交代：「其實、其實是那個、是那個羞羞草把我接住的。」

封琛閉上眼深呼吸，顏布布正要說什麼，卻瞧見他肩頭處原已經結痂的傷口又滲出了一絲鮮紅，正從衣服的破洞處滲了出來。

「你幹麼啊！叫你別亂動別亂動，你偏偏要坐起來，看吧！又在出血了。」顏布布立即去拿之前採的草藥和洗淨的布條，手忙腳亂地給他

裹傷。

　　封琛一下子將他手撥開，顏布布便大吼道：「你凶什麼凶？把自己傷口都凶裂開了。」

　　「你還有理……」

　　顏布布又吼道：「你管我有沒有理？說了別動！你再動下試試？」

　　「我……」

　　「你再吭聲試試？」顏布布撐著他的後背，大吼一聲：「躺下！」

　　封琛閉上了嘴，沒有再說什麼，順著他的力躺在草堆上，顏布布便給他肩頭包裹草藥。

　　兩人都沒有做聲，顏布布看著封琛傷口沁出來的血跡，皺著眉頭抿緊唇，心疼得一抽一抽的。

　　封琛一直仰面看著他，看他用布條仔細地在自己肩頭纏繞，突然低聲問：「你當時肯定很害怕吧？」

　　「什麼？」顏布布沒有聽清。

　　封琛想問他當時害不害怕，跳崖的時候到底在想什麼？但這些話突然就都問不出口。

　　「沒什麼，就是讓你好好包紮。」封琛道。

　　「喔，知道。」

　　封琛看見顏布布額頭滲出了一層細密的汗珠，垂落的一絡捲髮將眼睛都擋住，便抬手給他撥到一旁。

　　顏布布那時候肯定害怕的，而他要跳崖時的想法自己也明白。他們之中任何一個人失去了對方，那活著或是死去又有什麼區別呢？既然所有的答案都知道，也就沒有再繼續追問的必要。

　　「……我要給你打個好看的結。」

　　顏布布嘟囔著給裹纏傷口的布帶打結，封琛就抬起一隻手，輕柔地觸碰他的臉龐。

　　溫熱的手指再順著臉頰往下，在他光滑的肌膚上輕輕摩挲。

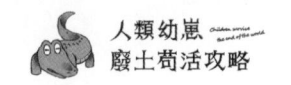

顏布布側臉在那隻手上蹭了蹭，又看向封琛，一下便撞進他那雙幽深的眸子裡。

封琛的手指落到他唇上，仔細地描摹著唇形。

顏布布一動不動，片刻後含混地問：「哥哥，你是不是覺得這時候特別愛我？特別想親親我？」

封琛依舊沒有應聲，只黑眸沉沉地看著他，像是默認，也像是暗示。顏布布被他的眼神鼓勵著，只覺得心臟不受控制地亂跳，空氣也開始變得黏稠，立即就俯下身去吻他。

結果唇才落在半空，他像是想到了什麼，頓住動作看向旁邊火堆，「啊，水燒開了，我去把火撥一撥。」

封琛就被他放回草堆上躺著，又眼睜睜地看著他衝到火堆旁，將明火用柴灰壓熄，又在拿碗盛開水。

「……比努努，我們這兒的柴快要燒光了，你再去把那棵死樹的枝幹弄些回來，等會兒我又要開始做飯了……」

封琛默默看向洞頂，臉上沒有半分表情。

比努努去抱柴火，顏布布則開始打掃衛生，用草團擦地面。夕陽從洞口那一方空隙洩露，將石面和他的臉龐都染成了橘紅，柔軟的捲髮也鍍上了一層淺棕。

但他嘴裡也沒閒著，一直和封琛說著話。

「哥哥，我覺得其實就這樣待在這裡也不錯，就我們兩個，隨時都在一塊兒。」

「我們以前也隨時在一塊兒的。」

「那不一樣，你老是去出任務，還要在軍部開會，我們不是隨時都在一塊兒的。」

提到軍部，封琛一下就想起了陳思澤，也想起了自己的父母親，神情也漸漸冷凝下來。

「還是要回去的，不能就這樣躺著。」他喃喃道。

第六章
我真的太冤了，這個深度結合我不認

顏布布轉頭看了他一眼，「你很快就會痊癒了，最多再躺幾天，包括你的精神域也會恢復的。」

封琛沉默片刻後，輕輕嗯了一聲。

顏布布一邊擦著地板，嘴裡一邊繼續道：「……你說羞羞草為什麼要幫我們呢？當然，它本來就很好，以前也沒有讓那些士兵真的跳崖摔死。可是它不光救了我們，還讓我找到你，就連食物和水也都是它幫我找到的。」

封琛想了想後回道：「我覺得可能和羞羞草能夠讀取我們的記憶片段有關。」

「喔？」

「你曾經和我說過一句話，不管是植物還是人，想活下去又有什麼錯呢？我後來將你的想法轉告給了陳思澤，希望軍部能考慮將羞羞草的主株送去阿弭希極地。」封琛微微挪動身體換了個姿勢，「可能羞羞草讀到了我們這些記憶，所以心懷感念，就幫了我們一把。」

「原來是這樣嗎……」顏布布擱下手裡的石勺，若有所思地道：「其實我們也沒有成功啊，軍部還是在想辦法對付它。但是就因為我們提了這麼一句，它就願意幫助我們。看來植物和人一樣，也是別人對我好，我就對你好。」

封琛勾了勾嘴角，「不一樣的，人的心思有很多彎彎繞繞，而植物就只是單純回報別人的善意。」

「唔，那以後我們也要回報它呀，可是要怎麼做才好呢？它應該是想去阿弭希極地的吧……」

顏布布面朝封琛認真地說著，封琛正要回應，就看見洞口處黑影一閃，突然躍上來一個人。

夕陽從洞口上方投下，也照亮了那人的臉龐，讓封琛在這剎那看清了它那漆黑一片的眼睛，還有青紫色的皮膚和蛛網似的血管。

竟然是一隻喪屍。它身旁還跟著一隻渾身腐爛的量子獸，已經看不

171

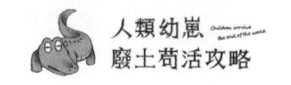

出來種類，半邊身體只剩下了白骨，嘴裡淌著長長的口涎。

那喪屍並沒有發出任何聲音，躍進洞時也沒有停留，逕直張開嘴撲向了背朝著它的顏布布。

顏布布還未覺察到，猶自在說著話，但封琛在看到那隻喪屍撲向顏布布時，心跳都彷彿停止，已經驚駭到極致。

他這瞬間忘記了顏布布的意識圖像，或者就算想起來也不會放心。他甚至忘記了自己不能行走，如同未受傷時一般向那個方向撲去，同時調動精神力刺向前方。

他的精神域原本就瀕臨乾涸，只剩下顏布布精心照顧的那十幾條精神絲。此時封琛將那十幾條精神絲盡數發出，朝著正撲向顏布布的喪屍刺去。

這喪屍帶著量子獸，明顯是經過改造後可以抵禦精神力的喪屍。但封琛卻毫不猶豫地發出精神力，不去想這是他僅有的精神絲，也不去想這精神力攻擊對它有沒有用。

他來不及權衡正確與否，這一切只是本能。

顏布布話才說了一半，就看見封琛從草堆上往他撲來，卻又摔在了地上。

「哥⋯⋯」他的驚呼聲才剛發出，腦內的意識圖像便刷地亮起。

那喪屍雖然戴著保護顱腦的膜片，但被封琛的精神力刺破大腦皮層時，還是略微凝滯了半瞬。

而顏布布已經在這短短時間內，跟著意識圖像的指引往左邊撲出，躲過了那隻量子獸從背後的攻擊。

他爬起身就惶惶然地看向封琛。

剛才封琛摔倒在地上，但他身上有傷⋯⋯

「別看我！注意後面！」封琛撲在地上，卻抬起頭對著他怒喝，並朝著他挪動身體。

顏布布猛地一個蹲身，右斜，躲過量子獸和喪屍的先後攻擊，並急

第六章
我真的太冤了,這個深度結合我不認

忙大喊:「哥哥你別過來!」

他突然一個仰面,喪屍尖銳的指甲從他鼻尖擦過,嘴裡卻繼續大叫:「你別過來,我能對付!」

封琛瞧見他連接躲開幾次攻擊,這時也冷靜下來,不再往他那方向移動,只從草堆裡摸到無虞匕首扔了過去,「接著!」再將旁邊的一塊石頭抓在手中。

顏布布不光要躲開喪屍和量子獸的撲咬,還要躲避喪屍發出的精神力攻擊。不過喪屍雖然能保護自己顱腦,卻對嚮導的控制能力沒有辦法,顏布布便一邊躲避,一邊放出精神力纏繞它的肢體,讓它行動能緩上那麼半秒。

顏布布有了喘息的機會,便頻頻看向封琛和洞口。他既怕這隻喪屍突然去攻擊封琛,也怕洞口再爬上來兩隻就糟糕了。

而這山洞面積本來就不大,他能躲避的範圍實在太小,好幾次都是險險躲開,看得人心驚肉跳。

封琛臉色蒼白地看著顏布布,額頭上浮著一層細密的汗珠,那隻握著石塊的手也在不停顫抖。

顏布布突然彎腰後退,從撲來的喪屍腋下滑出去,匕首跟著劃動,在喪屍腰際拉出一條長長的口子。他躲過這一次攻擊後便看向洞口,卻聽見封琛大喝一聲:「小心!」

顏布布立即查看意識圖像,卻驚慌地發現那些小螢幕正在一張張熄滅,但同時旁邊傳來砰的一聲,小螢幕又齊刷刷地亮起。

顏布布立即衝出兩步蹲身,躲過了喪屍的撲咬,而那隻量子獸被什麼砸翻在地,又嘶嚎著爬了起來。

顏布布看著地上那塊石頭,知道剛才分神差點被咬中,全靠封琛砸了一石頭才躲過,背上也瞬間冒出了一層冷汗。

「你在想什麼?集中注意力!」

聽到封琛的怒吼,顏布布再也不敢分神,只專心躲避喪屍和量子獸

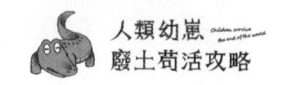

的攻擊。

那隻量子獸原本在攻擊顏布布,但興許是被封琛砸了那麼一下,它突然改變目標,衝向了趴在地上的封琛。

顏布布剛鑽到喪屍背後給了它一刀,就看見了這一幕,頓時嚇得魂飛魄散。不過他還沒來得及衝前去,旁邊就閃過一道小小的身影,下一秒,比努努已經躍到那隻量子獸頭頂。

比努努爪子刺進量子獸的雙眼,並俯下頭一口撕掉它頭頂的皮,那裡頓時騰出一股黑煙。

有了比努努對付量子獸,顏布布也總算放了心。他現在雖然能藉著意識圖像躲避攻擊,但這隻喪屍明顯不是他能對付得了的,如果一直就待在這洞裡,封琛也會遇到危險。

顏布布又瞧了眼洞外,大聲喊道:「比努努,你對付這隻量子獸,保護好哥哥!」說完就猛地衝向洞口,抓住一條爬藤嗖嗖往下滑。

滑到一半時,他抬頭瞧了眼,看見那隻喪屍也追了出來,正摳著石壁往下爬,這才一口氣滑到了底。

那隻在和比努努廝打的量子獸也想跟上來,比努努卻衝前去堵住它,不讓它去和喪屍會合。

比努努在對付喪屍上很有心得和天賦,此刻面對一隻喪屍量子獸,牠反而更加凶猛狠厲。喪屍量子獸雖然已經和喪屍無異,卻不是比努努的對手。它身體原本就露出了骨架,如今被比努努撕扯得滿身冒著黑煙,看上去更顯詭異。

兩隻量子獸在洞口廝打時,顏布布帶著那隻喪屍在崖底狂奔。他要將那隻喪屍帶出這片區域,再隨便鑽進黑暗裡將它甩掉。

他聽著後面的腳步,跑出了這輩子最快的速度,就像是要飛起來一般。但後面的喪屍速度竟然更快,腳步聲也離他越來越近。

顏布布估算著這兒離他們的山洞已經夠遠了,便突然衝向右邊濃黑的暗物質,想一頭鑽進去,再將喪屍給甩掉。

第六章
我真的太冤了，這個深度結合我不認

但羞羞草卻照常在他身前開闢出了一條光明小道。

顏布布一個急剎，又轉向左邊黑暗，所經之處，暗物質飛快散開，並在他面前出現一條被夕陽染成金色的小道。

「別啊……別給我指路……現在不需要指路……你的善解人意呢？你快讀我的腦啊……」顏布布聽著身後越來越近的腳步聲，一邊發足狂奔，一邊大聲慘叫。

喪屍已經逼近，夕陽拉出的長長黑影甚至投在了顏布布前方。他再一次右轉衝進旁邊的黑暗，同時在心裡祈禱羞羞草不要再給他照亮前路，不要再亮堂堂一片了。

好在這次他終於如願以償地撲進了黑暗，視野裡瞬間一片極致的濃黑。他在聽到喪屍也衝進暗物質後，猛地往左轉衝出，再剎住腳，蹲下身，屏住呼吸。

就算是經過改造的喪屍，它畢竟不是人。在一頭扎進這片暗物質後，雖然什麼也瞧不見，卻依舊機械地往前衝，且腳步沒有絲毫停滯。

顏布布聽著它的腳步聲越來越遠，幾分鐘後，遠處山壁上傳來咚的撞擊聲。接著便歸於安靜。

顏布布在山頂上遇見過這種喪屍，所以並不會認為它是被撞出了個好歹。只是暫時失去目標後便站在原地不動，而自己這時只要發出聲音，它就會循聲而來。

喪屍不動，顏布布也就不敢動，如此僵持了幾分鐘後，他突然聽到前方遠處傳來刷拉拉的聲音。

他心頭一緊，擔心又來了一隻喪屍，不過原本一動不動的喪屍卻朝著那方向衝了過去。

喪屍衝到聲音來源處後就安靜下來。顏布布心裡暗暗叫苦，覺得多半是遇到了同類，所以它才停下不會攻擊。

啪啪……更遠的地方又傳來兩聲響亮的聲音，像是鞭子在重重抽打山壁，那喪屍便又循著聲音衝了過去。

175

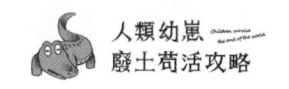

鞭子抽打山壁聲不時響起,而那隻喪屍也就被越引越遠,最終所有聲音都遠去,那喪屍也消失在了遠方。

顏布布才頓悟,反應過來又是羞羞草在幫他,剛才的聲響其實是樹藤發出的動靜,目的就是將那隻喪屍給引走。

顏布布還惦記著封琛和比努努,趕緊站起身往回山洞的方向走。他不敢出聲,只在腦內對著黑暗道:謝謝你,你又幫了我一次,你真的是太好了,我長大……我回去後就一定會想辦法報答你。

前方的暗物質消散,光線從頭頂洩落,顏布布面前又出現了一條小徑。他在夕陽裡向著前方奔跑,一邊擔憂著,一邊又不斷安慰自己,比努努也算是半個喪屍吧?那隻都露出骨頭的量子獸,肯定不會是比努努的對手。

顏布布抓著樹藤往山壁上爬時,果然沒有聽到裡面有動靜。但他還沒來得及放心,就見比努努從洞口探出頭,朝他焦急地吼了兩聲,接著又衝回洞裡。

「怎麼了?怎麼了?」

沒有得到回應,顏布布三兩下就爬到洞口,翻進了平臺。

他一眼就看到躺在草堆上的封琛,雙目緊閉,臉色蒼白,一副人事不省的模樣。比努努蹲在他身旁,兩隻爪子抱著他的頭搖晃。

顏布布第一反應就是封琛被量子獸咬了,駭得連忙撲過去,俯下身檢查。在發現封琛暴露在外的皮膚沒有增添新的傷口後,又顫抖著手去解他衣服。

比努努用爪子按著他的手,搖著頭嗷了一聲,顏布布聽出這是沒有受傷的意思。

「那他怎麼了?傷口裂開了嗎?」

顏布布要去檢查他傷口,還沒解開布帶,就見他身體突然開始痙攣,胸脯強直前挺,手腳也在不停抽搐。

「怎麼了?這是怎麼了?」顏布布慌得去按住封琛的雙腳,又對比

第六章
我真的太冤了，這個深度結合我不認

努努大喊道：「快按住他肩膀，他身上有傷，別讓他把傷口扯開了。」

顏布布按住封琛的兩條小腿，比努努也按著他沒有受傷的那邊肩膀，但他卻依舊沒有停下痙攣，牙齒也咬得咯咯作響。

顏布布見他這樣痛苦難受，卻不知道自己離開這會兒究竟發生了什麼，只按住他小腿倉皇地問：「哥哥你哪裡痛啊？你是不是又有哪裡受傷了？是不是……」

他突然想到了什麼，剩下的話斷在嘴裡，卻連忙放出精神力，探入了封琛的精神域。

顏布布在進入封琛精神域的瞬間，就被眼前的一切驚呆了。

只見原本空空蕩蕩的精神域裡，竟然成了一片火紅的岩漿，翻滾著灼人的氣浪。那岩漿一眼望不到頭，布滿了整片精神域，而身旁兩側的外壁上也在往下淌著岩漿，像是掛著兩面紅色的瀑布。

整個世界似乎都被點燃，冒著熾熱的火光。

顏布布從未見過這樣的精神域，哪怕是封琛處在神游狀態時也沒見過這種景象。他轉著頭想去找尋自己當做寶貝的那十幾根精神絲，可哪裡還能找著？

空中飄浮著一些大大小小的碎片，像是一塊塊灰白色的隕石。顏布布抓住飄到眼前的一塊碎片，瞧清其中一面還覆蓋著一層薄薄的冰雪。

他的精神觸鬚拂過那層冰雪，卻見它們立即化成了幾顆晶瑩的水珠，在空中顫巍巍地懸著。接著便像是受不住岩漿的熱浪似的，蒸發消失在了虛空中。

顏布布知道這些碎片是什麼了。那是封琛精神域裡的精神內核，是那片他從未到過的地方，也是支撐著這整個精神域的核心和支柱。

他經常隔著那層磨砂玻璃似的內核壁瞧著裡面，設想著那一片白色究竟是什麼。

原來是一片白雪皚皚的純淨天地。

他看著滿天飄浮的冰雪碎片，突然想起來曾經抄錄在筆記本上的一

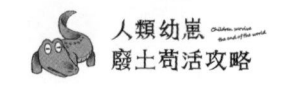

句話。

　　當哨兵精神域徹底崩塌時,哨兵的混亂感知會以具象的方式在精神域中呈現。

　　顏布布考試前,在封琛的督促下,將筆記本裡的內容進行了一番死記硬背。雖然他當時對這句話並不能理解,但在機械的重複背誦中也牢牢記了下來。

　　他現在終於明白了。封琛的精神域正在崩塌,而他的精神域內核也已經分崩離析,散落成了碎片,並在逐漸消失。當這個消失的過程結束,封琛就會陷入永遠的昏睡,再也不會醒來。

　　顏布布意識到這一點後,立即就被極度的恐慌籠緊。他惶惶地看向那些飄浮著的內核碎片,心裡只浮起了一個念頭——把它們都抓住,別讓它們消失了……

　　他探出精神觸鬚,想去搆著那塊離得最近的碎片,卻在剛剛飛奔出去的瞬間,感覺到灼熱的氣浪從下方升騰而上。

　　雖然這只是封琛的混亂感知所呈現出的一種具象化形態,但顏布布的精神力置身此中,也能體會到那岩漿帶給他的真實感。

　　他能感受到下方炙熱的溫度,翻滾的岩漿時不時濺上來,被燒灼的精神觸鬚疼得鑽心。他都不敢想像封琛此時是什麼感覺,又在遭受怎樣的痛苦。

　　顏布布抓住離他最近的那塊碎片,又飛奔向另一塊。將兩塊都抓在手裡後,他試著湊在一起拼接。但那兩塊碎片都在他眼裡化成了水滴,瞬間蒸發成水汽,消失殆盡。

　　顏布布一次次去抓那些碎片,徒勞地進行拼接,再眼睜睜地看著它們逐漸消失。

　　他轉著頭打量四周,看見那些漫天飄浮的碎片也在逐漸汽化,成為消散的嫋嫋白煙。

　　他心裡是前所未有的絕望,但他現在只是一道什麼也不能做的精神

第六章
我真的太冤了，這個深度結合我不認

力，連眼淚都流不出來。

——我該怎麼辦、我該怎麼辦……

顏布布強行使自己鎮定下來，開始思索著對策，決定先將那十幾條精神絲找著。

他不去想那精神絲還在不在，也不去想就算找到了又有什麼用。這十幾條精神絲就是他唯一的救命稻草，他必須牢牢抓住。

顏布布的精神力分成了數條，每一條都穿過那些飄浮的碎片往前蔓延，每一條都在經受著高溫灼燙的痛苦。他用最快的速度將封琛的精神域找了一圈，卻沒有找到半根精神絲。

——你們在哪兒……你們究竟藏到哪兒去了，出來好不好……

顏布布正準備再找一遍時，下方蒸騰的烈焰卻突然消失，整個精神域光影變幻，從濃烈的紅色變成了墨藍。而那將他像是快要點燃的高溫也跟著消失，身周的氣溫急劇下降，湧起了森森冷意。

顏布布發現整個精神域裡全是水，他像是置身在無邊無際的海裡。而那些原本飄浮在空中的內核碎片，也都在水裡浮浮沉沉，有一些小的碎片在繼續消失，化作一串水泡，搖曳著漂向上方。

他的精神力依舊在水裡四處游動，尋找著封琛的精神絲。明明不需要呼吸，卻感覺到了水壓的沉重，還有著窒息的氣悶。

眼看那些氣泡越來越多，漂浮在水裡的內核碎片越來越少，顏布布心急如焚。他不知道當碎片徹底消失時，是不是就代表著封琛精神域也跟著徹底毀滅。

——你在哪裡啊……求求你快出來好不好……求求你快出來……

顏布布所有精神力都傾囊而出，在這片水域裡瘋狂找尋。他也找過精神域外壁的皺褶，想著還會不會像上次那樣找著精神絲，然而還是一無所獲。

他看著那些不斷新生出的水泡，只覺得前所未有的無助，也突然就失去了力氣。他被沉重地壓在水裡，再往前移動半寸都不行，只慢慢體

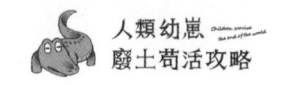

會著絕望和窒息。

　　——求求你們快出來好不好……求求你們……

　　就在這時，他看見一顆閃著亮光的碎片從他面前漂過。他有些遲鈍地看著它在水裡漂遠，有些遲鈍地想著——為什麼水裡會有星星……

　　過了兩秒後，他才陡然驚醒，飛一般地追了出去。

　　——這是哥哥的精神域，不管它是什麼，都那麼的不同尋常，一定是對精神域很重要的東西。

　　那星星移動的速度很快，他必須全力才能跟上。這片水域裡的內核碎片越來越少，而空間也在開始往裡縮小。水底翻滾起了巨浪，形成一道道龍捲風似的水柱。

　　顏布布知道封琛的精神域正在經歷崩塌前的最後階段，他現在要麼繼續追逐這團亮光，要麼還是去尋找精神絲，也許還能來得及找到。

　　他聽著轟隆隆的水聲，很快在心裡做出了一個決定，決定繼續追逐這團不知道到底是什麼東西的星星。

　　但星星的速度太快了，他便將精神絲分成數束，從兩邊分散準備攔截。因為空間的擠壓、外壁的移動，水底也在翻湧著巨浪。

　　像是龍捲風的水柱越來越粗，顏布布的精神絲幾次都被捲了進去，又趕緊掙脫出來。

　　好在那顆星星也被巨浪阻礙了速度，前進得時斷時續。

　　顏布布一直死死盯著它，在看見它被捲進一股水柱時，知道機會來了，便全力往前衝。

　　星星被水柱帶動著飛速旋轉，已經形成了一道光圈。

　　顏布布毫不猶豫地跟著撲進水柱，接著便像是陀螺般，被水流帶著不可控地旋轉起來。

　　他看見星星就在水柱另一邊，也就是自己對面，便艱難地探出去想抓住它。

　　但水流旋轉的吸附力太大，他不但被轉得搞不清東南西北，就連探

第六章
我真的太冤了,這個深度結合我不認

出去都難做到。

好在他和星星都在往水深處旋轉,往下的水柱越來越細,吸附力也開始變輕。他看見那顆星星就在離自己幾公尺遠的地方時,奮力往前一掙,終於將它握在了自己的精神觸鬚裡。

當他將這顆星星握緊的瞬間,感覺是如此熟悉,又是如此親近。像是一種意識相通,又像是某種本能,不用誰來告訴他,也不用去回想嚮導課上學到的知識,他便已經清楚地知道這就是哥哥的精神域核心。

——這是哥哥精神域的起源,也是薩薩卡成長的搖籃。

他已經被捲到了水柱底,卻又被一個巨浪衝向左邊,重重撞在精神域外壁上。

他身不由己地被水流襲捲著四處亂撞,卻始終緊緊握住封琛的精神域核心,並無師自通地將自己的精神力往裡面灌注。

這一刻他終於明白了什麼是哨兵,而什麼又是嚮導。好像他們本就該如此,這是他們在分化時就鐫刻進基因的本能,他們為對方而存在,是彼此的骨血和精神。

隨著顏布布精神力的灌入,那顆星星發出更加灼目的亮光,而周圍的巨浪也在逐漸平息,旋轉的水柱慢慢消失。

精神域外壁停止萎縮,空間也沒有繼續縮小,那顆精神域核心從顏布布精神觸鬚的掌握中脫出,懸浮在他面前,逐漸膨脹、擴大,並將他溫柔地包裹其中。

顏布布繼續灌入精神力,看見腳下的水域變成了地面,並像是畫卷般快速鋪展開來,他仰頭看向上方,看見了一片天空,雪片簌簌地往下飄落。

他伸手接住了一片雪花,並沒有感覺到冰涼寒意。雪片是溫潤的、柔情的、輕盈的,還帶著珍重和小心翼翼,像是生怕自身那微不足道的重量都會將他壓傷似的。

地面很快覆上了白色,顏布布在這片廣袤的雪地裡行走,轉頭打量

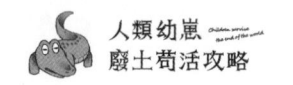

著四周，總覺得這裡缺少了什麼。

他心念微動，而就在下一秒，雪地左邊就憑空拔起了一棟樓房。

灰撲撲不起眼的外牆，露在雪地上的只有4層，剩下的樓層盡數陷沒在深雪裡。

他轉身走向那棟樓房，從底層側面的窗戶翻了進去。而就在他進入的瞬間，原本空蕩蕩的樓房內便出現了一條通道，兩側的房間和通道右邊的樓梯都迅速建起。

顏布布的手指擦過通道牆壁，那灰牆便變成了淺色暗紋的牆紙。

他走過長長的通道經過大廳，空無一物的大廳立即出現了沙發、小桌等家具——沙發的木扶手上還被咬得坑坑窪窪，小桌上扔著投影機的遙控器。

他飛快地上樓，在跨上最後一級樓梯時，怔怔地站在了原地。

這是一間寬敞的大廳，木地板被擦得光滑錚亮，沙發上疊放著手織的毛毯，飄窗旁的躺椅背上斜掛著一件織了一半的毛衣，而旁邊窗臺上還擱著一杯水，裡面騰騰冒著熱氣。

「小器歡迎您回家。」機器人小器那沒有起伏的機械音傳進耳裡。

顏布布慢慢踱進大廳，走到沙發前，伸手在下面掏。

一陣簌簌響動後，他從沙發下面掏出了幾張卷子，盯著上面鮮紅的一百分笑了起來。

他擱下卷子，將所有房間和樓層都走了一遍，看著工坊、訓練室、蔬菜房、臥室等等所有房間都盡數還原。

他重建了封琛的精神域，也重建出了他和封琛的家。

顏布布最後去到窗前，坐在那躺椅上輕輕搖晃，從拉開的窗簾看著外面的白雪。

片刻後，他順著樓梯往下，卻看見5樓大廳沙發前的地毯上，不知什麼時候多出了一個碩大的繭。

那是以前薩薩卡最愛趴著的地方，而比努努就會躺在旁邊沙發上，

第六章
我真的太冤了，這個深度結合我不認

小爪子一下下捋著牠的鬃毛。

他剛才上樓時都沒見著這個繭，而這時繭子已經長大，繭殼上也出現了裂痕，顯然薩薩卡正在以驚人的速度生長休養著。

顏布布走到繭前，湊在那殼上親了親，「薩薩卡，你要快點啊，比努努還在外面等著你。」

繭裡發出窸窸窣窣的響動，像是薩薩卡做出的回應。

顏布布出了屋子，在雪地上行走著。他看向遠方，那裡便拔起了一座巍峨的海雲山，高聳入雲。而近一些的地方，那些宛若冰雕的建築也在形成。

他停在原地，轉著圈打量四周。

這是他建的海雲城，是一座空寂的死城，任何人到了這裡後，都會覺得這是闖入了一座白色的墳墓。

但他卻覺得世界上沒有一處地方能比這裡更美、更動人。這裡是他的家，是他心之所繫，有著他最美好溫暖的回憶。

唯一不同的是，空氣不再那麼寒冷刺骨，還全是他自己和封琛的氣息，讓他倍感安全和平靜。

顏布布將這裡建成了自己滿意的模樣，便離開了精神域內核。在進入外域的瞬間，他有些疑心自己是不是闖入了宇宙，置身於群星之中。

這是片浩瀚的星海，四處都閃動著金色的光芒。仔細瞧的話，那是一道道精神絲發出的光。

顏布布在這片宇宙裡飛速前進，將自己的精神觸鬚也分成了無數，像是無數隻手去觸碰那些精神絲，讓它們在指間柔軟地滑過。

他能感覺到這些精神絲的變化。它們不光是數量的劇增，每一根也都比以前更柔潤、每一根都蘊含著強大的精神力。

封琛的精神絲也在回應著他，和他追逐、嬉戲，將他溫柔地攏在其中，每一下觸碰都像是在親吻。

顏布布退出封琛的精神域，慢慢睜開了眼，接著就對上了一雙深邃

183

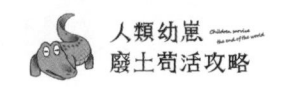

如大海的眼睛。

他癡癡地和那雙眼睛對視著，伸出手，去輕輕觸碰封琛的眉眼、鼻梁和嘴唇。

封琛就任由他摸索著自己的臉，只在他手指落在嘴唇上時，在上面親了親。

顏布布便對著他露出個傻傻的笑。

片刻後，顏布布才察覺到自己躺在封琛懷裡，想到他的腿傷，嚇得差點跳起來，但封琛有力的手臂卻將他箍得緊緊的。

「你的傷……」顏布布看見箍著自己的正是封琛之前骨折的那條手臂，便驚訝地抬手，小心地碰了碰，又看向封琛。

封琛對他點了下頭。

「哈！」顏布布短促地笑了聲，又從封琛懷裡坐直身體，去查看他身上原先那些傷口。

只見那些傷口竟然全都癒合了，只是新生出的皮膚還帶著一層淡淡的粉紅。

他又低頭去看封琛的大腿，也不知道那斷骨有沒有恢復，只緊張得一動不敢動。

「沒事的，也長好了。」封琛知道他在想什麼，邊說邊上下顛腳。

「啊啊啊……你別動啊，別動啊，萬一沒有完全長好呢？別動啊……」顏布布僵著身體大叫。

封琛笑了起來，突然抱著他起身，將他拋向空中。

「啊──」顏布布看著迅速接近又迅速遠離的洞頂，忍不住發出了一聲驚叫。

封琛將他接住，二話不說又繼續拋。

顏布布被上下拋了幾次後，終於相信封琛的傷是徹底痊癒了，又開始哈哈大笑起來，「拋高點，把我再拋高點。」

「再高點你就要碰到洞頂了。」封琛道。

第六章
我真的太冤了,這個深度結合我不認

比努努一直滿臉不耐煩地在旁邊踱步,終於忍無可忍地低吼了聲。

封琛將顏布布放在草堆上,走到比努努面前,作勢要去抱牠,「來吧來吧,我來拋你。」

「吼!」比努努連忙將他手拍掉。

封琛輕笑了聲,「剛才告訴過你薩薩卡的情況,這就又著急了?」

「吼!」

封琛側頭想了想,跟比努努說:「好,那我現在給你變個魔術,讓你能看見薩薩卡。」

顏布布坐在草堆上,知道封琛所謂的魔術便是讓薩薩卡出現,便也不做聲,只笑嘻嘻地看著。

比努努神情有些緊張,特別是封琛開始裝模作樣地對著空氣抓握時,牠垂在身側的小爪也跟著張合。

「薩薩卡,出來!」隨著封琛一聲大喝,他旁邊的空氣出現波動,逐漸顯出了黑獅的輪廓。

當薩薩卡完整地出現在洞中時,比努努一躍而起,緊緊摟住了牠的脖子。薩薩卡側過頭碰了碰比努努的腦袋,又在牠臉蛋兒上舔了兩下。

「咔嚓、咔嚓、咔嚓。」顏布布坐在草堆上,用手拍照。

封琛眼含微笑地看著牠倆,又回到顏布布身旁坐下,兩條長腿閒適地伸展著。

顏布布伸手按了下他大腿,確定那裡真的癒合後,有些不可思議地問道:「怎麼就突然好了呢?這傷口好得也太快了,你是不是真的會變魔術?」

封琛沒有立即回答,而是就著這個姿勢仰躺下去,再拍了下自己肩。顏布布便也躺在他身旁,將腦袋枕在他肩上。

「不是我好得太快,而是你會變魔術。」封琛開口道。

「我會變魔術?我變什麼了?」

「你給我重建精神域內核的時候,我的身體也在飛速進行自癒。」

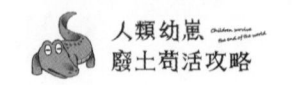

顏布布問：「那你知道我在你精神域裡做了什麼嗎？」

「我知道。」

封琛雙手枕在腦後，嘴裡輕輕咬著一根草莖，「我在岩漿裡那會兒就看見了你，只是沒法開口說話，不然還可以和你打個招呼。」

封琛語氣輕鬆，甚至帶著幾分玩笑的意味，但顏布布卻敏銳裡捕捉到岩漿裡三個字。

他現在還能回想起被那灼人氣浪燎烤的滋味，特別是沾上濺起的岩漿，疼得心臟都在哆嗦。而封琛感覺到自己一直浸泡在岩漿裡的話，那又會是什麼樣的疼痛？

顏布布沉默下來，封琛側頭看了眼，不動聲色地岔開話題：「既然在我精神域裡蓋房子，那為什麼不在房子外弄點好看的？比如搞個院子，栽種些花花草草什麼的。」

顏布布立即回道：「那多假啊，我要的就是一模一樣的家。我們家外面沒有院子，更別說花花草草。」

「一模一樣嗎？你敢說那和我們的家一模一樣？」封琛似笑非笑地看著他。

顏布布抬起腦袋道：「怎麼不一樣？完全複刻，沒有半點不同。」

封琛問：「那你能考一百分？你什麼時候考過一百分的？」

顏布布和封琛說了會兒話後，瞧見比努努正在給薩薩卡戴髮夾，便也從脖子上取下封琛的那條項鍊給他戴上。

「唔，真好看，以後可不要再搞丟了。」顏布布伸手撥動鏈墜，抬眼看向封琛時，突然就怔了怔。

封琛一直看著他，那雙眼裡除了一貫的縱容，還多了一些說不清道不明的情緒。

「你看著我幹什麼？眼神這麼火辣辣的。」顏布布立即蹭到他懷裡，攬住他的腰，又噘起嘴，「是不是想親我？」

封琛只攬著他肩膀拍了拍，突然道：「你知道⋯⋯」

第六章
我真的太冤了，這個深度結合我不認

「知道什麼？」

封琛將他噘起的嘴按回去，卻又不說話了。

「我知道什麼啊？你快說。」顏布布從他懷裡直起身，推了推他。

封琛將他頭上的一條草屑撚走，只說了句：「你現在感受一下自己的精神域。」

「自己的精神域？我的精神域？」顏布布驚訝地問。

「對，你的。」

「但我的精神域是空的呀。」

嚮導和哨兵都有自己的精神域，卻也有所差別。嚮導只有在即將分化前的一段時間，才能看到自己的精神內核。而當他真正成為嚮導後，精神域內核便成為隱沒狀態，直到和哨兵深度結合後，精神域內核才會再次出現。

所以顏布布也只在很小的時候，看見過快要生成的比努努。當他徹底成為嚮導後，精神域裡就一片虛無，什麼都看不見。

未結合嚮導精神內核隱沒的原因他聽教官講過，大概就是嚮導自我保護的本能。這樣除非嚮導自願，那麼就沒有哨兵能強行進入他的精神域內核，和他進行深度結合。

所以從某一方面來說，哨嚮的深度結合，必須是嚮導處於主導地位，將自己的精神力進入哨兵的精神域內核才能完成。

聽到顏布布的疑惑，封琛卻沒有回話，依舊一瞬不瞬地看著他。

顏布布覺得封琛的眼神越來越奇怪，滾燙灼熱得像是那片岩漿，卻又不會將他燙傷。他心臟漏跳了兩拍，不自覺放低聲音，吶吶地問：「你、你幹麼這樣看著我？如果想親，那就親嘛……」

封琛抬手，將他額上垂落的髮絲捋走，再扣住他後腦，同時抵上自己的額頭。

顏布布和封琛額頭相抵的瞬間，突然感覺到一股強大的精神力闖入了自己的精神域。這股精神力強勢而霸道，一路攻城掠地，瞬間便席捲

187

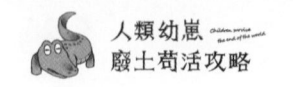

了他的精神域。

而他的精神域沒有生起一絲一毫的抵觸，呈現出完全的敞開狀態，並在瞬間就知道，這是封琛的精神力。

從小到大，顏布布每一天都在給封琛梳理精神域，在裡面撒歡嬉鬧，但封琛卻一次都沒進入過他的精神域。

他曾經好奇地問過，封琛也只笑笑，沒有回答。

「哈哈⋯⋯」顏布布為封琛進入自己的精神域有些興奮，但剛笑了兩聲，就察覺到了不對勁，笑聲也收住。

他的精神域不再是一片虛無，當中懸浮著一個淡綠色的圓形物體，如同他經常在封琛精神域裡看到的內核那般，只是顏色不同。

顏布布只愣怔了一瞬就立即反應過來。這是他的精神域內核！他隱沒的內核出現了！

封琛的精神力攜捲著他往前，進入內核中，他便看見了一片廣袤的綠茵地。

他記得這片地方，小時候的某段時間經常會來到這兒，扒著比努努成長的那個大繭子往裡偷看。

「哈⋯⋯哈哈⋯⋯」

比努努和薩薩卡坐在洞口，沉默地轉頭看著顏布布和封琛兩人。看他們閉著眼頭抵頭，顏布布還時不時發出兩聲傻笑。

顏布布和封琛在那片綠茵地上飛馳、追逐，直到顏布布玩夠了後，兩人才退出精神域。

顏布布睜開眼，滿臉欣喜地看著封琛。

「哥哥，我的精神域內核出現了。」

封琛柔聲問：「對，看上去是不是很美？」

「是很美。」顏布布咂咂嘴，「只是全是草，有點太單調了。」

「那你想要什麼樣的？」封琛問。

「唔⋯⋯我還不知道。」

第六章
我真的太冤了，這個深度結合我不認

顏布布和封琛對視片刻，這才後知後覺地反應過來一件事：「我的……我的……那我……」

「對，我們深度結合了。」封琛輕聲替他把話說完。

「喔，深度結合啊……」顏布布怔怔地看著封琛，幾秒後突然從草堆上跳了起來，「我們深度結合了？你說我們深度結合了？」

「是的。」

顏布布茫然地問：「我們什麼時候深度結合的？我怎麼沒有感覺？而且……而且要嚮導進入哨兵的精神域內核才行啊。」

封琛挑了下眉，提醒他道：「你都已經在我精神域內核裡蓋房建城了，這還不叫進入？要不要再去看下你那張一百分的試卷？」

顏布布想說難道重建那也叫進入嗎？但轉念一想，封琛的精神域內核都是他重建的，何止是進入而已？

封琛看著顏布布的神情變了又變，時而驚喜時而迷惑，也不出聲打擾，只讓他自己慢慢去消化。

良久後，顏布布不知想到了什麼，神情開始變得憤憤，看向封琛的目光也騰起了怒火。

「你在糊弄我？深度結合不是要親嘴兒，還要做那種事嗎？我的結合熱呢？你的慾火焚身呢？我們那種事都還沒做，你給我說這叫深度結合？莫名其妙的就深度結合了，我都沒有被你撲上來撕成碎片吞吃入腹，我們可什麼事都還沒幹！」

「冷靜點，你先別吵，我就是想給你說這個……」

「不冷靜，我沒法冷靜。」顏布布脹紅著臉大聲打斷他：「太冤了！我真的太冤了，這個深度結合我不認！肯定不會認！」

「我還沒說完……」

「我不聽！」

「行吧，不聽就不聽，想聽了再叫我。」封琛乾脆躺回草堆，兩手枕在腦後閉上了眼。

189

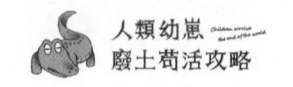

顏布布去到洞口坐著生悶氣，旁邊比努努在照著薩薩卡繼續刻那個石頭獅子。

　　薩薩卡就端坐在顏布布身旁，目光沉穩地注視前方。

　　「我等了這麼久，盼了這麼久的深度結合，居然就這樣沒了，和我嚮導班同學說的完全不一樣……」顏布布滿腹委屈地小聲給薩薩卡訴苦：「他們說和自己的哨兵深度結合是最美妙銷魂的事……你知道什麼叫銷魂嗎？就是無法用言語來形容……可我的銷魂就這麼跳過了？」

　　躺在草堆上的封琛眉心抽了抽。

　　顏布布訴苦完畢，看了會兒比努努雕刻，心情也好了些。他想起封琛還有話要講，又有些好奇他究竟要說什麼，便走到草堆旁推他，粗聲粗氣地道：「你剛才要和我說什麼？」

　　封琛只撩起眼皮瞥了他一眼，又翻過身朝向裡面。

　　顏布布加重力道，推得封琛左右搖晃，「問你呢，你剛才要和我說什麼？」

　　「你這是什麼態度？」封琛扭回頭看著他。

　　顏布布道：「我從來都是這個態度。」

　　封琛又翻回身，伸出手指在他額頭上彈了一記，「這幾天我聽得最多的就是某人一直在念叨，說只要我好好的，叫他做什麼都行。這才過了多久？翻臉的速度還挺快的啊。顏布布我和你說，你這純粹就叫不珍惜眼前人。」

　　「我就不珍惜你這個眼前人。」

　　顏布布猛地撲到封琛身上，封琛便嘶了一聲。顏布布疑心他傷口還沒好，慌得連忙就要爬起身來檢查，卻被封琛緊緊摟住。

　　顏布布放心了，順勢倒在他胸膛上，口氣也軟了下來，開始撒嬌：「那你說嘛，你剛才要和我說什麼嘛……」

　　「好好說話，肉麻！」封琛笑了聲後又道：「其實我要和你說的，就是結合熱這件事。」

第六章
我真的太冤了，這個深度結合我不認

顏布布頓時豎起了耳朵。

「聽著啊，我只說一次，別像你上課那樣，左耳朵進右耳朵出。」封琛輕咳一聲後道：「深度結合包括兩個內容，結合熱和精神力結合。基本上哨兵嚮導的深度結合，都是嚮導進入結合熱後，才會進行精神力結合。」

顏布布立即接嘴：「看看，我沒說錯吧？人家都是要做了那個事以後才精神力結合。當然了，也可以邊做那個事邊精神力結合⋯⋯」

「含蓄點行不行？等我說完再發言行不行？」封琛垂眸看了眼趴在自己胸膛上的人，又皺起了眉頭，「我說你腦子裡怎麼就全是那個事那個事呢？除了那個事就不能想點其他？」

「你別冤枉我，我平常可沒隨時想著，這不遇到了才提的嗎？」

封琛又道：「但我們是個例外，因為我精神域面臨崩塌，所以你重建了我的精神域內核，在你結合熱之前就進行了精神力結合。」

「那我也沒說錯啊，我虧了。」顏布布嘟噥道。

封琛哽了下，「說了別打岔。」

「喔。」

封琛斟酌了下說辭才繼續道：「但是你馬上就會進入結合熱了。」

「什麼？」顏布布一臉震驚。

封琛不緊不慢地解釋：「我們已經進行了精神力結合，那麼你很快也就會迎來結合熱。」

「真的？」

「真的。」

「哇⋯⋯」顏布布露出笑容，卻又不放心地確認：「是真的結合熱，不是假的了？」

「不是。」

顏布布繼續追問：「那這個很快是有多快？」

封琛想了想後道：「書本上也就只有很快兩個字，所以我也不清楚

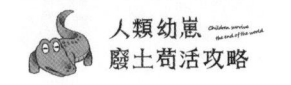

這個很快是多久。也許一天、兩天?」顏布布剛臉露喜色,他又道:「或者一個月、兩個月?」

顏布布沉下臉,「或者一年、兩年?」

封琛不再說什麼,顏布布就自己怔怔出神。片刻後他突然皺起了眉,抬手去摸額頭,「哥哥,我好像在發燒了。」

「你沒有。至少半分鐘前都沒有。」封琛淡淡地道。

「是嗎?我感覺好像有點發燒,而且很口渴。」顏布布去舀了碗水咕嚕咕嚕喝光,又轉身看向封琛,「你有沒有覺得這裡氣溫好熱?或者氣溫並沒有升高,而是我自己在發熱?」

封琛沉默地看著他不說話。

「好吧,可能現在只是預熱,所以體溫還沒有顯示出來。」顏布布厚著臉皮道。

「那你去洞口坐會兒,吹吹風、散散熱。」封琛抬腕看了眼時間,「現在是早上8點,我們吃點東西就睡覺,睡夠了再離開這裡。」

「現在都早上8點了?這時間也過得太快了吧。」

顏布布有些恍惚。從昨天傍晚喪屍進洞到現在,好像也沒過多久,居然就到了第二天早上八點。

封琛去生了堆火,將上一頓吃剩下的狼肉熱上,「你在我精神域裡待了一夜,一夜之間就已經造好一座城,還覺得時間過得太快?」

吃過飯,將洞內收拾乾淨後,兩人便開始睡覺。比努努和薩薩卡素來和他們同一作息,也躺在了洞門口。

這一晚過得著實太驚險刺激,顏布布覺得自己會睡不著。但他身體實則很疲憊,躺好後還沒兩分鐘便沉沉睡去。

兩人這一覺睡了個昏天暗地,直到又是一個夜晚來臨才雙雙醒來。

第六章
我真的太冤了，這個深度結合我不認

顏布布還沒怎麼清醒，照常生著起床氣，垂著眼眸坐在草堆上。封琛對此已是習以為常，用手指將顏布布的亂髮耙順，再去洞口和比努努和薩薩卡並排坐在一起，抬頭看向天空。

那一絲被暗物質包圍的縫隙裡，可以看見墨藍色的天幕，還有半彎欲遮未遮的月亮。

幾分鐘後，啪啪的腳步聲響起，顏布布匆匆跑向洞口，抓著藤條往下滑。封琛探出頭看他，「要我陪你嗎？」

「不用。」

封琛：「那別走遠了，就在旁邊一點就行。」

「不遠那多臭啊……」

封琛：「這裡又聞不到，不准太遠了，不然我就下來守著你。」

「你別守著我！行行行，我就在附近。」

封琛又問：「你用什麼擦屁股的？」

「大樹葉！」顏布布的聲音遙遙傳來：「你不准過來啊……」

「我不過來。」

「難得啊，居然還知道不好意思。」封琛自言自語之間，已經抓住了洞口的藤條往下滑，又吩咐比努努和薩薩卡：「我怕他遇到危險，還是要去旁邊守著，你倆現在把火生上，我等會兒就回來做飯。」

顏布布輕鬆完畢，回到了洞內，見到火堆已經生好，封琛和兩隻量子獸依舊坐在洞門口。他擠過去坐下，將腳擱在薩薩卡背上，頭就枕在封琛懷裡，仰面看著那一線天空。

「洗手了嗎？」封琛問。

「沒有，你聞下臭不臭？」

顏布布伸出手，看著封琛往後躲，又哈哈笑起來：「其實已經洗過了的。」他想了想後又道：「哥哥，我感覺這裡還是不大安全。」

「怎麼了？」

「剛才我上廁所的時候，總覺得附近有什麼東西，偶爾會很輕的響

193

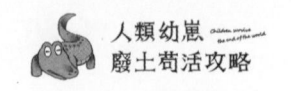

一聲,注意去聽又聽不見了。」

「很正常,崖底有風,吹動草葉什麼的也會發出動靜。」

皎潔月光灑落,封琛的手攔在他臉龐,大拇指輕輕摩挲著他臉側皮膚。顏布布抓著他手蹭了蹭,懶懶地打了個呵欠。

他看見比努努伸爪在空中抓了抓,像是想去抓住那捧月光,忍不住笑了聲,又開始絮絮地說話。

「……薩薩卡,你的毛色變了,我不知道怎麼形容這種顏色,有些銀黑銀黑的,黑得發光……比努努,你看牠,是不是有些變了?」

又坐了會兒後,封琛站起身道:「我去打水回來洗漱,再做點早飯,吃了後我們就離開這裡。」

「是晚飯。」顏布布糾正道。

「嗯,晚飯。」

封琛端著木盆下到了地面,順著暗物質分出的小路,走向了打水的地方。

走出一段後,他突然頓住了腳步,一邊側耳細聽,一邊放出精神力,探進了那片被暗物質籠罩的區域。

隨著精神力放出,他有些驚訝地發現,雖然自己發出去的精神力並不多,卻竟然能將這一片區域都覆蓋住。

不過眼下情況不容他仔細琢磨,因為他感受到了在那黑暗深處,有一些未知的危險在向著他們逼近。

隨著精神力繼續延伸,他聽到了奔跑的腳步聲。

沒有正常人會在這樣漆黑的環境裡奔跑,除了喪屍!來的喪屍應該不止一隻,現在所朝的方向就是他們山洞。

【第七章】

光明嚮導，
我挺喜歡這個稱號

◆─────◆─────◆

「按照能力來算的話，你的等級遠超過了現有等級。」
顏布布追問：「那是多少？」
封琛想起小時候于苑給他提過的話，便順嘴回道：「應該是個光明嚮導。」
「……大家都看不到暗物質裡的東西，但我能從意識圖像裡看見，這不就是光明嚮導嗎？對吧？我能在黑暗裡看到光明。」
「對，你能在黑暗裡看到光明，那就是光明嚮導。」

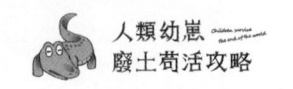

封琛面前的小路消失，暗物質善解人意地聚攏，他握緊匕首站在黑暗裡，將精神力呈分散狀鋪陳開。

——1、2、3。

聽腳步聲是來了三隻喪屍，混雜著的細碎聲響應該是量子獸。

半分鐘後，封琛布在左前方的精神力網絲被撞開。他循著方向潛行過去，同時將還在山洞裡的薩薩卡收回精神域，又立即放了出來。

他不敢離喪屍太過接近，怕被聞著氣味，就站在距離它們十幾公尺遠的地方等著。

腳步聲越來越近，當喪屍跑到目標地點時，他猛然朝著前方衝去，薩薩卡也在同時撲出。

封琛跑前幾步後便一個縱身躍向空中，同時揚起匕首，雙腳尚未落地，刀尖就已經扎入其中一隻喪屍的身體。

他感覺到刀尖穿破皮肉，深入半寸才碰到阻滯，立即明白這刺中的是肩頸部位，便又拔出匕首，往上再次刺出。

「吼——」喪屍只來得及發出一聲短促的嚎叫，太陽穴便被刺穿，而封琛現在才雙腳落地。

因為身處在黑暗中，他第一刀是用來判定喪屍的身體部位，第二刀才是精準刺殺。從他躍起身到殺掉這隻喪屍，整個過程僅僅用了2、3秒，速度快得不可思議。

封琛落地後並沒有繼續攻擊其他喪屍，而是轉身就跑。

一隻緊挨著他的喪屍反應過來，伸手就抓向他的方向，卻被薩薩卡將那隻手一口咬住。

薩薩卡也不戀戰，在封琛飛一般閃出去七、八公尺後也立即鬆口，迅速追了上去。

剩下的兩隻喪屍和量子獸也立即追向封琛，但他在衝出一段距離後便轉彎，放輕腳步走出幾步，屏息凝神站定不動。

那兩隻喪屍便照著原路直直追了出去。

第七章
光明嚮導，我挺喜歡這個稱號

封琛聽著它們的腳步聲漸漸遠去，卻依舊站在原地，微微側著頭。他在回想剛才殺掉那隻喪屍的經過。

雖然沒有測試儀，但他粗略估計，自己的瞬間爆發力已經超過了700SJ，而快速力量也超過了200KS。

這是一個令他有些不敢置信的數據。B+哨兵的瞬間爆發力上限是650SJ，快速力量上限是150KS，而A級哨兵的瞬間爆發力上限是700SJ，快速力量上限是200KS。

他要是沒有估算錯的話，自己現在的哨兵等級已經超過了A級？

封琛只在心裡高興了短短一瞬便冷靜下來，因為這裡還有兩隻喪屍沒有解決，他必須要將它們殺掉。

那兩隻喪屍的腳步聲已經消失，應該是跑到前方後發現丟失了目標，便站在原地沒有動。封琛估計它們再過一會兒就要回頭，可以埋伏在路上再進行一次截殺。

他再次放出精神力探向前方，去追蹤那兩隻喪屍。薩薩卡也潛行出去了一段，準備到時候和他來個前後夾擊。

封琛全副心神都放在喪屍方向，以致於沒有注意到身後的黑暗裡，有危險正在向他靠近。

顏布布原本正在看比努努雕刻石獅。薩薩卡作為一名稱職的模特兒，坐在洞口一動不動，比那石獅子看著更像石頭。

但他就眨了下眼，薩薩卡就突然消失在洞口。

「薩薩卡、薩薩卡。」顏布布衝到洞口往下看，沒有看到薩薩卡，只一思索，便知道是封琛將牠收回了精神域。

封琛突然收回薩薩卡，基本上都是遇到了危險，比如之前追蹤梭紅蛛。顏布布神情頓時變了，惶惶地看向比努努，看見牠也站直了身

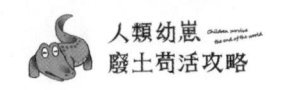

體，滿臉都是緊張。

他倆之間並沒有交流，卻不約而同地開始出洞。比努努攀著山壁，顏布布則抓著爬藤往下滑。

到了洞底，暗物質分開露出了小路，顏布布知道這是在指引他找到封琛，便道了聲謝，和比努努一起匆匆往前跑。

但還沒跑出幾十公尺，腦中便刷地一聲光亮大作，那面昭示著危險降臨的大螢幕出現在他精神域裡。

顏布布在意識圖像亮起時，瞬間想到的便是自己身旁出現了什麼，頓時僵著身體一動不動，同時喊了一聲比努努。

但他立即就察覺到不對勁。

意識圖像不受暗物質的遮擋，畫面看著很明亮清晰。月光如洗，有人背朝他站在一片羞羞草中。畫中人身形高大，身姿挺拔，他一眼就認出來那竟然是封琛。

只見封琛一直面朝前方，而他身後有一隻看不出種類的量子獸，正悄無聲息地接近，接著躍身而起，朝著他的後頸咬去。

那量子獸皮肉腐爛，張大的口裡往下淌著涎水，盯著封琛的一雙墨黑眼睛既癲狂又可怖。但封琛卻全神貫注地看著前方，沒有注意到身後的危險。

顏布布差點失口叫出聲。

眼看封琛要被那量子獸撲中，他顧不上去想其他，包括封琛為什麼會出現在自己的意識圖像裡，只飛快地撥弄著意識圖像。

他用驚人的速度一張張下翻，將熄滅的小螢幕盡數揮開，最後只留下一張螢幕，將它放大呈現在主螢幕上。

封琛向前探出的精神力聽到了腳步聲，是那兩隻喪屍正在回頭。他

第七章
光明嚮導，我挺喜歡這個稱號

立即便做好準備，全身繃緊，等著在最恰當的時機衝上去。

喪屍的腳步聲越來越近，他在心中倒數計時。

——10、9、8……

轟！他腦中突然閃過一道炫目的光，接著便亮起了一幅巨大的畫面，清晰地呈現在腦海裡。

他在那畫面裡看見了自己。看見自己突然蹲下身，並朝著上方舉起匕首，一隻喪屍量子獸便從他頭上躍過，撲到了前方地上。而它脖頸到小腹都被他的刀尖剖開，頓時冒出濃濃黑煙。

封琛雖然沒見過顏布布的意識圖像，卻也聽他描述過無數遍。所以在看到這幅出現在腦海裡的畫面後，他立即便明白這是意識圖像，毫不猶豫地跟著照做。

他微微蹲身，匕首往上刺出，感覺到有什麼從自己頭頂撲過，帶起一股充滿腥臭味的風。匕首同時也劃上了什麼東西，撲啦啦地一路劃到了底。

喪屍量子獸跌到封琛面前，但也驚動了那兩隻喪屍，飛快地朝著這邊衝來。

封琛的計畫被打亂，立即就想換個地方，卻發現腦內的意識圖像並沒有熄滅，還在繼續往下演繹。

他如果這時候停住，在兩秒後往左邊移動一步，便會躲開 A 喪屍的攻擊。

若是再後退半步，B 喪屍的長指甲就從他臉頰處滑過。

他此時再豎起精神屏障，會擋住兩隻喪屍的精神力攻擊。而薩薩卡也會衝向他身後，剛好截住那隻剩餘的量子獸。

封琛立即打消了換地方的念頭，往左邊移動一步。果然 A 喪屍便撲了個空，從他身側嘶吼著衝了過去。

他繼續照做，又避開了 B 喪屍的攻擊，薩薩卡也攔截住了那隻偷襲的量子獸。

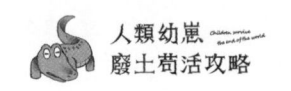

比努努被顏布布喊住，卻見他站著一動不動，眼睛發直地盯著前方，像是傻了般。

「吼——」牠有些焦躁地叫了聲，伸爪去推顏布布。

顏布布還在撥動小螢幕，聽到了比努努的催促，忙道：「別著急，他們沒事，我正在幫他們。」

顏布布原本不清楚封琛能不能同時看到意識圖像，但大螢幕上呈現出的畫面裡，封琛全是按照他挑選出來的圖像在照做。

哥哥能看到！他精確計算挑選出來的這些圖像，哥哥是能看到的！

顏布布激動得心臟都在撲通狂跳。

他一直都有些遺憾，為什麼只能自己有意識圖像，哥哥卻沒有？

但現在封琛就算沒有意識圖像，只要他能看見封琛經歷的危險，並讓意識圖像兩人共用，等於哥哥也具備了這項很厲害的能力。

「吼——」比努努完全不明白顏布布這是怎麼回事，又催促了聲。

「別催、別催！」顏布布一邊撥動小螢幕，將挑選出的畫面呈現在大螢幕上，一邊難掩激動地道：「比努努你自己去，我現在忙著，我就在這裡幫他們打架就行。」

比努努又焦急又茫然，但顏布布不走，牠也不放心讓他一個人在這裡，便揮起爪子在他大腿上打了兩下。

「哎喲！你別著急啊，我給你詳細解釋。」顏布布摸摸被打疼的大腿，「你知道我有意識圖像，現在哥哥也有了，我能看見他和薩薩卡打架，還能幫他。」

比努努知道顏布布意識圖像的厲害，頓時瞪大了眼睛，也不再催他，安靜下來。

第七章
光明嚮導，我挺喜歡這個稱號

封琛躲開 A 喪屍的撲咬，胳膊肘往後捅出，肘突猛烈地撞在 B 喪屍胸膛上，發出一聲骨頭碎裂的響聲。

B 喪屍被撞得往後飛出，重重摔出去十幾公尺。封琛往右閃出，神不知鬼不覺地繞到了 A 喪屍身後，左手握拳向前猛擊，右手的匕首卻刺向了一旁空氣。

他這拳帶起了呼呼勁風，目標是 A 喪屍的頭顱。A 喪屍不會讓他擊中自己，一個斜身移向旁邊。

黑暗中傳來撲一聲悶響，A 喪屍竟然自己撞上了封琛刺出的匕首。

封琛雖然看不見，但已經從幾秒前的意識圖像裡知道，A 喪屍的頸子被這一刀捅了個對穿。

B 喪屍已經躍起身衝了過來，皮靴在地面上踏出重響。封琛也重重一踏地，閃向了右方。

兩隻喪屍都向著他的踏腳點撲去，封琛又再次繞到了 B 喪屍身後，對著前方猛然揮拳。

他已經從意識圖像裡知道，自己這拳若是擊中了 B 喪屍，他的顱骨會被擊得凹陷下去一塊，那嵌入在顱骨裡可以抵擋精神力的膜片也會破裂。

封琛擊中 B 喪屍的頭顱，成功地聽到了骨頭碎裂的聲響。他這時候才突然驚覺，自己不光是瞬間爆發力和快速力量得到提升，就連骨骼和肌肉也都更加堅實有力。

這種喪屍都是經過改造的，若是換做之前，他根本就不可能一拳擊碎它的頭顱。哪怕他擁有現在的力量，在擊碎喪屍頭顱時，也必然付出整隻手骨頭碎裂的代價。

——難道這就是 A 級哨兵和 B+ 級哨兵的區別嗎？A 級的提升會這麼大？

不過他也來不及細想，趕緊抓住這機會放出精神力。他的精神力如同鋒利的刀刃，深深刺入 B 喪屍的顱腦，並用力一攪。B 喪屍便一聲

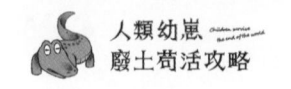

不吭地撲倒在了地上。

黑獅在一旁和那隻喪屍量子獸撕咬著。封琛原本還有些擔憂，但察覺到那隻喪屍量子獸的吼叫越來越微弱，知道黑獅已經處於上風，便也放下心來。

看來不光是他自己的哨兵等級突破Ａ級，就連黑獅也跟著得到了提升。

「哇！哥哥好厲害啊，那隻喪屍自己撞在他匕首上，把脖子捅了個窟窿，現在腦袋都支不起來，一直歪在肩膀上……」

顏布布還站在原地，不斷用精神觸鬚撥動意識圖像，並繪聲繪色地講給比努努聽。

比努努聽得滿臉緊張，爪子也不停張合，嘴裡發出呼嚕嚕的低吼。

「哥哥把另一隻喪屍弄死了！他是用……」

「嗷嗷……」比努努提高了音量打斷他。

「我知道、我知道，馬上就說到薩薩卡。薩薩卡可真是威猛，一口就咬在那隻喪屍量子獸的背上，扯掉了一層皮……」

現在只剩下Ａ喪屍，那就更好解決了。

封琛跟著意識圖像的提示，避開Ａ喪屍的撕咬，並揮起拳頭，不斷用各種刁鑽的角度擊中它腦袋。

他沒有使用精神力，只一拳拳不斷砸去，直到Ａ喪屍的頭顱破碎得不成形，怒吼聲越來越小，最終消失。

顏布布腦中的意識圖像化成了金色的光點，他知道這是危險已經解除，連忙對比努努道：「我們快回去，哥哥和薩薩卡也要回來了，我們去洞口接他們。」

封琛帶著薩薩卡回到山洞處時，看見顏布布和比努努爬在半空，居

第七章
光明嚮導，我挺喜歡這個稱號

高臨下地往這邊張望。顏布布也在瞧見一條小路出現在山洞前方後，迅速地抓著爬藤往下滑。

「慢點、慢點。」封琛見他下滑的速度太快，連忙喊道。

「哈哈哈哈，那你接著我。」

顏布布鬆手，徑直對著封琛撲了下來。

封琛剛張開雙臂，黑獅就已經躍向空中，穩穩地將他接住，再把炮彈般撲下來的比努努一口叼在嘴裡。

「哎呀你不行啊，哥哥你不行啊……」顏布布剛落地，腋下便是一緊，被封琛從黑獅背上提了起來。

「幹麼、幹麼，你還想要賴嗎？」顏布布哈哈大笑。

封琛反手將顏布布背上，朝著前方飛奔出去，轉瞬就衝出去了七、八公尺。黑獅回過神，也叼著比努努追了上去。

封琛邁開長腿，奔跑得如同一陣風。前方的暗物質飛快退散，在他身前延伸出一條鋪滿月光的路。地上的羞羞草在腳步臨近時驚慌散開，等著封琛和黑獅通過後，才窸窸窣窣地探回頭。

顏布布趴在封琛背上，一邊大笑一邊道：「再快點，還要再快點！你看，你跑不過薩薩卡！」

「我只有兩條腿，薩薩卡是四條腿！」

顏布布看見比努努被薩薩卡叼在嘴裡，還扭過頭看他，臉上隱隱露出得意。

「啊呀你看比努努好囂張啊，我們追上去超過牠！」

這條峽谷實則是環形，環繞著查亞峰一周，也始終處於暗物質覆蓋的區域裡。

封琛揹著顏布布奔出十來分鐘後，停在了一片生滿野草的平地上。

「不跑了，追不上牠倆，我們就在這兒歇歇。」

這兒地勢平坦，野草厚實柔軟如地毯，封琛將顏布布放下地，黑獅則帶著比努努繼續奔跑，看樣子是想順著峽谷將查亞峰環繞一周。

203

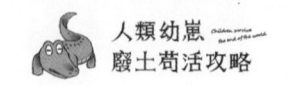

封琛在草地上坐下,「我們就在這兒看月亮,你再給我捶捶肩。」

「好啊。」顏布布也坐了下去,順手扯了兩根野草,遞給封琛一根,「來叼著,看月亮必須叼著草才有氣氛。」

兩人就都叼著草躺在草地上,仰面看著頭頂那方天空裡的月亮。

「哥哥,我們能共用意識圖像,是不是因為我們精神結合了?」顏布布問道。

封琛轉頭看著他,「你覺得呢?」

顏布布也側過頭,用嘴裡的草尖去撩他的臉,「我覺得是。」接著又有些遺憾:「要是知道精神結合後你能看到意識圖像,我們就早點結合了。」

封琛盯著他不說話,一雙眼睛在月光下看上去格外幽深。

「算了算了,我知道,精神結合後也會催發結合熱。所以要不是出了這事,你才不會和我提前精神結合。」顏布布嘟囔著。

封琛只微微笑了下,抬起手指輕輕劃著他挺翹的鼻梁。

顏布布問道:「你覺得意識圖像和你想像的是不是一樣?」

「嗯。」

顏布布:「那畫面清晰不?」

「非常清晰。」

「那你覺得我厲不厲害?」

「厲害。」

兩人依偎在一起,有一句沒一句地小聲說著話。偶爾也都停下,靜靜地聽著風吹草地的聲音。

封琛閉著眼,突然聽到顏布布輕輕啊了一聲。

「怎麼了?」他睜開眼問道。

顏布布有些不自在地扯著自己衣領,又呼呼喘了兩口氣,「我有些不舒服,覺得好熱啊。」

封琛看了眼四周,感受到夜風拂過的涼意,疑惑地問:「熱?」

第七章
光明嚮導，我挺喜歡這個稱號

「是的，感覺心裡突然燙起來了，就像點了一把火。」顏布布皺起眉問封琛：「怎麼回事？我是感冒了嗎？」

「感冒？」封琛反問。

感冒這個詞對於封琛來說有些陌生。顏布布從小胃口就好，也好動，長到現在從未感冒過。只是有次去海上敲冰抓魚掉進了冰窟窿，撈起來後咳嗽了一天，封琛給他熬了止咳驅寒的湯水，喝了後好好睡一覺，第二天又是活蹦亂跳的。

「不是感冒嗎？我也覺得不大可能是感冒。」顏布布遲疑地道：「我覺得可能是結合熱了。」

封琛沒有做聲，只將手掌覆上他額頭。但掌下的皮膚還帶著被夜風浸潤的絲絲涼意，哪裡有什麼發熱。

「咦……我是逗你的。」

顏布布卻拖長了聲音，又得意地笑起來，「哈哈哈……你肯定認為我是結合熱了，激動得不行，其實我是逗你的。」

他覺得騙到了封琛是件特別值得高興的事，躺在草地上笑個不停。

封琛垂眸看著他，「這麼好笑？」

「就是很好笑啊，哈哈……你沒看見你自己的表情。」

顏布布便學著封琛開始的模樣，斂起笑，疑惑地去碰他額頭。

封琛將他手撥開，重新躺了下去。顏布布去看他，他便轉開臉，顏布布又探出上半身，腦袋伸得老長，非要和他面對面。

「嘖，過去點，擋著我曬月亮了。」封琛將他腦袋推開。

顏布布笑道：「嘻嘻……你生氣了。你是不是本來很期待的？你惱羞成怒了……」

「對，我惱羞成怒了，我氣得不行，要不是顧著面子，現在已經哭出了聲。」封琛淡淡地道。

顏布布道：「其實吧，我也不是覺得好笑，就是覺得開心。你知道這中間的區別嗎？好笑和開心是不一樣的，就像……」

205

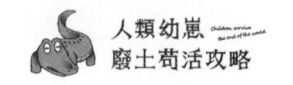

他一句話沒說完便斷在嘴裡，只怔怔地看著封琛。

封琛原本沒有搭理他，只看著那一小團夜空，但顏布布遲遲不吭聲，他終於還是轉頭問道：「又怎麼了？」

顏布布臉上浮起一抹異樣的神情，「我真的，真的熱起來了，就突然覺得好熱啊。」

「是嗎？」封琛嘴裡叼著一根草，一臉閒適地看著他，「來點具體的形容。」

「我不知道怎麼形容⋯⋯」顏布布開始急促地喘氣，「這種感覺很奇怪，突然⋯⋯突然就覺得心口發熱。」

「剛才已經用過心口發熱的描述，換一種。」封琛道。

「不是的，不是⋯⋯」顏布布神情惶然起來，揪住了自己胸口的衣服，喘著氣道：「我可能真的結合熱了⋯⋯哥哥，我真的結合熱了。」

封琛沒有做聲，只抬起手一下下鼓掌。

「好難受，我好像沒法呼吸了，好難受⋯⋯」顏布布說著說著就站起身，搖搖晃晃地往旁邊走。

封琛問道：「你去哪兒？」

「我想喝水，我要回去喝水。」顏布布道。

封琛神情終於不再那麼輕鬆，也坐起了身，「過來我看看，難道真的是感冒了？」

顏布布便又回來，蹲在封琛面前，張著嘴急促呼吸。

封琛將手探到他額頭上，疑惑地皺起了眉，「體溫沒有變化⋯⋯你還覺得哪兒不舒服？嗓子疼不疼？頭昏嗎？是不是這幾天累著了⋯⋯」

封琛的話陡然收住。

他手掌下的那雙大眼睛裡，一對眼珠子正滴溜溜地轉，裡面沒有半分驚慌，滿滿都是狡黠。

封琛慢慢收回手，冷冷道：「去吧，去找水。你不是感冒，是結合熱。必須找個水潭泡在裡面，不然會把自己燒個裡外熟的。」

第七章
光明嚮導，我挺喜歡這個稱號

「哈哈哈哈哈哈……」顏布布又爆出一陣驚天動地的大笑。

封琛在他的笑聲中再次躺了下去，顏布布便倒在他身上，一邊笑一邊問：「這次惱羞成怒了沒？心裡激動了沒？哈哈哈……是不是以為我真的結合熱了，心臟撲通狂跳？」

封琛面無表情地把他推開，「過去，別挨著我。」

「我就要挨著你，就要挨著你，讓你感受到我的結合熱。」顏布布一蹭一蹭地往上，和他頭並頭，對著他耳朵吹了口氣，「你剛才一定想撲上來，把我撕成碎片吞吃入腹。」

封琛沉默片刻後，突然輕笑了聲。

「你笑什麼？」顏布布問。

「沒什麼。」

顏布布道：「不對，你是覺得被我騙了沒有面子，就想裝作毫不在乎，故意這樣笑一聲。」

封琛道：「這都被你看穿了。」

顏布布瞇起眼打量他，又有些不確定起來：「你肯定是在笑我，快說，你在笑什麼？」

封琛微笑著不回答，顏布布就開始推他，推得他左右搖晃，「快說，哥哥你快說啊，你在笑什麼？」

「停停停，別推。」封琛轉頭看向顏布布，輕輕嘆了口氣：「顏布布，你不是說自己有好好聽課嗎？」

顏布布道：「對啊，我是有好好聽課，還記了筆記，不然考試怎麼能打到六十多高分？」

封琛冷聲反問：「既然有好好聽課，那怎麼會產生我覺得你是結合熱的錯覺？」

「啊？什麼意思？」顏布布愣愣地問。

「嚮導素呢？」封琛輕啟唇，似笑非笑地吐出兩個字：「學渣。」

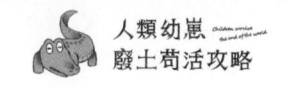

兩分鐘後，顏布布平靜地躺在封琛身側，和他一起盯著天上的月亮。封琛伸手去攬他的肩，被他將手撥開，「別煩！」

　　「怎麼了？生氣了？惱羞成怒了？覺得沒把我騙著所以沒了面子？」封琛問道。

　　顏布布側過臉不吭聲。

　　封琛伸手捏他鼻子，「行行行，你不是學渣，你是大聰明。」

　　「大聰明？你不是經常誇比努努是大聰明嗎？我怎麼覺得這是在諷刺我？」顏布布斜著眼睛瞪他。

　　「比努努本來就是大聰明，你敢說牠不聰明？」

　　顏布布下意識張望了下四周，把將要出口的話嚥了下去。

　　封琛笑了起來，又去攬他肩，顏布布小幅度地掙了兩下，也就順勢靠在他懷裡。

　　「對嘛，比努努是大聰明，你也是大聰明。」封琛側頭在他額頭上親了下，岔開了話題：「對了，你說咱們突然就失蹤了幾天，會不會把王穗子他們急死了？」

　　顏布布果然就被轉移了注意力，小小地啊了一聲：「是啊，他們肯定急死了，正在到處找我們，指不定也以為我們和之前那些哨兵嚮導一樣失蹤了。」

　　「嗯，我的傷也好了，也要趕緊回去。」封琛道。

　　「對，陳思澤那兒的事沒有解決，先生、太太也還沒有救出來。」顏布布想了下又問：「那我們是現在就走嗎？」

　　封琛卻沒有立即回答，皺起眉頭思索了片刻後才道：「我打算在回去之前，先去後面無名山看看。」

　　「無名山？什麼無名山？」

　　「就是陰硤山後面的群山帶，一片無名山，也是我受傷的地方。」

第七章
光明嚮導，我挺喜歡這個稱號

封琛左手攬著顏布布，右手枕在腦後，「那天我追紅蛛的時候，他一直朝著無名山逃跑，我當時猜測那山裡有他的幫手。」

「幫手？就是你遇到的喪屍哨兵嚮導？它們埋伏在那山裡等他？」顏布布問。

「那山裡其實沒有埋伏，幫手也說不上。」封琛思忖著道：「紅蛛說他沒想過叫其他人，而是自己一個人行動。這樣的話，那些喪屍就不是在那裡專門等他的。」

「不是專門等他的。」顏布布警覺起來，「難道……你覺得安倣加的老窩就在後山？」

封琛道：「紅蛛要一個人完成任務，結果被我發現了，如果還要將我帶去他們老窩，那也太過愚蠢了。」

「那到底是什麼意思嘛？」

「我覺得那山裡還有不少喪屍，被人操控著在執行什麼任務。紅蛛知道安倣加在那裡布置了喪屍，所以把我帶了過去，想找個機會逃脫。卻沒想到反而把自己的命送掉。」

顏布布若有所思地點頭，「對喔……不過你怎麼知道那些喪屍是在執行任務呢？」

封琛道：「我們在山洞裡和山洞附近分別遇到過喪屍，兩次都是傍晚，是一個固定的時間。喪屍沒有思想，它們不會無緣無故往這片黑暗區域裡鑽，只能是被人操控的。如果這兩批喪屍都是在固定時間內沿著固定路線在行進，那它們就是在這片區域巡邏。」

顏布布倏地反應過來：「對啊，它們應該是在巡邏。」

封琛捏了捏顏布布的肩，繼續說道：「從巡邏的頻率來分析的話，它們重點要守著的區域不是這裡，更像是在確保周邊安全，所以每天只來轉一次。因為這裡離無名山脈很近，我懷疑安倣加教是在那山裡搞什麼事情。」

顏布布按住肩頭上的手，「對了，今天你殺的那兩隻喪屍，我在意

209

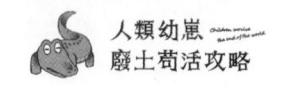

識圖像裡看得很清楚。它們樣子很陌生，我之前一次也沒見過，那不是我們營地失蹤的哨兵嚮導。」

封琛道：「對，它們不是現在失蹤的。以前中心城剛建成，還沒步上正軌，有些失蹤了的人也沒被統計上，估計就是那時候被抓走的。」

顏布布有些不安，「我們去無名山裡，要是有很多喪屍怎麼辦？要不我們回去告訴軍部，讓軍部來處理？」他想了想後又問：「你是不是在擔心陳思澤？」

封琛點頭，「我是在提防著陳思澤。在事情沒有明朗之前，不管發現了什麼，最好是不讓他知道。」

顏布布肅然道：「好，那我們就自己去，現在就去。」

封琛卻抬手揉了下他腦袋：「現在不去，現在太晚了。今晚再好好休息一下，我們明天再出發。」

說完正事，兩人繼續小聲交談著，無邊際地扯東扯西。大部分時間都是顏布布在說，封琛聽，只偶爾低低地回應一聲。

顏布布：「……你看你衣服都這麼破了，到處是洞，要不要搞點草莖來縫上呢？你以前在海雲城的時候，也能用草莖給自己縫衣服的。」

封琛：「那是麻。」

顏布布：「麻也是草嘛。哎……哥哥你看你肩頭上這個破洞也太大了些，我都可以看到你的奶奶……」

兩秒後，啪一聲脆響。

「手放哪兒了？拿開。」

「……摸一下嘛，每次都是這樣，心情好就讓我摸一下，心情不好就把我手拍開。你看看，都拍紅了。」

封琛將顏布布的手扔開，剛想說什麼，突然就聞到一股別樣的味道。這是股甜膩的異香，混雜在濃郁的青草泥土氣味裡，絲絲縷縷地鑽入他鼻腔，並迅速滲透全身每一顆細胞。讓他的心跳開始加速，血液也像漲水的海灘，一點點開始喧囂起來。

第七章
光明嚮導，我挺喜歡這個稱號

封琛在幾個月前的某個晚上聞到過這股異香，並在他記憶裡烙下深刻的痕跡。以致於他的嗅覺還在分辨識別，身體已經先一步將這種感受回饋給大腦。

——這是嚮導素！這居然是嚮導素？！

封琛在聞到空中的嚮導素後，倏地看向顏布布。

顏布布靠在他懷中，依舊沉浸在自己的講述裡，表情也時憂時喜地非常生動，看上去沒有半分異常。

「王穗子他們這幾天肯定也沒有好好休息，在到處找我們。你估計他們找到哪兒了？會不會也到過查亞峰，只是沒想到咱們在崖底？」

顏布布半晌沒等到回應，便用肩膀撞了撞封琛，「你覺得呢？」

他抬頭看向封琛，不由微微一怔。封琛也正看著他，目光和神情都有些奇怪。

「你在看什麼？」顏布布摸了下自己臉，又轉頭四處張望，「你是發現什麼了嗎？不可能還有喪屍吧？你是……」

封琛捏住顏布布的下巴，將他腦袋轉回來面對自己，目光在他臉上來回逡巡。

顏布布愕然地半張著嘴，含混地問：「怎麼了？」又再次去摸自己的臉，「是我的臉很花嗎？」

封琛鬆開他下巴，手掌覆上他額頭，「你沒發現身體不對勁？」

「身體不對勁？沒有什麼不對勁啊……」顏布布剛說完，眼珠子便轉了轉，立即變了神情，虛弱地往封琛懷裡倒，「我好不對勁啊，我身體在開始發熱，心裡像是燃起了一把火。」

「確實不對勁，肯定是結合熱了……」顏布布說著說著聲音變小，神情也變得驚疑不定起來。

他從封琛懷裡慢慢直起身，和他對視著。

封琛又問：「感覺到什麼了嗎？」

顏布布沉默兩秒後囁嚅道：「我好像真的，真的有些熱……」

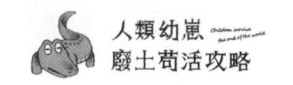

「真的有些熱？」

「是啊，這次是真的有些熱，哈哈。」顏布布乾乾地笑了兩聲。

封琛卻沒有跟著笑，只一瞬不瞬地看著他。

顏布布呼吸漸漸急促，聲音也開始發緊：「真的不舒服，好奇怪啊，好奇怪的感覺。你摸摸我，我好像真的發燒了。」

他將封琛的手再次按回自己額頭，「怎麼樣？是不是在發燒？我覺得心裡好像燃……是真的跳得好快，撲通撲通……你聽到了嗎？」

封琛沒有說話，也沒有取下那隻手。

顏布布和他離得很近，視野範圍內只能看見他喉結滾動了下，下巴上也掛著一顆晶瑩的汗珠。

「哥哥，我現在沒騙你了，剛才我確實是撒謊了，但是現在，我、我……」顏布布不知想到了什麼，剩下的話陡然收住，一邊急而短地呼吸，一邊瞪大了眼睛。

「還沒想到嗎？」封琛收回放在顏布布額頭上的手，低聲問道。

他的聲音和平常不同，既沙啞又低沉，還帶著一種說不出的意味。顏布布只覺得耳朵也開始燙熱，身體被引發了一陣戰慄。

「想、想到了。」顏布布道。

封琛將他下巴托起來，「想到了什麼？」

顏布布被迫仰望著他，想了想有些不確定地問：「結合熱對嗎？是結合熱嗎？」

封琛定定看了他兩秒後才回道：「對，是結合熱。」

顏布布怔住了。

他雖然一直都在盼望著結合熱的到來，但盼了這麼久，結合熱似乎已經成了件遙不可及的事情，只是個他隨時掛在嘴邊的名詞。但沒想到，它就這麼猝不及防地來了。

顏布布剛想說要不要再確定一下，萬一是生病了呢？就覺得小腹突然騰起一股熱浪，以洶湧之態在身體內迅速蔓延。

第七章
光明嚮導,我挺喜歡這個稱號

他有些驚慌地去抓封琛,但身體卻軟軟地沒有力氣,一直往前傾,栽到了封琛懷裡。

「哥哥、哥哥……」身體內這種陌生而奇異的感覺讓顏布布心慌,伸手揪緊了封琛的衣襟,忙不迭喊他。

封琛額頭上已經滲出了一層細密的水珠,髮根也被濡濕,語氣卻非常溫柔:「沒事,別怕、別怕……」

「我不怕,我就是有些慌。原來是這種感覺啊,我先感受一下……哈哈。」顏布布短促地笑了聲,又立即皺起了眉。

「怎麼了?」

「……不知道,就……難受……說不上的難受。」

顏布布的視野逐漸變得模糊,只知道封琛正看著自己。而他像是浸入了一池溫水,身體在氤氳水汽中從緊繃到鬆弛,整個人慢慢軟下來。他鼻端也聞到封琛身上的好聞味道,像是最醇厚的酒,讓他腦子昏沉,從微醺到濃醉。

「哥哥,我結合熱了,我……我結合熱了。」顏布布身體止不住地輕顫。

封琛的鼻尖在他臉上輕輕觸碰,鼻息撲打在他肌膚上,低聲道:「……我知道。」

顏布布的皮膚在這刻也變得前所未有的敏感,只覺得被封琛觸碰的地方像是被螞蟻爬過似的一陣陣酥麻。他越來越緊地貼近封琛,將整個身體和他緊密貼合,慢慢蹭動著,卻依舊覺得不夠,覺得他們還是離得不夠近。

「哥哥……」他有些焦躁地喊著封琛,聲音裡已經帶上了哭腔。

「我在,我在這兒。」

封琛的聲音依舊平和,和顏布布的焦躁截然相反。但顏布布的手撫到他臉上時,發現手掌下的肌膚和自己同樣灼燙。

顏布布將自己嘴唇往上湊,顫抖著聲音,斷斷續續地道:「我知

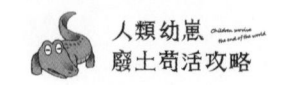

道,你已經、已經慾火焚身了。你要撲上來,撲上來把我撕成碎片,再、再吞吃入腹⋯⋯」

封琛這次卻沒有反駁,只用同樣不穩的聲音呢喃:「是的,我已經要燒起來了。」

顏布布雖然和封琛之間已經貼得很近,卻還是在往他懷裡擠壓,像是想將自己整個人嵌入他身體裡。

他看見封琛的頭髮像是淋了雨似的潮濕,有幾簇搭在額頭上,露出下方那雙漆黑的眼睛。

封琛的眼神看著有些陌生,裡面是顏布布沒有見過的凶悍與攻擊性,但他的聲音卻非常溫柔:「你做好準備了嗎?」

顏布布的意識越來越昏沉,只啜泣著胡亂應聲:「準備好了,你快點把我撕成碎片,撕成一條一條的⋯⋯」

顏布布話音剛落,就覺得世界突然顛倒,人就躺在了柔軟的草地上,被封琛籠罩在了身下。同時腦中嗡地一聲,封琛的精神力直直闖入了他的精神域,強勢而霸道地席捲整個空間,將他的每根精神觸鬚都纏繞其中。

封琛灼熱的氣息撲打在顏布布臉上,同樣灼熱的吻也緊跟著落下⋯⋯顏布布覺得用語言無法描述出這個過程。

他的視野裡是頭頂的那彎月亮,看見它在劇烈搖晃,晃得似乎就要從天上掉下來。但他又覺得自己被封琛纏繞著、襲捲著,身不由己地飛進了一片綠茵地。他和封琛在那片綠茵地上空糾纏、追逐,他的每一根精神觸鬚都被封琛的精神力緊密纏繞,那觸感讓他幸福得不住戰慄。

他身處的世界在不斷變幻。綠茵地時而變成一片沙灘,沙粒如同金子般閃著碎光。旁邊的蔚藍大海裡,一條條海豚騰空而起,發出歡快的鳴叫聲。

他有些受不住那巨大的愉悅,覺得自己像是要在無盡的快感中死去,便逃遁般地扎入海裡。但封琛的精神力緊跟而上,不允許他逃

第七章
光明嚮導，我挺喜歡這個稱號

脫，強勢且溫柔地在海水裡將他箍緊，再齊齊漂向水面……

他彷彿又一直攀高，直到攀上空中的一架彩虹橋。他在彩色的雲朵裡穿行，想躲起來，躲起來喘口氣。但他發現封琛的精神力沒有跟上來時，卻又趕緊轉頭，急急衝回去……

薩薩卡被封琛切斷了精神連結，正揣著比努努在崖底慢慢前行，散步在鋪滿月光的小路上。

牠突然聽到遠處有某種動靜，破碎得不成調，便停下腳步豎起了耳朵。比努努也直起身體，疑惑地嗷了一聲。

薩薩卡想過去，但小路卻始終只朝著另外的方向。

牠看著面前的濃濃黑暗，聽出那些聲音代表的並不是危險後，終於還是順著小路繼續溜達。

月光這麼好，還是帶著比努努散步要緊。

顏布布後來失去了意識，醒來時發現自己躺在山洞裡。身下是鋪得厚厚的青草，身上什麼也沒穿，只搭著封琛那件破破爛爛的外套。

他揉著有些腫脹的眼睛，想出聲喊哥哥，但發出來的聲音卻嘶啞得自己都聽不清。

面前陡然湊過來兩隻大大的腦袋，比努努和薩薩卡都有些緊張地看著他。

顏布布轉著頭看四周，沒有看見封琛，便啞著嗓子解釋：「我沒事，沒生病，哥哥呢？」

話音剛落，就見封琛從洞口翻了進來。他只穿著一條長褲，褲腳掖

215

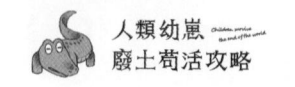

進軍靴裡，兩條腿修長筆直。

　　他上半身就那麼赤裸著，露出緊實有力的肌肉，只是那原本光滑的皮膚上，布滿了讓人臉紅心跳的抓痕。

　　封琛手裡還端著木盆，對上顏布布的視線後略微一怔，接著便有些不自在地移開目光，又飛快地看回來，已是一副若無其事的模樣，如同平常般那樣問道：「醒了？」

　　「嗯。」顏布布從鼻腔裡哼出軟軟的一聲。

　　封琛神情未變，但耳朵突然就爬上了一抹紅色。

　　他走到顏布布身旁坐下，將盆裡浸泡著的布條擰乾，搭在他眼皮上，「冷敷一下，你看你眼睛腫得就和桃子似的。」

　　顏布布卻將布條往下拉開，露出那雙像是含著水的眼睛，「……可是這樣就看不見你了。」

　　他的聲音又甜又膩，讓封琛不知想到了什麼，耳朵上的紅色往下蔓延，一直染到了脖頸上。

　　「不准拿掉，要給眼睛消腫。」他有些倉促地將那布條扯上去，重新蓋住顏布布的眼睛。

　　眼睛上冰冰涼涼的，顏布布覺得非常舒服，便沒有再去扯。他想側身面朝封琛，但才動了下身體，渾身就是一陣痠痛，連帶著某個部位被扯動，更是滋味難明，便發出了一聲痛呼：「哎呀……」

　　「哪裡不舒服？」他聽到封琛有些緊繃的聲音。

　　「哪裡都不舒服，是被你弄的。」顏布布雖然看不見，卻也在指點著自己的身體部位，嗲聲道：「這兒、這兒、這兒，特別是這兒，全是被你弄的……」

　　「你們倆出去打隻變異種，等會兒我就要做飯了。」封琛握住顏布布的手，轉頭吩咐比努努和薩薩卡。

　　「嗷！」比努努指了下洞壁，那裡躺著牠和薩薩卡昨晚捕到的野狼變異種。

第七章
光明嚮導，我挺喜歡這個稱號

封琛沉聲道：「一隻不夠吃，還要一隻。」

比努努：？？

待到兩隻量子獸離開山洞後，封琛便揭開顏布布身上的衣服。昨晚他給顏布布擦洗身體時沒看清楚，現在是白天，洞口光線明亮，那白皙肌膚上的大團瘀青就特別明顯。

顏布布眼睛上還蓋著布條，卻知道封琛在看著自己，於是不待他詢問便委屈地道：「我渾身都疼，難受死了。」

「嗯。」封琛只輕輕應了聲。

「全是你弄的！」

「嗯。」

一陣窸窸窣窣後，顏布布感覺到封琛將什麼汁液塗在自己身上，冰冰涼涼的，痠痛感頓時減輕了不少。

封琛解釋道：「是一種草藥，學名叫做地耳草，我看山壁上就長著一些。將地耳草的汁液兌在水裡，會緩解肌肉的痠痛。你記住地耳草的特點，它們的葉片很小，就像指甲蓋似的……」

封琛的聲音慢慢小了下來，垂眸看著自己胸肌，那上面正覆蓋著一隻手，在他皮膚上慢慢滑動。

封琛的視線順著那隻手往上，看見那條皓白小臂上青青紫紫的瘀青團，目光變得有些暗沉，低聲問道：「是誰才在說自己難受死了？」

「我啊，我難受死了，渾身都疼。」顏布布那隻手又滑到封琛腹部，在那結實的塊狀腹肌上來回移動，聲音卻依舊很委屈：「疼死了，都是你害的。」

封琛神情有些無語：「怕疼就別亂動。昨晚也是這樣，又求饒又哭的，卻又不准我……」

他的話卡在嘴裡，顏布布卻明知故問：「不准你怎麼了？不准你怎麼了？」

封琛沒做聲，但瞧著顏布布身上的痕跡，既懊惱又心疼，便任由他

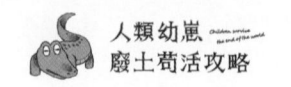

在自己身上四處摸索,只仔細專注地給他塗抹地耳草汁液。

「其實吧,疼歸疼,但也是很舒服的⋯⋯」顏布布的手四處作亂,順著他腹部一路往下,「咦?好精神啊,被我抓住了吧⋯⋯哈哈。」

他前一刻還一副楚楚可憐的模樣,這一刻卻發出得意的沙啞笑聲。封琛眉心抽了抽,將那隻作亂的手握住,拿開,冷聲道:「老實點,別動來動去的。」

「現在叫我老實了?昨晚你怎麼不老實?你不老實夠了就不准我不老實?」顏布布說完一串拗口後,意猶未盡地感嘆:「哥哥,我覺得昨晚你都不像是你了,像是變成另一個人,特別是把我反過來按住的時候⋯⋯」

「閉嘴!」封琛有些倉促地打斷他的話:「怎麼什麼話都能說出口,一點都不知道害臊呢?」

「我害臊啊,我可不好意思了。」顏布布抬手捂著臉,聲音卻從指縫裡溢出:「真的,昨晚你掰著我的臉不准我看月亮,非要我看著你,那時候我其實是有些害臊的。我和你說,當時你的汗水都滴在我胸膛上⋯⋯」

「閉嘴!是不是要我用布條把你嘴堵上?」封琛又出聲打斷。他整個上半身都是一片紅,反倒顯得那些抓痕不那麼明顯了。

「好吧,那我不說話了。」

顏布布保持安靜到封琛替他上完藥,又伸手要去揭自己眼睛上的布帶,「我看看你,看你身上有沒有傷,我也來給你全身抹藥。」

「沒有!」封琛連忙將他手按住,「我不需要你給我抹藥,你就多敷一會兒,眼睛腫得就像蜜蜂蟄了似的。」

顏布布嘟囔著:「你為什麼不讓我給你上藥?你昨晚可不是這個樣子,我記得我都爬走了你又把我抱回去,我想逃都逃不掉⋯⋯你真是太令人失望了⋯⋯」

「啊——」封琛仰天長嘆。停頓幾秒後,突然又笑了起來。

第七章
光明嚮導，我挺喜歡這個稱號

封琛給顏布布全身塗抹好地耳草汁後便去做飯。顏布布側躺著看他忙碌的背影，不時丟一根草莖投過去。封琛也不理他，只在肩頭上掛了好幾根草後，才會隨手抓下來丟掉。

「⋯⋯你左邊肩上那些劃痕有點像顆星星，就是其中一道劃得有些歪，不然就更像了，我當時應該是這樣摟著你劃出來的。」顏布布兩隻手在空中比劃，「如果我手摟下去一點，星星就劃得很完美了⋯⋯你腰上那道有些長，為什麼會這麼長？唔，應該是你突然把我架起來⋯⋯」

封琛面無表情地用木勺攪著石鍋裡的狼肉，既不做聲也不去制止顏布布，頗有點自暴自棄的意味。

只是皮膚上泛起的那層紅色就沒有消退過。

吃過飯後，封琛看著顏布布眼下兩團疲倦的淡青色，說道：「你再睡一覺吧，睡好後我們就出發。」

顏布布問：「是要去後面那座無名山嗎？那我們現在就可以走，不用睡覺的。」

封琛抱起碗和石鍋往洞口走，嘴裡道：「現在還早，你那衣服洗過了也沒乾，你再睡一覺吧，睡醒後我們再出發。」

「我們都要離開這兒了，還要洗碗嗎？」顏布布問。

封琛一邊抓著爬藤往下滑，一邊說道：「就算要走，洞裡也要打掃得乾乾淨淨的才行。」

「那你快點回來，我睡不著的，我躺到衣服乾了就行。」

顏布布說著自己睡不著，但封琛才離開了幾分鐘，他便沉沉睡了過去。這一覺睡醒時，發現洞口被陽光直射著，顯然已經是中午時分。

「醒了？」封琛低低的聲音就在耳邊響起。

「嗯。」顏布布翻了個身，側對著封琛躺著，「你也在睡覺嗎？」

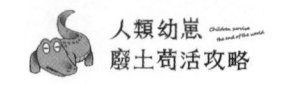

「休息了一會兒。」封琛閉著眼問道:「現在身體感覺怎麼樣?」

顏布布睡了這一覺,只覺得通體舒泰,原先的痠痛感也基本沒了,便老實道:「我身體感覺很好。」

他目光在封琛臉上打轉,又湊到他耳邊問:「你是不是又想那個了?如果想的話,我勉強堅持一下也還是可以的。」

封琛沒有吭聲,顏布布便進行解釋:「其實我完全沒問題的,根本不用勉強堅持。」

封琛終於睜開了眼,只將顏布布上下打量了遍,又重新閉上了眼睛,一聲不吭。

顏布布覺得他那眼神有種別樣的意味,便忍不住問道:「你這是什麼意思?」

「你覺得呢?」

顏布布道:「我覺得你的目光裡寫滿了:你臉皮真厚。」

封琛沒有回話,只抬手對他豎了下大拇指。

顏布布躺著看他輪廓分明的側臉,問道:「哎,之前我們精神力結合後,意識圖像就能共用了。那昨晚我們進行了各種結合,你會不會又有提升?」

封琛也側躺過來看著顏布布,「我不知道我有沒有提升,但你現在查探下你自己的精神域。」

顏布布依言閉上了眼睛,開始查探自己精神域。剛進入精神域內核,便發出了哇一聲驚歎。

他的精神域內核原本只是一片綠草地,但現在不光有無邊綠茵,還有金色的沙灘和蔚藍的海。

海面輕輕湧動著波浪,海豚不時越水而出,天上一道七色彩虹,橫貫了整座天空。

顏布布驚喜地看著,突然覺得眼前的景象有些眼熟。昨晚結合熱的時候,他的精神力和封琛的精神力就是在這裡追逐糾纏,先是在海

第七章
光明嚮導，我挺喜歡這個稱號

裡……後來又是在彩虹裡……

顏布布回想著當時的場景，片刻後退出精神域，臉蛋兒也泛著紅，兩眼水潤潤地看著封琛。

封琛見到他這副樣子後怔了怔，但還是問道：「你覺得怎麼樣？」

顏布布心頭一蕩，抿著嘴笑道：「我覺得很好啊，其實在彩虹裡的時候，比在海裡時感覺更好。」

封琛沉默幾秒後無奈道：「我是在問你對自己精神內核的變化有什麼看法。」

「看法啊……那裡現在變得好漂亮。」

封琛咬著牙壓低了聲音：「你沒發現你的精神內核和精神域都變得更加寬廣了嗎？」

「啊，是嗎？」顏布布剛說出聲便發現封琛臉色不好看，連忙進行補救：「發現了，畢竟多了那麼多場景，還有大海什麼的，精神域肯定變寬廣了。當然，也變得更漂亮了。」

封琛神情稍微好了些，「哨兵嚮導在結合後會進入成長期，等級也多多少少會得到提升，你感覺自己的嚮導能力提升了多少？」

顏布布垂下頭感受著，片刻後老實道：「我感覺不到。」

封琛想了想：「算了，感覺不到也是正常的，何況我們也測不出來真正等級，要回到營地後讓醫療官檢測才行。」

封琛召喚回兩隻還在外面玩的量子獸，蹲在比努努身前道：「你做的這些木碗和石鍋不方便帶走，就留在這兒好吧？如果以後有條件了，我們也可以來住上幾天。」

比努努點頭同意了，卻走到那個石雕獅子前，又轉頭看著他。

「這個的話……」封琛瞧著那臉盆大小的石獅子，又看向薩薩卡，薩薩卡連忙朝他點頭。

封琛道：「我們還要去查探無名山，等到事情辦完後回來一趟，再把這石獅子揹回去？」

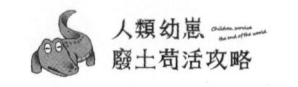

兩隻量子獸思忖了下，倒也通情達理地同意了。

離開山洞後，顏布布看著前方那條延伸進黑暗裡的小道，有些忐忑地問：「我們現在去無名山，那羞羞草給我們指引的路也是去無名山嗎？」

封琛道：「應該是吧。」

因為腦內想法會被羞羞草獲知，顏布布對於它一直是既感激又敬畏。現在就要離開這兒了，他再次在心裡不斷感謝。

「我們以後總能回報它的。」封琛低聲對顏布布說。

顏布布驚了一跳，「你怎麼知道我在想什麼？你也能讀到我腦子裡的想法了？」

「這一路你都一聲不吭，除了在想這個還能想什麼？」封琛淡淡地解釋道。

顏布布舒了口氣：「我還以為你現在越來越厲害，連我腦子裡在想什麼都知道了。」

「為什麼怕我知道？難道你腦子裡還裝了很多我不知道的小祕密？」封琛問。

顏布布道：「誰還會沒有一點小祕密啊？既然是小祕密，就不能讓你知道，不然多不好意思。」

他說完這句話後，便在封琛臉上看到了一種似笑非笑的表情，立即敏感地道：「你這樣看著我幹什麼？我偶爾還是會不好意思一下的。」

「是嗎？還有這種時候？」封琛側過頭做思索狀，「我還真想不出來你也有不好意思的時候，要不你給我點提示？」

顏布布瞪著封琛不說話，幾秒後突然撲到他背上，一邊大叫一邊去掏他胳肢窩，嚷嚷著：「我現在就不好意思了，我被你歧視了！我非常

第七章
光明嚮導，我挺喜歡這個稱號

不好意思。」

封琛一個反手就將顏布布夾在胳膊下，另一隻手去撓他脖子。顏布布大笑著開始掙扎，但封琛的胳膊像是兩條鐵箍，他怎麼都掙不開，便又開始求饒：「我錯啦、我錯啦，哥哥饒了我吧……」

他這句「哥哥饒了我吧」聲音軟軟的，帶著可憐兮兮的央求。封琛不知想到了什麼，動作一頓，夾緊他的胳膊也慢慢鬆開。

顏布布趁機往外一掙，從他胳膊下掙脫出來，但卻沒有站穩，一下衝進了旁邊的黑暗裡。

他將頭和上半身伸出去，對著封琛眨了眨眼，「哥哥你看我。我之前殺一隻野狼變異種，牠就是這樣探出上半身，看著有點好笑。」

「還好。」

顏布布又縮回黑暗裡，只伸出來一隻手。封琛便將那隻手牽住，一人看著路，一人摸著黑，並排往前走。

顏布布眼睛習慣了黑暗，漸漸地覺得眼前似乎有什麼不一樣。他定睛看去，驚訝地發現他竟然能看到一些物體的隱約輪廓。

這就像是夜晚臨近時分，昏暗裡透出一絲天光，讓他能看見遠處的山壁，近一些的大石和灌木，包括腳邊的羞羞草。

他慢慢停下了腳步，轉著頭打量四周，牽著他的封琛便也跟著停了下來。

「怎麼不走了？還是出來吧，那裡面什麼都看不見。」封琛道。

顏布布卻疑惑地道：「我能看見的。羞羞草是把暗物質驅散了嗎？我能看到東西了。」

「能看到東西了？」

封琛也跟著跨了進來，眼前卻似濃墨般一團漆黑。

顏布布道：「你剛從亮光處到了暗處，站著等會兒就能看見了。」

封琛果真站著等了一會兒，顏布布又問：「你現在能看見了嗎？」

封琛：「看不見。」

223

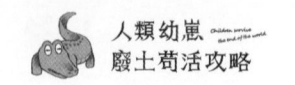

「怎麼可能呢？你低頭看看，你左腳邊就有一塊石頭。你低頭看啊，你不要看我……對不對？看見石頭了嗎？你不要到處張望……」

封琛不動聲色地打量著四周的黑暗，這裡面依舊沒有半分光線。但他的每次轉頭顏布布都能知道，證明他的確是能看到自己。

「走吧，先出去。」封琛拉著顏布布走進了光線明亮的小路，並給他說了自己在裡面看不見的事情。

顏布布有些驚訝：「那為什麼我能看見？是羞羞草只讓我一個人看見嗎？」

「不，這種事它應該辦不到。」

「那是為什麼啊？」

封琛想了想：「我覺得應該和你嚮導等級提升有關。」

「我嚮導等級的提升……我變得這麼厲害了？」顏布布怔愣了一下又道：「不過別的嚮導也沒有意識圖像，我其實本來就很厲害的。」

「對了，意識圖像。」封琛思索著道：「應該是你嚮導等級提升，連帶著意識圖像也跟著強化。你能透過暗物質看清物體，實際上並不是你眼睛能看見，而是你意識圖像回饋給你大腦的資訊。」

顏布布聽得不是很明白，卻也懂了個大概：「你的意思就是我實際上還是看不見，剛才看到的其實是我的意識圖像？」

「也可以這麼說。」封琛道。

顏布布有些興奮：「那你覺得我現在嚮導等級有多少了？」

「具體我也不清楚，要等回到營地……」

「大概，估計，猜測。」顏布布打斷他。

封琛便道：「A 級吧。」

「才 A 級……」顏布布聲音裡透出濃濃的失望。

封琛瞥了他一眼，「A 級你還不滿足？要知道那些結合過的 B 級和 B+ 學員在突破成長期進入平穩期後，也是很難能成為 A 級的。」

「……可是我本來就是 A 級啊。」顏布布嘟囔著。

第七章
光明嚮導，我挺喜歡這個稱號

　　他其實知道自己是 B 級，畢竟剛入哨嚮學院時就檢測過。但他從小就堅定地認為自己是 A 級嚮導，所以就算檢測是 B 級，這個結果也被他刻意地忽略了。

　　封琛便道：「那是 A+？」

　　「A+ 啊……」顏布布原本還想說 A+ 也還是 A，但瞧見封琛挑起眉頭看著自己，便勉勉強強地道：「行吧，A+ 就 A+。」

　　封琛笑起來，揉揉他的腦袋，低聲道：「其實你的嚮導等級不管評測出來是多少級，你的能力都遠遠超過了那個數值。」

　　「為什麼？」顏布布剛問出口就反應過來：「因為意識圖像？」

　　「對，因為意識圖像。」

　　封琛率著顏布布不緊不慢地往前走，「你這個意識圖像是你潛在的等級，足足讓你在原有等級上提高好幾層了。」

　　「那等於說我就算現在還是個 B 級，也是最實在的 B 級？」顏布布眼睛發亮地問。

　　「太實在了，比鉅金屬做出的芯子都要實在。」

　　顏布布哈哈笑了兩聲，「那你說說，按我實在的能力來算的話，我應該是什麼等級？」

　　封琛看著他期待的雙眼，便做出苦苦思索的模樣，片刻後道：「按照能力來算的話，那遠遠超過了現有等級。」

　　顏布布追問：「那是多少？」

　　封琛想起小時候于苑給他提過的話，便順嘴回道：「應該是個光明嚮導。」

　　「光明嚮導、光明嚮導……」顏布布喃喃地念了幾遍：「這個好聽哎，光明嚮導，我挺喜歡這個稱號。」

　　「小心點，看著腳下的石頭。」封琛拉著他繞過了一塊大石，聽到顏布布還在自言自語。

　　「……大家都看不到暗物質裡的東西，但我能從意識圖像裡看見，

225

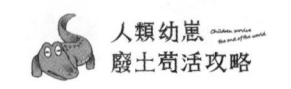

這不就是光明嚮導嗎？對吧？我能在黑暗裡看到光明。」

「對，你能在黑暗裡看到光明，那就是光明嚮導。」封琛微笑道。

前方的小路突然轉彎，轉向了左邊。又走出十來分鐘，眼前的小道越來越模糊，像是起了層濛濛霧氣。顏布布抬頭看天，發現原本的天空也見不著了，只有一層昏黃的光亮。

「哥哥，好像這條路在消失。」顏布布拽了拽封琛的手。

封琛取出那個沒有丟掉的額頂燈，按下開關後，隱約可見到額頂燈透出的光束。

「看來我們是要走出查亞峰這片區域了。」

隨著繼續往前，額頂燈光束越來越亮，地上的羞羞草在變少，取而代之的是些不知名野草和灌木。

前方山壁上有一條狹窄的夾縫，如果穿過夾縫，應該就徹底走出這片被暗物質籠罩的區域。

顏布布在山壁前站住腳，轉頭向後看去。看著黑暗裡那些影影綽綽的山影，心裡很是複雜。這次他和封琛能平平安安，全靠羞羞草的幫助，但他卻連當面感謝一聲都做不到。

封琛雖然什麼也看不見，但也站定看著後方。

顏布布的目光在遠方山壁上緩緩掃過，突然發現那半山腰上有個小山洞，且透出了銀白色的柔和光芒，像是點著一盞汽燈似的。

他定睛看去，看見洞口長著一株挺高大的植物，而光芒就是從那植物身上發出來的。

顏布布一眨不眨地盯著那株植物，並有種強烈的感覺，它也在看著自己。

——你是羞羞草的主株？一定是你，就是你……

「哥哥，我看見它了。」顏布布輕聲道。

封琛立即反應過來：「羞羞草？」

「對，它在和我們告別。」

第七章
光明嚮導，我挺喜歡這個稱號

顏布布朝著那方向揮手，看見那株植物也在微微晃動，在空中拉出銀色的光點，像是在對他回應似的。

終於和羞羞草道了別，顏布布這才和封琛步入了山壁夾縫。

這條夾縫足足有幾百公尺長，卻只有半公尺寬，不遠處有水流的滴答聲，冷風颼颼地從另一頭灌入。雖然前方依舊黑暗，但這和被暗物質籠罩的純粹濃黑不盡相同。

快走出頭時，封琛放出精神力去查探前方。

前方是一片山林，生滿了茂盛的植物。不過這滿目的鬱鬱蔥蔥顯然只是假象，除了一些低矮的灌木和野草，那些高大粗壯的樹木基本上都是變異種。

封琛的精神力只在附近轉了一圈，沒有發現什麼危險，薩薩卡和比努努便率先進入山林。

兩隻量子獸不時在身旁的樹藤枝幹上撓上一記，那些蠢蠢欲動的植物變異種便安分下來，畏懼地往後回縮。

封琛牽著顏布布也走進山林，他的精神力呈放射狀往四周蔓延，不放過這一帶的任何風吹草動。

他發現這裡群山連綿，而他和顏布布正處在某座山峰的山頭上。若是從這裡下到山腳，前方還是高山。

顏布布抓緊他的手，「我們走到哪兒了？是你上次遇到喪屍的地方嗎？有沒有什麼發現？」

封琛想了想回道：「這裡不是陰硤山和無名山交界，也就不是我之前遇到喪屍的地方。估計我們現在離陰硤山已經很遠，是在無名山脈的腹地深處。」

「無名山脈深處啊……可是我們來這兒做什麼呢？我們是要去查探

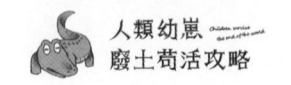

你受傷的那個地方。」顏布布道。

封琛想了下:「羞羞草肯定不止一條將我們送出山的路,卻選擇了這個方向。既然它能讀到我們的記憶,那讓我們來到這兒也必然有它的原因。」

「對喔,這條路是羞羞草為我們選擇的。」

「這座山頭我剛查了遍,什麼也沒有。走吧,我們先下山,然後去對面山頭看看。」

封琛牽著顏布布往山下走,「小心看著路,當心別摔了。」

「嗯,知道。」

這山上潮濕,泥土濕滑,顏布布好幾次都往下溜滑,被封琛牢牢抓住,後來乾脆將他揹上,這才行進得快了些。

顏布布趴伏在封琛肩背上,瞧著前方端坐在薩薩卡背上的比努努,突然促狹心起,就去扯兩旁的灌木,揉成一團去砸牠的大腦袋,砸中後便立即裝作一臉無辜。

比努努警惕地左右張望,在又被砸了一次後才發現是顏布布,便對著他怒目而視,像是就要撲上來。薩薩卡連忙加快速度,揹著牠跑去了前面。

「你說你是不是手欠?明知道比努努脾氣大還要去惹牠?」封琛側頭問。

顏布布嘻嘻一笑,頑皮道:「就是要惹脾氣大的,惹薩薩卡的話多沒意思。」

封琛便道:「你要是太無聊了就給我梳理精神域。」

「唔,好吧。」

封琛的精神域不光比以前廣闊,精神絲也相對更多。顏布布去撩撥那些精神絲,輕輕觸碰,帶著曖昧意味地纏繞上去,緩慢蹭動。

直到聽見封琛無奈的聲音傳入精神域:「老實點行不行?我們還在下山,你是不是要我們倆都一起摔下去?」

第七章
光明嚮導，我挺喜歡這個稱號

　　顏布布閉著眼趴在封琛背上，臉上卻露出微笑，耍賴道：「我就玩一會兒。」

　　「……你還是要分下時間和場合。」

　　「時間很好啊，你走你的路，我玩我的，而且這場合也不錯，黑燈瞎火的，你要是想玩點別的也可以。」

　　封琛輕咳了一聲，聲音很正經：「你再繼續瞎胡鬧的話，我就要收拾你了。」

　　「又是收拾我，那你想怎麼收拾我？」顏布布湊到他耳邊低聲道：「是要把我反過來按在地上，還是非要我坐著……」

　　顏布布嘰嘰咕咕地說了一大串，看見封琛的脖頸上浮起了一層細密的小疙瘩，皮膚也在一點點變紅。

　　「哥哥你這幾天老是臉紅，是在不好意思嗎？」顏布布感覺有些新鮮，伸出手指要去碰他脖頸，封琛卻突然頓住了腳步。

　　「怎麼了？你是要……」

　　「噓──」封琛做了個噤聲的動作。

　　他將顏布布輕輕放下了地，前方的薩薩卡也揹著比努努掉頭回來。四隻肉墊落在潮濕的泥土上，沒有發出半點聲音。

　　顏布布轉著頭打量四周。

　　當他想看清事物時，周圍景象便也變得清晰起來，像是日出時的逐漸亮堂，又像是一張照片正在進行調色，慢慢增加著亮度。

　　「我能看見。」他極小聲地告訴封琛。

　　封琛點了點頭，示意自己明白了。

　　左邊有一棵水缸粗的大樹，封琛帶著顏布布去樹後站著，比努努也被薩薩卡帶過來站在一起。

　　封琛低聲問比努努：「你還記得你是誰嗎？」

　　比努努一臉迷惑。

　　「你是嚮導班的高材生。」封琛道。

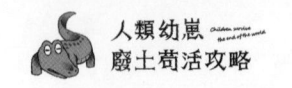

比努努立即恍然。

封琛交代:「等會兒不管有什麼從這裡經過,只要我們不動手,你就別動手。」

比努努瞟了封琛一眼,矜持地點了點頭。

【第八章】

小捲毛，
好久不見

◆━━━━━◆

封琛看清那隻正常量子獸的外形後，如遭雷擊般站在原地，也停下了動作，只愣愣看著天空。
那是一隻兀鷲！
通體呈現出深黑色，只在額頭中心有一道白色的斑紋。
牠分明就是林奮的量子獸！
而他們苦苦找了這麼久的林奮，此刻就在附近！

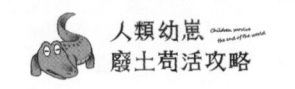

顏布布一直在努力查看四周，但視野被變異種大樹擋住了，只能安靜站著，身後是同樣一動不動的兩隻量子獸。

一陣風吹過，枝葉發出沙沙抖動聲，反而襯得這片山林更加安靜。

只是面前這棵大樹變異種不大安分，它的樹枝尖端都慢慢朝向下方，像是一枝枝蓄勢待發的利箭。

比努努默不出聲地上前兩步，擠去封琛和顏布布身前，抬起爪子摳住樹幹，噗哧一聲，便撕下來一大塊樹皮。

樹身迅速滲出綠色的汁液，像是淌出的鮮血。比努努又撲撲兩爪，樹幹上出現幾道深深的抓痕。

那棵樹在肉眼可見地震顫，樹枝慢慢回復原位。比努努這才退後，重新站在薩薩卡身旁。

封琛突然關掉了額頂燈，顏布布接著聽到遠方傳來隱約的腳步聲，像是好幾個人在往這方向奔跑。

腳步聲越來越近，沉悶且整齊劃一，讓他想到了那些喪屍哨兵嚮導，倏地抓住了身旁的封琛。

封琛將他手反握在掌心，那手掌溫暖有力，帶著強大與鎮定，讓顏布布又很快平靜下來。

腳步聲響起的方向很快出現了幾道人影，居然還戴著額頂燈，射出的光線讓人反而看不清他們的臉。但他們跑近後，顏布布發現這是幾隻喪屍，還有幾隻量子獸在身旁奔跑。

喪屍並沒發現顏布布他們，只從下方幾十公尺遠的地方跑過。

比努努幾次都想衝出去，卻也生生壓住了動作，直到那幾隻喪屍跑遠後，才轉頭看向封琛。

「很有風範！」封琛重新擰亮額頂燈，誇讚比努努：「這種巡山的嘍囉，根本不值得你出手。」

大家繼續下山，顏布布擔心路上還會遇到喪屍，便沒讓封琛揹。比努努也自己走，只一直牽著薩薩卡的鬃毛。

第八章
小捲毛，好久不見

「哥哥你說得沒錯，羞羞草讓我們到這兒來肯定是有原因的，不然這些喪屍也不會出現在這裡。」顏布布壓低了聲音道。

「嗯。」

封琛繼續放出精神力，穿過灌木叢拂過野草，一直向前延伸。當他的精神力繞過一塊山石到達山腳時，突然止住了前進的動作。

他看見前方是一座高聳峻峭的險峰，光滑的峭壁下是條狹長的峽谷，而峽谷裡沉默地站著一道人影，還帶著一隻量子獸。

封琛的精神力悄無聲息地靠近，不出所料地發現那是一隻喪屍。而且遠方還有人影在晃動，顯然喪屍不只這一隻。

這峽谷並不長，呈環形將中間的山峰圍住。封琛的精神力沿著峽谷往前，發現這一圈都有喪屍，他粗略數了一下，恐怕有二十多隻。它們互相間隔著一定的距離，靜默地站在峽谷裡，除了偶爾在原地轉一圈，沒有任何動作。

──它們在守著這座山峰。這山上有什麼？

「⋯⋯哥哥、哥哥。」

顏布布見封琛一直站著沒動，便推了推他，小聲喚道。

「我在查探情況。」封琛回道。

「我知道，你是發現什麼了嗎？」顏布布問。

他剛才已經朝著山下看了好久，但那些樹木擋住視線，怎麼也瞧不清楚。

「我看見了一座獨山，山下守著很多喪屍哨兵嚮導，我正在查探那山上的情況。」

「是什麼情況？」顏布布問。

封琛的精神力爬上了山壁，像是無形的藤蔓一路往上，嘴裡慢慢給顏布布講述著：「這座山面積不大，但是很高很陡峭，看著也有些奇怪。其他山上長滿了植物或是變異種，這座山的山壁上卻光禿禿的，什麼都沒有生長⋯⋯」

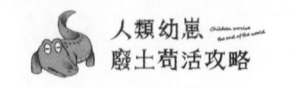

随著封琛的講述，他的精神力越攀越高，就快要到達半山腰。

封琛：「……我繞著這山環行一圈，發現四面山壁都有很多抓撓的痕跡，顯然這些喪屍經常在往上面爬……原來這裡有一層電網，把喪屍給攔住了。」

「你的精神力沒被攔住吧？」

「沒有，電網攔不住精神力。咦！」

封琛疑惑地咦了一聲，顏布布沒有等到下文，連忙催促：「你看到什麼了？你在咦什麼？」

封琛沒有回答，卻突然發出一聲短促的痛呼，抱著頭蹲到了地上，薩薩卡也倏地從原地消失。

「怎麼了？」顏布布嚇得連忙蹲在他面前，比努努也衝了過來。

封琛沒有回話，只用力抱著頭。他面上顯出痛苦的神情，牙關咬得很緊，發出咯咯的響聲。

比努努立即環視四周，對著最近的一棵變異種樹木衝過去抓撓撕咬，但顏布布清楚封琛沒有遭到什麼攻擊，略一思索後，便進入了他的精神域。

封琛的精神域裡像是剛遭受過一場風暴，精神絲四處亂飄，糾結成團，有些還在瘋狂地原地打轉。

顏布布顧不上其他，立即進行梳理，將那些亂麻一樣的精神絲捋順撫平。

當他退出封琛精神域後，封琛已經恢復過來，但臉色依舊有些不好，微微泛著白。

「比努努，沒事的，別管它。」

封琛見比努努將那棵變異種樹的樹皮都快扒光了後，便啞聲將牠喚住，接著又趕緊將薩薩卡放出了精神域。

比努努一臉的餘怒未消，胸口急促起伏，卻也沒有再對那棵樹做什麼，只摸了摸薩薩卡的腦袋，將爪子裡的髮夾又給牠別在鬃毛上。

第八章
小捲毛，好久不見

「怎麼樣？頭還疼不疼？」顏布布緊張地問道。

封琛搖搖頭，「現在沒事了。剛才我的精神力到達半山腰，也穿過了電網，繼續往上的時候突然就碰到了什麼。我正想瞧清楚，精神力就被震斷，精神域也受到了波動。」

「那你的精神力是被什麼震斷的？」

封琛沒有回答，皺著眉陷入了思索。顏布布便也不打擾他，只在旁邊屏息凝神地等著。

「顏布布，你有沒有聽說過，安俶加以前的研究所不止一處？」片刻後，封琛開口問道。

「應該是吧，因為我們在阿貝爾之淚碰到丁宏升他們時，他們就說那只是安俶加研究所裡的其中一所。」顏布布加重語氣：「其中一所，注意，是其中。」

「那的確不止一處。」封琛喃喃道。

顏布布問：「那你剛才看清楚是碰到什麼了嗎？」

封琛斟酌著道：「好像是一層透明網。」

「透明網……那會是什麼？」顏布布茫然地道。

封琛說：「我想到了有種東西是透明的，也可以阻擋精神力。」

他對著顏布布指了下自己腦袋，顏布布略一愣怔後便反應過來：「你說的是喪屍腦袋裡的那種透明膜片？」

「對，就是那種膜片。我懷疑在那電網上方又安裝了一層膜片屏障，還進行了某種設置。如果精神力撞上去，便會觸發設置，膜片上就會釋放會擊傷精神力的強力電波。」

顏布布恍然：「那你問我安俶加的事，就是覺得膜片屏障是安俶加裝在那兒的？」

封琛點頭，「因為那種可以隔阻精神力的膜片只有安俶加教在使用，所以我覺得山頂上可能有安俶加的研究所。」

顏布布卻疑惑起來：「可是不對啊，如果山上是安俶加教的研究

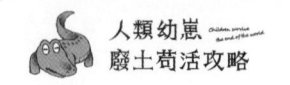

所,那他們在半山腰裝這個幹什麼?這可是對付喪屍的,但那些喪屍就是他們改造出來的呀……難道他們在自己打自己?」

「這也是我想不明白的地方。」封琛撐起身體要站起來,「不管是因為什麼,我下去看看就知道了。」

顏布布連忙扶住他,又糾正道:「是我們。」

「你是嚮導班的高材生,這種事情不用你……」

「你是越來越瞧不起我了嗎?已經直接套用比努努範本了嗎?」顏布布不高興地打斷他。

一旁的比努努轉頭看過來,兩人都很有默契地不再做聲,牠看了片刻後又轉回了頭。

封琛嘆了口氣:「我其實有些擔心。」

顏布布微微昂起下巴斜睨著他,「A級哨兵,我覺得你應該擔心的是自己,而不是去擔心一名光明嚮導!」

封琛低笑了聲,終於還是道:「行吧,光明嚮導,但是那峽谷裡喪屍很多,你得小心一點。」

「是我們。」

「對,是我們要小心一點。」封琛又指了下比努努和薩薩卡,「這個我們也包括你倆。」

他們剛要動身往山下走,頭頂上方突然傳來振翅的聲音。封琛抬起頭,額頂燈光束照出一隻飛禽的身影。

那飛禽是一隻黑鳥,也是一隻喪屍量子獸,正在他們頭頂盤旋著。因為身上的羽毛都快掉光,通身冒著黑氣,已經辨不清是什麼品種,只有兩隻眼睛透出凶狠的紅光。

比努努不待它撲下,就躍上黑獅背,再一個縱身彈射出去。那量子獸反應也很敏捷,撲閃著翅膀往左閃避,接著就直衝上天,消失在漆黑的天幕。

「糟了,它發現我們,那其他喪屍也就會知道了。」顏布布仰頭看

天,嘴裡喃喃道。

封琛沉聲道:「我們要上那座山,肯定會被喪屍發現的,只是時間早晚的問題。走吧,我們儘量快點就行。」

10分鐘後,他們來到了山腳的峽谷。

顏布布藏身在一塊大石後,看著前方一隻站著不動的喪屍,低聲給封琛道:「它們看樣子不知道我們來了啊,一點都沒有警惕的。」

封琛也有些疑惑:「難道喪屍量子獸和主人沒有精神聯繫?」

「畢竟是喪屍哎,可能和主人之間不能有精神聯繫。」顏布布說到這兒,下意識轉頭看了眼身後的比努努,正好對上牠冷冷的視線,又趕緊道:「那些喪屍量子獸都好醜喔,沒有我們正常量子獸好看,看比努努和薩薩卡長得多漂亮。」

比努努的眼神這才溫和起來。

既然喪屍沒有提高警惕,封琛便再次調出精神力去對面獨峰上,只是到了半山腰處便停下,環繞著山體查看。

那一圈電網上方的山壁上,果然嵌著一層透明膜片,像是窗戶上方安裝著雨棚,將這座山圍得嚴嚴實實,不露半分縫隙。

這樣不管是喪屍還是人,就連精神力也被盡數擋住。

顏布布也在打量著對面的高山,並低聲給封琛描述著:「半山腰以上有植物生長,山頂上的植物還非常茂密⋯⋯」

封琛收回精神力,皺著眉道:「如果我們要去山上查看的話,不僅僅是對付喪屍的問題,這座山我們就上不去。」

「那現在怎麼辦?」顏布布問。

封琛看了眼前方的喪屍,「上山的方法可以慢慢琢磨,但不管怎麼樣,都要先將這群喪屍解決掉,不然一切都是空談。」

「先把前面那隻殺掉嗎?但它會大喊大叫引來所有喪屍的。」

山壁下的大石旁站著一隻喪屍,偶爾會移動半步,其他時間都站著一動也不動。

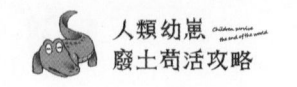

倒是它身旁的量子獸，不時發出凶狠的低吼，在原地來回轉著圈。

啪！

身後傳來一聲輕響。

喪屍和量子獸在聽到聲音後同時衝向身後，但那裡什麼都沒有，便茫然地站在原地。

啪啪啪！

正要回頭，前方又連續幾聲輕響，它們便再次朝著聲音方向衝去。

顏布布不斷往前方丟著石頭，又不斷後退，躲閃著喪屍額頂燈的光芒，將自己隱匿在黑暗中。

那喪屍被石頭的聲音吸引，漸漸已經離開了峽谷。當它和量子獸踏入一片叢林時，卻像是發現了什麼，突然停步並抬頭往上看，迅速往右邊閃躲。

封琛從一棵大樹上躍下，在半空時便揚起匕首，喪屍往右閃躲的同一時間，他的腳在樹幹上一點，也在空中變化方向朝著右邊撲出。封琛的反應竟然只比喪屍慢了不到半秒時間，看上去像是同步動作似的。

喪屍眼見匕首已在眼前，乾脆不躲不避，只伸手去抓上方的人，同時張大嘴要發出嘶吼。

但就在它張嘴的瞬間，刀光閃過，那聲嘶吼便只剩下呵呵氣音。而它脖子上多出了一道深深的刀痕，喉嚨已被割成了兩半。

它的量子獸也張開了嘴，比努努卻飛快地衝了上去，兩隻爪子握住它凸出的吻部，硬生生將那張嘴又捏到合上。薩薩卡同時按住了量子獸的背，一口咬住了它的頭。

喪屍被割斷了喉嚨，卻依舊抓向封琛，但動作突然凝滯了半秒，那條手臂像是被什麼無形的東西束縛住。而封琛卻已經閃到它身後，匕首

第八章
小捲毛,好久不見

捅入了它的顱腦。

喪屍無聲無息地倒下,封琛和跑過來的顏布布擊了下掌。

第一隻喪屍被解決後,黑暗中不時會響起石子滾動的聲音,一隻隻喪屍被顏布布引到峽谷對面的山林裡去殺掉。如此依法炮製,他們竟然不到半個小時就殺死了五隻喪屍。

「我們半天內就可以把這些喪屍都解決光吧?」顏布布問封琛。

「差不多吧。」

他們順著峽谷悄悄走出一段,當看見前方又出現一隻喪屍後,顏布布便讓封琛去叢林裡藏著,自己開始在地上摸小石子。

「等等!」封琛卻喊住了他。

「怎麼了?」

「獨峰對面的山坡上好像有喪屍。」

封琛放出精神力,看見那山坡上果然還聚著一小群喪屍,就安靜地站在樹叢裡,像是一支小隊。他之前只用精神力匆匆掃了一遍,竟然沒發現它們。

他繼續往前,將這條環形峽谷重新檢查了一遍,發現這種小群的喪屍不止一支,而是有六、七支。

「這裡的喪屍不止二十多隻,恐怕有四、五十隻左右。」封琛道。

「為什麼會這樣?」顏布布問。

封琛道:「這些可能就是沿著固定路線巡邏的喪屍,所以會以小隊的形式組成。」

顏布布又驚又怒:「四、五十隻喪屍,就是四、五十名哨兵嚮導。安俶加教居然殘害了這麼多哨兵嚮導!」

封琛神情冷肅,回道:「所以安俶加教必須得徹底清除才行。」

「那我們還是像剛才那樣把它們引走殺掉嗎?」顏布布語氣有些遲疑:「如果不能將那一群同時殺死,它們會出聲把其他喪屍引來的。」

封琛搖了搖頭,「幾隻喪屍我們肯定能對付,但是無法控制它們都

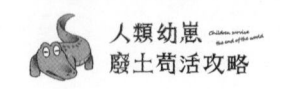

不出聲。先回林子吧，去那裡好好想個辦法……」

一道雪亮的光束突然從身後投來，將兩人和量子獸的身形都籠罩其中。封琛的話頓住，顏布布和兩隻量子獸也沒了聲音。

他們慢慢轉過頭，看見遠處站著三隻喪屍，那漆黑的瞳仁正盯著他們，暗沉得沒有一絲光亮。

封琛剛把身後的喪屍清理掉，注意力全放在前方，居然沒發現這三隻喪屍從更後方巡邏了過來。

時間凝滯了兩秒，顏布布和喪屍對視著，並驚恐地看見正中間那隻喪屍張開了嘴，一直張大到極致，和整個臉部比例都極不協調。

「嗷──」

「快跑！」

喪屍的吼叫和封琛的命令同時響起，顏布布立即就跳起身往山林方向衝。但山林裡也晃動著幾條人影，應該是之前去巡邏的喪屍也剛好返回，顏布布緊急剎住腳，發現三個方向都有喪屍衝向他們，便驚慌地喊了聲哥哥。

封琛左右看了看，大喝一聲：「躲在石頭後面！」同時豎起了精神力屏障。

砰砰砰連接三聲悶響，三道精神力撞擊在精神力屏障上。

若是換成以前，這屏障在遇到第一道撞擊時便會破碎，但如今被三道精神力猛烈撞擊，也只出現了幾絲裂痕。

封琛趕緊將屏障修復完整，迎接數道撞來的精神力攻擊，屏障不斷出現裂痕又不斷被修復。

三隻離得最近的喪屍已經衝到他們跟前，張開大嘴朝著顏布布兩人撲來。

「躲我身後！」封琛剛喊完這句話，腦中就刷地亮起了意識圖像。

顏布布一邊用精神觸鬚飛快撥動螢幕，一邊回道：「不要管我，跟著圖像來就行。」

第八章 ————◆
小捲毛，好久不見

「好。」封琛乾脆地回道。

顏布布的精神域中竟然出現了兩面大螢幕，畫面裡分別是他和封琛。他還是第一次需要同時操作兩面大螢幕，也來不及多想，只將精神觸手分成兩束，各自開始撥動螢幕。

他的眼睛在兩面螢幕上來回逡巡，大腦像是分成了兩部分，分別記下各自的後續發展。接著在大量資訊中進行挑選，將最合適的那一張意識圖像呈現在封琛的腦海裡。

在顏布布提供的意識圖像指引下，兩人極有默契地往左右兩邊閃開，匕首也同時刺出。

兩把匕首分別是不同的角度。顏布布率先刺中了最前方喪屍的肩膀，那原本朝著封琛撲去的喪屍立即改變方向撲向了他。就這樣不到半秒的空隙，封琛的刀尖已扎入它的後頸，自下而上捅入顱腦。

這一次配合堪稱絕妙，連喪屍的每一個反應都算在其中。顏布布的那一刀吸引了喪屍的注意力，而封琛同時刺出的匕首便正中它要害。

「漂亮！」封琛由衷地讚道。

比努努和薩薩卡正在攔截那些量子獸。

薩薩卡雖然被三隻喪屍量子獸圍著，卻絲毫不落下風。牠很快就解決掉面前這隻，還轉身幫著比努努對付其他的量子獸。

但隨著十來隻喪屍都衝了過來，情況就不再那麼輕鬆。

顏布布兩人雖然有意識圖像的輔助，但封琛的精神力攻擊對它們沒用，只能單憑兩把匕首。所以同時應付這麼多喪屍也有些吃力，在躲避喪屍撲咬時，好幾次都很驚險。

封琛一邊修復精神屏障上的裂痕，一邊伸手扯過顏布布，將他看似隨意地拋向右方。

顏布布在騰空的瞬間，匕首直直下刺，撲一聲沒入一隻喪屍的後頸。而封琛在踢飛一隻喪屍後衝了過來，剛好將落下的他穩穩接住。

隨著兩、三隻喪屍的死亡，它們的攻擊卻並沒有因此慢下來，反而

241

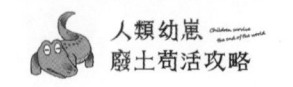

更是凶性大發，瘋狂地往上撲。顏布布覺得別說應付四處抓來的手，光是耳朵都快被牠們的嘶吼聲給震聾了。

封琛險險躲開一隻喪屍的拳頭，又扯住顏布布後退兩步，避開旁邊開咬的利齒。他餘光掃過峽谷深處，看見那裡又晃動著數條光束，是聞訊趕來增援的喪屍群。

他心裡越來越沉，知道這樣下去不行。哪怕他和顏布布的能力已經大幅提升，也對付不了成群的喪屍。而比努努和薩薩卡雖然看似占了上風，但要是量子獸數量激增，牠倆也會吃不消的。

封琛看著遠處奔來的喪屍群，正在急速思索著對策，就聽到天空突然傳來一聲尖銳的鳥鳴。

這聲音像是某種大型猛禽，絕不可能是喪屍量子獸發出的聲音，他便迅速抬頭看了一眼。

只見低空盤旋著兩隻飛禽類喪屍量子獸，身上的翅羽都已經脫落，只剩下光禿禿的翅膀。

而在更高的地方，一隻正常的飛禽量子獸正俯衝直下，狠狠地啄向其中一隻喪屍量子獸，並在牠頭部騰起黑煙後又迅速飛走。

封琛在看清那隻正常量子獸的外形後，如遭雷擊般站在原地，也停下了動作，只愣愣看著天空。

那是一隻兀鷲！通體呈現出深黑色，只在額頭中心有一道白色的斑紋。牠分明就是林奮的量子獸！代表他們苦苦找了這麼久的林奮，此刻就在附近！

顏布布剛將匕首從身前喪屍的頸子裡拔出來，就瞥見意識圖像裡封琛的那一面螢幕開始熄滅，嚇得他連忙大喊一聲哥哥！

封琛這才回過神，趕緊往旁移動，又跟著顏布布呈現的意識圖像下蹲，避開了一隻撲來的喪屍。

「你不要站著發呆啊！」顏布布從一隻喪屍腋下鑽出去，臉色被剛才那幕嚇得發白。

第八章
小捲毛，好久不見

「我知道了。」

封琛沒有將兀鷲的事告訴顏布布，怕他像自己一樣分神，但在和喪屍對戰的過程裡，總會抽空朝天空看上一眼。

他很擔心那隻兀鷲飛走了，好在牠不但沒走，還不斷對那兩隻飛禽喪屍量子獸發起進攻。

兀鷲對付兩隻喪屍量子獸很是熟練，像是已經重複過數次般，啄一下就迅速飛走，卻也不飛遠，抽個空子又回頭猛啄，搞得那兩隻量子獸全身都冒起了黑煙。

封琛一邊配合顏布布戰鬥，一邊抽空打量四周。

如果林奮就住在附近，那唯一不會被喪屍襲擊的地方就是旁邊這座獨峰！

這些安俶加的喪屍守著這座獨峰，其實就是在守著他！

眼見峽谷裡衝出的喪屍群越來越近，封琛腦內迅速浮起個念頭。他一腳踹翻撲向顏布布的一隻喪屍，並仰頭對著天空的兀鷲高喊一聲：「林奮！」

他這聲用盡全力，聲音在峽谷裡不停迴蕩，正在天上猛啄兩隻喪屍量子獸的兀鷲猛地回頭，犀利的眼睛看向了封琛方向。

顏布布聽到這聲呼喊後，不由怔了怔，接著便一個擰身，將匕首扎入喪屍後背。

封琛見兀鷲看見了自己，也不多言，直接踹飛一隻喪屍，拉起顏布布就衝向反方向，同時大喝一聲：「走！」

顏布布對他的命令不會拖延半秒，立即拔腿就跑。轉身時用上意識圖像給出的姿勢角度，用肩膀頂開了一隻正擋著路的喪屍。

封琛則揮動匕首，割向面前伸來的一隻喪屍手，那隻手頓時變得光禿禿的，地上多了四根烏黑的手指頭。

兩人拚命往前飛奔，薩薩卡和比努努在後面押陣，將追在最前方的量子獸撲倒。

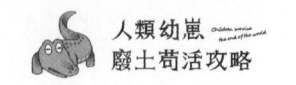

封琛一邊跑一邊抬頭,看見兀鷲也追了上來,終於在心中鬆了口氣。兀鷲飛在兩人側前方,一邊搧動翅膀保持速度,一邊微微側頭打量著兩人,那雙銳利的眼裡閃過了一絲疑惑。

但牠又看向後方的喪屍群。

黑獅也在發足奔跑,並一口咬住從旁邊衝出去的量子獸,甩動腦袋將那量子獸遠遠拋了出去。

兀鷲在看清黑獅的瞬間,一雙眼睛變得灼灼發亮。

牠仰天發出一聲尖銳的長鳴,這聲鳴叫劃破夜空,響徹整條峽谷,也飄上了高高的山頂。

顏布布此時也發現了兀鷲,腳下雖然還在狂奔,卻指著牠不可置信地喊道:「你看、你看!」

他雖然不知道那是林奮的量子獸,但小時候曾經見過幾次。

「我知道,那是林少將的量子獸。」

身後的喪屍群奔跑速度極快,顏布布雖然被封琛拉著,但終究還是被逐漸拉近了距離。

封琛乾脆一把將他揹上,一邊狂奔一邊仰頭朝著兀鷲大喊:「帶路!帶路!」

封琛知道牠必定已經通知了林奮,而林奮也正通過牠的眼看著自己,兀鷲果然搧搧翅膀飛到了他倆前方,並在低空滑翔前進。

此時最前方飛著兀鷲,後面緊跟著揹著顏布布的封琛,再往後便是比努努和薩薩卡,而與牠倆相隔十幾公尺遠的地方,是狂追不捨的喪屍大隊。

數道額頂燈光束亂晃,將這一帶照得雪亮。

封琛在比努努、薩薩卡與喪屍之間豎起了一道精神屏障。此刻那精神屏障像是被子彈射擊般,不斷發出綿密的砰砰聲響,也不斷冒出新的裂痕,又迅速被修復平整。

整條浩蕩隊伍在兀鷲的帶領下,圍著山峰跑了小半圈,接著牠便突

第八章
小捲毛，好久不見

然調轉方向，飛向了旁邊山壁。

封琛緊跟著轉向，在山壁上發現一條垂落的粗繩，一端隱入山壁上方，一端還在搖晃，顯然剛剛才放下來。

「快上去！」他邊跑邊將顏布布朝著山壁拋了出去。

顏布布在被拋出去後便在空中抓住粗繩，敏捷地往上攀爬，封琛衝了過來，緊跟在他身後。

比努努和薩薩卡也縱身躍上山壁，摳著石縫往上爬。

緊追不休的喪屍群隨後趕到山壁下，也如同量子獸們一般，直接攀著山岩追了上來。

山壁上的風很大，尖銳的呼嘯像是有人在吹響銅哨，但就算如此，也沒能蓋過喪屍們爪子摩擦石頭的聲響。

顏布布被風吹得睜不開眼，繩索也在左右搖晃，他現在恨不得自己能生出翅膀，直接帶著封琛飛上山頂。

「別著急，別慌！我就在下面！」封琛看見顏布布的腳幾次在山壁上踩滑，便大聲安慰道。

顏布布聽到他的聲音也鎮定了許多，並開始放出精神力控制，去將那些喪屍的手腳纏住。

他這招對付爬在山壁上的喪屍很有效，每發出一次精神力，就有一隻被捆住手腳的喪屍摔下崖。唯一遺憾的就是不能連續使用，不然完全可以讓這些喪屍一隻都追不上來。

雖然兀鷲、比努努和薩薩卡三隻量子獸也在進行攔截，不斷將最先追上來的喪屍齊力掀下去，卻也只能對付繩索附近的喪屍，較遠地方的就顧不上了。

顏布布兩人也爬出了最快的速度，但到底還是比不過喪屍，距離在逐漸拉近。就在離他們十幾公尺遠的左邊山壁上，已經有喪屍爬到和他們同水平的位置，並朝著他們嘶吼著撲來。

「抓緊了！」

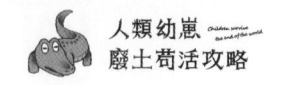

封琛一聲大喝,兩腳在山壁上重重一蹬,繩索上的兩人便盪向半空。那隻撲來的喪屍從他們之前的位置穿過,秤砣般的往山崖下墜落,和地面砸出砰一聲悶響。

顏布布低頭看去,看見它竟然又從地上爬了起來,將彎折的大腿往裡一掰,又開始往山壁上爬。

「啊……它又上來了。」顏布布大叫。

「別看下面!抓緊!」

顏布布再次高高飛起盪向半空。一隻喪屍從他面前穿過,面對面的瞬間,顏布布被他額頂燈照得有些睜不開眼,卻也看清它大張的嘴裡那黑色的懸雍垂,還有眼皮上最細微的烏青色血管。

繩索盪高後回到原處,接二連三的喪屍又撲了過來。三隻量子獸左右奔忙,也依舊擋不住它們奮不顧身的撲擊。

顏布布藉著迴盪的力道去踢一隻喪屍,另一隻喪屍的長指甲就要刺進他脖頸。

封琛抓住那隻手往上掰,咔嚓一聲脆響,手腕便被他生生掰折。

「你的意識圖像呢?現在快調出來。」封琛將一隻喪屍踹飛出去,嘴裡大喊道。

顏布布欲哭無淚,慌張道:「我調不出來!你知道每次都是它自己彈出來的。」

喪屍不斷往崖底掉落,但它們的身體結構都經過改造,就算這麼高摔下去也沒事,爬起來又繼續。偶爾有骨頭摔斷折的,只要不影響行動,就那麼支棱著戳穿皮膚的斷骨繼續往上爬,讓這片山壁上到處都是光束在晃。

封琛的精神屏障一直將兩人和量子獸都包裹其中,也一直被擊打得砰砰響個不停。他在不間斷地修復屏障,顏布布也在不間斷地給他進行著梳理。

不知什麼時候,有隻喪屍爬到了顏布布正上方,關掉了額頂燈,趁

第八章 小捲毛，好久不見

著他倆對付左右兩邊的喪屍時，悄悄往下爬。

顏布布正用精神力束縛，讓一隻喪屍墜崖，看見這隻像蜘蛛一樣爬來的喪屍時，它的手離他頭頂只有半尺不到的距離。

他駭得大叫一聲，雙手一鬆，整個人便往下跌落。

封琛剛將匕首扎進一隻喪屍的胸膛，連忙雙腳合攏，用腳背勾在顏布布的腋下，同時一拳直直向上，和那隻喪屍的拳頭相撞。

他這一拳若是砸在山壁上，堅硬的山石都會被擊碎。這喪屍雖然是經過改造的身軀，但也發出骨頭斷裂的連續碎響，整條手臂像是橡皮似的軟了下來。封琛再夾著顏布布往旁邊一讓，這隻喪屍便擦過他們身旁墜下崖底。

刷一聲，顏布布腦內的意識圖像在這時終於亮起。他感動得差點熱淚盈眶，忙不迭撥動螢幕。

他往左側頭，閃開了喪屍抓來的手，同時雙手前推，正好將那隻撲來的喪屍推了出去，重重摔落下去。

而封琛也在此時雙腳曲起，將他重新拉了上來。

砰砰砰！上方突然炸起連聲槍響，左邊一隻喪屍的頭皮被子彈掀開，頭骨也被擊得四下飛濺，露出下面的透明膜片。但它居然就頂著那個殘缺的頭顱繼續往上爬。

「快點上去！」封琛將顏布布推到自己頭上。

半山腰也傳來一道冷肅的聲音：「爬快點，好多年沒使過槍，手抖得很，沒準會把你的腦袋也打成那樣。」

顏布布雖然多年都沒聽到過這道聲音，再次聽到的瞬間，像是被無形的鞭子抽了一記，嗖嗖嗖就往上竄了幾公尺。

槍聲持續不斷地響起，山壁到底不是平地，喪屍沒法迅速躲避子彈，又有兩隻喪屍的腦袋被擊得粉碎。

顏布布和封琛抓著機會飛快向上爬，馬上就要到達電網，只要爬到電網以上就安全了。但喪屍們想必也清楚這一點，更加凶悍地朝著他們

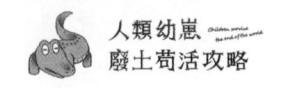

撲來。

　　兩隻喪屍同時躍向封琛，顏布布立即將意識圖像呈現在他腦海裡。但就在封琛避開那兩隻喪屍的同時，一件連意識圖像都無法預測到的事突然發生。

　　顏布布和封琛之間的那段繩索，啪嗒一聲從中斷開。

　　這事發生得太突然，顏布布在那一剎那處於大腦空白的狀態，只條件反射地探出一隻手去抓他，卻抓了個空。

　　但封琛的反應相當迅速，在下墜的瞬間便用匕首刺在山壁上，拉出一道刺耳聲響的同時，也減緩了他下降的速度。

　　薩薩卡同時從旁邊山壁飛快地移來，用身體撐在他的腳下。

　　兩旁的喪屍見狀，都放棄了顏布布，盡數向著封琛撲去。

　　「哥哥——」

　　「別怕！」

　　兩人的聲音同時響起。

　　比努努和兀鶩分別擋在封琛身側，顏布布也穩住心神，立即撥動意識圖像的螢幕。

　　而封琛的精神屏障連續發出撞擊聲，混雜在頭頂的槍聲裡。

　　又有兩隻喪屍中彈掉落，它們腦袋被子彈打得稀碎，像是腐爛發臭的爛西瓜，露出黑色的瓤。

　　薩薩卡頂著封琛往山壁上爬，很快就接近顏布布腳下。

　　喪屍的撲咬更加猛烈，兀鶩和比努努剛攔截住兩隻，又有兩隻衝破牠們的防線，逕直撲向了封琛。

　　封琛隨著圖像的指引，匕首以一個刁鑽的角度捅進右邊喪屍的眼睛，同時下蹲，躲過左面喪屍的撲咬。可就在顏布布繼續往下翻動圖像時，那面屬於封琛的大螢幕卻突然開始熄滅。

　　所有的小螢幕一張張熄滅，歸於一片黑暗。

　　顏布布像是跌進冰窟裡，連心臟都結上了一層冰霜。他倏地轉頭打

第八章 ◆
小捲毛,好久不見

量四周,在看向左上方時,看見一隻喪屍正從黑暗裡爬向封琛。

顏布布能看清它的模樣,認出它是那隻頭蓋骨被林奮子彈擊碎的喪屍。那半透明的頭顱保護膜片下,露出猶如爛核桃般的腦組織,但正是因為它的頭被打掉上半部,額頂燈也跟著沒了,所以它能隱匿在黑暗裡進行攻擊。

此刻它像隻動物般在山壁上飛快地爬行,準備在距離足夠時便撲向封琛。

三隻量子獸和封琛都在分別戰鬥,沒有誰注意到那隻喪屍,顏布布立即準備撲上去。

雖然他距離那隻喪屍很遠,拚盡全力可能也搆不著,就算搆著了也只能是一起墜落。但他此刻想不了那麼多,唯一的念頭就是無論如何也不能讓它咬著封琛。

但就在他準備撲出時,突然被那喪屍腦袋上晃了下眼,定睛一瞧,發現那層保護膜片上有一道裂痕。

顏布布頓時一個激靈。這隻喪屍的保護膜片已經破了,可以使用精神力攻擊!

嚮導無法像哨兵那般用精神力之劍攪碎人的顱腦,但是可以進行控制,可以讓人失去意識和戰鬥力。

顏布布在地下安置點遭遇洪水時,見過于苑用精神力控制阿戴。當時的阿戴像是沒有意識的傻子似的,也失去了戰鬥力。

顏布布不假思索地調出精神力,刺向喪屍的顱腦。而就在他做出這個動作時,屬於封琛的那面意識大螢幕刷刷亮起。

他選擇正確了!

但屬於他自己的那面大螢幕,畫面卻突然消失。既沒有圖像,卻也沒有歸於黑暗,而是成為了一片無意義的雪花點。

顏布布卻沒有絲毫猶豫,精神力繼續前進,刺入喪屍的顱腦。

他覺得耳中嗡的一聲,整個人有著短暫的意識空白,但立即就清醒

249

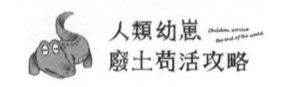

過來，同時發現自己闖入了一個幽暗的空間。

這是名哨兵的精神域，空中飄浮著大量黑色精神絲，扭曲著纏繞在一起。那些精神絲上布滿大大小小的瘤和孔洞，整條絲已被蝕空，中間淌著黑色的液體。

精神域正中央懸浮著一個乾癟的精神內核，滿是皺褶的表層也生滿了黑瘤。遠遠看著像是一團長滿了惡瘡的爛肉，流著腥臭的膿，看著令人毛骨悚然。

這個空間的精神域外壁也在不斷往裡壓縮，又往外膨出，看得出極不穩定。

顏布布若是平常看見這種精神域，一定會被嚇到連忙退出去。但他現在只留出一小部分精神觸鬚，繼續替封琛撥動意識圖像和進行梳理，其餘的所有精神觸鬚被他分成無數束，每一束都纏繞上一根黑色精神絲。

他知道沒法像控制正常人那樣去控制喪屍，便只能使用最笨的方法，那就是將每一根精神絲都纏住，狠狠絞緊，直到勒斷。

爬在山壁上的喪屍正要撲向封琛，突然就頓住動作，黑色的眼瞳直直盯著前方，像隻壁虎般一動不動地攀在山岩上。

顏布布用盡所有力量，讓自己那些柔軟的精神觸鬚變成堅韌的鋼絲，一圈一圈地纏住黑色精神絲，不斷收緊。

隨著他不斷用力，黑色精神絲上的瘤一個個破裂，被勒的部位也滲出黑色的水。他任由那些黑水和著膿液淌過他的精神觸鬚，只死死勒住每一根精神絲不鬆。

他能清楚地感覺到，喪屍精神絲上的黑色物質在向他的精神觸鬚上進行轉移。喪屍精神絲顏色由濃變淡，成了死氣沉沉的灰白色，而他的精神觸鬚被染上了一層黑色，並慢慢向著深處浸潤，原先的銀光也被覆蓋住。

他聽到耳朵裡傳來絮絮嘈嘈的噪音，眼前的空間也在扭曲，拉出一

第八章 ◆
小捲毛，好久不見

些詭異的線條，充滿了邪惡、癲狂和混亂。

顏布布把自己分成了數份。一部分的他繼續絞緊喪屍的精神絲，一部分的他卻在替封琛進行梳理，還撥動著意識圖像，同時他的眼睛也一直看著山壁上的那隻喪屍。

那隻喪屍依舊沒動，但臉上的青黑色蛛網在快速消散。它逐漸褪去喪屍形態，像是一具死去不久的屍體，蒼白的皮膚上顯出一團團屍斑。但它還在繼續變化，屍體極快地腐爛、萎縮，整個人縮小了一大圈，只剩下乾枯的皮裹著鱗峋的骨。

顏布布抓著繩索，一動不動地掛在空中。他現在的模樣和那隻喪屍正好相反，皮膚上浮起了一層青黑色，眼睛也如浸入濃墨那般，變成了純粹的黑色。

但他的梳理和意識圖像卻依舊在繼續，始終沒有停下，正在和幾隻喪屍搏鬥的封琛並沒察覺到他的異常。

喪屍的精神絲都被他絞斷，毫無生氣地飄在空中，像一段段灰白色的蛛絲。而那些黑色物質都離開了喪屍精神絲，盡數轉移到顏布布的精神觸鬚上。

顏布布看見整個空間裡開始傾斜黑色的洪水，知道這個精神域正在崩塌，便絲毫不耽擱地將精神觸鬚往外撤。

他的精神觸鬚在此時發出銀光，而覆蓋在上面的黑色物質如同被那層光融化掉似的，開始變淡消散。

顏布布撤出喪屍精神域的瞬間，眼裡的濃黑像是潮水般退去，皮膚也恢復了正常膚色。但因為太過緊張，他全身都被冷汗浸透，像剛淋過一場雨似的。

他心有餘悸地喘著氣，看向下方的封琛，看見他剛好將身旁的喪屍都解決掉，薩薩卡馱著他在往上攀爬。

他又看向右方，看見那隻喪屍依舊附在山岩上。雖然已經死亡，但它的長指甲仍舊陷入石縫中，就那麼乾癟地掛在山壁上，像是一小段被

251

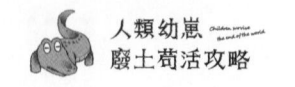

風乾的枯樹。

「薩薩卡快點上來！」顏布布衝著下方大喊道。

封琛在上行過程中也看見了那具乾喪屍，眼底微微露出詫異。但現在也來不及多問，只一個躍身抓住了繩索末端，同時催促顏布布：「快上去！」

上方就是那層電網，其中一段已經被掀開，繩索便從缺口中間垂下。顏布布剛要爬到時，便聽到頭上傳來一道低沉的聲音：「沒吃飯嗎？要不就地歇會兒，我給你弄點吃的來，吃了再接著爬？」

顏布布抬起頭，看見有人提著一盞汽燈順著繩索滑下來，穩穩地踩在電網上，並蹲下身，從缺口上方看著他。

來人身形高大，穿著一身藍色衣服，戴著一頂簷帽。帽簷下那雙銳利的眼和冷肅的神情，讓顏布布一眼就認出來他是林奮。

顏布布頓時渾身一凜，手腳突然變得無比利索，抓著繩索飛快地往上爬。

「快點，我現在沒有給電網通電，要是喪屍從其他地方上去了就糟糕了。」林奮繼續催促。

顏布布邊爬邊申辯：「我已經很快……」

「小心！」林奮突然一聲大喝：「你屁股下面！」

顏布布被這聲吼得魂飛魄散，連爬帶竄地衝過了缺口。他再轉頭去看封琛，發現他還在下方，而喪屍都在山壁下半部，這裡一隻也沒有。

顏布布心臟還在撲通狂跳，不可置信地看向林奮。

林奮對他露出一個微笑，眼尾也浮起了幾道好看的紋路，聲音溫和地道：「小捲毛，好久不見。」

封琛也緊跟著爬過了缺口，在經過林奮身旁時停住。兩人對視著，同時伸手握拳，在空中有力地相碰，再緊緊握住。

封琛的精神力屏障連接發出撞擊聲，林奮拍拍他的肩，吩咐道：「先上去。」

第八章
小捲毛，好久不見

比努努跟在黑獅身後經過缺口，林奮看見比努努後目光一頓，接著便提起身旁的汽燈湊近了看。

比努努惡狠狠地看了回去，掀起嘴齜出牙，並將爪子舉在林奮眼前，刷地彈出爪尖。

林奮絲毫不在意牠的威脅，連牠頭頂的葉片都看過後才放下汽燈，「很漂亮。」

比努努的咕嚕聲立即消失，卻還是將爪子在林奮眼前晃了晃後才收回來，接著繼續往上爬。

林奮朝下方射出一梭子彈，把掀開的電網蓋好，提上汽燈抓住繩索，在雙腳離開電網的瞬間按下手中的控制器，電網便發出通電後的嗡嗡聲響。

上方的膜片層也打開了一道缺口，當幾人和量子獸通過缺口後，林奮又將膜片層封好，「這上面很安全，可以去掉精神屏障了。」

這一段山壁上鑿出了一條路，以Z字型往上延伸。雖然這條路又陡又窄，但顏布布總算雙腳可以站上地面。

因為攀爬的時間太久，顏布布的兩條手臂放鬆下來後都在不停發抖，封琛便問道：「怎麼樣？要不要坐在這石階上休息會兒再上去？」

顏布布正要答應，眼睛就瞥到下方的林奮，話到嘴邊改了口：「我還可以走，沒事的。」

封琛有些意外地看著他背影，又回頭瞧了眼林奮，唇角不易察覺地勾了勾。

約莫10分鐘後，一行人終於到了山頂。

這山頂和顏布布想像的不一樣，並不是尖錐形，反而地勢很平坦，迎面便是一片生著茂盛樹木的林子，一條小徑延伸進樹林之中。兩旁的

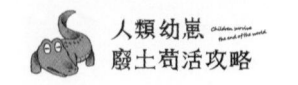

低矮樹木還被修剪成了圓球狀，每隔段距離掛著一盞路燈。

顏布布恍惚覺得自己不是在山頂上，而是回到了哨嚮學院，看到了他家前方的小花園。其實哨嚮學院的小花園還趕不上這裡，因為沒有這麼高大茂盛的樹木。

「哇──」顏布布發出驚歎，封琛跟著停下腳步，比努努和薩薩卡也瞪大了眼睛。

林奮從他們身旁走過，肩上站著兀鷲，嘴裡問道：「我把這片林子拾掇了出來，布置得怎麼樣？」

顏布布忙不迭點頭，「好看，很好看。」

「有眼光。」林奮頭也不回地往後拋了樣東西，顏布布連忙伸手接住，發現那是一條肉乾。

他咬了一小口後，有點驚喜地對封琛道：「鹽，有鹽，是鹹的。」說完後便又將剩下的半條餵進封琛嘴裡，「快嚐嚐，是鹹的呀！」

他和封琛在羞羞草那峽谷裡住了這麼多天，一次鹽也沒嚐過，現在吃到這帶著鹹味的肉乾，只覺得太好吃了。

林奮停下腳步，轉身，皺起眉問：「你們都是過的什麼日子？連鹽都沒嚐過？」

封琛嚼著肉乾，簡短地回道：「掉了崖，養了幾天傷。」

林奮側頭想了想，理解地道：「明白了。」

顏布布心裡記掛著于苑，便問道：「林少將，于上校叔叔呢？」

林奮很自然地回道：「他這段時間生病了，身體不大好，無法外出，在家裡休息。」

「喔，那要緊嗎？」顏布布立即追問。

林奮道：「沒事的，小感冒，剛還在悶頭大睡，晚點等他起床了就能見到。」

封琛看著兩旁粗壯的樹木，還有林子間露出的石桌椅一角，便問道：「這些樹都是變異種吧？待在裡面休息的話會安全嗎？」

第八章
小捲毛，好久不見

　　林奮將手中的汽燈撚滅，淡淡地回道：「變異種又怎麼樣？打服了就聽話了。」

　　比努努原本還在警惕地看著這片樹林，聽到林奮這樣講，神情有些震驚，像是這句話已經超出了牠的認知，卻又有些若有所思。

　　顏布布看著兩旁那些圓球造型的樹木，「就你和于上校叔叔住在這兒，也要把它們修得這麼好看嗎？」

　　「我不喜歡雜亂無章，不管是士兵還是變異種，在我手裡就必須得有規矩。」林奮回道。

　　比努努微微張嘴，又去扯薩薩卡的鬃毛，朝牠無聲地哇了一聲。

　　封琛牽著顏布布跟在林奮身後，走出了這座樹林，眼前出現了一片菜地。

　　顏布布瞧著那些長得還挺好的茄子、大豆，小聲問封琛：「哥哥，這些菜也是變異種嗎？」

　　封琛側頭看了他一眼，用手指著兩旁的半空中說道：「那是高壓鈉燈。」又低下頭輕笑了聲，「變異種……」

　　顏布布不大高興地嘟囔：「燈沒開嘛，我剛才沒看見。」

　　「你看這些菜像變異種的樣子嗎？」

　　顏布布要摟住他胳膊撒嬌，就看見林奮肩頭上站著的兀鶩正饒有興致地看著兩人，連忙收斂神情直起身體，目不斜視地往前走。

　　這片菜地並不大，走出頭後又是一片林子，中間修建著一條七拐八繞的長廊。顏布布驚訝地發現，這長廊修得很好，而且使用的還是某種特製材料。

　　「不是我修建的，我沒那麼大的本事。」林奮雖然一直走在前面，卻像是背後長了眼睛，嘴裡解釋道：「這裡以前是安俶加的研究所，所有的建築都是他們修的，包括發電機和一些基礎施設。」

　　「果然是安俶加的研究所！那他們人呢？怎麼現在是你和于上校叔叔住在這兒？」顏布布問道。

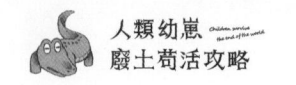

「從這邊走。」林奮拐下長廊，走上一條碎石路，「研究所怎麼會成了我的是吧？很簡單，把安傚加的人都殺了就成了我的。」

比努努牽著薩薩卡的鬃毛正在東張西望，聽到林奮的話後又小小震驚了一下，接著便盯著他背影深深看了好幾眼。

碎石路的盡頭是一棟灰撲撲的樓房，修建得非常堅固，看上去像是一座堡壘似的。

「就這兒，到家了。」林奮指著那座堡壘道。

進門便是一個大廳，空蕩蕩的什麼也沒有，顯然是研究所以前的接待廳。林奮帶著他們穿過大廳，進入後面的套房，屋內這才有了居住過的痕跡。

客廳並不大，沙發桌椅一應俱全，但陳設極其簡單，非常符合林奮的風格。

「自己去沙發上坐吧。」

林奮取下頭上的簷帽掛到門旁的衣架上，當他摘下帽子後，露出的頭髮裡多了很多銀白色的星星點點。

顏布布看著他的頭髮，心裡有些驚訝。他現在也不過40歲左右，正值壯年，想不到頭髮都白了一半。想來這山上看似不錯，實際上他們這些年過得也挺艱難。

林奮將帽子掛好，轉頭時正好撞見顏布布的視線，便隨口問道：「怎麼了？」

「沒什麼，就是看到你頭髮⋯⋯」顏布布指了指他的頭。

林奮摸了下頭髮，恍然道：「看到我頭髮白了覺得很意外？」

屋內光線很好，顏布布這才發現他不光頭髮變白，眼角也添了幾道皺紋。只是他眉目深邃，臉部線條硬朗，皺紋和白髮也無損他的英俊，反而為他增添了成熟男人的魅力。

「不意外⋯⋯還是有點意外⋯⋯嗯，還好⋯⋯不是，我說的還好其實就是很好的意思。」顏布布結結巴巴地解釋道。

第八章
小捲毛，好久不見

　　林奮並不介意顏布布的話，只上下打量著他，又伸手揉了把他的頭髮，「不錯，還是這種手感，就跟摸羊毛似的，一定要保持住。」

　　林奮揉完顏布布的腦袋又看向封琛，眼裡漸漸露出幾分動容。他拍了拍封琛的肩，「好小子，也不錯，長得比我都高了。」

　　封琛笑了笑。

　　林奮問：「等級？」

　　「A級。」

　　「A級？」林奮挑了下眉，「這是檢測出來的結果？」

　　封琛老實回道：「是掉崖時才突破的，還沒來得及檢測。」

　　林奮的目光在他和顏布布臉上來回逡巡，漸漸帶起了幾分意味深長。顏布布忙解釋：「其實是因為我們掉下崖後才深度結合，所以還沒檢測過。我們先是精神力結合，哥哥的等級就提升了很多，然後我出現了結合熱……」

　　「咳咳。」封琛突然用手抵住唇大聲咳嗽，打斷了顏布布的話。顏布布見他咳得厲害，便關心地問：「怎麼突然開始咳嗽了？」

　　林奮眼睛裡閃過一絲笑意，略過剛才的話題接著問顏布布：「你應該也沒檢測過，大概等級是什麼？」

　　顏布布想了想，斟酌著回道：「大概等級的話……應該只是個光明嚮導而已。」

　　「應該只是個光明嚮導而已……」林奮點了點頭，又指著旁邊沙發，「都別站著了，去坐吧，我去燒水泡茶。」

　　顏布布跟著封琛坐在沙發上，好奇地打量屋內，看見對面的房門緊閉著，估計那是臥室。

　　他想到生病的于苑此刻應該就在那屋子裡，心情有些激動，卻又不好直接向林奮詢問，便頻頻望向那裡。

　　林奮在角落小桌上用電水壺燒水，看了顏布布一眼後，便解釋道：「那是我們的臥室，但是于苑生病以後怕傳染給我，就暫時住到樓

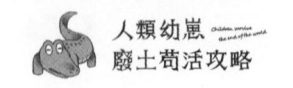

上,現在不在這裡。」

「喔,這樣啊。」既然于苑不在那屋內,顏布布便收回了視線。

林奮燒水時,比努努就在他身旁踱來踱去,像是無意地走到他旁邊,眼睛盯著水壺,卻不時會瞟他一眼。

「安俶加在這研究所裡留下了不少好東西,光是茶葉都喝不完。」林奮拿出三個杯子,看了眼在旁邊晃悠的比努努,低頭問道:「你要喝茶嗎?」

比努努點了下頭,林奮便又從櫃子裡拿出了一個杯子。比努努指了一下趴在沙發旁的黑獅,林奮便道:「行,泡五杯。」

水燒開後,林奮往放了茶葉的水杯裡加水。

顏布布正要去幫著端,就見比努努已經端著茶杯過來了。牠將這杯茶放好後,又轉頭繼續去端。

「謝謝。」林奮道。

比努努沒有什麼反應,卻在林奮蹲下身放置茶葉盒時,有些雀躍地握了下爪子。

顏布布在看見比努努開始端茶起便瞪大了眼,在牠轉身去繼續端水時,驚愕得張開了嘴。他小聲問封琛:「你看見了嗎?看見了嗎?牠這是怎麼了?」

封琛也小聲回道:「這是有了崇拜的偶像。」

顏布布如遭雷劈,喃喃道:「⋯⋯崇拜的偶像,崇拜⋯⋯我本來還指望著讓牠去對付⋯⋯」

「讓牠對付誰?」林奮頭也不側地問道。

顏布布一個激靈,「對、對付那些變異種。」

林奮沒再說什麼,只在轉身時摸了下比努努的腦袋,「好姑娘。」

比努努欣然接受了好姑娘這個稱謂,還略微得意地看了顏布布一眼,像是在炫耀似的。

顏布布:「⋯⋯」

第八章
小捲毛，好久不見

　　林奮在對面沙發上坐下後，顏布布知道這是要開始說正事了，不由坐直了身體，封琛也微微前傾，擺出了傾聽的姿態。比努努靠在黑獅身旁，牠倆面前也分別擺著一杯茶，安安靜靜地坐著。

　　「我知道你們有很多話想問我，現在問吧，我會把我所知道的一切都告訴你們。」林奮端起一杯茶，往後靠在沙發背上，輕輕撥動著上面的茶沫。

　　屋內很安靜，只聽見杯蓋輕輕碰撞出的聲響。

　　封琛原本有太多的話要問林奮，但那些話都爭先恐後地堵在喉嚨裡，一時之間竟然什麼都問不出。

　　林奮輕輕嘆了口氣：「你想問我當年到底發生了什麼事，為什麼密碼盒沒有出現？為什麼我和于苑也消失了，而且藏在這裡？」

　　封琛便道：「其實我已經知道了一部分，從孔思胤和紅蛛那裡。」

　　「紅蛛？」林奮還是第一次聽說這個名字。

　　顏布布在一旁解釋：「就是當初在地下安置點門口偷襲你和于上校，讓你們昏迷過去的那名安伱加教眾。」

　　林奮恍然：「他叫紅蛛啊。是的，就是他，帶了一隻梭紅蛛量子獸偷襲，我和于苑居然這樣中了招，在昏迷中被帶到了阿貝爾之淚。」他又看向封琛，「不錯，還能將伏擊我的人找出來。是誰給你提供的線索？孔思胤？」

　　「是的，也是他後來發現你們是在安置點出口出事的，還找到了梭紅蛛的線索。」封琛回道。

　　林奮輕輕吹了口茶水，「既然你和孔思胤交談過，也就知道密碼盒丟失的過程，那你有沒有從中發現什麼蹊蹺？」

　　「蹊蹺？」封琛略微一怔，側頭沉思片刻後道：「按說你將密碼盒交給孔思胤，屋外是會有士兵值守的。但孔思胤走出屋子後，外面竟然沒有士兵，還讓人把盒子給換了。」

　　林奮贊許地點了下頭，「當孔思胤在電梯裡讓我看那假盒子時，我

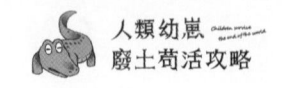

就知道這麼短的時間內盒子被換掉，問題只能出在他剛出門時。」

「所以你當時就懷疑了陳思澤或是冉平浩？」封琛問。

林奮道：「只有他倆能讓房門口沒有人值守，但當時我來不及去管這些，首要是要去地下安置點的出口把人堵住。」

「可是伏擊你的人卻是安俶加的人。」封琛神情越來越凝肅，「說明東西聯軍的執政官和安俶加教有勾結，合謀將那密碼盒弄走。」

林奮喝了一口茶水，點點頭讚賞道：「很好，憑這樣一個細節就可以想到這麼多。」

封琛臉上露出一抹慚色，「其實我之前都沒注意過這個細節，也沒往這方面想過。是剛才你問我有沒有發現什麼蹊蹺才被點醒。」

林奮道：「我像你這麼大年紀的時候，就算被提醒也不會想到這些，你已經很不錯了。而且你之前一定很信任陳思澤或是冉平浩，所以在聽到孔思胤給你講述了整個經過後，就算會去懷疑他們，卻也不會去細想，因為你潛意識裡認為這事和他們無關。」

封琛問道：「那孔思胤呢？他也不知道嗎？」

林奮輕輕嘆了口氣，「孔思胤看似老辣，骨子裡其實是個學者，和我這種人不同。不過這樣也好，依照他的性格，如果發現陳思澤或是冉平浩和這事的確有關的話，可能早就消失在這個世界上了。」

封琛沉默片刻後遲疑地問道：「那你知道是哪位執政官和這件事有關嗎？」

林奮沒有直接回答，只意味深長地問：「你認為呢？」

封琛回道：「陳思澤。」

林奮點了點頭，「你說得沒錯，是陳思澤和安俶加勾結，也是他參與了換走密碼盒這件事。」

顏布布一直在旁邊屏息凝神地聽著，這時忍不住問道：「為什麼能確定是他⋯⋯當然，我清楚肯定是他，畢竟我也非常會分析嘛，而且封先生和太太都是他關起來的，那就是個壞人。」

第八章
小捲毛，好久不見

「你們也知道封將軍和封夫人是被他抓走的？」林奮問道。

封琛敏銳地捕捉到話裡的「也」字，立即追問：「什麼意思？」

林奮看著封琛，緩緩開口道：「我和于苑被綁到阿貝爾之淚研究所後，遇到了你的父母親，也是他們幫助我們逃走的。」

聽林奮說他在阿貝爾之淚研究所遇到了父母，封琛倏地坐直了身，顏布布也失口出聲：「你碰到了先生、太太？你在阿貝爾之淚研究所裡碰到了他們？」

林奮道：「是的，就是在封將軍的協助下，我才能順利拿到病毒母本，也是他引走追趕的人，我和于苑才能順利逃走。」

「那他們……」封琛擱在膝蓋上的手指顫了顫。

林奮看向封琛，嚴肅道：「我們是一起逃出研究所的，但你父親為了讓我和于苑離開，自己留下來斷後。你母親也執意要和他在一起，不跟著我們走。」

封琛啞聲問：「那他們當時還好吧？」

「還好，身體上沒有受到傷害。」林奮點頭，推測道：「雖然我不知道封將軍夫婦後來如何了，但安攸加和陳思澤肯定不會為難他們。因為他們丟失了原始病毒，在沒抓住我的情況下，還指望著讓你父親再提煉一份出來。」

封琛沉默片刻後，對林奮道：「我確定父母還活著。就在前幾天，父親用一種隱祕的方式和我取得了聯繫，只是我還沒能找到他，自己就先出了事。」

林奮露出了一絲微笑，「和我猜測的一樣。雖然原始病毒只有唯一的一份，不可能再有，但封將軍足智多謀，一定會讓陳思澤認為他還能製造出樣本，保住自己和封夫人的安全。」

封琛沒有再說什麼，陷入了沉思中。林奮知道他要消化這些資訊，也沒有打擾他，只端起茶杯喝水。

顏布布見他杯裡的水只剩下一半，就要起身給他續水，但眼前黑影

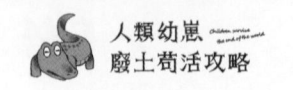

一閃,比努努已經搶先一步去拿開水壺。

比努努續完水後,又站在林奮身旁看著他。林奮便問:「想出去玩兒嗎?去抓那些變異種玩。」

比努努遲疑著沒有回應,顯然既想留在這裡,但也想出去玩。

「立正。」林奮低聲喝道。

比努努便站得筆直,挺起了胸脯。

「向左轉。向前走。向左轉。跑步前進,目標樹林。」

比努努跑向了樹林,薩薩卡也跟了上去。林奮轉頭瞧了眼蹲在窗臺上的兀鷲,兀鷲便也搧動翅膀追了上去。

【第九章】
你是我的哨兵，
你的生命也屬於我

◆──────◆

林奮像是在回憶：「我記得比努努是你小時候的玩具。」
顏布布反問：「那你覺得它們不像嗎？」
林奮的神情有些複雜，
「所以牠是虛幻角色量子獸？還是帶著喪屍病毒的量子獸？」
「差不多吧。」顏布布有些自豪地抬起下巴，
「牠是獨一無二的。」
林奮這次沉默了很久才點頭道：「牠的確是獨一無二的。」

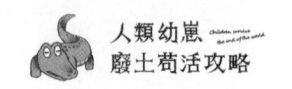

顏布布一聲不吭地坐著，只垂眸盯著自己的水杯，林奮看了他一眼道：「你小時候就像牠那樣。」

顏布布握住水杯，臉蛋越板越緊。

林奮又問：「牠是什麼品種？我到現在都沒認出來。」

顏布布過了好一會兒才不情不願地回道：「比努努。」

「我說的品種。」

「品種就是比努努。」

林奮像是在回憶，喃喃道：「比努努……我記得比努努是你小時候的玩具。」

顏布布反問：「那你覺得它們不像嗎？」

林奮挑起了眉，露出驚訝的神情，「你的量子獸是玩具？」

「牠怎麼會是玩具呢？牠就是比努努啊。」見林奮難得地顯出茫然神情，顏布布便細細解說了一遍。包括自己當初被喪屍咬後，是因為比努努吸收了喪屍病毒，所以他才能痊癒甦醒。

林奮的神情有些複雜，「所以牠是虛幻角色量子獸？還是帶著喪屍病毒的量子獸？」

「差不多吧。」顏布布有些自豪地抬起下巴，「牠是獨一無二的。我見過好多相同種類的量子獸，比如麋鹿和梅花鹿都是鹿，白鷺和兀鷲都是鳥。但比努努只有一個，沒有東努努或是西努努。」

林奮這次沉默了很久才點頭道：「牠的確是獨一無二的。」

封琛從自己的沉思中回神，靜靜地聽著兩人談話，伸手去端桌上的茶杯。

顏布布看見了，連忙將他茶杯接過去，「我去給你和林少將換熱水。」說完起身，順便把兩隻量子獸沒有動過的茶水也一併端走。

「哎，你那涼了的水直接倒去窗戶外就行了，我在窗戶下面種了小蔥。」林奮吩咐完顏布布，這才轉頭對封琛道：「你還有什麼想問的就問吧。」

第九章
你是我的哨兵，你的生命也屬於我

　　封琛兩手交握著，大拇指互相撥動，似是反覆斟酌後才開口問道：「林少將，你和于上校從阿貝爾研究所逃走後，就一直住在這裡嗎？」

　　林奮回道：「對，我在阿貝爾研究所的時候，就知道安俶加在這兒還有個不為人知的祕密研究所。各種設施齊全，防禦嚴密，還有地勢險要的優勢，留守人員也少。所以我就來這裡把研究所給搶下來了。」

　　林奮講述時，封琛就垂眸看著桌面不動，等他講完後才慢慢抬起頭，「你們拿著病毒母本，為什麼不回中心城？雖然陳思澤是東聯軍執政官，可是還有冉平浩。現在山下都圍著喪屍，的確是走不掉，但當時你們從阿貝爾之淚逃走時，應該是可以回到中心城的吧？」

　　顏布布正在給茶杯裡倒熱水，聽見封琛的聲音有些冷淡，便轉頭看了他一眼。

　　林奮靠著沙發背，神情依舊很平靜，「我們是去了中心城，但是到城附近時進不去了，只能到這兒。」

　　封琛問：「你們當時受了重傷？」

　　「沒有重傷。」

　　「能行動嗎？」

　　「不影響行動。」

　　「很多人在圍堵你們，繞路都進不了城？」

　　林奮側頭想了下，「是有挺多人，但要繞路的話，沒有人可以攔住我和于苑。」

　　封琛定定看著他，臉上浮起一個類似譏嘲的笑，「那你們為什麼卻到了這兒呢？」

　　「我有自己的原因。」林奮回道。

　　「什麼原因？」封琛語氣咄咄。

　　林奮目光漸漸冷了下來，倨傲道：「不得已的原因，但我沒有告訴你的必要。」

　　「是嗎？不得已的原因……」封琛轉動目光打量著這間客廳，以

265

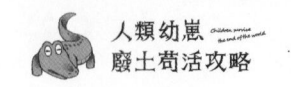

及隨手放在桌上的一束不知名野花。「山頂的條件的確很好，不光能種菜，有茶喝，還能有閒情雅致養點花。當時你們若是執意要回到中心城，不知道還會遇上多少險情，哪有這樣的世外桃源好。」

林奮放下交疊的雙腿，身體前傾，一雙比平時更加銳利的眼睛從眉峰下盯著封琛，並緩緩開口：「你想說什麼？」

兩人都沒有做聲，就那麼互相對視著，屋內空氣頓時降低了數度。顏布布停下續水，惶惶地站在原地，看一眼林奮，又看一眼封琛。

片刻後，封琛比室溫更加冰冷的聲音響起：「我一直以為你和于上校雖然逃出了研究所，但又遇到了更加棘手的對手，讓你們無法應付，根本進不了中心城。但現在看來，是我自己想錯了。」

「我說過了，我有不得已的原因。」林奮的聲音也透出寒意。

封琛陡然提高音量：「那你告訴我，究竟是什麼不得已的原因，讓你拿著病毒母本躲在這裡？像一隻老鼠一樣躲在這裡？」

林奮沒有做聲，目光森寒地盯著封琛，渾身散發出軍人和上位者的氣勢。封琛毫不畏懼地和他對視著，雙眼泛著紅絲，如同一隻剛成年的凶狠小狼，頂著頭狼的威壓和牠兩相對峙。

顏布布僵硬地站在原地，覺得身遭的空氣有如變成了冰，他只要吸進一口空氣，氣管和肺部都會結起一層白霜。

封琛繼續追問：「你和于上校在這裡過你們的小日子，那你知不知道因為沒有病毒母本，這些年有多少人變成了喪屍？」

林奮擱在沙發扶手上的手不易察覺地抖了下，呼吸也有些急促。

封琛雙手撐在茶几上，俯身看著林奮，「你能想到福利院那些失去雙親的小孩子，是怎麼趴在圍欄上，哀求每一個經過的人帶他們去找父母嗎？能想到中心城下面的喪屍每日都在增長，殺都殺不完嗎？那些喪屍原本都是一個個活生生的人！你能聽到安置點裡不時響起的槍聲，還有那些絕望的哭喊嗎？」

林奮的雙手緊握成拳，手背上鼓起了青筋，神情也更加凌厲。顏布

第九章
你是我的哨兵，你的生命也屬於我

布心臟都哆嗦著，生怕他突然掏出把槍，照著封琛的腦袋扣下扳機。

屋內又是一陣令人窒息的沉默。

片刻後，封琛搖搖頭再直起身，臉上的凶狠消失，卻浮起了濃濃的失望和悲傷，「你們待在這裡算什麼？你的那些屬下多年來一直在尋找你，從來沒有一天放棄過，他們的這些努力算什麼？」

他的眼眶紅了起來，聲音也有些哽咽：「而我父母、我父母，他們為了掩護你們，又被安嫩加教抓了回去，他們的付出又算什麼？」

封琛轉開頭，閉上眼深深吸了口氣，再回頭後，看著林奮一字一句地道：「你們倆貪生怕死，枉為軍人！」

砰！一聲巨響，一只玻璃茶杯被林奮扔在地上砸成碎片。

「混帳！」林奮赫然起身，因為極度憤怒，他臉色蒼白，連著嘴唇都已經失去了血色，不可遏制地顫抖著。

「滾出去！」他指著房門道。

封琛的胸脯急劇起伏，他看著林奮，從身後取出那把從不離身的匕首，砰地扔在桌上，接著抬步走向屋外。

「你讓于上校也不用躲起來了，既然敢做，就別覺得丟人！」封琛喝出這兩句後，頭也不回地跨出了房門。

「滾！」林奮又是一聲大喝，震得顏布布跟著一抖。

林奮暴怒地在桌上尋找茶杯，但剩下的那只剛剛已經被他砸了，便又轉頭看向顏布布。

顏布布趕緊將手上還端著的兩杯茶塞到櫃子裡。

他站直身後，迎上林奮那雙滿是凶戾的眼睛，腿肚子都一陣陣發軟，結結巴巴地道：「我也滾、滾出去，我馬上就滾出去。」

他面朝著林奮，貼著牆壁一步步往外挪，挪到快到門口時，飛一般地衝了出去。

顏布布啪啪的腳步聲遠去，屋內安靜下來，只剩下林奮急促的喘息聲。他突然抬手捂住了頭，露出痛苦的神情，接著走到放茶杯的櫃子

267

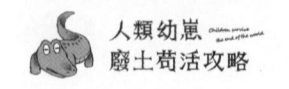

前，顫抖地打開其中一個抽屜，從裡面取出幾個藥瓶，擰開蓋子後往掌心裡倒。

他的手在發抖，都有些拿不穩藥瓶，藥片散亂地滾在掌心，還有幾粒掉在了地上。

他數也沒數藥片數量，直接將那把都塞進口中。喘息聲漸漸平息，蒼白的臉上也恢復了一絲血色。

他回到沙發前坐下，緩緩看向桌上的匕首，並伸手拿了起來。

棕色的匕首皮鞘有些地方已經泛黑，顯出歲月久遠的色澤。原本那些脫線的地方卻已經被細細縫好，看得出被人很珍視地對待過。

他拔出匕首，鋒利刀刃反出燈光，亮得有些晃眼。他的手指輕輕撫過匕首把，看著上面刻著的「無虞」兩個字，慢慢垂下了頭。

他的肩膀垮塌下去，脊背半弓，之前的那些氣勢一掃而空。就像是被打碎了面具，終於露出了面具下的痛苦和脆弱。

顏布布衝出屋子後，看見封琛大步往前的背影，連忙追了上去。

封琛臉色很難看，顏布布神色不安地小跑步跟在他身旁，邊跑邊不停轉頭去看他。

比努努和薩薩卡在兀鷲的陪同下，正在長廊裡跑來跑去。封琛直接從牠們中間撞開，穿過長廊，走向前方的樹林。

他臉色太差，原本要發怒的比努努瞧見他神情後，也乖覺地閉上了嘴，將剛抓到的一隻小雀變異種藏在身後。

顏布布跟著封琛小跑了一段後，小聲問道：「我們是要走了嗎？是要離開這兒嗎？那也要把比努努和薩薩卡叫上啊，牠們倆還不知道我們要離開呢。」

封琛猛地停住腳步，站在原地不動，顏布布也就一個急剎，屏息凝

第九章
你是我的哨兵，你的生命也屬於我

神地立在旁邊。

路燈照耀下，石子路面發出溫潤的光，兩旁的樹木在風中微微晃動，發出簌簌聲響。

「不走。我還沒拿到密碼盒，怎麼可能走呢？」良久後，封琛才低聲說道。

他已經平靜下來，側頭看了眼顏布布，牽著他的手往林子裡的石桌走，「陪我在這裡坐會兒。」

「好。」

兩人坐在石桌旁，封琛看著山外那濃重的黑暗，沉默地想著心事。顏布布也沒有打擾他，只安靜地坐在一旁。

三隻量子獸已經到了樹林裡，比努努和薩薩卡在追一隻獾變異種，兀鷲停在不遠處的樹枝上，不時看一眼封琛兩人。

顏布布伸手摸上封琛的手背，感覺到他肌膚微涼，便將他手抱進自己懷裡，封琛也抬起另一隻胳膊，將他攬進懷中。

「剛才嚇到你了吧？」封琛低聲問。

顏布布搖頭，「你們又沒對我發火，我沒嚇到的。」

「嗯。」

顏布布耳朵貼在封琛胸口，聽著他平穩有力的心跳，又側頭在那裡親了親，「林少將說他們有自己的原因，可能真的是這樣呢？我覺得林少將是不會撒謊的。」

顏布布知道，封琛雖然從未說過，但林奮對他來說很重要。林奮是師長、是朋友、是父親，他對林奮是帶著敬畏和崇拜的孺慕之情。當他發現林奮不是自己想像的那樣偉岸和強大後，才會這樣的衝動和憤怒。

片刻後，封琛輕聲開口：「當初他們離開海雲城那天，我抱著你在船上，他當時對我說了幾句話，我現在都還記得。」

「什麼話？」顏布布問。

「他說……成人的世界就是這樣，他們並不是想傷害你，只是在

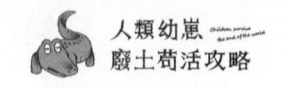

某些時刻，會做出更符合自身利益或者更多利益的選擇。其中也包括我。」封琛自嘲地笑了聲，「可能我之所以發這麼大的火，是因為我還是那個沒長大的12歲孩子吧。」

顏布布從封琛懷裡直起身，伸手捧住了他的臉，仔細地端詳他片刻後，輕聲問道：「哥哥，坦白說你覺得林少將和于上校是你剛才說的那種人嗎？」

封琛像是想要立即回答，顏布布打斷他道：「1分鐘後才說。」

1分鐘後，顏布布放下手，封琛的嘴唇動了動，卻沒有發出聲音，眼裡也全是茫然。

「不知道嗎？」顏布布又拿起他右手，按在他自己胸口，「那這裡呢？這裡知道答案，讓這裡來告訴我。」

路燈在顏布布眼裡化成碎光，帶著一種安靜的溫柔。封琛抬起另一隻手，覆上他的手背，一同按住自己的心臟位置。

「知道了嗎？」

「想清楚了嗎？」

片刻後，顏布布和林奮的聲音同時響起。

兩人都愕然地轉過身，看見林奮不知道什麼時候來了，雙手背在身後，站在離兩人十幾公尺遠的地方。

林奮緩緩走過來，居高臨下地看著封琛，又伸手戳了下他胸口，「告訴我。」

封琛站起身平視著林奮，深深吸了口氣，語氣緩慢卻堅定地道：「不是！他們不是那樣的人！我認識的那個林奮不是，那個忠誠勇敢，堅守信念的林奮不會是！」

林奮沒再說什麼，只垂下頭，盯著自己腳尖看了半晌。再抬起頭時一臉平靜，只有眼眶有著微微的紅。

「原本有些事不想讓你們知道……行吧，那就告訴你們。」

他走到石桌另一邊坐下，又看向兩人，「坐啊，站著幹什麼？難道

第九章
你是我的哨兵，你的生命也屬於我

還要我請嗎？」

顏布布見封琛垂著眼坐下，便也跟著坐在了石凳上。

林奮沉吟片刻後道：「這件事要說起的話，得從逃離阿貝爾研究所開始。」

「我和于苑從昏迷中醒來後，發現被關進了一個空房間。正在想辦法逃離的時候，就聽到牆壁上傳來有規律的叩擊聲，使用的是軍部專用的米勒密碼。我用米勒密碼和隔壁的人取得了聯繫，他告訴我洗手池後面有小孔。我們通過小孔傳遞紙條，我才知道隔壁居然是關著封將軍和封夫人。」

顏布布側頭看向封琛，伸手蓋在他手背上，被封琛將他的手緊緊反握住。

林奮繼續道：「你父母在地震的前一天，被陳思澤關在了那裡。他已經搞到了門鎖密碼，我們決定從房間出去後，便去搶出病毒母本。一切都進行得很順利，你父親吸引那些人的注意力，我和于苑也闖進了研究所，搶到了正在進行研究的病毒母本。」

「正在進行研究？」封琛問。

林奮點了下頭，問他們兩人：「你們以前有打開過密碼盒嗎？」

「沒有看過。」

「沒有，哥哥不准我亂碰那些數字。」

林奮道：「其實密碼盒是一個小型恒溫箱，由一小塊溧石供能，將盒裡溫度始終維持在零度以上，這樣才能保證病毒的存活，而病毒就裝在一個特殊材質做成的製劑管裡。他們剛把母本取出來，我和于苑就闖了進去，將製劑管搶走了。」

「接下來的經過就是你們想的那樣，我們四人一起往外逃。費了一番工夫後，終於離開了研究所。」

林奮語氣平淡，但那句「費了一番工夫」，卻讓封琛和顏布布能想像出當時的艱難和驚心動魄。

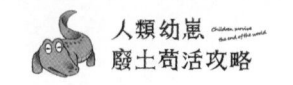

「我們當時都負了傷，行動不是很方便。你父親覺得這樣不是辦法，在他們快追上的時候，就讓我和于苑帶著母本走，他和你母親把追上來的人引去了另一個方向。我們在那條岔路分的道，後來就再沒見過，不過聽你說他們還活著，我也就放心了。」

一陣風吹來，樹葉左右搖晃，涼意也爬到了身上。林奮看到顏布布瑟縮了下，便站起身道：「走吧，先回去，邊走邊說。」

他轉身往回走，兩人便起身跟上。比努努和薩薩卡還在林子裡玩，見他們打算回屋，也邊玩邊往回走。

林奮瞧著比努努，又對顏布布道：「這個玩具真的不錯。」

「都說了牠不是玩具。」顏布布嘟嚷道。

走出樹林後，小路變寬，林奮放慢腳步，等著兩人和他並肩後才開口道：「我和于苑離開研究所後，在第二天下午趕到了靖安城。照我倆的速度，再過一天就能回到中心城。」

顏布布和封琛在去往中心城的路上也曾經路過靖安城，還在一家私人小影院裡坐過，知道那城離中心城已經不遠了。

封琛忍不住追問道：「那你們出了什麼事？是安伱加的人又追上你們了嗎？」

「安伱加的人一直跟在後面，沒有追上我們。但陳思澤在去往中心城的路上布防，埋伏了不少人。」

顏布布神情一凜，「所以你們又被陳思澤的人抓了？」

「想什麼呢？我和于苑會被陳思澤的人抓住？」林奮皺起眉頭看向顏布布，「還又被抓了？我們之前也是因為著了那個蜘蛛的道，不然會失手嗎？」

三人已經走出樹林，在那些菜地間穿行。林奮看向左邊菜地，突然停住腳：「等等。」接著便小心地從大豆苗中穿行，一直往左邊走。

他到了菜地邊蹲下身，半分鐘後回來，手上多了幾株黃色的野花。

「我早上採到了淡粉色的花，裡面再點綴幾朵黃色的會更好看。」

第九章
你是我的哨兵，你的生命也屬於我

林奮將花湊到鼻端前聞聞，皺起了眉頭，「這種花地震前就有，于苑老說很香，其實明明就是一股子爛蕃薯味兒。」

顏布布道：「你讓我聞聞。」

林奮便將花遞到他面前。

顏布布聞了兩下，剛要說挺香的，就見林奮垂眸看著他，便給出了一個折中的說法：「是一股爛蕃薯的香味。」

「嗯。」林奮點點頭，拿著花繼續往前走。

穿過菜地，走在七拐八繞的長廊裡，林奮看著手上的花束，低沉的講述聲繼續響起。

「我們離開靖安城以後，安伢加的人一直在後面追著。到了傍晚時，我們離中心城只剩下半天路程⋯⋯」

灰暗的天空上飄著大雪，整個世界一片白色，天地間只有兩個人影踏著積雪在前行。

「還走得動嗎？我揹著你走。」林奮的睫毛上都掛著一層冰霜，轉頭問自己牽著的人。

于苑同樣滿頭滿身的霜雪，而且臉色很不好。除了氣溫太低，也有受傷的緣故。

「我沒什麼事，倒是你自己，腰上還有刀傷，得注意著點。」于苑說完這句話後，低低咳嗽了兩聲。

林奮將他往自己懷裡帶了帶，替他擋住了風雪，嘴裡道：「這點刀傷算什麼？以前受的傷比這要嚴重多了。冷不冷？冷的話我們就去前面那山後面歇會兒，那些人一時半會兒是追不上來的。」

于苑拉開自己厚厚的軍大衣往裡看了眼，臉上浮出了焦灼，「不能歇了，這製劑管的溫度越來越低，就要跌到零度了。」

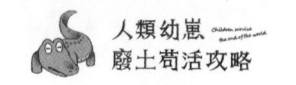

他們闖入研究室時，製劑管已經被從密碼盒裡取了出來，而原本保溫的盒子不知道去了哪兒。

封將軍還拖著人在戰鬥，他們沒有時間去找盒子，便只拿走了製劑管。雖然一路上于苑都將製劑管貼身放著，這小管本身也隔寒隔熱，但在零下低溫的雪地裡行走了這麼久，顯示幕上的溫度也在慢慢降低。

「沒事的，我們趕得及，只要進了城，馬上就能聯繫到西聯軍。」林奮雖然這樣安慰著他，但神情也越來越凝肅。

于苑舔了下因為失血而有些蒼白的唇，正要說什麼，卻突然停下了腳步。

「怎麼了？」林奮目光變得銳利起來，立即打量四周。

于苑聲音有些急促：「白鶴剛才告訴我，前面有人埋伏。」

「有多少人？」林奮問。

「好幾十個。」因為太過焦灼，于苑的臉色看上去更加蒼白，聲音都有些顫抖：「現在怎麼辦？後面的人也要追上來了。」

林奮看向天空，風雪中飛來一個小小的影子，那是一直在後面盯著追兵的兀鷲。

「我們只能繞行，我知道左邊有條路可以避開他們。只要不正面戰鬥，那些追上來的人不足為懼。」于苑沙啞著嗓音道。

林奮搖頭道：「不行。我知道你說的那條路，如果繞行會多花上半天時間，那這母本溫度會降到零度以下，標本會保不住。」

「但我們要是不繞行的話就要和前後兩撥人對上，打鬥一場會花上半天時間，製劑管說不定也會被奪走，快想想有什麼辦法……」于苑焦急地道。

兩人在風雪中靜靜對視著，兀鷲在頭頂盤旋兩圈後，又飛前去尋找白鶴。

林奮轉頭看向前方，視野裡只有一片白茫茫。他又看回于苑，伸手將他睫毛上的霜雪拂走，柔聲道：「有辦法，我們就直走，等會兒我負

第九章
你是我的哨兵，你的生命也屬於我

責拖著他們，你什麼都別管，只管往前跑。」

「你拖著他們？你怎麼拖著他們？」于苑立即追問：「他們那麼多人，你有什麼辦法可以拖著他們？」

「我肯定有辦法的⋯⋯」

「想都不要想！」于苑厲聲打斷他：「你是想說豁出這條命對吧？林奮我告訴你，你要是敢拿自己的命去拚，我現在就把母本取出來扔到雪地裡去。」

「你在胡說什麼？」林奮知道他只是嚇唬自己，卻也沉下了臉，「我們都是軍人，你應該知道在入軍宣誓的那一天起，我的生命就屬於埃哈特合眾國，我應當負起這個責任！」

「但你是我的哨兵，你的生命也屬於我！也應當對我負起責任！」于苑嘶聲喊道，眼眶也迅速變紅，眼淚瞬間湧了出來。

那些溫熱的水滴尚未墜地，在空中便化成了晶瑩的冰珠。

林奮原本還想說什麼，但看著這樣的于苑，終究一句話也沒有出口。他伸手接過了一顆冰珠，垂眸看著毛皮手套中滾動著的透明結晶體，眼神逐漸軟了下來。

他憐惜地撫過于苑頰邊的一道血痕，又將他攬進懷裡，在那雙通紅的眼睛上親了親。

「別去，別丟下我⋯⋯」于苑在他懷裡嗚咽著，緊緊摟住他的腰。

林奮閉上眼深吸了口氣，安撫地拍了拍于苑，接著便將腰上的手掰開，動作緩慢卻堅定。

「求求你別去，別去，肯定還有其他辦法⋯⋯」

于苑絕望的嗚咽像一把小刀，深深捅進林奮身體裡，刺入心臟，攪碎血肉。

「⋯⋯對不起。」他再次狠狠摟了下懷裡的人，便鬆開手，毅然轉身，大步往前走去。

風雪肆虐，他合攏了大衣衣領，頭也不回地高聲道：「我會將所有

275

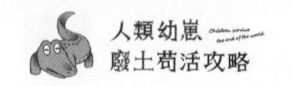

人都拖去右邊，你帶著製劑管找機會從左邊衝出去。」

　　于苑一動不動地站在雪裡，飄飛的漆黑額髮襯得他臉色更加蒼白。他看著林奮的背影，看他每走一步，雙腳都深陷入積雪中，但卻堅定不移地繼續往前。

　　林奮能感受到身後注視著他的那道目光，也能想像到于苑此時的模樣。他很想就這樣不管不顧地衝回去，將于苑緊緊摟在懷中，告訴他別傷心，自己哪兒也不會去。

　　但他始終沒有回頭，只無聲地痛哭著，任由眼淚爬滿臉龐，又在臉上迅速結成了冰痕。

　　「林奮！！！」

　　林奮聽到了于苑的一聲嘶聲大喊。這聲音撕心裂肺，帶著不捨和決絕，讓林奮終於停下前進的腳步，慢慢轉身。

　　他的目光穿過茫茫風雪，看進了一雙充滿悲傷和愛意的眼裡。

　　「林奮……他叫了我一聲。」林奮靜靜地站在長廊裡，眼睛眺望著遠方，嘴裡輕聲說道：「我只要安靜下來，不管是在種菜，還是在修剪枝葉，還是在做其他事，只要一靜下來，我都能聽到他的聲音。他在一遍遍叫著我的名字，林奮、林奮、林奮……」

　　顏布布被封琛率著站在他身後，心裡浮起一種不好的預感。他屏息凝神，等著林奮講後來的經過，但他卻停下了聲音，只怔怔看著前方，像是沉浸入自己的回憶中。

　　一陣夜風吹過，他花白的頭髮在微微飄拂。

　　三人就這樣一動不動地站著，已經走到前方的比努努和薩薩卡又轉頭等著他們。

　　良久後，林奮將手上的花束湊到鼻端下，又轉過頭對著兩人微笑

第九章
你是我的哨兵，你的生命也屬於我

道：「我沒有撒謊，于苑的確是生了病，所以不能來見你們。走吧，我現在帶你們去看他。」

顏布布原本猜測于苑可能已經不在人世，現在聽到林奮這樣說，緊繃的心弦猛然放鬆，驚喜地轉頭去看封琛。

但封琛卻沒有因為林奮的這句話而高興，他神情依然凝肅，讓顏布布剛剛雀躍起來的心又沉了下去。

他一邊往前走，一邊胡思亂想著，有兩次差點被石頭絆倒，讓封琛給拉著。

「小心點走，看著路。」林奮轉頭叮囑。

「喔，好的。」

回到那座堡壘似的樓房，林奮卻讓兩人在大廳等待，「你們就在這裡等著，我去把于苑最喜歡的花兒拿來，和這束一起給他送去。」

于上校還能欣賞花兒，顏布布這下鎮定了不少，暗暗舒了口氣。他看向封琛，看見他的表情也輕鬆了一些，顯然和自己想的一樣。

林奮很快便拿著兩束不同顏色的野花出來，遞給顏布布，吩咐道：「幫我拿著。」

待顏布布抱好兩束花，他一邊往左走，一邊從兩束花裡分別挑選花枝，再拼成顏色最相配的一束。

他低頭看見比努努正盯著他手裡的花，便取下來一朵別在牠耳後，打量著道：「很襯你膚色，漂亮小姑娘。」

比努努抬起爪子輕輕摸了下花，又走到薩薩卡面前示意牠看。

左邊是一條長長的通道，兩旁都是緊閉的房屋，想來便是以前的實驗室。走過這條通道後，林奮的花束也拼好了，他滿意地端詳一番後，又踏上了2樓樓梯。

三人的腳步聲在空曠的回廊裡作響，顏布布看向兩邊房間，發現這些屋子都挺大，裡面還擺放著一些健身器材和娛樂用品，應該是以前那些研究員用來休息鍛煉的地方。

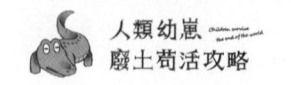

顏布布越往前走越是迷惑。如果這是一排病房也好,但分明不是,那麼于苑生病後,為什麼會單獨住在這一層樓?

不過他心中的疑惑沒有存在太久,林奮走到通道盡頭,停在一扇緊閉的房門前。

這扇房門看似和這層樓的其他房門一樣,是深灰色的鋼材結構,但門的一側卻裝著密碼鎖,數字按鍵在不是很明亮的樓道燈光下發出瑩瑩綠光。

顏布布看著林奮按動那些數字,房門上方的一塊便往左邊滑動,露出一個四方的窗戶,輕緩的音樂聲也飄了出來。

林奮站在窗戶前往裡看,目光立即變得柔和起來,嘴邊也浮起一個微笑,「他正在休息。」

說完便往旁邊移動兩步,將窗戶讓了出來。

顏布布看到這個窗戶,突然就想起了地下安置點被水淹時,他曾經去醫療點尋找封琛的事。那一排房屋也是這樣,鋼材結構的大門上方開著一個小小的氣窗⋯⋯

顏布布頓時覺得這裡的空氣不大好,讓他胸口悶得發慌。封琛應該也想到了什麼,和他一樣站在原地沒動。兩人相握的手心都感覺到了一層濕冷的汗,也不知道是對方的還是自己的。

封琛終於提步,遲緩地往前挪動,顏布布也不由自主地跟著往前走到窗前。

這個小窗戶和封琛的視線差不多平行,但顏布布要踮起腳才能看到裡面。

他看見屋子內空間挺大,但只有一架軟墊床和一張桌子。床架和桌子都纏著厚厚的絨布,裹得嚴嚴實實,已經看不出原本是什麼材質。天花板一角有播放機,裡面傳出輕柔的小提琴聲。

屋子四周的牆壁上都有厚厚的軟墊,分為上下兩層。下半部是棕色的皮墊,看得出這以前是訓練體能的地方,所以牆壁下方都安著保護

第九章
你是我的哨兵，你的生命也屬於我

墊。但上半部皮墊的顏色各不相同，像是用一些沙發墊自己組裝起來的，為的是將整間屋子都鋪滿。

正中床上坐著一個人，穿著白色的棉布衣服，雖然他背朝著門口，雖然多年未見，但顏布布還是一眼就認出來他是于苑。

他想張口喊于上校，但嗓子上下壁像是黏在一起似的，怎麼都發不出聲。

像是聽到了門口的動靜，于苑緩緩轉過頭看了過來。

儘管已經猜著了七七八八，也有了足夠的心理準備，但顏布布在看清他臉的瞬間，還是心頭劇震，往後倒退了兩步。同時緊緊咬住唇，將那聲驚呼硬生生嚥了下去。

那分明就是一張喪屍的臉。

烏青色的皮膚，黑得沒有一絲光線的眼，深色的毛細血管凸起在皮膚表面。

于苑坐在軟墊床上沒動，顏布布和封琛就從窗口看著他，整棟樓安靜得沒有半點聲音。

片刻後，封琛才像是終於能呼吸般，發出一聲長長的吸氣聲，接著將木雕似的顏布布拉到旁邊，啞著嗓子問林奮：「他……」

他只發出了一個音節，那些詢問的話就再也問不下去了。

林奮走到窗戶旁，注視著屋內的于苑，目光裡滿滿都是柔情。

「眼看製劑管溫度就要降到零度以下，我們卻被堵在了距離中心城不遠的地方，沒有辦法前進。」

「他喊住了我，把我喊住了……我回頭的瞬間，便看見他將那製劑管抵在頸子上，將病毒都注入了自己體內。」

封琛右肩撞在門上，發出砰一聲悶響。顏布布猛地將手塞到自己嘴裡咬住，一聲哭泣卻沒有堵住，眼淚也洶湧而出。

林奮眼底閃爍著水光，看著于苑輕輕吐出一句話：「就算變成喪屍，體溫也能維持在零度，他便讓自己的身體成為了保存病毒母本的恆

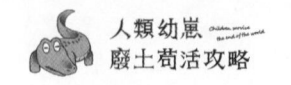

溫器。」

　　夜風從裹纏著厚布的窗櫺空隙吹進屋，將床頭上那束野花的淡香送到顏布布鼻中。

　　顏布布和封琛立在床前，看著林奮拿起于苑的手，用濕毛巾將他手指一根根擦乾淨。林奮的動作很輕柔，像是在對待易碎的珍寶，而于苑也安靜地坐著，空洞的黑眼睛注視著前方空氣。

　　薩薩卡趴在門口，比努努則站在于苑面前，定定地看著他。

　　剛才打開房門時，比努努在看見于苑後立即就要衝上去，被顏布布一把抱住，哽咽道：「他不是喪屍，他很好，他和你一樣⋯⋯比努努，他和你一樣。」

　　比努努聽到這話後有些怔住，但牠伸出的爪子慢慢收攏，喉嚨的怒吼也逐漸停下。

　　「估計是原始病毒還沒有經過後來的變異，就像最開始出現的喪屍也是時好時壞，所以他每天總有那麼半個小時很乖的。」林奮抬手將于苑額前的一縷髮絲撥開，繼續說：「我將他帶到這兒來後，陳思澤和安伮加的人一次次往山上攻，那段時間只能不分晝夜地守在崖邊。好在這山上彈藥很足，又占著地形上的優勢，我一邊防守，一邊研究怎麼布防禦網，結果在實驗室裡找到了那種膜片。等到防禦網安置成功，我倆也算是安全了。」

　　「我們雖然在這裡落了腳，卻也被圍住，再沒有辦法離開⋯⋯」林奮頓了頓，聲音有些沙啞：「其實從我內心來說，我還有些慶幸被圍住的，這是讓我能安心住下來的理由。我怕一旦離開這兒，他體內的病毒母本被提取出來時會傷及性命，我很害怕⋯⋯」

　　「我不能再失去他，我不敢去冒那個險。」林奮看向封琛，嘴唇不可抑止地哆嗦著，低聲道：「封琛你剛才說得沒錯，我的確是貪生怕死，枉為軍人。」

　　封琛垂著頭沒有做聲，卻突然抬手在自己臉上狠狠抽了一記。隨著

第九章
你是我的哨兵，你的生命也屬於我

一聲脆響，他臉上瞬間便浮起一層紅痕。

顏布布見他還要抬手，立即便去抓他手腕，但顏布布根本抓不住，又是兩聲脆響後，封琛的嘴角也溢出了鮮血。

「你好好道歉就行了，別動手啊。」顏布布驚慌地用精神力纏住封琛手腕。

林奮也一聲厲喝：「夠了！誰讓你自己打自己的？」

封琛的胸脯上下起伏著，片刻後才沙啞著聲音道：「你剛才的話也沒有說錯，我就是個混帳。」

屋內安靜下來，顏布布和比努努不斷去看封琛的臉，封琛將頭側到一旁，「不要看我。」

顏布布雖然心疼他的臉，卻也移開了目光。但比努努依舊盯著他瞧，在他轉開頭後也跟著調換位置，將頭伸到他臉下仰著看，被他按住腦袋推開。

林奮已經平復情緒，低聲道：「每天等他安靜那會兒，我就會給他清洗，再把不新鮮的花換掉。」

顏布布瞧了眼床下面，看見那裡有被撕扯得不成樣的碎花瓣，便過去蹲下身，將那些花瓣一點點撿了起來。

林奮開始給于苑剪指甲，屋子只有指甲鉗的聲響。他將那些深黑色指甲剪得很短，都快要貼著肉，嘴裡還柔聲念叨：「你說你指甲怎麼就能長這麼快？昨天剛剪了，今天又這麼長……今天想聽鋼琴曲嗎？我給你換成鋼琴曲好不好？明天再聽小提琴……」

說完便吩咐一直沉默著的封琛：「去，遙控器放在窗臺橫梁上的，換首曲子。」

封琛去換音樂，林奮便又給于苑梳頭，整理衣物。

林奮正要蹲下身去檢查褲腳，就看到于苑搭在膝蓋上的手動了動，喉嚨裡也響起了咕嚕的聲響。林奮迅速直起身，對顏布布兩人道：「你們該出去了。」

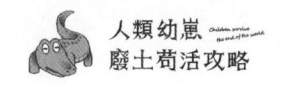

「喔。」

顏布布應了一聲，眼睛卻瞥到床下還有一片碎花瓣，便又伸長手去拿。他剛剛拿到花瓣蹲直身體，就覺得面前的人一動，突然朝著他撲了過來。

顏布布眼前出現于苑放大的臉。

那張原本俊美的面龐如今卻滿是猙獰，嘴裡露出尖銳的牙，漆黑的眼睛像是要怒凸出眼眶。

顏布布看見這樣的于苑，竟然忘記了閃躲，只呆呆地蹲在原地。但封琛將他一把拎到後方，林奮也動作熟練地將于苑的雙臂箍至身後，對著兩人喝道：「出去。」

顏布布倉皇地被封琛摟著出房間，腳步都有些踉蹌。他身後是于苑發出的聲聲嚎叫，那聲音已經不似人類，而像是某種野獸。

──「小捲毛，今天又吃多了嗎？來，我摸摸你的小肚皮……果然是吃多了，走，和我去屋裡拿消食片，免得被林奮看見了，又要讓你去跑圈。」

──「小捲毛，過來，我拎拎看你變沉了沒？嗯，不錯，看來你又長肉了。」

記憶裡那道溫和清朗的聲音和此時的嚎叫混在一起，那張好看的面孔和剛才猙獰的喪屍臉也交疊閃現。顏布布還未走出屋子，就已經淚眼模糊。

封琛將他帶出屋後也沒有停下，順著通道一直往前。比努努和薩薩卡也被趕了出來，跟在兩人身後，卻不斷往後看。

封琛的腳步很急，顏布布一路小跑著，直到下到底層，于苑的嚎叫聲小了下去，兩人才停下了腳步。

顏布布摟住封琛的腰，將臉埋進他懷裡。封琛也將他摟得很緊，一遍遍深呼吸著，想要擺脫那種缺氧的窒息感。

片刻後，身後響起了腳步聲，林奮出現在樓梯口。他並沒有看兩

第九章
你是我的哨兵，你的生命也屬於我

人，只朝著屋子走，聲音略顯疲憊地道：「走吧，你們還沒吃飯，回屋做飯吃。」

一個小時後，飯菜上了桌。

對於接連吃了數天白水煮野狼肉的顏布布來說，晚餐算得上是頓盛宴。雖然都是變異種肉，但有紅燒有烘烤，調料也放得齊全，滿滿幾大盆放在桌上，看著很是美味。

此外還有難得一見的蔬菜，清炒豆角和茄子。

「吃吧，全都有鹽，不夠我再放。」林奮將圍裙隨意地丟在沙發上，率先舉起了筷子。

顏布布知道他在說自己嚐到鹹肉乾時表現出驚喜的事，但也沒什麼心情去反駁，只默默舉起了筷子。

「那兩個玩具呢？」林奮左右看。

「牠們出去玩去了。」顏布布咕噥道：「剛才還只有一個玩具，現在怎麼兩個都是了。」

林奮往嘴裡餵了一塊茄子，又示意坐著沒動的封琛，催促道：「吃啊，別傻著。」

三人沉默地吃著飯，林奮瞧了眼對面兩人，挾起幾塊肉分別放進他們碗裡，「我年輕的時候飯量特別大，于苑都說我可以把西聯軍的食堂吃垮，你們這是怎麼回事？趕緊多吃點。」

「喔。」顏布布悶悶地應了聲。

林奮用筷子點了點他，「你小時候不是最能吃嗎？經過的地方連草皮都要啃掉一層，怎麼現在還趕不上小時候了？」

「我哪有那麼能吃？」顏布布小聲反駁：「再說了，我們認識那會兒都沒有草皮，純粹就是在胡亂形容。」

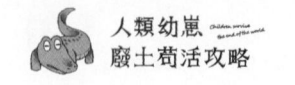

林奮問：「那我要怎麼形容？」

　　「你可以說我經過的地方連魚卵都不可能留下一顆。」

　　林奮挑了下眉，「行吧，這個形容也不錯。」

　　顏布布咬著筷子露出了笑容，林奮又給他碗裡挾肉。封琛也開始大口吃飯，桌上沉悶的氣氛不知不覺就好了起來。

　　吃過飯，林奮端起一只不銹鋼的飯碗往屋外走，嘴裡道：「你們去外面轉轉消食，我給于苑送點吃的去。」

　　顏布布看見那碗裡裝著變異種肉，應該只粗略煎了下表皮，某些地方還往外滲著血水。

　　「于上校叔叔也要吃飯的嗎？」顏布布沒忍住問道。

　　他見過的喪屍就沒有吃飯的——碰到人就撲上去啃咬除外。

　　林奮反問：「為什麼不吃飯？他不光吃飯，胃口還挺好。」

　　顏布布想了想，點頭道：「喪屍應該也是想吃飯的，只是沒得吃而已，我記得我變成喪屍的時候就特別想吃東西。」

　　林奮慢慢停下腳步，站定幾秒後回過身，聲音有些發緊：「我一直想問你，你小時候變成喪屍後是怎麼復原的？你的量子獸又是怎麼能保持喪屍形態卻又是正常的？」

　　顏布布連忙擺手，「不是小時候，那次我沒有變成喪屍，是前不久在中心城的事。」

　　「前不久的事……」林奮突然就朝顏布布走來，腳下卻碰著了凳子。封琛趕緊將他脫手的碗接住，又扶住了他的胳膊。

　　林奮將封琛的手拿掉，走到顏布布面前。他雙眼灼灼發亮，聲音不穩地道：「你和我說，把所有經過仔細地說一遍。」

　　20分鐘後，屋內一片沉默。

第九章
你是我的哨兵,你的生命也屬於我

林奮坐在沙發上,半垂頭看著地面,他眼裡的光亮已經消失,脖頸似乎失去了撐起頭顱的力氣。

「所以你小時候被咬那次,實際上是還未突破成功的量子獸幫你吸收掉了病毒。」他喃喃道。

顏布布小聲回道:「是的。」

林奮沒有再說什麼,只起身重新端起碗走向大門。他素來挺拔高大的背影有些佝僂,慢慢消失在了門口。

顏布布有些惶惶地看向封琛,「我不該說喪屍的事情,等於給了他希望,馬上又跟著落空,那會讓他更加的難過。」

封琛拍了下他的肩,安慰道:「他知道你小時候被喪屍咬過的事,而且比努努又是那模樣,就算你不說,他遲早也會問你的。走吧,我們出去逛逛。」

「嗯。」顏布布點頭,跟著他一起走向屋外。

比努努和薩薩卡在山頂四處轉,顏布布和封琛又去到那片樹林,坐在了石桌邊。兀鷲盡職盡責地保護他們,跟著落在不遠的樹枝上,閉上眼假寐。

兩人坐了會兒,顏布布轉著頭去找比努努和薩薩卡,餘光瞟過地面,突然看到地上有個飛禽投下的剪影。

那剪影迅速變大,顏布布猛地抬頭,只見在路燈光照下,一隻巨大的黑鳥正從他們頭頂撲落。

那黑鳥翅羽都快要掉光,已經看不出本來模樣,說它是黑色,是因為它通身冒著黑氣。

顏布布一眼便認出來,這竟然是他們在準備去對付山下那群喪屍前,在樹林裡遇到的那隻喪屍量子獸。

黑鳥伸出利爪和尖喙,兩隻眼睛透出凶狠的紅光。封琛立即去摸身後的匕首,摸了個空後才想起匕首已經還給了林奮。

顏布布取出自己的匕首,準備在黑鳥撲下時刺它個對穿,但一直站

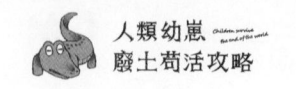

在樹枝上的兀鷲卻展翅迎了上去。

兀鷲攔截住黑鳥，卻沒有發動攻擊，只擋住它的去路，不讓它繼續撲向顏布布兩人。

黑鳥口中滴著涎水，左右繞行後沒有通過，便將目標轉向兀鷲，尖喙朝著牠肩背狠狠啄去。

兀鷲身上立即就騰出黑煙，但牠依舊沒有還擊，只掉頭朝著山外飛去。牠飛出幾公尺後見黑鳥沒有追來，似乎還想攻擊顏布布兩人，便又回頭將它攔住。

黑鳥被兀鷲吸引了全部心神，喉嚨裡發出怪異而憤怒的嘶鳴，追著兀鷲衝入了黑暗的天空。

顏布布一直仰著頭，直到兩隻量子獸的身影消失，這才收回了視線。他見封琛還看著天空，便問道：「你發現了沒有，那是我們之前在山腳那邊遇到的那隻喪屍鳥。」

封琛卻沒有回答他，只一動不動地站著，神情看著有些怪異。

「怎麼了？」顏布布連忙推了推他。

「顏布布，你剛才仔細看過那隻黑鳥了嗎？」封琛問道。

顏布布點頭，「仔細看過了。」

封琛有些艱難地吞嚥了下，「于上校的量子獸是一隻白鶴。」

「啊，我知道的。」顏布布沒有見過于苑的量子獸，但聽封琛提過，知道那是一隻白鶴。

封琛沒有再說話，顏布布卻反應過來，眼睛慢慢瞪大，震驚地看向了他。

封琛啞聲道：「如果那隻黑鳥身上長出白色的羽毛，應該會是一隻白鶴。」

「是的，牠是一隻白鶴，也是全天下最美的鳥。」身後突然傳來林奮的聲音。

兩人轉過身，看見林奮從小路緩緩走來，邊走便抬頭看著天空。

第九章
你是我的哨兵，你的生命也屬於我

「只是牠生了病，那白得像是柳絮一樣的羽毛掉光了，現在就稍微沒有那麼的好看，脾氣也稍微大了一點。不過只要能好好哄著，讓牠把那火氣撒了就沒事了。」

林奮朝著封琛拋出一樣東西，「收好了，別再亂丟。」

封琛伸手接住，發現是那把無虞匕首，便沉默地別回了腰後。

三人在石桌旁坐下，顏布布不時抬頭去看天空，很快就聽到了翅膀撲搧的聲音。

只見兀鷲冒著黑煙飛了回來，像是一架尾翼中彈的飛機，顯然剛才被白鶴傷得不輕。

牠落在林奮肩頭，輕輕叫了一聲，林奮側頭說道：「回精神域休息吧，先別出來了。」

兀鷲消失在空氣中，林奮便對著兩人解釋道：「我盡量減少讓牠出精神域的時間，免得……」他的話才說了一半就停住，緊皺起眉頭，抬手按住了太陽穴，臉色也突然變得很難看。

顏布布看著他倉促地在身上摸索，掏出一個藥瓶便去旋瓶蓋，但手卻抖得連旋瓶蓋這個動作都沒法完成。

「你怎麼了？生病了？這是什麼藥？」封琛立即追問。

林奮的臉色慘白如紙，像是在忍受劇烈的痛苦，只咬著牙道：「止痛，止痛的，快幫我倒出來。」

封琛接過藥瓶，看見瓶身上並沒有品名也沒有說明書，顯然是林奮自己配置的藥。他心頭一動，並沒有倒藥，而是對顏布布道：「你快看看他的精神域。」

「好。」

顏布布進入林奮的精神域後，眼前是一片荒蕪景象。精神絲乾枯得像是蒿草，互相糾結纏繞，擰成一個個的死結。

因為已經見識過封琛精神域崩潰的場面，甚至還見過喪屍哨兵的精神域，所以顏布布在看到這樣的精神域後並不吃驚，沒有多想就立即開

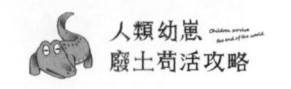

始進行梳理。

在他的梳理下,那些已經枯槁的精神絲重新煥發出瑩潤光澤。至於那些擰成死結的,他毫不猶豫地扯斷,清理出一堆斷頭,再將它們重新連接起來。

顏布布將林奮的精神域梳理完畢,但對那已經萎縮的精神域內核卻沒有辦法。結合過的哨兵,精神域內核便猶如裝上了大門,開啟房門的鑰匙只握在自己專屬嚮導的手中,其他嚮導的精神力無法進入。

顏布布退出林奮的精神域後,林奮整個人已經緩和過來,只有臉色依舊有些發白。而他有了足夠的精神力後,兀鷲便又重新出現,精神抖擻地飛向空中。

林奮還有些喘氣,打量著面前的顏布布,「煩人精還挺厲害的,我是A級哨兵,平常就要B級以上的嚮導才能給我進行梳理。但現在我的精神域狀況非常糟糕,必須要A級以上的嚮導才行。可你不但能給我梳理精神域,還能扯斷我的精神絲重新連接。」

顏布布面露謙虛,「畢竟我是光明嚮導,要給你梳理精神域太簡單了,不用客氣。」

林奮啞然,低低笑了一聲,「好、好,光明嚮導。」

封琛關切地問道:「那現在感覺怎麼樣?好些了嗎?」

「頭已經不痛了,感覺很輕鬆。」林奮臉上浮起一個苦笑,「很多年沒有梳理過精神域,我都忘記了煩人精是嚮導,還可以幫我梳理。」

「很多年沒有梳理過,那你是怎麼過來的?」封琛神情微變。

林奮對這個問題倒很淡然,「對付那些喪屍和想爬上崖的人,只需要槍和防護層,所以這些年我一次精神力也沒使用過。我的那些精神力都只用來養護兀鷲,保證牠的存在就可以了。」

林奮說到這裡,又有些落寞地看向天際,「只是我的精神域內核正在萎縮中,我也保不住牠多久了⋯⋯」

深度結合過的哨兵嚮導,像是在彼此的靈魂裡打下了深深的烙印。

第九章
你是我的哨兵，你的生命也屬於我

　　如果要中途更換結合對象，那無異於將靈魂打散再重新塑合，過程會非常痛苦。

　　封琛知道對於林奮來說，打散靈魂的痛苦根本不算什麼，但他肯定寧願讓精神域枯萎崩潰，陷入永遠的沉睡，也不會和于苑解除結合，再去尋找新的嚮導。而他也不會去勸林奮，因為若是換了他自己，也會做出同樣的選擇。

　　三人沉默地坐了會兒，封琛終於開口問道：「林少將，那病毒母本現在怎麼辦？」

　　林奮轉頭看向遠方不說話，封琛又道：「我也不知道提取病毒會不會傷到于上校，只有孔思胤才清楚。但他一定會找到方法，在不傷到于上校的前提下提取病毒，所以你不必太擔心。」

　　林奮低沉著聲音道：「我明白輕重的，只要能帶著于苑下山離開這裡，我立即就會走。」

　　「可是我們能帶著于上校叔叔衝出喪屍群嗎？」顏布布撓撓臉，「⋯⋯好像光是帶下山就很難喔。于上校叔叔每天會安靜半小時，可要是半個小時內我們衝不出去呢？」

　　要是半個小時內沒法衝出喪屍群，身邊還要多出一個喪屍來。

　　林奮皺著眉思索片刻後道：「這樣吧，我和于苑繼續留下，明天想辦法讓你們兩個衝出去。你們去營地找到冉政首，把這事和我的消息告訴他。」

　　封琛覺得這也是目前最好的辦法，便道：「行，那就這麼辦。」

　　只要將這事彙報給冉政首，他派西聯軍到這兒來，那山腳下的喪屍也就不成問題，可以接走林奮和于苑。

　　「時間也不早了，那你們早點休息⋯⋯」林奮一句話沒說完，就突然變了臉色，轉頭看向天空。接著兀鷲從上方黑暗裡飛下來，停在他肩頭上。

　　林奮的眼神暗沉下來，「情況起了變化，你們出不去了。」

289

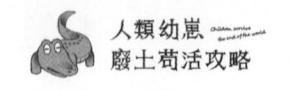

「怎麼了?」

「下面又增派了許多喪屍,數目是以前的兩倍。周邊一圈還有人駐守,將所有山頭都封住了。」

深夜。

這棟樓房有很多成套的宿舍,顏布布和封琛隨便選了3樓的一間住下。這裡研究員的待遇還不錯,衣櫃裡擺放著封好的新衣服,內衣、襪子和睡衣外套一應俱全,都還沒有拆開穿過。

顏布布站在花灑下,任由熱水澆過頭頂一路滑落。他正放鬆地閉著眼,打開的窗戶外突然傳來一聲長嚎,讓他陡然驚跳。

他關上花灑,伸手將臉上的水抹掉,有些怔怔地看著窗戶,想著林奮是怎麼在這長嚎聲裡一天天熬過數年的。

洗好澡,他將自己那破破爛爛的衣服丟進了垃圾桶,換上了嶄新的睡衣。剛走出浴室,一張大毛巾就兜頭罩落,封琛開始擦他的頭髮。

顏布布隨著封琛的動作左右搖晃,輕輕喚了聲哥哥。

「嗯。」封琛應道。

顏布布喊了他後卻沒有做聲,只靠過去摟住了他的腰。

「你這樣我怎麼給你擦頭髮?」封琛問。

顏布布卻沒有做聲,反而將他摟得更緊。

封琛低頭看著他,緩緩鬆開毛巾,將輕輕他抱在懷裡,下巴就擱在他頭頂。

顏布布任由眼睛被垂落的毛巾擋著,只將耳朵貼在封琛胸膛上,聽著他胸腔裡渾厚平穩的心跳聲。

兩人就這樣安靜地擁抱著,片刻後封琛輕輕將他推開,「你先去睡覺,我去林少將那裡一趟和他說點事情。」

第九章
你是我的哨兵，你的生命也屬於我

「好。」

床鋪很大，薩薩卡趴在床尾，比努努躺在顏布布身旁，小爪裡還抓著一隻鳥雀變異種，不時撥弄一下牠的翅膀。

這鳥雀變異種毛色鮮豔，個頭嬌小，但眼神凶悍，嘴裡生著密密麻麻的尖牙，看得顏布布心裡有些發毛。

「把牠放掉吧，等會兒要是咬我一口，那得冒出多少個血孔？」顏布布道。

比努努瞥了一眼顏布布，雖然沒將那鳥放掉，但卻將牠的尖喙用爪子給捏住。

顏布布看著比努努捏著的鳥，目光卻又像是穿過牠看得很遠，嘴裡低聲喃喃著：「……我一直在想，于上校叔叔把病毒注入自己體內的那一刻在想些什麼。如果換成是我，我肯定很害怕……他好勇敢，要是他能恢復正常就好了，而且他要是恢復不了的話，林少將過不了多久也會永遠沉睡的，我不想他們倆就這麼沒了……比努努，不是每個人都像我這樣幸運的……」

顏布布眼睛有些發熱，側過頭在枕頭上蹭了蹭。

比努努一直在玩那隻鳥雀變異種，聽到這兒後慢慢頓住了動作，只捏著牠的尖嘴。

安靜片刻後，顏布布又輕聲道：「其實我在上山的時候，進入了一隻喪屍的精神域……」

顏布布在講述經過時，比努努就認真聽著，眼珠子一動不動地注視著前方。

「……喪屍病毒能轉移到我的精神觸鬚上，我也可以把它們清除掉，但是被清除過病毒的喪屍雖然變成了原樣，也是死了很久的樣子。而且于上校身體裡的是病毒母本，清除了就沒了。」顏布布愁悶地嘆了口氣。

顏布布沒有再繼續說，比努努突然下床走到窗邊，將那隻麻雀變異

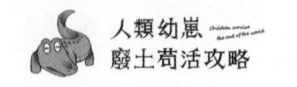

種扔向窗外。

變異種既憤怒又驚慌地飛走，比努努回到床邊後卻沒有上床，只定定地和顏布布對視著。

「怎麼了？」

顏布布剛問出這句話，臉上的表情就僵住。

他那瓷白的肌膚以肉眼可見的速度變成青色，蛛網在皮膚下迅速凸起。他緊盯著前方的雙眼失去了光澤，變成一種極致的黑，且飛快擴散至整個眼球。

比努努也一動不動地站在床邊，皮膚上的青黑色在迅速褪去，呈現出牠原本的膚色。

顏布布和比努努維持著這樣的狀態約莫1分鐘，接著便一個激靈回過神，皮膚和眼睛也在迅速恢復原樣。

原本趴在床上閉目養神的薩薩卡似乎察覺到不對勁，睜眼抬起了頭。牠疑惑地看看顏布布又看看比努努，滿臉都是茫然。

顏布布和比努努對視片刻後，有些緊張地吞嚥了下，再摟住比努努的腦袋湊過去低聲道：「這裡有奸細，我們出去細說。」

「薩薩卡，我和比努努想出去散步，你就留在這兒等哥哥，我們過一陣就回來。」

顏布布往大門走去，比努努迅速跟上。薩薩卡支著腦袋看著他們，也跳下床要跟來。

「你別來，你就留著，我怕哥哥回來找不到人。」顏布布立即阻止牠道。

薩薩卡便被留在屋內，眼睜睜地看著比努努和顏布布就那麼出了大門，過程中竟無情地沒有回過一次頭。

第九章
你是我的哨兵，你的生命也屬於我

顏布布出門後也沒有走遠，而是帶著比努努轉向樓梯，一直爬上4樓。4樓沒有人，房門都緊閉著，只有通道燈發出慘白的光。

「你確定這個方法可行嗎？」顏布布慢慢坐在樓梯上，不知道是激動還是緊張，聲音都在發著抖。

比努努沒有絲毫猶豫地點了下頭。

顏布布遲疑地道：「但是我還是擔心，我怕你會出現什麼問題。」

比努努伸出爪子按住他的手，對他搖搖頭。

「真的不會出現問題嗎？」顏布布再次確認。

比努努又重重點頭。

顏布布卻沒有吭聲，只一瞬不瞬地看著比努努。照明裝置沒有識別到移動的形體，通道燈自動熄滅，樓梯間陷入了一片黑暗。

片刻後，顏布布的聲音低低地在黑暗中響起：「你剛才和我精神連結，說于苑和你一樣，所以你想幫他，而且你不想我和封琛傷心，也不想林少將死去。可是比努努，你是我最重要的量子獸，也是我最在乎的親人，我也很怕你出現任何危險。既然你說你有把握，那我們就試試，如果中途你覺得有問題就要立刻終止，行不行？就算不能使用這個方法，我們還能想其他辦法，但你絕對不能出事。」

比努努的爪子在他手背上捏了捏。他便搭上去一隻手，將比努努的爪子握在掌心。

「那我們先回去，哥哥快回來了，我們等他睡著了以後再行動。記得千萬不要讓他發現，不然肯定不會允許我們這樣做的。」

封琛回屋時，顏布布和比努努立即裝作睡著了，一動不動地並排躺在床上。

顏布布感覺到他走到床邊看著自己和比努努，又若有似無地輕笑了

293

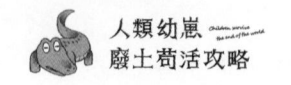

聲，接著轉身走向浴室。

片刻後，浴室裡傳來洗澡的沙沙水聲。

比努努在封琛洗澡的時候便坐起了身，顏布布忙將牠拉下去躺著，用極輕的聲音道：「床尾有奸細……一刻也不能放鬆。」

比努努看了眼盯著自己的薩薩卡，又重新躺了下去，兩隻小爪子交疊放在胸前。

浴室裡水聲停止，封琛走了出來。他站在床邊，一邊用毛巾擦頭髮，一邊看著床上的一人一量子獸。

顏布布發出輕輕的鼾聲，偶爾咂兩下嘴。

比努努也發出輕輕的咕嚕聲，偶爾咂兩下嘴。

薩薩卡對他茫然地搖搖頭，表示自己也不清楚這是怎麼回事。他便一言不發地擦完頭髮，將毛巾放回洗手間，接著關燈上了床。

半個小時後，面朝比努努側躺著的顏布布睜開了眼，很輕地撓了下牠爪子。

比努努連忙翻過身，顏布布對牠做出一個噤聲的動作，並抬起頭，越過比努努去看睡在牠另一邊的封琛。

封琛鼻息平穩，像是已經睡著了，顏布布又支起身體觀察了一陣，確定他現在睡得很沉，才躡手躡腳地從床的這一側下了地。

比努努也放輕手腳跟上。

房門悄無聲息地被拉開，一大一小兩個身影閃了出去。

【第十章】

你真好看,你的鼻子、眼睛、嘴⋯⋯
　　沒有一處不好看

◆─────────◆

林奮對顏布布道:「驅除黑暗,迎來光明。
煩人精,你的確是光明嚮導。」
他又看向一直仰頭盯著他的比努努,
「所有奇跡都是從妳開始,從妳淨化掉煩人精體內的病毒開始。
好姑娘,妳也是當之無愧的光明嚮導。」
比努努在原地站了2秒,
突然雙爪握拳收在腰側,在原地小幅度轉了圈。
再抬起下巴,倨傲地環視在場的三人和一隻量子獸。

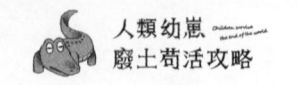

顏布布和比努努快速下到 2 樓，一直順著通道往前，在某一間房門口停了下來。

「幸好林少將今天開門的時候我盯著密碼鎖，也記住了密碼。」顏布布在密碼鎖上按下了幾個數字，在聽到咔嚓一聲響後，門上方的小窗緩緩打開。

房間裡的燈光從窗口照了出來，但于苑卻沒有坐在床上，視野範圍內也沒見著人。

顏布布和比努努對視一眼後，小心地湊近窗戶，踮起腳尖，轉動眼珠想看到更多。

「沒看見人啊，是不是林少將把他帶走了……」

顏布布一句話沒有說完，小窗突然被堵住，接著便正對上了一雙漆黑暗沉的眼睛，眼周一圈布滿了墨色的網狀紋路。

顏布布和這雙眼睛之間隔得很近，這瞬間嚇得差點靈魂出竅，大腦也空白了兩秒。但幸虧他立即便反應過來這人是于苑，才將那聲快要出口的驚呼壓了下去。

「于、于、于上校叔叔……」顏布布退後半步，在那雙無機質的冰冷眼睛注視下，哆哆嗦嗦地說不出完整的話來。

他雖然見多了喪屍，平常和它們對打也不怕，但冷不丁被這樣一嚇，背心也迅速冒出了冷汗。

「于上校叔叔，你別打我行不行？我想給你治病……」

「吼！」于苑對著窗口怒吼。

顏布布怕他的吼聲將封琛和林奮引來，便低聲對比努努道：「我準備推門將他撞開，再衝進去關門，速度很快的，你要跟緊我啊。」

比努努沒有回應，顏布布手搭上門把手，再次叮囑：「你一定要跟緊我，免得被關在了門外。」

比努努依舊沒有做聲，顏布布低頭去看，發現牠沒在剛才的位置，便又轉過頭去找。

第十章
你真好看，你的鼻子、眼睛、嘴……沒有一處不好看

他盯著後方看了兩秒，又平靜地轉回身，按下密碼鎖上的鍵。

看著門上的小窗緩緩合上，將于苑和吼叫聲都關在了門口，他這才又轉向後方。

封琛穿著睡衣站在通道裡，左邊是薩薩卡，右邊是被他捏著後脖子拎在空中的比努努。

比努努垂頭喪氣地看著顏布布，身體在封琛手下垂成乖順的長條，兩隻爪子也規矩地貼在身側。

「你們倆想進去做什麼？」封琛問道。

顏布布看了眼比努努，迅速在腦海裡尋找可以糊弄過去的理由。封琛淡淡地道：「你就算能想出一條自覺完美實則漏洞百出的假話也騙不到我，而且現在已經很晚了，不要浪費時間，告訴我真實的原因。」

顏布布很想反駁封琛，但又覺得封琛說的是事實。在封琛那恍似洞悉一切的注視下，他內心僅僅進行了不到半分鐘的掙扎，便合盤托出了一切。

「我們在逃上山的時候，我其實進入了一隻喪屍的精神域。它精神域裡有種黑黑的東西，會沾到我的精神絲上，而且那些東西在往我精神絲上轉移的時候，那喪屍就慢慢復原了。我說的復原的意思，就是它看上去像個死人，一個死了很多年的人……」

顏布布在說出第一句話時，封琛喉頭便動了動，瞳孔在那瞬間也驟然緊縮。隨著他越講越多，封琛捏住比努努後頸的那隻手也在無意識地捏緊，惹得比努努仰頭看了他好幾眼。

顏布布卻沒注意到，還在仔細回憶，認真地往下講。

「……我懷疑那種黑黑的東西就是喪屍病毒，我可以清除掉它們。既然它們要往我精神絲上轉移，所以我就可以進入于上校叔叔的精神域，只是不清除那些病毒，而是轉移過來……」

「你知不知道你在胡說什麼？」封琛臉色鐵青，從牙縫裡擠出了一句話。

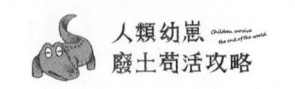

顏布布聽出他話語裡的怒氣，怔了怔後連忙解釋：「不是，我肯定是受不了那種病毒的，我只是做一個……做一個橋梁，或者是通道？我讓病毒轉移到我身上後，比努努就和我精神連結，把我身體裡的病毒再次轉移走，轉移到牠身體裡去。」

「什麼？」封琛愕然地問。

顏布布指了下他手中拎著的比努努，「比努努告訴我，牠可以將病毒保存在身體裡，而且對牠不會有任何影響。」

他頓了頓後，又有些不確定地道：「也許模樣會繼續變？但那也不重要，反正不會讓牠真的變成喪屍。」

封琛低頭看向比努努，比努努連忙對他點了點頭。

薩薩卡這時走到比努努身旁，輕輕叼著牠，眼睛卻盯著封琛。封琛便鬆開了手，由薩薩卡將比努努放下了地。

「怎麼樣啊？哥哥，我覺得這個辦法很好的，可以救于上校叔叔，也可以把病毒轉移出來。」顏布布屏住呼吸問。

封琛側頭看向旁邊牆壁，燈光被他高挺的鼻梁擋住，半張臉陷入陰影裡。片刻後，他才緩緩開口：「還是太危險了。」

比努努原本一聲不吭地站在旁邊，聽到封琛這麼講後，便伸出爪子扯了扯他的褲腿。

封琛看也不看牠，「現在你沒有表達意見的權利，安靜點。」

比努努憤憤地伸出爪子，似乎是想在他腿上打兩下，但還是沒敢動手，又收了回去。

顏布布走到封琛面前，伸手去摟他的腰，「我之前沒有告訴你我進入喪屍精神域的事，也不是故意想瞞著，主要是沒有機會。但是我在發現那病毒往我身體裡轉移的時候，立即就能撤出來。你看，我現在還好好站在這裡，並沒有被病毒感染。」

封琛將顏布布的手掰開，扔到一旁，顏布布又去摟，再被扔掉。兩人就這麼沉默地你摟我扔，最終封琛沒有繼續掰他的手，讓他摟住了自

己。顏布布央求道:「我能保護好自己,只要發現不對勁就終止。而且比努努也答應我了,只要牠覺得不對勁也立即撤。」

封琛沉聲問:「你說那隻喪屍被你清除掉病毒後,變成了一具死了很久的屍體,那于上校被你和比努努轉移走病毒,還能好好活著?」

顏布布仰頭看著他,「那些喪屍和于上校不一樣。你忘了嗎?林少將天天在給他餵吃的,把他的身體照顧得很好,我覺得如果清除掉他身體裡的病毒,他會活著的。而且我會注意觀察他的情況,稍微不對勁就會立即終止。」

封琛沉默著沒做聲,顏布布將下巴擱在他肩頭上,輕聲道:「我知道你就是太緊張我,如果你是我的話,現在已經在開始轉移病毒了。就算這次不會成功,但只要有一線希望,我們就要去試試對不對?不去試的話,怎麼會甘心呢?這樣做不光能救于上校叔叔,還能將病毒母本成功的帶走。」顏布布又撓了撓封琛的腰,「我還記得你之前對林少將說的那些話。你問他能不能聽見福利院小孩的哀求聲、能不能聽到安置點裡的槍聲和那些哭喊聲。」

封琛微微屏住呼吸,看向懷裡的人。

顏布布仰起頭,聲音很輕卻很清晰:「哥哥,林少將和于上校他們能聽見,你能聽見,而我⋯⋯也是能聽見的。」

等到通道裡的燈光再次熄滅,封琛才啞著嗓子道:「那我們一點點試探著來,不要一次性將病毒全部轉移。不然不光是你,比努努也會受不了的。」他感覺到褲腿又被扯了扯,又低頭朝著比努努的方向道:「不許逞強,我說一點點來就只能一點點。」

顏布布提步往門口走,燈光又亮了起來。

他發現封琛並沒有跟上,轉頭去看,卻看見林奮不知道什麼時候來了,穿著一身睡衣站在通道裡。

「林少將。」顏布布呐呐地喚了聲。

他心裡有些緊張。于苑對林奮太重要,這種轉移病毒的事他之前從

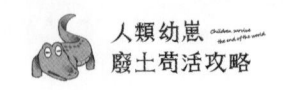

未做過，並不能保證于苑就一定安全，要是林奮不允許他為于苑轉移病毒的話就糟糕了。

林奮慢慢走了過來，神情平靜，和平常沒有什麼區別。他走到顏布布兩人身側時停頓了一下，但還是什麼也沒說，只繼續往前，伸手在門鎖上輸入密碼。

只是他的手不停發抖，密碼鍵都按不準確，一直在報錯。

封琛便走了過去，低聲道：「我來吧。」

封琛輸入密碼時，林奮看向了顏布布。

顏布布以為他要問自己有沒有把握，能不能保證病毒轉移順利，那便只能如實奉告——沒有把握，不能保證。

但林奮什麼也沒問，只對顏布布道：「驅除黑暗，迎來光明。煩人精，你的確是光明嚮導。」他又看向一直仰頭盯著他的比努努，認真地道：「所有奇跡都是從妳開始，從妳淨化掉煩人精體內的病毒開始。好姑娘，妳也是當之無愧的光明嚮導。」

比努努在原地站了兩秒，突然雙爪握拳收在腰側，在原地小幅度轉了圈。再抬起下巴，倨傲地環視在場的三人和一隻量子獸。

封琛這才推開門。

開門的瞬間，于苑便撲了上來，林奮閃到他身後，非常熟練地一手扣住他雙臂，一手捏住他的下巴，「乖，沒事，沒事的……」

顏布布和兩隻量子獸也跟著進了屋。

看著林奮將掙扎不休的于苑半抱半拖地放回床上，顏布布問比努努：「可以開始了嗎？」

比努努看了眼薩薩卡，滿臉嚴肅地朝顏布布點了下頭。薩薩卡俯下身，在牠頭頂輕輕碰了碰。

封琛在比努努面前蹲下，捧著牠的腦袋，和牠額頭相抵，「嚮導班的高材生，你真的很厲害，整個學院都會為你驕傲的。」

比努努抬起爪子拍了拍封琛的背，表示自己明白。

第十章
你真好看，你的鼻子、眼睛、嘴……沒有一處不好看

　　封琛又站起身，目光深沉地看著顏布布，「別怕，不管發生什麼，我一直都會在。」

　　「嗯，我不怕。」顏布布伸手按住封琛心口，「你也別怕。」

　　「好。」封琛抬手將那隻手捂住。

　　于苑突然掙脫了林奮的禁錮，朝著離他最近的顏布布撲來。他剛被林奮剪過的指甲又長了出來，正朝著顏布布脖頸掐去，張大的嘴裡也露出了尖牙。

　　林奮立即就抓向他胳膊，封琛也將顏布布護在懷裡，但顏布布的精神力在此時放出，直直衝進了于苑的精神域。像是被按下了暫停鍵，于苑的動作瞬間停住，那些嘶吼也消失在半張的嘴裡。

　　顏布布置身在一個幽暗的空間。這裡和他之前見過的喪屍精神域沒有什麼不同，四處都是繁雜的絮絮嘈嘈聲，像是人的低語，又像是電流通過的聲音，充滿了癲狂、混亂和無序。

　　嚮導的精神力呈現方式和哨兵不同，不是絲狀，而是以任意形態存在於精神域中，但顏布布在這片空曠的空間裡找了一圈，並沒有發現于苑精神力的蹤跡。

　　不過他很快就察覺到有團黑影向他靠近，並變幻成一張大大的巨口，想要將他吞噬殆盡。

　　顏布布條件反射地想躲開，但立即便意識到這是于苑的精神力，便一動不動地站立著，任由那張大口落下、合攏，將他吞進口中。

　　顏布布的精神觸鬚瞬間被沾上了一層黑色，並飛快蔓延，向著裡面浸潤。但同時也感覺到自己精神域裡有一股力量闖入，他不用去感受便很自然地明白，比努努和他精神連結上了。

　　這是一種很奇妙的體驗。

　　他覺得自己像是一條線纜，或者是一條通道，兩端連接的是于苑和比努努。他看著自己精神觸鬚上的黑色開始消退，接著又被新的黑色覆蓋住，再繼續消退……

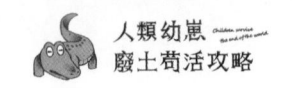

而籠罩住他的那團黑影也在慢慢改變顏色，從濃黑轉至墨藍，再繼續變淡，像是一塊灰濛濛的幕帳，上面沾染著淡淡的墨痕。

　　因為知道外界有林奮和封琛看著，如果有不對勁的話會通知他，所以他並沒有分神去看于苑在外界的狀況，只專心伸展著精神觸鬚。

　　比努努也在努力吸收著他精神觸鬚上的黑色，那塊幕帳從灰色變成了瑩白色，漸漸發出了點點銀光。

　　時間靜靜地流逝，雖然于苑的精神域裡還有不少這樣的黑影，但顏布布有些擔心比努努吃不消，決定今天就到這兒。

　　他將精神觸鬚退出了于苑的精神域，在撤退的瞬間，察覺到比努努也和他斷開了精神連結。

　　顏布布剛睜眼就看見了封琛。他躺在封琛懷裡，封琛也正看著他，臉色蒼白，嘴唇沒有什麼血色，看樣子在這段時間裡嚇得不輕。

　　「比努努和于上校叔叔怎麼樣？」顏布布問道。

　　封琛的嗓子嘶啞得像是被砂紙銼過：「他們都沒事。」

　　屋內很安靜，顏布布轉動腦袋往後看，一眼就看見了躺在床上的于苑，而林奮雙手撐在他腦袋兩側，就那麼定定地看著他。

　　他從封琛懷裡下地，走到床邊，和林奮一起注視著床上的人。

　　于苑像是睡著了似的安靜躺著，臉上的烏青褪去大半，皮膚只籠罩著一層灰色，原本的面容已經恢復了幾分。

　　林奮聲音裡帶著哽咽，喃喃道：「他真好看，對不對？他的鼻子、眼睛、嘴……沒有一處不好看。」

　　顏布布道：「對！他沒有一處不好看。」

　　封琛走過來，在他耳邊輕聲道：「走吧，把這裡留給他們。」

　　顏布布點了點頭，跟著封琛一起腳步放輕地出了屋。

　　「比努努呢？」剛跨出門，顏布布就連忙問道。

　　封琛道：「比努努在你睜眼的前一秒，已經和薩薩卡去玩了。」

　　「牠沒什麼問題吧？」

第十章
你真好看，你的鼻子、眼睛、嘴……沒有一處不好看

封琛摸著自己的下巴，「問題嘛……大問題倒是沒有。」

顏布布一下就緊張起來，「那是有小問題了？牠出了什麼問題？」

「沒事的，那都算不上問題。」封琛看了他一眼，道：「牠肯定去樹林抓變異種了，我們去找牠。」

顏布布聽封琛這樣講才放下心，和他牽著手往樓下走。他看見封琛後背的衣物都濕了一大片，心頭又酸又軟，便問道：「剛才我在于上校叔叔的精神域裡時，看起來很驚險嗎？」

「是驚嚇吧……」封琛思忖著道：「畢竟那張臉一會兒是正常的，一會兒又變成喪屍，看著怪嚇人的。」

顏布布頓時不高興了，停下腳步不走也不做聲。

封琛曲起手指在他額頭上敲了一記，「生氣了？」

顏布布轉開頭，板著臉看牆。

封琛嘆了口氣，將他攬在懷裡輕輕搖晃，「既驚險又驚嚇，短短半個小時，命都被你嚇掉了半條。」

「不是覺得我變成喪屍模樣難看？」顏布布跟著他的動作左右搖晃，不悅地質問。

封琛有些匪夷所思：「你覺得我那時候還會在意你難不難看？」

顏布布靠在他懷裡抿嘴笑起來，「那快說，說我即使變成喪屍也很好看。」

封琛想了想，低聲道：「你真好看，你的鼻子、眼睛、嘴……沒有一處不好看。」

顏布布拖長聲音撒嬌：「不准照搬林少將的話，要自己想。」

「那我想想啊……」封琛將顏布布推遠了點，認真地看著他，「你真好看，你的鼻子、眼睛、嘴……」

封琛將手指放在顏布布臉上，隨著吐出的每一個詞慢慢劃動。他的語速越來越慢，聲音也越來越輕，指頭從顏布布的眼睛和鼻子上一路下滑，最後落到他唇上。

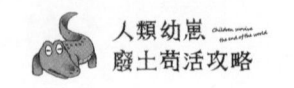

两人就那麼對視著，空氣隨著呼出的氣息也開始變得灼熱。

「哥哥⋯⋯」顏布布輕聲道。

封琛俯下頭，含住他唇瓣時呢喃道：「⋯⋯沒有一處不好看。」

顏布布被封琛牽著走向樹林。路燈光照下，他嘴唇殷紅，眼睛水潤，封琛一路上扭頭看了他好幾次。

「是不是還想親我啊？」顏布布斜睨著他道：「你每次想要親我的時候都是這種眼神。」

「喔？是嗎？那你說說是什麼眼神？」封琛問道。

顏布布熟練地回道：「就是慾火焚身，很想撲上來把我⋯⋯」

「行了行了，撕成碎片吞吃入腹。」封琛打斷他的話：「以後也別照搬這段話，要自己想。」

顏布布便噘起嘴湊近他，「想親就親嘛，現在讓你親個夠。」

話音剛落，前方林子就傳來追逐聲，封琛便將顏布布的嘴按下去，「比努努和薩薩卡在裡面。」

提到比努努，顏布布神情一凜，立即正經起來，「快快快，我去看看比努努。」

樹林邊緣出現了薩薩卡的身影，牠正在光線昏暗的林中左衝右突，像是在堵一隻刺蝟變異種。

這刺蝟渾身的尖刺猶如利劍，根根都泛著金屬一般的烏光，尖端還帶有倒刺，一看就非常不好惹。薩薩卡明顯也知道牠的厲害，都不敢伸爪子去刨弄。

「薩薩卡，比努努呢？牠怎麼沒在這兒？」顏布布沒有看到比努努，便問道。

薩薩卡一怔，停下動作，有些茫然地看著顏布布。那隻刺蝟變異種

第十章
你真好看，你的鼻子、眼睛、嘴……沒有一處不好看

趁機想要逃走，衝向薩薩卡的方向，但是在鑽過牠腹下的瞬間，突然向上躍起，豎起尖刺刺向牠腹部。

薩薩卡還沒來得及出手，刺蝟變異種就突然橫飛出去。牠像是一顆長滿刺的球，在空中劃出一道長弧線，落向了另一個山頭。

顏布布這才發現薩薩卡身旁有團黑影，看形狀竟然是比努努。估計是光線太暗，剛才竟然沒發現牠。

他正想讓比努努站到光亮處，突然就察覺到了不對勁。這裡雖然光線昏暗，但全身黑的薩薩卡都能看得清，為什麼看不清比努努？

封琛在旁邊輕咳了一聲，湊到他耳邊低聲道：「讓你說中了。」

顏布布轉頭看向他，「說中什麼了？」

「模樣變了。」封琛儘量壓低聲音，但這三個字還是傳到了比努努耳裡。顏布布聽到牠發出不高興的呼嚕聲，那團黑影裡也出現了兩排雪白的小尖牙，就跟浮在空中似的。

「啊……這樣啊……」顏布布緩緩吐出幾個字。

他沉默地注視著比努努片刻，開口問道：「比努努你有沒有覺得身體不舒服？」

比努努沒有回應。

3 秒後，封琛又湊到顏布布耳旁低語：「牠在搖頭。」

「你能看見？」顏布布震驚地問。

封琛道：「薩薩卡用精神聯繫告訴我的。」

顏布布努力看向比努努，但這裡原本就有光線，他的意識圖像並不會對當前場景進行提亮，所以依舊看不清。

「哈，哈哈……」顏布布剛笑出兩聲，便聽到比努努又在呼嚕，便將剩下的笑聲嚥了下去。

只是沉默兩秒後，他噗哧了一聲。

「吼！」

顏布布繼續沉默，但幾秒後，又是連續幾聲噗哧。

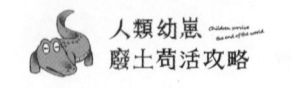

「吼！」

封琛在比努努衝過來之前，拉著顏布布往回走，「等牠回屋了我們仔細看。現在要假裝不在意，我們散我們的步，免得牠惱羞成怒乾脆不回屋了。」

顏布布捂著嘴點頭。

半個小時後，比努努回了屋，顏布布總算將牠看了個清楚。

「你知道嗎？你現在這種黑，其實挺顯眼的。」

顏布布趴在枕頭上，看著躺在身旁的比努努，賣力稱讚：「你這種黑度和煤炭差不多，還是那種不會發光的煤炭……叫做啞光黑？但是會擋住光線，所以反而一眼就能看見。」顏布布停下聲音，湊近了去看比努努，「你現在是閉著眼的還是睜著眼的？你的眼珠和眼皮都混為一體了……喔，在瞪我啊。」

比努努又開始齜牙，顏布布盯著牠那排小白牙嘿嘿笑。比努努便閉上嘴，只發出呼嚕嚕的聲音。

「別理他。」躺在比努努另一旁的封琛將牠頭掰正，「他不懂，你這是黑裡俏。知道什麼是黑裡俏嗎？就是黑得最好看的那種。」

趴在床尾的薩薩卡伸出爪子，非常贊同地拍了下比努努。

「明天我就給你做條花裙子，配這種黑裡俏膚色最漂亮。還得抓緊時間穿，因為回到營地後就要把病毒母本提取出來，你就沒有這種珍貴的膚色了。美麗的東西總是很短暫，不要留下遺憾。」封琛又哄道。

比努努輕輕嗷了一聲，翻過去將爪子搭在封琛身上。

「好了，睡吧睡吧，明天還要繼續給于上校清理精神域，你們兩個要早點休息。」

接下來幾天，顏布布和比努努每天都在給于苑清理精神域。他負責連接和轉移，比努努負責吸收。于苑精神域裡的黑色陰影越來越少，接連恢復成瑩瑩柔光的模樣，再隱沒在精神域裡。

于苑的狀態也越來越好，雖然基本上都在沉睡，偶爾醒來時也是沒

第十章
你真好看,你的鼻子、眼睛、嘴……沒有一處不好看

有意識地發愣,但看上去除了臉色有種病態的蒼白,已經沒有了任何喪屍特徵。

比努努倒是沒有繼續黑下去,但顏布布認為那是牠已經黑到了巔峰,沒有繼續黑的餘量和色度,除非牠的皮膚也變成了暗物質。

到了第六天,顏布布將于苑精神域仔仔細細搜尋了一遍,再沒有發現任何陰影。這片精神域已經被徹底淨化,也代表著他身體裡再也沒有了喪屍病毒。

那個懸浮在精神域中心的精神內核,原本乾癟皺褶,覆蓋著一層黑瘤,像是某種腐爛的動物心臟。如今濃黑散盡,恢復了柔潤色澤,如同一顆蔚藍色的澄澈寶石。

「他為什麼還不醒呢?」顏布布趴在床邊看著于苑,又輕輕地喚:「于上校叔叔、于上校叔叔……」

林奮神情寧靜而滿足,他舀起一勺肉羹餵進于苑嘴裡,道:「還沒睡夠吧,等到睡夠了就會醒了。」

「那他要是……」顏布布準備問要是他永遠都不醒了怎麼辦,話到嘴邊又及時剎住。

「要是永遠這樣睡著,我也知足了。」林奮卻知道他想說什麼,很自然地回道。接著又催促顏布布:「不是和你說過飯菜做好了嗎?快下樓去吃飯。」

「喔,是哥哥做的飯嗎?」

林奮道:「對,味道還不錯,只比我的手藝差那麼一點點。」

「……吹牛,明明哥哥做的飯菜比你做的好吃。」顏布布嘟囔著。

林奮轉頭看過來,顏布布立即往門外走,到了門口又大聲道:「我哥哥做的飯菜明明比你做的好吃!」

林奮聽著他腳步聲咚咚遠去,轉回頭繼續用勺子舀肉羹,臉上卻浮起一抹微笑。

餵完飯後,他又給于苑按摩手腳。于苑體內沒有了喪屍病毒,但身

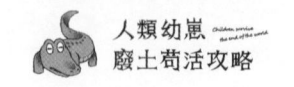

體也迅速呈現出這些年疏於活動的狀態，不光身形瘦削，四肢肌肉也萎縮了一些。

林奮撩起他的褲腳，雙手落在那兩條細瘦的腿上，一邊不輕不重地按摩，一邊輕聲說著話。

「……你問過我當初是怎麼喜歡上你的，還猜測是那次去山裡執行任務，結果被困在山裡兩天，而我在那兩天裡對你有了其他想法。」

林奮停頓兩秒後道：「其實你猜錯了。早在我們進軍隊服役之前，還在念軍校的時候，我就已經喜歡上你了。我在看到你的第一眼時，心裡就只有一個想法：他是我的，必須是我的。」

「但你是那麼耀眼、那麼好看，身旁都是追求者。我只能不斷努力，才有機會和你分到同一個單位，和你執行同一個任務，在你走不動的時候問你要不要揹……」

「當我揹著你的時候腳都在發飄，不知道是怎麼走的路。」林奮臉上掛著微笑，邊說邊轉頭去看于苑，「我那時候就在想，要是這條路永遠走不完……」

他的話戛然而止，手上也停住了動作，就那麼一動不動地怔怔坐著。片刻後才幾近無聲地吐出三個字：「……就好了……」

于苑不知道什麼時候已經醒了，躺在床上靜靜地看著他，那雙漂亮的眼睛裡映出頂燈的碎光。他在對上林奮視線後，嘴唇翕動了下，像是想要說什麼話。

林奮屏住呼吸，慢慢湊了過去。

他的眼睛一瞬不瞬地盯著于苑，像是生怕這一切只是他的幻覺，撐在床上的手也在不停發著抖。

于苑目光在他臉上逡巡，在他貼近自己時很輕地說道：「其實那天……我走得動的……」

「是嗎？你走得動。」林奮的眼淚順著臉龐汨汨淌落，卻又笑了起來，「那你裝得真好，把我都騙過去了。」

第十章
你真好看，你的鼻子、眼睛、嘴……沒有一處不好看

顏布布和封琛站在門口，安靜地沒有發出半分聲音。片刻後，封琛將流著淚的顏布布拉到門外，再輕輕地掩上了門。

「真好，他終於醒了，真好……」下到樓底，顏布布就哽咽著道。

封琛輕輕拍著他的肩，轉頭看向天空。只見在明暗交界的空中，一隻體態輕盈的白鶴和一隻兀鷲在並肩飛行，牠們不時輕輕觸碰下對方，再引頸發出喜悅的鳴叫。

接下來的日子，于苑身體一天天好了起來。但因為肌肉萎縮，必須進行復健，林奮就時時陪著他訓練，給他直腿、曲腿、伸直、抬高。

這些看似簡單的動作，對于苑來說其實是很痛苦的。顏布布每次去看他們，于苑雖然一聲不吭，但滿頭滿臉都是痛出來的冷汗。林奮也比他好不到哪兒去，整個人就像是從水裡撈出來似的。

中午，廚房傳來炒菜的聲響，顏布布在桌邊布菜放筷子。

「先別擺筷子，先去叫他們吃飯。」封琛繫著圍裙，熟練地揮舞著鍋鏟。

這段時間就是他在負責掌勺做飯，現在正清炒著一種可食用的野生菌。旁邊裝著一盤已經做好的紅燒排骨，另外一個灶眼上坐著瓦罐，裡面煲著一鍋濃白鮮香的湯。那湯裡放了幾種林奮去搞來的野生食材，說是吃了後對于苑的身體大有助益。

「喔，好的。」顏布布應道。

這層樓一間大屋子被林奮收拾出來做了訓練室。顏布布走到後門，看見于苑站在屋內，雙膝微微彎曲，神情有點緊張的盯著地面，像是初學走步的幼兒那般，既想往前走，又有些不敢。

「來，再來，往前走半步，再走半步就行。」林奮背朝顏布布站在于苑身前半公尺處，雙手半張著。

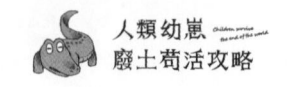

于苑的左腳離開了地面，顫巍巍地邁出一步，接著又抬起另一隻腳繼續往前。

林奮也跟著慢慢後退，「非常好，太好了，非常棒……」

于苑又走出兩步後，突然雙腳一軟，林奮立即伸手將他摟在懷裡。

他們兩人保持著這個姿勢，不動也沒說話，顏布布正想開口喊他們吃飯，就見林奮慢慢俯下了頭。

顏布布雖然只能看見林奮的背影，卻也知道他們現在在做什麼，立即收聲閉嘴，悄悄退了出去。

顏布布斜靠在牆壁上，用一根手指撓著牆紙，認真地刮去上面的小黑斑。他將面前能看見的幾團都刮掉後，覺得時間差不多了，才偷偷探出頭去瞧屋內。

瞧了兩秒後，他又縮回頭，往前走了幾步，去刮其他地方的小黑斑。也不知道是不是刮黑斑這事很有趣，他突然抿嘴笑了起來。

又過了兩天，林奮和封琛去查看山下的情況，就由顏布布陪著于苑去室外進行康復訓練。

「再來兩步……太好了……繼續再走幾步……」

樓外草坪上，于苑慢慢往前走，額頭上冒著涔涔汗水。顏布布在他前方嘶聲高喊，手裡還搖著一個響鈴。

薩薩卡趴在一旁，白鶴和兀鷲在于苑頭頂盤旋飛行，比努努則穿著牠的新裙子在四處跑來跑去。乍一眼看過去的話，就像是一條色澤豔麗的碎花裙在空中飄。

林奮和封琛回到山頂，從樹林裡走了出來，邊走邊低聲交談著。

林奮聽到這動靜，停步看了過去，皺著眉道：「煩人精還拿個響鈴，這是逗狗吶？」

封琛摸了摸自己鼻子，含混地道：「加油吧，他在加油。」

林奮看他們一陣後，轉身往左邊的林子走，「我們離他遠點，知了似的，吵死了。」

第十章
你真好看,你的鼻子、眼睛、嘴……沒有一處不好看

兩人順著小路慢慢往前走,封琛道:「下面的喪屍更多了,確實很難衝出去。周圍山頭上也有燈光,應該還布防了不少的人。」

林奮道:「我們現在被困在這裡,得讓冉政首知道才行,關鍵就是送不出去消息。」

「那我們今晚去試試?」封琛問。

林奮搖搖頭,「不用去冒險了,再等等,等到于苑身體完全恢復後再去,那時候有把握些。」

封琛想了下,道:「行,那就等于上校身體恢復後再去。」

晚上,顏布布趴在窗戶上看著外面,身後的浴室裡傳來嘩嘩水聲。路燈光照下,只見林奮推著輪椅上的于苑在散步,于苑手裡拿著一束野花在編花環,不時仰頭和林奮說什麼。

于苑每次說話時,林奮都低頭專注地看著他,那目光柔得像是要滴出水來。

白鶴和兀鷲在天上盤旋,比努努也牽著薩薩卡跟在輪椅旁。于苑像是將花環編好了,滿意地打量一番後,就招手讓比努努過去,戴在了牠的頭上。

浴室門推開,封琛帶著一身熱氣走出來。他穿著一件白色的睡袍,帶子鬆鬆繫在腰間,露出胸前一大片緊實的肌膚,邊走邊用毛巾擦著頭髮上的水。

「你趴在那裡看什麼?」他問顏布布。

顏布布酸溜溜地道:「看什麼啊……看我們的量子獸跟人跑了。」

「是嗎?我看看。」封琛笑起來,也站在窗戶前看外面,突然抬起胳膊對著那方向揮了下。

顏布布扭頭看他,「你在和誰揮手?林少將他們兩人正在說話,都

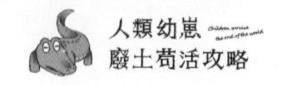

沒有看到你。」

「和比努努。」封琛將毛巾丟在一旁,「牠在轉頭看我們。」

顏布布震驚了:「你還能看清牠在看你?你分得清比努努的臉和後腦杓嗎?」

「難道你看不清嗎?」封琛奇怪地反問。

顏布布愣怔一秒後大叫道:「看不清啊!牠的臉和後腦杓都是黑糊糊的,我看不清啊!」

封琛皺著眉盯著他,滿臉都是凝重,顏布布心裡開始慌張,趕緊去揉自己眼睛,「我怎麼會看不清呢?是不是眼睛出問題了。」

他揉了兩下眼睛,突然瞥見封琛正看著他笑,立即反應過來,撲到封琛懷裡撒嬌道:「好啊,你在騙我……我就說嘛,烏漆嘛黑的比努努怎麼分得清前後。」

「牠是在看我們。」封琛攬著他朝窗外抬了抬下巴,「你看牠頭頂那花環,于上校還在前面另外插了兩朵花,現在那花朝著我們,不就是在看我們嗎?」

「哈哈,原來是這樣啊。」顏布布笑著也對比努努揮手。

兩人就站在窗前看外面,顏布布將腦袋擱在封琛肩頭,微閉著眼嘆了口氣:「哥哥,要是我們一直過著這樣的生活就好了。」

封琛沒有做聲,只側頭在他髮頂上親了親。

顏布布沉默片刻後又道:「我知道的,我們還要把病毒送出去,也要救先生和太太,我就是隨便說說而已。」

封琛抬手攬住他的肩,低聲道:「等我們把這些事情都解決了,就會一直過這樣的生活。」

顏布布轉頭看了看他,又重新靠回他肩上,輕輕嗯了一聲。

「到時候重建中心城,我們所有人都住在一棟樓裡,父母、林少將、王穗子……樓上樓下的住著,晚上沒事就躺在床上聽陳文朝揍蔡陶。」封琛的聲音低低響起。

第十章
你真好看，你的鼻子、眼睛、嘴……沒有一處不好看

顏布布哈哈笑起來，「好啊，我們所有人都住在一棟樓裡。」他想了想又道：「可是喪屍的問題徹底解決了的話，我們也不用住在中心城了啊。我們的新城可以建在一個很大的地方，我們就能住單獨的小樓，以前家裡那種樓。」

「好，我們去建別墅，都把別墅建在一塊兒，到了飯點就拿出擴音器來喊：誰家做飯了？誰家做了飯的？」封琛捏著嗓子小聲喊道。

顏布布興奮得直笑，又有些遺憾：「只是住別墅的話，就聽不見陳文朝揍蔡陶了。」

「在新城住著，要是想海雲城了，我們就回海雲城去住一段時間。」封琛將顏布布悄悄伸進自己睡袍裡摸索的那隻手抓住，扔了出去，嘴裡的話卻沒有停：「海水已經沒有了冰層，我們可以去水裡抓魚，晚上就睡在小船上……」

顏布布也看著窗外，滿臉憧憬，但那隻剛被封琛扔掉的手，又小蛇一樣滑入他的睡袍襟，在那片肌膚上慢慢滑動。

封琛低頭看著那手，顏布布便黏糊糊地問：「我們不趁著比努努牠倆不在時做點什麼嗎？再過一個小時牠們就要回來睡覺了。」

這些天因為要治療于苑，兩人都憂心忡忡，從來沒往其他方面想過。等到于苑身體好轉後，比努努卻每晚都擠在他們中間，想做點什麼也不可能。

「你想做什麼？」封琛垂眸看著他。

顏布布趴在封琛肩頭，手下動作不停，眼睛盯著面前脖頸上那片已經開始變紅的肌膚，「你知道嗎？像我這麼精力旺盛、血氣方剛的年輕小夥子，要是不做點什麼的話，是很容易憋出病來的。」

封琛眉頭抽了抽，又轉頭看向窗外，「比努努隨時都會回來的。」

顏布布看了眼窗外，看見于苑的輪椅停在田埂上，林奮正在菜地裡忙碌，四隻量子獸也在地裡幫忙，那陣勢一個小時內結束不了。

「比努努在跟著牠偶像種地，要是不喊牠的話根本不會回來的。」

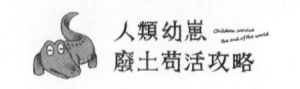

顏布布想了想又補充道:「其實就算喊了也不會回來。」

封琛沒有回話,顏布布觀察著他的神情,那隻手一直向下探,突然瞇起眼笑,「咦……這是什麼……這麼精神啊……」

「手別亂動!」

封琛抓住他的手,眼底飛快地閃過一絲羞窘。顏布布卻迅速伸手關窗,接著縱身往他懷裡一撲,兩條腿就纏在了他腰上。

「快點快點快點,抓緊時間!趕在他們種完地之前!」

比努努將一小堆雜草抱到田埂上,拍拍手上的灰土,又去牽薩薩卡,示意牠可以回去了。

林奮看了眼比努努,又轉頭看向3樓那扇燈光已經熄滅的窗戶,便將鋤頭丟在地裡,大喝一聲:「士兵比努努!」

比努努聞言一震,立即鬆開薩薩卡站直了身體,兩隻爪子緊緊貼在身側。

「士兵薩薩卡!」林奮接著喝道。

黑獅一動沒動地保持著原姿勢,比努努趕緊扯了下牠,牠便也慢吞吞地站直了身體。

「士兵兀鷲!士兵白鶴!」林奮接著點名。

于苑坐在輪椅上,腿上搭著一條厚實的毛毯。他聽到林奮的點名聲後,用拳抵著嘴唇輕輕咳了聲。

林奮立即看了過去,于苑便對著他搖頭,「沒事,就嗆著了。」

兩隻飛禽量子獸原本站在于苑的輪椅背上,在聽見點自己名後都飛到地上,眼神木然地站在比努努身旁。

林奮走到四隻量子獸面前,「士兵,我作為研究所的最高長官,現在命令你們圍繞這座山頭跑上二十圈。」

第十章

你真好看，你的鼻子、眼睛、嘴……沒有一處不好看

比努努有些懵，轉頭去看薩薩卡。林奮喝道：「注意紀律！長官在講話的時候，不允許交頭接耳，左顧右盼。」

比努努又回過頭，一動不動地挺直了胸脯。

林奮居高臨下地看著比努努，「任何一名軍人都要進行體能訓練，明白嗎？」

比努努點了下頭。

「我問你明不明白？」林奮大喝。

「嗷！」

「大聲一點！」

比努努的腳重重一踏，「嗷──」

「現在開始計時！」林奮看了眼手上的腕錶，又和四隻量子獸對視著，幾秒後驚訝地問：「都看著我幹什麼？跑起來啊。」

比努努像一顆炮彈般率先衝了出去，衝出一段距離後，發現薩薩卡在小跑前進，趕緊揮著爪子催牠。薩薩卡便也加快了速度。

兀鷲和白鶴綴在最後面，搖搖晃晃地跑了幾步後，又齊齊轉頭去看于苑，目光裡都是委屈。

「飛吧飛吧，不用跑的，飛低點就行了。」于苑道。

看著四隻量子獸消失在黑暗裡，林奮這才笑著走向于苑。

每過去一天，于苑的狀態就要好上一些，此時那張臉上雖然還有些病容，但已經恢復了不少血色。

此時他斜睨著林奮，「讓量子獸們去跑圈，這是在過癮嗎？」

林奮也沒回話，只托著他膝彎將人抱了起來，自己再在輪椅上坐下，將于苑放在腿上抱著。

「你看那邊。」他示意于苑去看 3 樓那扇熄滅的窗戶。

于苑看著那扇窗戶笑了起來，「那也可以找其他理由，讓量子獸們去跑圈算怎麼回事？」

「你不是說我在過癮嗎？好久沒操練士兵，那就操練牠們幾個好

315

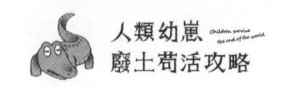

了。」林奮也笑了起來。

兩人低聲說笑了一陣，幾隻量子獸已經跑完了一圈。比努努裙襬飛揚地衝在最前面，旁邊是緊跟著牠的薩薩卡，兀鶩和白鶴則保持幾公尺的距離飛在牠們後面。

「比努努，來。」于苑對著最前面的比努努招手。

比努努跑到于苑和林奮面前，立正後雙腳一靠。

于苑摸了下牠的腦袋，溫聲道：「今晚和我一起睡好不好？還有薩薩卡和你的長官，我們四個一起睡。」

薩薩卡也停在比努努身旁，眼睛只看著牠，沉默著沒有表態。比努努想要拒絕，但牠剛搖了下頭，林奮就道：「士兵，這是軍令。」

比努努便有些遲疑，像是不想答應，但又不願意違抗軍令，心裡在做激烈的鬥爭。

于苑依舊溫和地笑著，「我那裡有顆很漂亮的石頭，可以鑲在你髮夾上，如果你轉頭的話，迎著光線還會發光。」

「哎呀，那這石頭和黑裡俏的膚色最配。」林奮感歎道。

比努努眼睛一亮，立即看向旁邊的薩薩卡，並伸出爪子扯了下牠。薩薩卡在牠腦袋上碰了碰，意思是隨便怎樣都可以。

「好吧，那就這樣說定了。現在時間也不早了，我們可以回去……」于苑話音未落，就見比努努又跑了出去，而薩薩卡也趕緊跟上。兀鶩和白鶴沒辦法，只能跟著牠們繼續飛。

于苑慢慢轉頭看向林奮，林奮連忙解釋：「你也看見了，我現在根本就沒讓牠跑，牠自己跑的。」

「你那是給牠下達的軍令，牠不跑完不會回去！」于苑抬手在林奮肩上敲了一下，「下命令之前怎麼不過過腦子呢？還有十九圈，這要跑到半夜去了！」

林奮道：「我原本是想給那兩個小的多一點時間嘛。」

于苑長嘆了口氣，仰頭看天，「行吧，那我們就在這裡等著牠們跑

第十章
你真好看，你的鼻子、眼睛、嘴……沒有一處不好看

完吧。」

3樓某間房內，除了陣陣喘息和一些意味不明的動靜，還夾雜著低低的對話。

「……比努努，比努努怎麼還沒回來……上去一點，再上去一點，就這裡……牠要是，要是現在、現在回來了怎麼辦……我總覺得、覺得，牠馬上就要推門了……」

「閉嘴！別去管牠。」

「……唔。」

顏布布醒來時已經是第二天早上。封琛推門進來，手裡端著個托盤，裡面放著熱騰騰的大豆飯和一碗紅燒變異種肉。

「醒了？來吃點飯。」

顏布布做了個起身的動作，又軟軟地跌回床上，「哎呀，我全身都沒有力氣，起不來呀……」

封琛將飯菜放在床頭櫃上，把他抱起來半坐在床畔，又將筷子放進他手心，「吃吧，還是熱的。」

「一醒來就吃這個，太膩了，我有些吃不下。」顏布布嗲著聲音撒嬌，還將自己又添了兩道瘀痕的手臂舉到封琛眼下讓他看。

封琛站在他面前問道：「那你想吃什麼？我現在去做。」

顏布布用手指摳著他胸口上的紐扣，「我好想吃奶油蛋糕，小時候太太經常做的那種，最上面有厚厚的奶油，越厚越好……」

他抬頭看了眼封琛，見他面無表情地看著自己，又改口道：「那還是喝一碗豆漿吧。」

「行，今早正好磨了豆子，那你先起床，我去煮一碗豆漿。」

「可是我沒有力氣，穿不了衣服。」顏布布軟靠在他胸前。

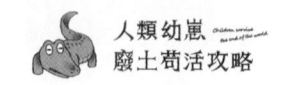

封琛去拿顏布布搭在床背上的衣服，剛俯下身，顏布布就一個虎躍，從被子裡光溜溜地竄出來，將他壓在床上。

「不給我吃奶油蛋糕也就算了，你看你板著個臉、板著個臉，我今天要把你收拾服氣了⋯⋯」

顏布布邊說邊去撓封琛的胳肢窩，還沒撓上幾下，就被封琛反過來壓在床上。

「你看你囂張個樣、你囂張個樣，我今天要把你收拾服氣了。」封琛將顏布布禁錮在身下，開始撓他的胳肢窩和腳底板。

顏布布笑得上氣不接下氣，在床上撲騰得像一條被甩上岸的魚，笑著笑著又開始哀求：「我錯了⋯⋯哥哥我錯了⋯⋯哈哈哈⋯⋯我錯了⋯⋯」

他臉頰紅潤，眼裡泛著笑出來的水光，封琛看著他，漸漸停下了動作。顏布布也止住了笑，氣喘吁吁地和他對視著。

片刻後，安靜的屋內又響起了其他聲音⋯⋯

顏布布喝到那碗豆漿時已經快中午了，他捧著碗坐在窗臺上，看著林奮又陪著于苑在樓下散步，四隻量子獸就跟在他們身旁。

顏布布扭轉頭，對著在浴室洗衣服的封琛道：「比努努一晚上都沒有回來哎。」

「是嗎？那多好。」封琛也大聲回道。

「好嗎？」顏布布歪頭想想，自己又笑了起來，贊同道：「果然很好哎，哈哈。」

他繼續看向窗外，看見兀鷲和白鶴從遠處飛來，兀鷲爪子下還叼著一團灰撲撲的東西，看著像是隻野兔變異種。那變異種應該已經死了，身子垂得長長的，腦袋也耷拉著。

第十章
你真好看，你的鼻子、眼睛、嘴……沒有一處不好看

隨著兀鷲越飛越近，顏布布突然覺得不對勁。牠爪子下抓著的哪是什麼變異種屍體，而是一隻無尾熊！

這地方怎麼可能會有無尾熊？那分明就是王穗子的量子獸！

「啊！啊！」顏布布情急之下連話都想不出，只發出啊啊大叫，看著兀鷲已經落到了林奮身前，將無尾熊丟在草坪上。

封琛剛晾好衣服走出浴室，就見顏布布風一般地往屋外衝，途中撞倒了一條凳子也不管。

「你去哪兒？」封琛問。

通道裡傳來顏布布的大喊：「無尾熊啊！無尾熊啊！啊啊啊！」

顏布布衝到樓底，看見無尾熊躺在草坪上，比努努背著爪子在牠身旁來回踱步，薩薩卡則在不停地推牠。

顏布布見無尾熊這副樣子，心底便是一沉，下意識覺得牠是出了什麼事。但接著又反應過來不大可能，畢竟量子獸出事也是會回到主人精神域，而不會成為一具屍體。

而且量子獸都在，也不可能是王穗子出了事。

林奮聽到腳步聲後轉頭，看見顏布布一臉緊張，便問道：「你認識這隻量子獸？」

「對，是我朋友的量子獸。」顏布布連忙跑了過去，搖晃著無尾熊，「無尾熊你怎麼了？無尾熊！」

無尾熊沒有任何反應地躺在草坪上。牠作為一隻量子獸，顏布布無法用探鼻息聽心跳的方式去看牠還有沒有救，便問林奮：「林少將，你知道牠這是怎麼了嗎？」

林奮明顯不知道，便看向旁邊的于苑。于苑搖搖頭道：「我也不大清楚，沒見過這種情況。」

顏布布還要再問，正在踱步的比努努突然衝前去，揮起爪子，照著無尾熊的臉搧去。

啪一聲響後，在場三人都愣了半秒。

319

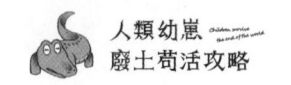

「比努努，你別打牠。」顏布布話音剛落，就聽見于苑驚訝的聲音：「牠在動了。」

顏布布低頭看去，看見屍體似的無尾熊果然動了動爪子，不由激動地喊出聲：「無尾熊！」

比努努還要搧巴掌，顏布布忙將牠爪子握住，「可以了、可以了，別打啦，牠已經醒了！」

比努努沒有再動手，顏布布便將無尾熊抱了起來。

無尾熊躺在他懷裡，慢慢挺直四肢伸懶腰。牠這個動作花費了半分鐘，這才睜開眼，睡意惺忪地轉著頭打量四周。

于苑問道：「牠這是在睡覺嗎？」

「對，牠一直都是這樣，我剛才太著急了，都沒想到牠是在睡覺。」顏布布解釋，他又低頭問無尾熊：「你怎麼在這兒啊？王穗子呢？啊？你的主人呢？」

無尾熊呆呆地看著他，半張著嘴，沒有任何反應。

「無尾熊，給點提示啊，哪怕是點頭、搖頭呢？」顏布布搖晃著無尾熊，問不出什麼後，又去瞧兀鷲。

林奮替兀鷲回道：「牠和白鶴一起去山外巡查，在接近那片黑暗區域時，發現牠躺在地上，就將牠叼了回來。」

封琛此時也走了過來，伸手碰了碰無尾熊的肚皮，「量子獸沒辦法離主人太遠，既然無尾熊在這兒，那王穗子她們也一定就在附近。林少將，兀鷲發現牠的具體位置在哪兒？」

林奮指著東南方向道：「是在那方向的一條夾縫口發現牠的，夾縫的另一頭就是黑暗區域。」

顏布布順著他手指看去，立即便道：「啊！那是我們曾經走過的路，我們便是從那條夾縫裡出來的。無尾熊是在那兒被發現的，那王穗子呢？她肯定不會一個人來，那他們一群人都被抓了？或者遇到喪屍了？不對不對，遇到喪屍的話，無尾熊不會好好的，那她⋯⋯」

第十章
你真好看，你的鼻子、眼睛、嘴⋯⋯沒有一處不好看

「別慌，沒事的。」封琛攬住他肩膀拍了拍，「你想想無尾熊平常是什麼樣子？牠應該是掉了隊，然後就乾脆躺著睡覺，結果被兀鷲發現了。王穗子他們既然能從夾縫出來，應該是在那片暗物質區域找我們，也和我們一樣被羞羞草送了出來。」

于苑這時候開口道：「讓牠和主人精神連接吧，就算不清楚王穗子他們在哪裡，至少可以把我們在這兒的消息傳遞出去。」

顏布布點頭道：「對！王穗子他們肯定是在找我和哥哥，現在就讓無尾熊告訴他們。」

眼見無尾熊難得地清醒，顏布布便將牠放在草坪上坐著。幾人的目光都落在牠身上，四隻量子獸也圍著牠。

顏布布蹲在牠身前，語氣嚴肅：「無尾熊，你現在和王穗子建立精神連接沒有？如果沒有連接上就趕緊連接，告訴她你在我們這裡。」

無尾熊沒有反應，但牠一直盯著顏布布，眼珠子都沒轉動一下。

顏布布察覺到不對勁，伸手在牠面前揮了揮，又抓住牠拚命搖晃，「你不能睜著眼睡覺啊，你快把我們的消息告訴王穗子啊⋯⋯」

無尾熊被搖得亂晃，卻依舊木呆地平視前方，顏布布沒有辦法，只得看向旁邊的比努努，朝牠點了點頭。

比努努毫不猶豫地上前，高高揚起爪子，照著無尾熊的臉搧去。隨著啪一聲響，無尾熊呆滯的眼珠子有了點光彩，眼見著又清醒過來。

顏布布生怕牠再次睡著了，立即揪著牠的耳朵喊：「無尾熊！快點和王穗子精神連接，告訴她這兒的情況，說我和哥哥都在。」

無尾熊一動不動地坐著，眼珠裡映出比努努再次揮爪，牠突然便點了下頭。

「好無尾熊，乖無尾熊。」顏布布在牠腦袋上叭叭親了兩口，但不知想到了什麼，臉上的欣喜消失，又浮起了愁雲。

他轉頭看向身邊三人，「就算王穗子他們知道我們在這兒也沒用啊，他們也沒法搞掉那些喪屍。對了，還要提醒他們躲著駐守在山上的

321

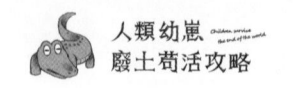

那些人,別被發現了。」

林奮伸手撥了下又在昏昏欲睡的無尾熊,嘴裡道:「不用他們上來,只需要他們替我們送信給冉政首就行。」

20分鐘後,林奮將一封寫好的信遞給于苑,于苑便拿著布帶,將那信仔細地纏在無尾熊身上。

無尾熊被翻來翻去地纏布帶,卻躺在于苑腿上呼呼大睡。

顏布布有些擔心:「希望王穗子現在不要收牠回精神域,萬一在半路上收回去就糟糕了,信件就送不到她手裡。」

封琛安慰道:「不會的,無尾熊已經和她取得了精神聯繫,她再傻也知道現在不能收。」

「對,她又不是蔡陶。」顏布布點點頭後又唏噓:「幸好被兀鷲發現的是無尾熊而不是狼犬,只有無尾熊才會任由兀鷲帶上山,狼犬的話只會和牠打架。」

于苑將纏好信件的無尾熊遞給兀鷲叮著,對牠和白鶴道:「你們將無尾熊送回原來的位置,等牠的主人將牠找到。他們應該會回信,你們再把信帶回來。」

白鶴一聲清鳴,和兀鷲一起飛向天空。無尾熊在半空時睜開了眼,對著下方的顏布布小弧度揮了揮爪子。

原本也該做午飯了,但四人都沒有吃飯的心思,全站在草坪上,等著兀鷲和白鶴回來。

顏布布不斷詢問:「牠們到哪兒了?」

于苑道:「已經將無尾熊放在夾縫前面了。」

「現在牠們在做什麼?」

于苑:「在等無尾熊的主人,就是王穗子。」

3分鐘後。

顏布布:「牠們現在在做什麼?王穗子來了嗎?」

于苑:「還沒有。」

第十章
你真好看，你的鼻子、眼睛、嘴⋯⋯沒有一處不好看

10 分鐘後。

顏布布：「王穗子來了嗎？牠們現在在做什麼？」

于苑很有耐心地回道：「還沒有，兀鷲和白鶴還在等。」

封琛在一旁聽著，忍不住小聲對林奮道：「牠應該是睡著了，不然可以通知王穗子找到牠的。」

林奮轉頭看向封琛，封琛用下巴指了指旁邊的比努努，林奮又不動聲色地轉開視線。

半分鐘後，于苑道：「⋯⋯無尾熊被兀鷲打醒了。」

「⋯⋯來了一群人，都是年輕的哨兵嚮導⋯⋯他們看到無尾熊身上的信件了⋯⋯」

在于苑的講述聲中，封琛回屋去做飯，剛做好最後一道菜，就聽到了顏布布的大叫：「兀鷲和白鶴回來了！牠們帶著信回來了。」

「先回來吃飯，邊吃邊看！」封琛從廚房窗戶探出頭喊道。

飯桌上，林奮展開手裡的一張紙，皺著眉頭抖了抖，「衛生紙？」

顏布布咬著筷子頭，「衛生紙怎麼了？」

林奮沉著臉，「你們這叫什麼士兵？難道教官沒有說過，只要出任務，行軍背包裡必須放著紙筆嗎？」

于苑慢條斯理地喝著湯，「衛生紙也是紙嘛，都什麼時候了，還這麼講究，只要能寫字就行。」

「快念、快念。」顏布布催道，又伸手去拿，「不念就讓我來。」

「你快吃飯，碗裡的飯都涼了。」封琛用筷子敲了下他的碗，「都等了這麼久，不在乎這麼十來分鐘。」

林奮飛快地將那張紙看完，順手放在一旁，再端起飯碗，邊吃邊給他們複述信裡的內容。

「你們之前想得沒錯，他們的確是瞞著軍隊，偷偷去了暗物質區域找你們⋯⋯唔，結果在一個山洞裡發現了你們留下的碗筷。」

「哈哈！我就說嘛。」顏布布驚喜地笑道。

323

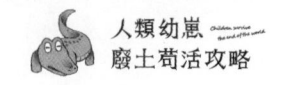

比努努坐在飯桌前，面前擺了個空碗，爪子裡還抓著一雙筷子。聽到林奮這樣說後，連忙去看身旁的封琛。

　　封琛輕咳了一聲：「林少將，信裡說那個石獅子怎麼樣？」

　　林奮抬頭看了他一眼，兩人之間交會了個淡淡的眼神，林奮語氣自然地道：「信裡說了，那個石獅子也很好。」

　　「聽見了嗎？石獅子也很好。」封琛小聲對比努努道。

　　林奮給于苑盛了一碗湯，又挾起一塊變異種肉放進顏布布碗裡，繼續道：「他們也是羞羞草送出來的，跟著走，直接就送到了夾縫那裡……顏布布！」

　　顏布布剛將那塊肉放進封琛碗裡，嚇得趕緊挾了回來，「沒……不是，那上面有點肥肉，我不想吃。」

　　「你小時候什麼都吃，草皮、魚卵都不放過，前幾天嚐到鹽都激動得哭了，現在還挑食？吃掉！」

　　顏布布用筷子撥著那塊肉，嘴裡小聲嘟囔：「……是我救的于上校，要不是我，有人現在還不知道躲在哪兒哭吶，不把我供著也就算了，還這種態度……」

　　他邊說邊偷看林奮，在對上他那淡淡的眼神後，聲音越來越小，最終還是挾起肉餵進嘴裡。

　　林奮又繼續道：「他們說會馬上回去，將這些事彙報給冉政首。但陳思澤是東聯軍的執政官，如果冉政首對他動手，兩軍勢必開戰。而且只憑他們幾個的口述，肯定不能讓東聯軍相信。所以我讓冉政首去挖出你說的那條線纜，找到陳思澤的祕密基地，先把你父母救出來。你父親在東聯軍裡威望極高，老部下也多，一旦他出現，東聯軍自然會獲知真相，那麼陳思澤無論怎麼樣都翻不了身了。」

（未完待續）

【紙上訪談】

作者獨家訪談第四彈，
兩位主角設定大公開

Q20：相信有不少讀者跟我一樣，原本很怕看到出現熊孩子，結果意外被顏布布圈粉。他並沒有過於超齡早熟或金手指大開，他會像普通小朋友一樣鬧情緒、害怕跟唯一的親人分離顯得特別黏人，很愛用說話來排解壓力，但又不失孩子的天真善良，而且關鍵時刻特別勇敢，透過他的眼中來看待殘酷的末日世界，少了一些血腥恐怖的絕望，多了一些純真的希望歡樂，實在很難不喜歡他。不知您眼中覺得顏布布是個怎樣的人？有符合您原本的設定嗎？您是如何設計小朋友在末日艱難求生的劇情，並在幻想中帶有寫實感，讓角色有說服力？

A20：顏布布就是我心目中的那個少年。
他一直在成長，雖然會有懵懂天真，
但始終堅韌勇敢，也始終保
持著赤子之心和善良。
我一直不喜歡人心都陷入
黑暗的末世，在逆境中
也依然有昂揚和希望，有
閃光的人性和相互幫助，才
是我希望看到的末世文。

Q21：顏布布初登場時是 6 歲，後來變成 15 歲的青少年，年齡跨距很大，他又是個喜歡講話的小朋友，在不同年齡說話的內容和口吻都會不一樣，請問在設計臺詞時有沒有遇到什麼困難？還是寫到中途有做過什麼調整？

A21：顏布布在長成少年後，我仔細揣摩過他的性格。
他的生長過程裡沒有其他人，只有封琛，也被保護得很好，所以他不可能很成熟，他還保留著天真。他必須是在離開海雲城，在後面經歷過一系列事件後，才會逐漸成長。

Q22：接下來談談封琛這個角色吧，他根本是個全能型的人，男友力爆棚，通常太過完美的角色會讓人有距離感，反而不討喜，但封琛卻完全不會有這個問題，應該是因為把他刻畫得很真實，他明明也還只是個半大的孩子，就被迫一肩扛起許多責任、被迫面對很多害怕擔憂的事情，想問問在您眼中覺得他是個怎樣的人？有符合原本的設定嗎？他跟顏布布相比，您覺得誰比較難掌握？

A22：相比顏布布，封琛的臺詞更難寫一點。顏布布可以說出來，但封琛是內斂含蓄的，他所有的表達都在行動中。

Q23：封琛和顏布布的個性差異很大，不知有沒有安排哪個角色講情話比較困難？有沒有哪個談情說愛的名場面是讓您寫來也很滿意的？

A23：讓封琛講情話難，讓顏布布講情話，他簡直迫不及待，所以那些火辣的話都讓他去說吧。

紙上訪談

Q24：請問您都如何設計書中的場景和變異動植物？書中有哪個情節是寫來特別燒腦的嗎？以及個人最滿意的是哪段劇情？

A24：寫文最難的就是後半部分，前面只需要撒網，後面要收網，讓整篇文圓滿，這是最難的，也是我寫得最痛苦的。

我最滿意的應該是讓讀者爆哭的那兩段劇情：一是倆孩子被趕下了船，一是于苑甦醒。我在寫這兩段的時候，眼睛都哭腫了，卻又酣暢淋漓。

事實證明，能打動作者自己的，才能打動讀者。

（未完待續）

i 小說 061
人類幼崽廢土苟活攻略5

國家圖書館出版品預行編目（CIP）資料

人類幼崽廢土苟活攻略 / 禿子小貳著. -- 初版. --
臺北市 : 愛呦文創, 2025.05-
　冊 ; 　公分. -- (i小說 ; 61-)
ISBN 978-626-7636-02-2(第5冊 : 平裝)

857.7　　　　　　　　　114004443

著作權所有・翻印必究
本書如有缺頁、破損、裝訂錯誤，請寄回更換
Printed in Taiwan.

愛呦文創

作　　　者	禿子小貳
封 面 繪 圖	透明（Tomei）
Q 圖 繪 圖	60
責 任 編 輯	高章敏
特 約 編 輯	劉怡如
文 字 校 對	劉綺文
版　　　權	Yuvia Hsiang、Kiaya Liu
行 銷 企 劃	羅婷婷

發 　行 　人	高章敏
出　　　版	愛呦文創有限公司
地　　　址	10691台北市忠孝東路四段59號10-2樓
電　　　話	（886）2-25287229
郵 電 信 箱	iyao.service@gmail.com
愛呦粉絲團	https://www.facebook.com/iyao.book

總 　經 　銷	聯合發行股份有限公司
電　　　話	（886）2-29178022
地　　　址	231新北市新店區寶橋路235巷6弄6號2樓

美 術 設 計	廖婉禎
內 頁 排 版	陳佩君
印　　　刷	沐春行銷創意有限公司
初 版 一 刷	2025年5月
定　　　價	360元
I S B N	978-626-7636-02-2

©原著書名《人類幼崽廢土苟活攻略》由北京晉江原創網絡科技有限公司授權出版